A. L. Shields

Die Wildnis erwacht

A. L. SHIELDS

DIE WILDNIS ERWACHT

THRILLER

 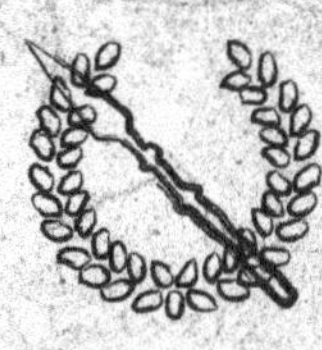 

Aus dem amerikanischen Englisch
von Lea Schirra und Nicola Koniezny

SCM
Hänssler

SCM

Stiftung Christliche Medien

Der SCM-Verlag ist eine Gesellschaft der Stiftung Christliche Medien,
einer gemeinnützigen Stiftung, die sich für die Förderung und Verbreitung christlicher
Bücher, Zeitschriften, Filme und Musik einsetzt.

MIX
Papier aus verantwortungsvollen Quellen
FSC® C083411
FSC www.fsc.org

SCM-Verlag GmbH & Co. KG · Max-Eyth-Straße 41 · 71088 Holzgerlingen
Internet: www.scmedien.de · E-Mail: info@scm-verlag.de

Originally published in English under the title: *Wilderness Rising*

Soweit nicht anders angegeben, sind die Bibelverse folgender Ausgabe entnommen:
Neues Leben. Die Bibel, © der deutschen Ausgabe 2002 und 2006
SCM-Verlag GmbH & Co. KG, Witten.
Weiter wurden verwendet:
Lutherbibel, revidierter Text 1984, durchgesehene Ausgabe in neuer Rechtschreibung,
© 1999 Deutsche Bibelgesellschaft, Stuttgart.

Übersetzung: p.s. words
Umschlaggestaltung: Kathrin Spiegelberg, Weil im Schönbuch
Titelbild: Hintergrund: shutterstock.com; Dornenzweige: Kathrin Spiegelberg
Autorenfoto: Used by permission of The Zondervan Corporation L.L.C.
Satz: Satz & Medien Wieser, Stolberg
Druck und Bindung: CPI books GmbH, Leck
Gedruckt in Deutschland
ISBN 978-3-7751-5648-6
Bestell-Nr. 395.648

Auch dieses Buch widme ich meinen Kindern.

»Du hast ihnen Einsicht vorenthalten,
überlasse ihnen nun nicht den Triumph!«

Hiob 17,4

PROLOG

Der Pass wurde akzeptiert. Damit hatte sie nicht wirklich gerechnet. Der Mann in Baltimore hatte sein Vorhaben erklärt, und sie war von seiner schlichten Verwegenheit beeindruckt gewesen. Sein Plan ergab Sinn; sogar so sehr, dass es ihr auf der einen Seite seltsam erschien, dass die Leute der Homeland Security nicht dahintergestiegen waren. Auf der anderen Seite war ihr nicht ersichtlich, wie ihnen das gelingen sollte. Obwohl der Pass nicht auf ihren Namen ausgestellt war, war er dennoch echt, daher konnte man davon ausgehen, dass er einer Überprüfung standhalten würde. Trotz allem war sie besorgt. Auf dem gesamten Flug über den Atlantik ging sie davon aus, dass sie bei ihrer Ankunft in Heathrow von ein paar höflichen, aber sehr ernst dreinblickenden Briten in Empfang genommen werden würde, die ihr mitteilen würden, dass sie in den Vereinigten Staaten wegen Mordes gesucht wurde und deswegen den nächsten Flieger nach Hause nehmen musste. Als das nicht passierte, erwartete sie, dann ein Problem zu bekommen, als der rotbackige Einreisebeamte ihren Pass durch seinen Scanner zog. Als auch das glimpflich ablief, fragte sie sich, ob man abwarten wollte, bis sie ihr Gepäck abholte, nur um sicherzugehen, dass man die Flüchtige mitsamt dem von ihr geschmuggelten Gegenstand erwischte. Als selbst das nicht geschah, ging sie davon aus, dass man sie aus der Schlange vor dem Bus reißen, ihr einen schwarzen Sack über den Kopf werfen und sie in den Laderaum eines Vans verfrachten würde, der sie zum Verhör an einem unbekannten Standort abtransportieren würde. Doch auch das geschah nicht.

Stattdessen holperte sie gemeinsam mit den anderen Touristen im Bus auf die Stadt zu und bestaunte mit ihnen die verfallenen Gebäude, während sie sich wünschte, eine Kamera oder zumindest ein Handy dabeizuhaben, um genau wie alle anderen auch Bilder von allem und jedem knipsen zu können. Da ihr selbst diese grundlegende Ausstattung des modernen Lebens verwehrt war, setzte sie sich auf einen der hinteren Plätze im Bus und vergrub das Gesicht in einem Daniel-Silva-Thriller, den sie bereits auf dem Flug zu Ende gelesen hatte.

Bei den Hyde Park Barracks in Knightsbridge stieg sie aus, wo gerade keine Spur von der Gardekavallerie zu sehen war. Obwohl es einen Taxistand gab, beschloss sie, sich zu Fuß durchzuschlagen. Und so schleppte sie ihre Reisetasche die Straßen hinunter und blieb immer wieder stehen, um mit abgeschirmten Augen in die Schaufenster zu blicken in der Hoffnung, in der Reflexion der Scheibe jemanden entdecken zu können, der sie von der anderen Straßenseite aus beobachtete. Doch ihre mittlerweile fünf Wochen im Untergrund hatten sie gelehrt, dass man Verfolger meist erst bemerkte, wenn es zu spät war.

Früher hätte sie es niemals für möglich gehalten, dass man sich jede Minute eines jeden Tages fürchten konnte.

Ihre Erfahrung belehrte sie eines Besseren.

Sie ließ die eleganten Hotels und Restaurants vom Hyde Park hinter sich. In diesem Teil von London war sie schon seit Jahren nicht mehr gewesen, doch langsam kehrte die Erinnerung an manche Seitenstraße zurück. Die roten Backsteinhäuser standen dicht an dicht gedrängt; ein jedes gekrönt von Erkertürmen, Giebeldächern oder Mauerzinnen. Eine Freundin aus Oxfordzeiten, die Großnichte irgendeines Baronets, hatte in einem dieser Gebäude eine Wohnung unterhalten, um ein Zweit- und Drittleben weitab der prüfenden Blicke ihrer Eltern und deren Bekannten führen zu können.

Das war eine Ewigkeit her.

Hinter den höchsten Türmen ging langsam die Sonne unter. Die Schatten streckten sich über die Straße. Sie lief schneller. Hier draußen inmitten der Menge fühlte sie sich unwohl. Endlich fand sie die von ihr gebuchte Unterkunft am zwielichtigen Ende einer schmalen Gasse. Sie trug den Namen und das Wappen irgendeines vergessenen Ritters, der anscheinend eine beachtliche Sammlung an Waffen und Schilden aus Hartplastik hinterlassen hatte, da diese an jeder Wand und Tür des Etablissements hingen. Ihr Zimmer bezahlte sie bar und für zwei Nächte im Voraus. Wieder erwartete sie, damit alle möglichen Alarmglocken zu drücken. Als alles ruhig blieb, ging sie davon aus, dass die Rezeption Anweisungen erhalten hatte, sie nicht aufzuschrecken. Doch das verstohlene russische Pärchen hinter ihr zahlte ebenfalls bar, woraufhin sie sich in Erinnerung rief, dass sie sich für dieses Hotel entschieden hatte, nachdem sie auf yelp.com gelesen hatte, dass Bargeld hier gerne gesehen war.

Ihr Zimmer war geräumig, aber schäbig, die Möbel knarzten, obwohl sie nicht wirklich alt waren, die Aussicht war wenig spektakulär, wenn auch nicht wirklich öde. Es gab keinen Zimmerservice. Kein Telefon. Kein WLAN. Aber eine Dusche und ein Bett, und das waren die Dinge, nach denen sie sich im Moment am meisten sehnte. Morgen würde sie sich ihrem eigentlichen Auftrag widmen.

Eine leise Stimme in ihrem Hinterkopf schalt sie fast stündlich dafür, dass sie sich nicht stellte und der Polizei ihre Geschichte erzählte. Es bestand sogar die Möglichkeit, dass die Behörden ihr Glauben schenkten und sie freiließen, anstatt sie in die Todeszelle zu steckten. Dennoch hatte sie ihre Zweifel. Die Beweise gegen sie waren einfach zu überwältigend.

Außerdem, ob es ihr nun gefiel oder nicht, stand einfach zu viel auf dem Spiel. Am Erfolg ihrer Mission hing mehr als nur ihre persönliche Freiheit.

Ihr Name war Bethany Barclay, doch der Name auf dem Pass lautete anders. Noch vor fünf Wochen war sie eine unbekannte Anwältin gewesen, die eine kleine Kanzlei in einer ruhigen Ecke des ländlichen Virginias führte. Heute war sie eine vom FBI gesuchte Flüchtige, die gezwungen war, nach London zu reisen, um einem religiösen Artefakt hinterherzujagen, welches möglicherweise gar nicht existierte. Und trotzdem musste sie es finden. Mehr als nur ihre Freiheit war in Gefahr. Leben standen auf dem Spiel - nicht nur ihr eigenes.

Also duschte Bethany, zog sich frische Sachen an, legte sich auf die klumpige Matratze und betete für den friedvollen Schlaf, der ihr in den vergangenen Wochen ihrer Flucht verwehrt geblieben war. Morgen würde sie sich auf den Weg nach Oxford machen, um herauszufinden, wie es ihre beste Freundin Annabelle Seaver geschafft hatte, sich vor sechs Monaten mit einem Mann zu unterhalten, der bereits seit zwei Jahren tot war. Bethany hätte Annabelle einfach fragen können, wenn diese nicht ebenfalls tot gewesen wäre.

ERSTER TEIL

WES BROT ICH ESS, DES LIED ICH SING – VON BÄCKERN UND SÄNGERN

1

»In São Paulo sitzt ein Bischof, der sich in der Kirchenkasse bedient«, berichtet Ralph Kelvin. »Ich habe Elliott bereits informiert. Seine Zeitungen werden die Geschichte auf die Titelseiten stellen.«

»Hervorragend«, entgegnet Lillian Hartshorne.

Ralph wirft der alten Dame einen besorgten Blick zu. Normalerweise löst jede negative Nachricht, die etwas mit der Kirche zu tun hatte, eine aufgebrachte Tirade bei ihr aus, in der sie sich darüber auslässt, wie die inneren Widersprüche des Gottesglaubens unweigerlich zum endgültigen Verfall eben jenes Glaubens führen müssen. Dann hält er sich vor Augen, dass sie nächsten Monat ihren sechsundachtzigsten Geburtstag feiern wird und das Alter vielleicht langsam seinen Tribut fordert.

Er startet einen zweiten Versuch. »Dieser unschöne Zwischenfall in München letzte Woche. Wie sich herausstellt, trugen ein oder zwei Randalierer ein Kreuz um den Hals. Wenn wir geschickt vorgehen und nicht zu offensichtlich darauf herumreiten, wird am Ende des Monats die ganze Welt den Aufstand einem Mob fundamentalistischer Christen zuschreiben.«

»Sehr gute Arbeit«, sagt Lillian, die mit düsterem Ausdruck durch die ausladenden Fenster blickt, hinaus in den verregneten Park ihres weitläufigen Anwesens in Virginia.

Ralph streicht über seinen kurzen, stacheligen Bart. Die Teilnahmslosigkeit seiner alten Freundin bereitet ihm Sorgen. Sie sitzen in einem achteckigen Wintergarten beisammen, der sich an den privaten Flügel ihres weitläufigen Hauses anschließt. Die Wände und Decken bestehen hauptsächlich aus Glas. An einem sonnigen Sommertag wäre der Raum lichtdurchflutet, doch jetzt, da sich die stürmische Junidämmerung über das Anwesen legt, wirkt er trist und grau.

»Beschäftigt dich irgendetwas?«, fragt er schließlich.

»Mit Blick auf meine Position kann man wohl davon ausgehen, dass mich immer irgendetwas beschäftigt.«

Doch der Versuch des bissigen Spotts wirkt bestenfalls quengelig, und Ralph lässt sich nicht beirren. Er ist ein ehemaliger Philosophieprofessor, der sehr erfolgreiche Bücher zu unterschiedlichsten Themen wie der Sozialkultur des Ameisenhügels bis hin zur Geschichte der Milchstraße veröffentlicht hat. Auch im Alter von einundsiebzig reißen sich Talkshows und Vortragskreise gleichermaßen um ihn. Er ist regelmäßig zu Gast bei den Konferenzen in Davos und Sun Valley. Lillian und er leisten schon seit Jahrzehnten ihren Dienst im Rat. Gemeinsam haben sie Verschwörungen geplant, Geheimnisse gehütet, Regierungsbeamte gestürzt und gelegentlich Morde in Auftrag gegeben. Normalerweise sprudelt Lillian vor zynischer Energie geradezu über, ist brillant, bissig und voller Ideen. Ralph kennt ihre Zähigkeit angesichts von Krisen. Er hat gesehen, mit welcher Gefasstheit sie einen persönlichen Verlust hinnehmen kann.

Doch so wie jetzt hat er sie noch nie erlebt.

»Gibt es irgendwelche Neuigkeiten von Bethany?«, fragt Ralph schließlich, da ihm kein anderer Grund für Lillians Apathie einfallen will. »Hast du mich deswegen hergebeten?«

»Anscheinend wurde sie von zwei FBI-Agenten am Flughafen Dulles abgefangen.« Die alte Dame spielt mit einer Locke ihres schneeweißen Haares, das stets geradezu maskulin kurz geschnitten ist. Die betagten Augen sind immer noch auf die Landschaft hinter dem Fenster gerichtet. »Sie haben sie verhört, dann ist sie in ein Flugzeug nach London gestiegen.«

Ralph wählt seine nächsten Worte mit Bedacht. »Ich nehme an, dass wir an der Entscheidung, sie laufen zu lassen, beteiligt waren.«

»Da liegst du falsch. Wir hatten mit dieser Entscheidung nichts zu tun.« Sie ballt eine zierliche Faust auf der Armlehne ihres Stuhls. »Wir haben Leute dort drüben! Natürlich sind sie alarmiert worden, aber ich kann ihnen nicht sagen, wo sie suchen sollen. Da wir zu spät von ihrem Abflug erfahren haben, konnten wir niemanden zum Flughafen schicken, der sie bei ihrer Ankunft abfängt.«

»Das verstehe ich nicht. Warum hat das FBI sie dann laufen lassen?«

»Ich habe keine Ahnung, Ralph. Alles, was unsere Leute bisher herausfinden konnten, ist, dass der Agent, der sie das Flugzeug besteigen ließ, wahrscheinlich seinen Job verliert.«

»Vielleicht war es nur ein Versehen. Ein Fall von Inkompetenz.«

»Wer's glaubt, wird selig.«

Sie werden kurz unterbrochen, als Lillians Stabschef eintritt. Kenny Atwood ist ein schlanker, arroganter junger Mann, den Ralph insgeheim für einen Schleimer hält. Kenny reicht seinem Boss einen blauen Mitteilungszettel, dann verlässt er den Raum mit einem selbstgefälligen Grinsen.

Lillian schaut von dem Stück Papier hoch. Ralph meint hören zu können, wie sie mit den Zähnen knirscht. »Es scheint so, als hätten sie ihr einen neuen Codenamen verpasst. Sie nennen sie jetzt WACHSAM. Treffend, oder nicht? Unsere Leute haben sozusagen bei der Arbeit geschlafen, daher konnte WACHSAM entwischen.«

»Das steht da auf dem Zettel?«

»Das hat dich nicht zu kümmern.«

Ralph hantiert mit seiner Kaffeetasse. Er würde etwas Stärkeres vorziehen, aber Lillian hat jeglichen Alkohol aus ihrem Haus verbannt, seit sie laut Verordnung der Ärzte abstinent bleiben muss.

»Was soll ich für dich tun?«, fragt er.

»Ich möchte, dass du dich mit Findrake triffst.«

Schlechtes Wetter hin oder her, Ralph weiß, dass er sich die plötzliche Kälte im Raum nur einbildet, dennoch muss er einen Schauder unterdrücken. Kein Mitglied des Rats erwähnt Simon Findrake. Niemals. Der Name allein ruft Erinnerungen an Wahnsinn und Chaos wach, an eine Vergangenheit, die Ralph meinte verdrängt zu haben. Und nun gräbt Lillian das alles wieder aus.

Also schweigt Ralph und wartet ab.

Lillian lässt sich Zeit. Noch immer beobachtet sie den tristen grauen Regen hinter der Scheibe. »Ich muss dich außerdem bitten, kein anderes Ratsmitglied zu informieren, wohin du gehst oder warum.«

»Du willst, dass ich Findrake ohne die Zustimmung des Rats aufsuche?«

»Ich allein bin der Schutzherr. Vergiss das niemals. Es obliegt mir zu entscheiden, was dem Rat zu Ohren kommt und was nicht.«

Eigentlich hat Ralph Kelvin von einer solchen Regel noch nie gehört, doch dies scheint kaum der geeignete Moment, um darüber zu diskutieren.

»Und warum soll ich mich mit ... diesem Mann treffen?«

Langsam, ganz langsam dreht sich Lillian zu ihm um. Trotz ihrer schwindenden Energie ist der Blick ihrer blassblauen Augen durchdringend, beinahe glühend.

»Du wirst Findrake aufsuchen, weil ich dir mehr als jedem anderen Ratsmitglied traue. Wenn ich zurücktrete, wirst du die Führung übernehmen. Jeder weiß das. Nein, nein, erspar mir deine Beschwichtigungsversuche. Damit verschwendest du nur wertvolle Zeit. Hör mir genau zu.«

Ihre kleinen Hände wirken auf den Armlehnen wie feinstes Porzellan. »Der Rat weiß nur, dass Bethany eine Bedrohung für uns darstellt, weil sie die Pilatus-Inschrift finden könnte - sollte diese tatsächlich existieren - und sie dem Feind zuspielen könnte.«

»Willst du damit sagen, dass es noch einen anderen Grund gibt?«

»Die Pilatus-Inschrift ist sehr wichtig für uns, Ralph. Ich behaupte nichts anderes. Doch sie ist nicht der Grund, warum du dich mit Findrake treffen musst.« Lillian lehnt sich nun vor, ihr kleines ovales Gesicht nimmt einen schmerzvollen und flehenden Ausdruck an. »Wir müssen sichergehen, dass Findrake im Hinblick auf diesen Bethany-Vorfall auf unserer Seite steht. Er darf kein teilnahmsloser Beobachter bleiben. Und nur ein persönlicher Abgesandter vermag ihn davon zu überzeugen.«

»Das verstehe ich nicht. Ich dachte immer, Bethany Barclay sollte der Spur folgen, die ihre Freundin Annabelle hinterlassen hat. Und Annabelle war auf der Suche nach der Pilatus-Inschrift.«

»Das ist nicht das Einzige, nach dem sie gesucht hat.«

Ralph schlägt das Angebot aus, in einem der Gästehäuser zu übernachten, und so schickt Kenny einen Fahrer, der ihn zurück in die Stadt fährt, wo er seine übliche Suite im Hotel Mandarin Oriental gebucht hat. Die mit dem atemberaubenden Blick über den Potomac River. Morgen stehen ein paar Presseinterviews auf seinem Terminplan und am Abend ein Vortrag an der American University. Er hofft, dass genügend Demonstranten auftauchen werden. Vielleicht lädt er sogar einige von ihnen auf die Bühne ein. Er liebt es, ihre jämmerlichen Argumente in der Luft zu zerreißen.

Es regnet noch heftiger. Die Limousine schleicht vorsichtig die schmalen Feldwege entlang. Bauernhöfe und Wochenendvillen mischen sich hier draußen nur widerwillig, doch an diesem Abend sind alle gleichermaßen unsichtbar, dank des Regengusses. Es ist Mitte Juni und die Bäume stehen in voller Pracht, üppig und grün. Doch durch das viele Wasser beschwert, neigen sie sich zur Straße hinunter und die niedrigen Äste streifen die Fensterscheiben wie Knochenhände.

Ein Foto.

Das ist es, was Lillian Hartshorne so aus der Fassung gebracht hat.

Das Foto eines dummen, verliebten Mädchens, das vor sehr langer Zeit geschossen und von Annabelle Seavers gestohlen wurde, bevor man sie ermordete.

Ralph lehnt sich zurück und schließt die Augen. Er sollte seine Frau anrufen und ihr Gute Nacht sagen, aber zuerst muss seine Wut verrauchen. Eine vermisste Fotografie - deswegen muss er Findrake aufsuchen. Findrake!

Diese Art Fehler darf ihrer Seite eigentlich nicht unterlaufen. Der Rat agiert reibungslos und effizient. Den Fanatikern der anderen Seite passiert ein Fehltritt nach dem anderen, so wie es eben von Leuten zu erwarten ist, die ständig innehalten müssen, um sich zu fragen, ob sie vielleicht gerade ihren Gott verärgern.

Doch dieses Mal ...

Dieses Mal war ein Foto verloren gegangen, das den gesamten Rat stürzen könnte. Ralph hatte den Schutzherrn gefragt, woher sie wusste, dass das Foto noch immer geheim war.

Weil wir noch nicht verhaftet wurden, hatte sie düster geantwortet. *Weil wir noch am Leben sind.*

Ein Foto.

Ein Foto, wegen dem Ralph morgen seinen Agenten anrufen, alle verbleibenden Termine seiner Vortragsreise absagen und am nächsten Tag einen Flieger nach England nehmen würde, um einen Mann zu treffen, von dem er gehofft hatte, ihn zeit seines Lebens nicht mehr wiedersehen zu müssen ...

»Festhalten!«, ruft der Fahrer, und Ralph setzt sich in seinem Sitz auf, nur um noch mitzubekommen, wie der auf sie zurasende Lkw in ihren Wagen kracht und die komplette Front eindrückt, sodass das Fahrzeug wild herumwirbelt und in einem Graben auf dem Dach landet. Benommen, blutend und halb bewusstlos liegt Ralph auf dem Rücksitz. Im flackernden Licht kann er sogar noch einen weißen Knochensplitter erkennen, der aus seinem Arm ragt.

Seltsam, dass er gar keinen Schmerz verspürt.

Aus der Dunkelheit dringen Rufe an sein Ohr. Zwei Männer ducken sich neben dem Wagen. Einer von ihnen überprüft den Puls des Fahrers und nickt. Der andere betrachtet Ralphs zertrümmerten Körper und greift durch das zersplitterte Fenster, als wolle er ihm eine Hand reichen. Stattdessen presst er sie auf den Mund des verwundeten Mannes und kneift ihm die Nase zu. Kraftlos versucht Ralph sich zu wehren, doch der Angreifer drückt weiter zu, bis der Philosoph und Gelehrte sich nicht mehr rührt. Sein letzter Gedanke ist, dass der Feind nicht genug Idealismus hat, um für seine Mission zu morden. Die Frage, wer seinen Tod angeordnet haben mag, verfolgt Ralph Kelvin bis in die Dunkelheit.

2

Oxford hatte sich kaum verändert und war stolz darauf. Mit steifen Knochen stieg Bethany aus einem sogenannten Luxusreisebus, in dem sie gerade die zweistündige Fahrt aus London hinter sich gebracht hatte. Hätte sie von ihrem neuen Codenamen gewusst, hätte sie ihn voll und ganz gutgeheißen, da sie auf der Reise kaum ein Auge zugetan hatte. Den größten Teil der Strecke hatte der Bus im Stau gesteckt, und eingepfercht zwischen den vielen lärmenden jungen Leute mit ihren Rucksäcken, ihren Telefonen, ihren Tablet-PCs und ihrer Musik war Bethany allmählich klaustrophobisch geworden. Diese Leute wirkten auf sie, die selbst gerade mal neunundzwanzig Jahre alt war, sogar noch egozentrischer, als sie es in deren Alter gewesen war. Doch sie war auf der Flucht, und für Flüchtende galt immer noch: Wes Brot ich ess, des Lied ich sing.

Der Bus setzte die Fahrgäste am südlichen Ende der High Street ab, nur einen Block von der St. Edmund Hall entfernt. Die Morgenluft war frostig. Nebelschwaden hingen über der Landschaft. Bethany blieb auf dem Bürgersteig stehen, um sich erst einmal zu orientieren. Das All-Souls-College lag die Straße hinunter und sie erinnerte sich daran, wie ihr Ethik-Dozent sie gedrängt hatte, einen Antrag für die *Examination Fellowship* einzureichen, eine Prüfung, die oftmals als die schwierigste der Welt bezeichnet wurde – und wie sie, die ohne Geld groß geworden war, lieber in die Staaten zurückgekehrt war und stattdessen Jura studiert hatte.

»Du hättest wahrscheinlich sowieso nicht bestanden«, hatte Annabelles plumper Versuch gelautet, sie in ihrer Entscheidung zu bestätigen, doch so war Annabelle eben. Und wenn Bethany nicht versucht hätte herauszufinden, wie ihre beste Freundin gestorben war, wäre sie jetzt nicht auf der Flucht vor dem FBI und sicherlich auch nicht ...

»Entschuldigen Sie bitte«, sagte ein junger Mann direkt hinter ihr. »Gehen Sie rein oder nicht?«

Im ersten Moment glaubte Bethany, er würde zu einer der beiden Seiten gehören, die hinter ihr her waren – was sie mittlerweile fast jedem unterstellte, dem sie begegnete –, und schaute sich hektisch nach einem Fluchtweg um. Dann wurde ihr klar, dass der Mann lediglich in das Queen's Lane Coffee House wollte, dessen Eingang sie blockiert hatte, während sie in ihren Erinnerungen schwelgte.

Sie lief durch den Morgennebel, an den großen gotischen Gebäuden vorbei, die genauso einschüchternd auf sie wirkten wie von den Erbauern beabsichtigt, auch wenn Bethany zwei Jahre während ihres Aufbaustudiums hier verbracht hatte. Damals, als noch niemand wusste, was ein I-Pad oder die *Tribute von Panem* waren, MySpace als das angesagte soziale Netzwerk galt und das Wachstum der amerikanischen Wirtschaft nicht aufzuhalten war. Am Barnard College in Oxford studieren zu können, war das Größte für sie gewesen. Sie war in den ländlichen Gebieten von Virginia und North Carolina aufgewachsen, bei einer Familie in der selbst ein Jahr am Junior College eine Rarität darstellte. Sie hatte ihre Zeit in Oxford bis auf ein paar kleine Abstriche sehr genossen und immer gehofft, eines Tages zurückzukehren.

Dass es unter solchen Umständen geschehen sollte, hätte sie sich niemals vorstellen können.

Sie hatten Janice entführt. So einfach war das. Bethany war in Oxford, weil Janice Stafford, die sie ein paar Wochen lang auf ihrer Flucht begleitet hatte, nun irgendwo gefangen gehalten wurde. Janice Stafford, ehemaliges Mitglied von BLLNET, das als eine der gefährlichsten Hackergruppen der Welt gehandelt wurde. Janice Stafford, die sich in mindestens neun verschiedenen Bereichen als Genie qualifizierte. Janice Stafford, gerade mal sechzehn Jahre alt, die der Welt unverbraucht, voller Begeisterung und Optimismus entgegentrat.

Und nun dank Bethany eine Geisel war.

Bethany war krank vor Sorge, und das war genau das, was die Entführer bezwecken wollten.

Wenn Bethany ihnen nicht in zwei Wochen die Pilatus-Inschrift lieferte, würde Janice sterben.

Schon seit Jahrhunderten kursierten Gerüchte über die Existenz der

Pilatus-Inschrift: ein Kalksteinblock, auf dem Pontius Pilatus seinen Bericht über das Leben und Wirken von Jesus Christus hinterlassen hatte.

Annabelle war auf der Fährte der Pilatus-Inschrift gewesen, als sie vor drei Monaten in Washington von einem Auto überfahren worden war. Bethany war ihre beste Freundin gewesen. Das war der Grund, warum man sie gezwungen hatte, Annabelles geheimnisvolle Mission fortzuführen. Bethany allein konnte den Hinweisen folgen, die Annabelle hinterlassen hatte. Zu diesen gehörte auch eine mysteriöse Notiz, dass sich Annabelle mit dem weisen Mann getroffen hatte. Nach der Bedeutung befragt, hatte Bethany sich ahnungslos gegeben, auch wenn sie die Antwort wusste - und Annabelle hatte gewusst, dass sie die Botschaft entschlüsseln würde.

Der Ethikprofessor, der versucht hatte, Bethany zu einem Studium am All Souls zu drängen, war ein aufgeblasener kleiner Tyrann namens Adrian Wisdom gewesen. Und da »Wisdom« das englische Wort für »Weisheit« war, hatte Bethany ihm heimlich den Spitznamen »weiser Mann« verpasst.

Niemand außer Annabelle wusste das.

Um also Annabelles Fährte folgen zu können, blieb Bethany keine andere Wahl, als nach Oxford zurückzukehren und herauszufinden, was ihr der weise Mann erzählt haben könnte. Alles in allem ein durchaus guter Plan, bis auf das kleine Problem, dass der weise Mann vor fast zwei Jahren an Herzversagen gestorben war.

Annabelles Besuch hingegen - bei dem sie ihn ihrer eigenen Aussage nach getroffen hatte - lag gerade mal sechs Monate zurück.

Ihr erster Gedanke war gewesen, dass Annabelle sein Grab besucht hatte, doch eine schnelle Internetsuche in einem Café in Baltimore hatte ans Licht gebracht, dass Mr Wisdom verbrannt und seine Asche gemäß seines letzten Wunsches auf hoher See verstreut worden war. Er hatte keinen Platz in Anspruch nehmen wollen, für den es bessere Verwendung gab.

Und so kam es, dass Bethany nun schließlich wieder in Oxford durch die feuchte Morgenluft stapfte, während die Gebäude im lichten blauen Nebel verschwanden. Oxford musste der richtige Ort sein. Was auch immer Annabelle mit der Behauptung gemeint hatte, vor sechs Monaten mit Adrian Wisdom gesprochen zu haben, es musste hier geschehen sein.

Bethany überquerte die Magdalen Bridge, während Studenten auf Fahrrädern an ihr vorbeischossen und irritierte Dozenten ihr verstohlene Blicke zuwarfen und versuchten, sie einzuordnen. Denn ihr hochgewachsener, athletischer Körper, die intelligenten Augen und ihr zügiger, selbstsicherer Gang machten deutlich, dass sie eine Persönlichkeit war. Raymond Fuentes hatte ihrem Training nur einen Tag gewidmet, doch an diesem hatte er ihr eingeprägt, dass Zugehörigkeit zu zwei Drittel darin bestand, dass man selbst an sie glaubte. Sie nicht vortäuschte, sondern wirklich an sie glaubte.

Und so glaubte Bethany. Sie suchte Augenkontakt und lächelte, sie gehörte hierher, das konnte jeder sehen. Niemand stellte ihre Anwesenheit infrage, selbst als sie sich ein paar frühmorgendlichen Joggern anschloss und durch das Tor des Magdalen College schlüpfte.

Die Erinnerung traf sie wie ein Schlag.

Bethany strauchelte. Auch konnte sie der grausamen Wahrheit nicht mehr entrinnen: Hier war sie glücklich gewesen. Und für einen kurzen, lichten Moment – während sie um die Ecke eines breiten Treppenaufgangs bog, das Sonnenlicht durch die bunten Bleiglasfenster fiel und sie mit seiner himmlischen Farbenvielfalt blendete –, in diesem einen leuchtenden Moment konnte Bethany die flüchtige Vision eines vollkommen anderen Lebens beinahe greifen. Ein Leben ohne Einsamkeit, sondern in Beziehung zu anderen, ein Leben, in dem ihre geliebten Bücher die Freundschaften nur ergänzten, nicht ersetzten. Während ihrer Zeit in Oxford hatte sie sich verliebt, in einen Dummkopf namens Plunkett, der wenig erfolgreich moderne Sprachen studierte und dessen angesehene Familie ein bisschen Ländereien hier, ein paar Gewässer dort und etwas Geld überall besaß. Plunkett, der in seiner Freizeit schlechte Liebesgedichte verfasste, mit denen er sie zu umwerben versuchte, hatte voller Begeisterung Pläne geschmiedet: Sie würden sich gemeinsam auf dem Grundstück seines Onkels niederlassen, um ihre Kinder großzuziehen und Landwirtschaft zu betreiben – Landwirtschaft! –, und Bethany hatte sich so schnell sie nur konnte, und das war wirklich schnell, zurück in die Sicherheit ihrer Bücher geflüchtet. Sie konnte sich noch an den Ausdruck verletzter Verwirrung in seinen Rehaugen erinnern und wie sie sich nach ihm verzehrt hatte, obwohl sie sich nicht von seinem Flehen erweichen ließ. So groß auch das Loch in ihrem Leben oder ihrer Seele sein mochte, es ließ sich nicht mit irgendwelchen konventionellen Lebensentwürfen ausfüllen, und als Annabelle sie einmal fragte, was denn so konventionell daran sei, Landwirtschaft in Yorkshire zu betreiben, hatte Bethany sie wie ein eingesperrtes Tier angeknurrt.

Dann war der Moment vorbei und sie hätte sich dafür ohrfeigen können, dass sie sich zu solcher Gefühlsduselei hatte hinreißen lassen. Dieser Morgen war weder der richtige Zeitpunkt, um in Erinnerungen zu schwelgen, noch die Gelegenheit, einen verklärten Blick auf das Leben zu werfen. An diesem Morgen ging es nur darum, ihrer Pflicht nachzukommen, und auf der Flucht hatte sie gelernt, dass man tot enden konnte, wenn man auch nur für eine Sekunde die Konzentration verlor.

Mühelos fand sie den ihr vertrauten Bereich des Gebäudes wieder, da ihr Ortsgedächtnis fast so ausgeprägt war wie ihr Personengedächtnis. Sie stand auf dem Treppenabsatz und schaute auf den Garten des Colleges hinunter, als sie sich erinnerte, wie sie vor Jahren den Steinpfad hinuntergelaufen war und beobachtet hatte, wie Plunkett und seine neue Flamme nur wenige Schritte vor ihr die Köpfe zusammengesteckt und gekichert hatten. Sie hatte sich herabgebeugt und eine zarte lilafarbene Blume gepflückt, der sie aus lauter versteckter Wut die Blätter abriss, so brutal sie nur konnte ...

Bethany schob die Erinnerungen beiseite, eilte die Stufen hinauf und fand sich genau wie in alten Zeiten vor der einfachen Holztür zu Gehringers Räumen wieder.

Gehringer, der stets den konfusen und strengen Lehrer spielte, der er nie wirklich war; Gehringer, den alle Studenten liebten; Gehringer, der ihres Wissens nach der einzige Professor in Oxford war, den Annabelle während Bethanys Zeit hier tatsächlich getroffen hatte, abgesehen von dem toten Mr Wisdom. Und Annabelle hatte einen bleibenden Eindruck hinterlassen: Auch daran erinnerte sich Bethany. Später sagte ihr Gehringer, dass Annabelle einen »wirklich beeindruckenden Verstand« besaß; er fragte sich laut, ob wohl das falsche Mitglied des Duos in Oxford gelandet war.

Ganz sicher wäre Annabelle als Erstes hierhergekommen.

Bethany atmete einmal tief durch, sprach ein Gebet und klopfte an. Wie durch ein Wunder war Gehringer anwesend, auch wenn er mittlerweile sehr alt und sehr fett geworden war. Sie stellte sich als Ms McMullen vor - schließlich lautete so der Name in ihrem Pass - und erklärte, dass sie vor einigen Jahren seine Studentin gewesen war, sich geschäftlich in Oxford aufhielt und nur vorbeischaute, um ihm für all die Hilfe zu danken, die er ihr damals hatte zukommen lassen. Während sie diese Sätze aussprach, wurde Bethany bewusst, dass sie nicht gerade überzeugend klang. Auch Gehringer sagte nichts, was darauf hindeutete, dass er ihr nicht glaubte.

»Ich erinnere mich an Sie«, verkündete er, während er sie von oben bis unten musterte. »Nein, ich irre mich. Das war jemand anderes. Wer genau sind Sie noch mal?«

Sie versuchte es erneut mit derselben Erklärung und wunderte sich, dass er keine Ahnung hatte, wie berühmt oder besser gesagt berüchtigt sie geworden war.

Doch das professorische Unvermögen, sich mit Angelegenheiten außerhalb der akademischen Welt zu beschäftigen, war schon immer Teil seiner Rolle gewesen, und das Funkeln in seinen silbrigen Augen verriet ihr, dass er ihr etwas vortäuschte. Vielleicht würde er, sobald sie gegangen war, sofort zum Hörer greifen, um die Polizei zu alarmieren, doch das bezweifelte Bethany. Es war sehr viel wahrscheinlicher, dass er sich ihre Begegnung als gute Geschichte aufhob, die er in einem langweiligen Moment im Speisesaal zum Besten geben konnte.

»McMullen, sagen Sie.«

»Ja, Sir.«

»Wie nett, Sie wiederzusehen.«

Bethany war sich bewusst, wie gefährlich es für sie war, so im Flur herumzustehen. Sie durfte nicht gesehen werden, doch dafür musste sie das Vertrauen des alten Mannes erst gewinnen.

»Ja, also ...«

Die fleischigen Lippen verzogen sich zu einer Schnute. »Aber sagten Sie McMullen? Ich bin mir nicht sicher, dass ich je eine Studentin namens McMullen hatte. Natürlich gab es da mal einen McMatthews - der

Sohn des Bankiers, wissen Sie. Sie sind nicht zufällig seine Schwester, oder?«

»Ähm, nein, Sir.«

»Ich fürchte, ich kann mir Namen nicht sonderlich gut merken, und – ach, ja. Ja. Barclay. So heißen Sie. Nicht McMullen. Sie sind die, nach der überall gesucht wird. Wegen Mordes oder irgendeinem anderen Blödsinn. Terrorismus. Du liebe Güte. Ich nehme an, Sie kommen besser rein, bevor einer der Studenten Sie erkennt und auf irgendwelche dummen Gedanken kommt.«

3

Er schien geradezu begeistert zu sein. Sie war auf der Flucht vor dem Gesetz, doch trotzdem bot Gehringer ihr Tee und Gebäck an. Bethany saß an demselben Arbeitstisch aus Holz, an dem er sie früher mit komplexen Übersetzungen unzugänglicher deutscher Prosa gequält hatte und sie fortlaufend beschimpfte, bis sie die richtigen Formulierungen fand. Es fühlte sich seltsam an, hier zu sitzen, während im Hintergrund der feierliche, wenn auch quälende zweite Satz von Beethovens siebter Sinfonie lief und sie sich über die guten alten Zeiten unterhielten, als würde sie nicht wegen Mordes gesucht, während Bethany sich fragte, ob die Polizei wohl schon auf dem Weg war. Doch Gehringer redete ohne Unterlass weiter, wild mit pummeligen Händen gestikulierend, während er unbekümmert über ehemalige Kommilitonen tratschte, an die sie sich kaum, wenn überhaupt, erinnerte.

»Eigentlich bin ich ganz schön überrascht, Sie hier zu sehen«, sagte Gehringer, als er ihr den obligatorischen Sherry einschenkte. »Sie waren überall in den Nachrichten. Im Fernsehen, bei der BBC, in diesem Internetdings, in allen Medien. ›Die in Oxford ausgebildete Anwältin.‹ So werden Sie bezeichnet. Der Grund liegt auf der Hand. Mann beißt Hund und so weiter. All jene, die wir sonst aus diesen Hallen in die Welt entlassen, beuten normalerweise nur deren Ressourcen und die Armen aus. Ein waschechter Mörder ist unter unseren Absolventen eine echte Rarität, habe ich mir sagen lassen. Neulich abends hat irgend so ein Idiot im Fernsehen erklärt, unter welch großem Druck Anwälte heutzutage stehen; wie sie dazu neigen, auszurasten, und so weiter.«

Bethany nahm das angebotene Glas entgegen. Sie sagte nichts. Ihre Augen schweiften durch den lang gestreckten Salon, der noch genauso von Büchern überladen war wie in ihrer Erinnerung. Die Regale waren vollgestopft mit Bänden, die sich auch auf den Simsen der Bleifenster stapelten und sich im ganzen Raum unordentlich über Stühle und Tische verstreuten. Größtenteils handelte es sich um dicke, abgenutzte Wälzer. Einen Fernseher oder Computer konnte sie nicht entdecken.

»Wie dem auch sei«, meinte Gehringer, während er sich in einen staubigen Ledersessel niederließ. »Ich gehe nicht davon aus, dass Sie nur vorbeischauen, um mir Ihre Lebensgeschichte zu erzählen, habe ich recht? Wie ich höre, ist eine große Belohnung auf Ihre Ergreifung ausgesetzt. Oje. Werden Sie mich töten, nachdem ich Ihnen erzählt habe, was auch immer Sie wissen wollen?« Wieder strich er sich über das Kinn. »Hmm. Ich frage mich, ob man die Belohnung wohl erhöhen würde, falls Sie es tun sollten. Was glauben Sie, wie viel das Leben eines Professors heutzutage wert ist?«

»Ich habe nichts von dem getan, was man mir vorwirft ...«

»Oh nein, meine Liebe, nein. Beruhigen Sie sich. Sie müssen mich keineswegs in diese oder jene Richtung überzeugen. Mir ist das vollkommen egal. Ich interessiere mich nicht für anderer Leute Angelegenheiten. Sie scheinen eine vernünftige junge Frau zu sein. Ich kann keine Anzeichen für eine psychische Störung erkennen – nicht dass ich ein Experte auf dem Gebiet wäre. Doch ich würde sagen, dass Sie bei klarem Verstand sind.

»Vielen Dank, Sir.«

»Was ich damit sagen will, ist, dass diese Leute zweifelsfrei mehr als das verdient haben, was Sie ihnen angetan haben.«

Bethany erwiderte nichts. Weiter ihre Unschuld zu beteuern, wäre sinnlos. Seine Augen waren weit aufgerissen, aber nicht vor Furcht, sondern vor Faszination. Genau wie Annabelles Schwester vor einigen Wochen und der FBI-Agent am Flughafen erst kürzlich glaubte der alte Mann, dass er sich gerade mit einer Mörderin unterhielt. Der Unterschied war, dass Gehringer absolut entzückt über diese Tatsache zu sein schien.

»Lassen Sie mich Ihnen erklären, warum ich hier bin«, sagte sie.

»Bitte«, erwiderte Gehringer und stand auf, um sich Sherry nachzuschenken. Er bot ihr die Flasche an, aber Bethany hatte noch nicht einmal an ihrem Glas genippt. Mit einem offenen und neugierigen Ausdruck im Gesicht machte er es sich wieder in seinem Sessel gemütlich. Ganz offensichtlich amüsierte er sich.

»Ich möchte Ihnen eine Frage zu meiner Freundin stellen. Ich glaube, dass sie Ihnen eventuell vor Kurzem einen Besuch abgestattet hat. Annabelle Seaver.«

»Seaver. Seaver.« Er zog eine Augenbraue hoch und ließ sich den Namen auf der Zunge zergehen. »Seaver. Ich hatte nie eine Studentin, die so hieß. Nicht, dass ich mich erinnere. Seaver. Nein.«

»Sie war keine Studentin. Sie war meine Freundin. Ich habe sie Ihnen vorgestellt, als sie mich damals besucht hat ...«

»Oh. *Oh! Annabelle!* Aber natürlich.« Die fleischigen Lippen formten sich zu einem Lachen, das fast einem Stöhnen ähnelte. »Ja. Du liebe Güte. Oh, mein liebes Kind, natürlich erinnere ich mich. Sie haben sie zu der Weihnachtsfeier mitgebracht.«

»Ja, aber das ist einige Jahre her. Dann ist sie meines Wissens nach im vergangenen Dezember ...«

Manche Oxford-Professoren reagieren unwirsch auf Unterbrechungen, andere ignorieren sie einfach. Gehringer gehörte der zweiten Kategorie an. »Natürlich. Die Bibel, um die ging es doch damals? Lieber Himmel. Was haben wir uns darüber gestritten, sie und ich, nicht wahr? Ja. Annabelle. Seaver, sagen Sie. Mal sehen. Meinungen bleiben mir besser im Gedächtnis als Leute. Wir diskutierten den Ursprung der Evangelien, oder nicht? Oder war es die Reihenfolge ihrer Urheberschaft? Oje.« Er strich sich übers Kinn, auf dem die ersten Anzeichen eines schneeweißen Bartes zu sehen waren. »Das Studium der Bibel ist nur mein Hobby, müssen Sie verstehen, nicht mein Fachgebiet. Dennoch. Ich verfolge schon die Erkenntnisse der Bibelforschung.«

»Professor ...«

»Warten Sie. Ah. Diskutierten wir nicht die Q als Ursprung der Lukas- und Matthäusevangelien? So war es doch, oder nicht? Und Sie haben sich auch an der Debatte beteiligt, nicht wahr? Aber, oh, du meine Güte. Stimmten Sie zu oder nicht? Ich weiß es nicht mehr. Sie haben irgendeine verrückte Ansicht vertreten. An den Teil kann ich mich noch erinnern.«

»Es ging um die Farrer-Theorie«, warf sie ein, doch offensichtlich war Gehringer nicht an ihren Erinnerungen interessiert.

»Ja. Jetzt weiß ich es wieder. Sie sagten, dass die Kirchenväter die Logienquelle nie erwähnt hätten und man daher davon ausgehen könne, dass eine solche nie existiert habe. Sie glaubten, das Markusevangelium und die anderen verfügbaren Schriftstücke würden selbst ohne die Annahme einer Logienquelle auskommen. Annabelle meinte, es erfordere göttliche Inspiration, damit dieses Modell funktionierte, womit Sie Ihrer Aussage nach kein Problem hatten. Ich fragte Sie, welche Beweise Sie für Ihre Annahme hatten, und meine mich zu erinnern, dass die Diskussion an diesem Punkt einen ziemlich mystischen Verlauf nahm. Doch Annabelle hielt an ihrer Meinung fest, nicht wahr? Sie kannte sich gut mit der Bibel aus, auch wenn sie nicht ein Wort davon glaubte.« Die Erinnerung löste ein Lächeln aus, das seine schroffen Züge weicher wirken ließ. »Ja, ich erinnere mich an Annabelle. Und auch an Sie, meine Liebe. Ich bewunderte damals Ihre Streitlust. Das sagte ich auch Matson, doch der war eine dumme Kröte. Matson. War er nicht Ihr Dozent?«

»Ja, ich ...«

»Der ist mittlerweile irgendein hohes Tier in der Stadt. Wussten Sie das? Ist dann schlussendlich doch dem Geld gefolgt. Das tun sie ja alle heutzutage. Irgendein Bursche kommt daher und schneidet ganz hervorragend in Physik ab, aber weil die Forschung an Elementarteilchen nicht sonderlich gut bezahlt wird, wechselt er zu irgendwelchen Hedgefonds, um seinen Verstand zugunsten von Investoren einzusetzen. Kann man ihm eigentlich nicht vorhalten. Wissenschaftler werden von niemandem mehr respektiert, es sei denn, sie nutzen unserer Politik. Oje. Sie haben keine Naturwissenschaft studiert, oder? Das war wirklich nicht als Beleidigung gemeint. Matson lehrte analytische Philosophie, oder nicht?«

»Rechtswissenschaft ...«

»Genauso albern. Vorstellungen über Vorstellungen. Endlose Abstraktionen. Keine konkreten Fakten, wissen Sie. Verschwendung geistiger Energien für irrelevante Fragestellungen.«

Schließlich wandte er sich ihr zu. »Barclay. Richtig. Langsam fällt es mir wieder ein. Wir haben versucht, Sie im All Souls unterzubringen. Doch Sie waren hinter dem großen Geld her, richtig? Sie sind dann an die Harvard Law School gegangen, nicht wahr? Macht nichts. Nicht jeder ist für das geistige Leben geschaffen. Und schauen Sie sich nur an, was aus Ihnen geworden ist.«

Bethany ging davon aus, dass sie gerade beleidigt worden war, auch wenn man sich da bei Gehringer nie so sicher sein konnte.

»Professor, wegen Annabelle.«

»Ja?«

»Sie – sie ist tot.«

»Ah.« Die alten Augen flackerten. Vielleicht fragte er sich, ob die Zahl von Bethanys Opfern höher war, als die Zeitungen berichtet hatten. »Ich verstehe.«

»Sie starb bei einem Unfall mit Fahrerflucht, vor drei Monaten.« Bethany zögerte. »Das war kurz nachdem sie aus Oxford zurückgekehrt war. Ich glaube, sie ist hierhergekommen. Ich glaube, sie wollte zu Ihnen.«

»Tatsächlich?«

»Sie wollte Sie um Hilfe bitten. Ich bin mir nicht sicher, bei was, aber wenn man von Ihren Interessen ausgeht – Ihrem Hobby, wie Sie es bezeichnen –, hatte es wahrscheinlich irgendetwas mit der frühchristlichen Kirche zu tun. Ich hoffe, dass es mir gelingt, ihre Arbeit nachzuvollziehen, wenn Sie mir sagen könnten, was Annabelle wissen wollte. Ich möchte gewissermaßen ihr letztes Projekt zu Ende bringen.«

Nachdem sie es endlich geschafft hatte, ihr Anliegen vorzubringen, wartete Bethany einfach ab. Gehringer runzelte die Stirn, strich sich über das Kinn und zupfte seine Strickjacke zurecht. Seine Augen wanderten zu dem schmutzigen Fenster, hinter dem das morgendliche Sonnenlicht nur zu vermuten war. Nachdenklich trommelte er mit den Fingern auf seine Armlehne.

»Diese Leute, die Sie angeblich umgebracht haben«, setzte er an. Er zupfte an seinem zerzausten Haar. »Zuerst dachte ich, es handele sich um einen klassischen Fall von *Currente Calamo,* wenn Sie wissen, was ich meine. Ich glaube, das habe ich auch zu ein oder zwei Personen im Gemeinschaftsraum gesagt, die meinten, Sie seien einfach nur eine Psychopathin.« Er bemerkte ihren Gesichtsausdruck. »Oh ja. Sie sind in aller Munde. Erst kürzlich unterhielt ich mich mit einem Kollegen, der Sie, soweit ich weiß, in seinem ganzen Leben noch nie gesehen hat und sich dennoch sofort daran zu erinnern glaubte, dass sie zu den brillantesten Köpfen zählten, die er unter seinen Fittichen gehabt hatte.«

»Sir ...«

»Ja. Nun. Wo war ich? Ach, ja. Sie sind nicht vollkommen übergeschnappt, oder? Sie jetzt zu beobachten, so überlegt und zielgerichtet, nun, da drängt sich mir der Verdacht auf, dass Sie wohl irgendeinem Plan folgen. Sie machen das nicht zum Spaß, aber es ist auch kein Zufall. Sie suchen nach etwas, nicht wahr? Genau wie Annabelle damals.« Gehringer bewegte den Kiefer wie ein Mann, der auf etwas Klebrigem, aber durchaus Genießbarem herumkaute. »Vielleicht handelt es sich dabei sogar um dasselbe Etwas, hmm?«

Nachdem das gesagt war, gab er zu Bethanys großer Erleichterung endlich sein abwehrendes Gehabe auf und erstattete ihr geradeheraus und so detailliert Bericht, dass sie sich fragte, ob die ganze Begegnung bis zu diesem Punkt reine Schauspielerei gewesen war.

Harry Stean saß im großen Speisesaal des Dorchester-Hotels, aß ein Frühstück aus Eiern und Toast und studierte die *Times*. Er bevorzugte noch immer die Druckausgabe. Menschen, die Nachrichten von ihren Telefonen und Tablet-PCs ablasen, reduzierten die Welt zu einem Datenstrom, anstatt einer Reihe greifbarer Quellen; gewichtiges Material, das Platz einnahm und daher wert war, geprüft zu werden. Das zumindest war seine Ansicht.

Harry war ein stattlicher Mann, von großer Statur, Gestik und Persönlichkeit. Die Leute machten ihm Platz und akzeptierten seine kleinen Schrullen. Er hätte es nicht anders gewollt. Er war entschlossen, ein Fels für seine eigene Generation zu bleiben. Ihm war nicht daran gelegen, anderen seine Einstellung aufzudrängen, und er wünschte sich sehnlich, weniger Menschen würden das bei ihm zu tun versuchen.

In seinem öffentlichen Leben war Harry ein Architekt, der sich darauf spezialisiert hatte, prächtige Kathedralen zu entwerfen. Sie standen auf der ganzen Welt; ein glücklicher Umstand, der eine offizielle Begründung für seinen Aufenthalt in London bot. Später am Tag würde ein Fahrer ihn nach Coventry bringen, um die neue St. Michael's Kathedrale zu studieren – »neu« bedeutete in diesem Fall, dass die Kirche erst vor etwas mehr als einem halben Jahrhundert errichtet worden war. – Einer seiner argentinischen Kunden wollte genau so eine haben.

So lautete die offizielle Erklärung.

Inoffiziell hielt er sich in England auf, weil auch Bethany Barclay hier war. Er war sich nicht sicher, in welchem Teil des Landes sie sich aufhielt, war aber fest entschlossen, sie zu finden. Es war Harrys Plan gewesen, der sie in Bewegung gesetzt hatte und zu einer Reihe von Missgeschicken führte, die sie fast das Leben gekostet hätte. Er hoffte, sie überreden zu können, in die Vereinigten Staaten zurückzukehren, auch wenn man sie verhaften würde, sobald sie aus dem Flieger stieg. Im Gewahrsam der US-Regierung wäre sie um einiges sicherer als hier auf ihrer verrückten Suche nach der Pilatus-Inschrift. Die Behörden würden Bethany sicher kein Haar krümmen. Niemals würde man sie vor Gericht stellen. Selbst auf höchster Ebene zweifelte man mittlerweile an ihrer Schuld: Das hatte die Senatorin gesagt, und sie hatte Zugang zu den zuverlässigsten Quellen. Mit Sicherheit würde man Bethany in Schutzhaft nehmen und verhören, wahrscheinlich wochenlang. Danach würden die Profis übernehmen und das Chaos beseitigen, das Harry und seine Kollegen mit verursacht hatten.

Zumindest hoffte er das.

In seinem anderen geheimen Leben war Harry als der Kirchenbaumeister bekannt, oder meistens einfach als der Baumeister. Die Organisation, die er leitete, nannte sich »der Garten«. Seit Hunderten von Jahren kämpften sie gegen einen gerissenen Feind, den sie als »die Wildnis« bezeichneten.

Die Wildnis - oder der Rat, wie dieser sich selbst nannte - hatte sich bei ihrer Gründung im späten sechzehnten Jahrhundert ein einfaches Ziel gesetzt: die Zerstörung aller Formen religiösen Glaubens mit besonderem Augenmerk auf die Auslöschung des Christentums.

Der Garten war ein paar Jahrzehnte später ins Leben gerufen worden, um im Geheimen die Pläne des Rats zu durchkreuzen. Seitdem tobte die Schlacht. Doch langsam begann der Baumeister an den Methoden seiner eigenen Seite zu zweifeln.

Im vergangenen Jahr hatte der Garten Annabelle Seaver entsandt, um den Feind zu infiltrieren. Als sie ermordet worden war, manipulierte seine Organisation die ahnungslose Bethany Barclay, bis diese die Spur ihrer toten Freundin aufnahm. Natürlich hatten sie gewusst, dass die

Mission ein gewisses Risiko barg. Doch niemand hatte kommen sehen, dass sie so enden würde ...

Der Baumeister keuchte und griff sich mit der Hand an den Bauch.

Sofort eilte ein Kellner an seine Seite, den Harry jedoch schnell zurückwinkte.

»Mir geht's gut. Mir geht's gut.«

Es ging ihm nicht gut, was jeder im Speisesaal sehen konnte, als er sich zitternd erhob und in die Lobby humpelte. Der Schmerz war heute schlimmer als sonst. Schlimmer als in der ganzen letzten Zeit. Er würde hoch in seine Suite gehen, eine Tablette nehmen und sich ausruhen, bis der Wagen eintraf.

Sie hatten ihn gewarnt, dass das passieren würde, wenn er sich nicht operieren ließ. In nur ein paar Monaten würde sein Leben nur noch aus Schmerz bestehen. Der Baumeister war bereit, sich dem zu stellen, wenn es so weit war.

Solange er vorher die Chance bekam, Bethany zu retten.

4

»Annabelle hat sich nach einem Manuskript erkundigt«, erklärte Gehringer, der sich in seinen Sessel zurücklehnte, während das Leder angenehm knarzte. Er schlug einen dicken Schenkel über den anderen. »Ein Manuskript, vielleicht auch die dazugehörigen Anmerkungen und so weiter.«

»Welches Manuskript?«, fragte sie zu hastig, doch Gehringer genoss die Aufmerksamkeit zu sehr, als dass er sich hetzen ließ.

»Es überrascht mich wirklich, dass sie Ihnen überhaupt nichts davon erzählt hat. Habe ich nicht irgendwo gehört, sie beide wären beste Freunde gewesen?«

»Das waren wir. Ja.«

»Hmmm. Man sollte meinen, dass sie Ihnen vertraut hätte. Ich nehme nicht an, dass Sie irgendeinen Nachweis erbringen können? Einen Beweis, dass Annabelle Ihnen vertraute?«

»Nein«, erwiderte Bethany sehr überrascht. »An welche Art von Beweis hatten Sie denn gedacht?«

Er zuckte mit den Schultern. »Ein Empfehlungsschreiben. Irgendein symbolisches Zeichen ihres Vertrauens.«

Sie schüttelte den Kopf. »Tut mir leid, Professor. So etwas habe ich nicht. Sie müssen mir wohl einfach glauben.«

Gehringer warf ihr einen langen seltsamen Blick zu, und für einen Moment erkannte sie ganz deutlich den rasiermesserscharfen Verstand hinter all dem Gefasel. Dann lehnte er sich wieder in seinen Sessel zurück, legte die Fingerspitzen aneinander und schaute zur Decke. Seltsamerweise spürte sie in diesem Augenblick, dass, was immer er ihr als Nächstes sagen würde, von einer größeren Wahrheit zeugte; nämlich dass Annabelle selbst hier, an einem der unwahrscheinlichsten Orte, Loyalität gefunden hatte.

»So, so«, sagte er zu den Lampen. »Sie wollen also wissen, was Annabelle von mir wollte.«

»Ja, so ist es.«

»Nun gut. Sie erinnern sich sicher noch an Adrian Wisdom.«

»Natürlich.« Sie verbarg ihre Erleichterung, dass er den Namen von sich aus erwähnte, ohne dass sie danach fragen musste.

»Er beschäftigte sich mit den frühen Christen, der arme Kerl. In diesen degenerierten Zeiten gibt es keinen Markt für solches Wissen. Nicht dass ich ein Mann Gottes wäre. Doch die Bibel ist eine der einflussreichsten Schriften der westlichen Geschichte - vielleicht der ganzen Welt - und das Christentum die einflussreichste Bewegung - beachten Sie bitte, dass ich nicht *Religion* sagte - der westlichen Kultur. In gleichem Maße wie die großen Universitäten davon Abstand nehmen, über das Christentum und die Bibel zu lehren, nur um nicht anzuecken, verbergen sie die großen Ideen, auf denen die westliche Zivilisation beruht.«

Er hielt inne, als warte er darauf, dass sie seine Worte mitschrieb. Dieses Mal war Bethany schlau genug, ihn nicht zu unterbrechen.

»Nun, das war Adrians Fachgebiet, müssen Sie verstehen. Ich glaube, er war auch einer Ihrer Professoren, nicht wahr? Von ihm rühren die Meinungen, die Sie bei der Weihnachtscocktailparty zum Besten gaben, nehme ich an. Von Adrians Vorträgen und seinen Perlen der ... Weisheit, Sie wissen schon.«

Sie lächelte pflichtbewusst, was Gehringer kaum bemerkte. Sein Blick verharrte in mittlerer Entfernung, und sie wusste, dass er in Gedanken weit weg war.

»Nun ja. Hmmm. Wir waren Freunde, Adrian und ich, auf gewisse Weise. Nicht dass er nicht mehr als genug verrückte Ideen vertrat, aber ich nehme an, dasselbe dachte er auch von mir. Wir beide verehrten Heine, wissen Sie, und natürlich Goethe, auch wenn Adrians Einstellung zu dieser Charlotte-von-Stein-Geschichte ziemlich vorsintflutlich war. Man musste ihn zwischendurch immer mal wieder auf Kurs bringen und ... wie auch immer. Sie wollten ja etwas über Annabelle hören.«

»Bitte.«

»Sie schneite genauso unangekündigt wie Sie bei mir herein. Du liebe Güte. Dezember, sagten Sie? Ich nehme an, das wäre möglich. Sie fragte, ob ich mich an sie erinnerte, und natürlich tat ich das - allein schon wegen dieser ganzen Q-Diskussion -, und dann wollte sie alles über Adrian wissen. Irgendwie seltsam. Als Erstes wollte sie wissen, wie er gestorben war.«

»Aber das hätte sie doch mit einer einfachen Internetsuche herausfinden können.«

»Ja, ja. Soweit ich informiert bin, rufen die jungen Leute einfach dieses Internetdings auf und haben alle Informationen zur Hand, inklusive aller Fakten, die gar keine sind.« Er zog eine Augenbraue hoch, so wie früher, wenn er sich bereit machte, seine Studenten zu kritisieren, doch jetzt drückte er damit nur seine Verwunderung aus. »Ich nehme an, dass sie das auch getan hatte, oder nicht? Schließlich wusste sie, dass er tot war.«

»Soweit ich weiß, ist er an einem Herzleiden gestorben.«

»Ja, nun, Ihre Annabelle wollte das nicht glauben. Immer wieder fragte sie mich, wie Adrian wirklich gestorben sei. Sie meinte, als sein engster Freund müsse ich es wissen.« Er trommelte mit den Fingern. »Seltsam. Auf gewisse Weise hätte ich wohl geschmeichelt sein sollen, nicht wahr? Dass sie glaubte, ich würde vielleicht mehr Informationen haben, als sie in diesem Internetdings finden konnte, meine ich. Die meisten Leute glauben das nicht, wissen Sie. Besonders die jungen Leute, leider. Sie sehen mich in meiner Robe herumwanken und glauben, ich sei verrückt geworden. Doch ein paar gute Jahre habe ich noch, meine Liebe. Ich muss noch das Buch über Heine und Marx zu Ende bringen. Sie wissen natürlich, dass sich die beiden in Paris kennengelernt haben. Der gängigen Auslegung zufolge waren sie befreundet oder zumindest Kollegen, die sich gegenseitig bewunderten, doch ich gedenke zu beweisen, dass, wenn man ihren letzten Schriftwechsel mit der angemessenen Aufmerksamkeit für die deutschen Spracheigentümlichkeiten dieser Zeit betrachtet – vergessen Sie's. Vergessen Sie's. Ähm. Richtig. Wo waren wir?«

»Annabelle hat Sie gefragt, woran Wisdom wirklich gestorben ist.«

»Ja. Nun, man kann die Privatsphäre der Verstorbenen nicht in alle Ewigkeit schützen. Also habe ich ihr die Wahrheit gesagt.«

Bethany richtete sich in ihrem Stuhl auf. »Wollen Sie damit etwa sagen, dass er gar nicht herzkrank war?«

»Natürlich war er das. Ziehen Sie bitte keine voreiligen Schlüsse. Jetzt, wo ich darüber nachdenke, fällt mir ein, dass Sie schon früher so voreilig waren. Sie wollten immer einen Schritt voraus sein, die Antwort schon wissen. Die Reise, meine Liebe. Erinnern Sie sich? Die Reise ist wichtiger als das Ziel. Das ist der Schlüssel zum geistigen Leben.«

»Sir, Adrian Wisdom betreffend ...«

»Da gibt es nicht viel zu berichten. Adrian war krank. Er hatte sich operieren lassen. Künstliche Herzklappen. Transplantate. Stents. So was in der Art. Die genauen Details kenne ich nicht. Er baute immer mehr ab, und um ehrlich zu sein, hatte er sowieso nicht mehr lange zu leben. Es gelang uns, dass niemand davon erfuhr. Das war der einzige Lichtblick. So gab es keine Probleme mit der Versicherung, was es für die Familie leichter machte. Und natürlich konnte er auf diese Weise in geweihter Erde begraben werden.«

»Sie meinen ...«

»Ich meine, dass Adrian genug von dem Schmerz und der Angst hatte. Also wanderte er eines Tages in die Hügel und pustete sich das Hirn weg. Gott allein weiß, woher er die Pistole hatte.«

Stille legte sich über den Raum, während die beiden über die Tragödie nachdachten: Gehringer trauerte um seinen Freund, und Bethany war zu verblüfft, um etwas zu sagen, während ihr langsam klar wurde, was Annabelle wohl vermutet hatte.

»Nun«, sagte der alte Mann plötzlich. »Ich denke, Sie haben jetzt lange genug hier gesessen. Sicherlich gibt es Orte, an denen Sie gerade sein sollten. Oder aber, meine Liebe, wenn man von der misslichen Lage ausgeht, in der Sie sich gerade befinden, Orte, an denen Sie besser *nicht* sein sollten ...«

»Professor, bitte. Ich habe nur noch ein paar Fragen.«

»Ja, nun, so gerne ich auch den ganzen Tag mit Ihnen plaudern würde, so muss ich doch leider auch meinen Pflichten nachkommen ...«

Dieses Mal ließ die Verzweiflung sie mutig werden, und so fuhr sie ihm ins Wort. »Bitte. Annabelle ist nicht einfach nur hergekommen, um sich nach seiner Todesursache zu erkundigen. Sie wollte bestimmt mehr wissen als das.«

Gehringer zuckte mit den Schultern. »Ich weiß nicht, was Sie von mir hören wollen, meine Liebe. Sie wollte wissen, wie es seiner Familie ging, meine ich mich zu erinnern. Wie sie ihren Verlust verkrafteten.« Er warf einen auffälligen Blick auf seine Armbanduhr. »Solche Dinge eben.«

Jetzt ging der Anwalt in ihr zum Angriff über. »Aber sie hat sich auch nach einem Manuskript erkundigt. Das haben Sie selbst gesagt. Annabelle war auf der Suche nach einem Manuskript.«

»Ja, ja. So war es in der Tat. Das hatte ich für einen kurzen Moment vergessen. Ja, sie wollte etwas über Pilatus wissen.«

»Pilatus? Pontius Pilatus?«

»Ich gehe mal davon aus, dass es keinen anderen Pilatus gibt, der für eine akademische Diskussion von Interesse wäre.« Es folgte ein hustendes Lachen. »Ja. Nun. Professor Wisdom arbeitete bereits seit zehn Jahren an seiner Pilatus-Biografie. Sie erinnern sich sicherlich. Adrian war irgendwo auf ein paar sehr alte Quellen gestoßen, die er heranziehen wollte, um den Mann in einem neuen Licht darzustellen. Oder wollte er das alte, vorherrschende Bild untermauern? Liebe Güte, ich glaube, das wusste ich nie.« Einen Moment lang blickte er bekümmert drein. »Natürlich habe ich deswegen mit ihm gestritten. Wenn er unbekannte Quellen gefunden hatte, sollte er sie in Fachblättern veröffentlichen und der akademischen Welt präsentieren, anstatt sie zu horten, nur um mit irgend so einem vulgären Buch Profit zu machen. Es sollte kein wissenschaftliches Werk werden, wissen Sie. Er schrieb es für einen kommerziellen Verlag.« Er sprach das Wort *kommerziell* aus, als bezeichne es den Erzfeind. »Das wussten Sie doch, oder nicht? Das mit der Biografie? Er verehrte Sie. Sicherlich hat er Ihnen davon erzählt?«

»Nein, Sir. Davon wusste ich nichts.«

»Und Annabelle hat Ihnen davon nie berichtet?«

»Nein, Sir.«

»Obwohl diese Suche so wichtig für sie war, hat sie sich Ihnen niemals anvertraut? So, so.« Leise glucksend schwankte er in seinem Sessel hin und her. »Und ein Empfehlungsschreiben hat sie Ihnen auch nicht ausgestellt. Wie schade. Nun ja. Wo war ich stehen geblieben?«

»Bei der Pilatus-Biografie.«

»Ja. Nun. Seltsam. Ähm. Er hat sie nie fertiggestellt. Das ist der springende Punkt. Er hat sie nie veröffentlicht. Ich glaube, dass seine Arbeit in der Zwischenzeit einige der Quellen, auf die er sich stützen wollte, in einem fragwürdigen Licht erscheinen ließen, und einfach so waren zehn Jahre Forschungsarbeit für die Katz.«

»Er hat das Buch nie fertiggestellt«, wiederholte Bethany.

»Nein.«

»Doch er war im Besitz von alten Quellen. Quellen, auf die niemand anderes Zugriff hatte.«

»Ich weiß nicht, ob noch jemand anderes darüber verfügte. Adrian sagte mir, dass noch niemand zuvor das veröffentlicht hatte, was er zu schreiben gedachte. Er sagte, er würde alles ans Licht bringen. Das waren seine genauen Worte, meine Liebe. Ans Licht bringen.«

»Hat er Ihnen das Manuskript jemals gezeigt?«

»Ich fürchte nein. Es gab Tage, da fragte ich mich, ob er überhaupt irgendwelche Fortschritte damit machte. Sie müssen wissen, an den Hochschulen ist es oft so, dass die Leute reden, als würden sie ohne Unterlass schreiben, aber wenn man ihr Werk dann zwei Jahre später zu Gesicht bekommt, haben sie gerade mal fünf Seiten zusammenbekommen.«

»Wissen Sie, was aus seiner Forschungsarbeit wurde? Aus seinen Aufzeichnungen?«

»Annabelle stellte mir dieselbe Frage. Ich sagte ihr, dass ich keine Ahnung hatte. Ich riet ihr, es mal in den Archiven des Merton College zu versuchen, doch da war sie anscheinend bereits gewesen. Leider fiel mir sonst nichts ein, wo sie hätte suchen können.«

Eine Pilatus-Biografie. Das war es, was Annabelle gesucht hatte. Wisdoms Biografie und natürlich seine Quellen. Die alten Quellen, die in seinen Besitz gelangt waren. Und sie hatte sich als Erstes an Gehringer gewandt, bevor sie mit der Familie sprach, weil die Umstände seines Todes Fragen bei ihr aufgeworfen hatten. Die Frage, ob sein Ableben vielleicht ein wenig zu passend gewesen war.

Das war zwei Jahre her. Vor zwei Jahren hatte sich Adrian Wisdom erschossen. Ungefähr zur selben Zeit, als ...

»Das war alles, was sie wissen wollte? Sonst nichts?«

»Natürlich erkundigte sie sich auch nach der bedauernswerten Familie, die Wisdom hinterlassen hat«, sagte Gehringer in demselben nachdenklichen Tonfall. »Sie meinte, dass sie sie nur äußerst ungern belästigen würde. Sie fragte mich, wie sie mit ihrem Verlust klarkamen, und so etwas eben.«

Langsam ergab das Ganze einen Sinn. Annabelles Besuch bei Gehringer war nicht unbedingt notwendig gewesen, aber etwas hatte er doch bewirkt.

»Ich meine mich zu erinnern, dass er zwei Kinder hatte«, sagte Bethany.

»Ja, aber der Sohn starb, oh, vor drei Jahren. Vor vier. Bei einem Autounfall, wenn ich mich recht erinnere. Jetzt ist nur noch die Tochter übrig. Dorothea.« Gehringer war aufgestanden und ging auf seinen Schreibtisch zu. »Ich nehme an, dass Sie ihr als Nächstes einen Besuch abstatten werden. Das hat Annabelle zumindest getan.«

»Vielleicht werde ich das.«

»Nun, dann seien Sie vorsichtig. Dorothea ist ziemlich kratzbürstig. Ein echter Igel. Sie ist selbst Akademikerin. Befasst sich mit irgendeiner Naturwissenschaft, wenn ich mich recht entsinne, was ich natürlich tue. Hat sich so weit vom Fachgebiet ihres Vaters entfernt, wie es ihr nur möglich war.«

»Wo wohnt sie?«

»Nicht weit von hier. Ich schreibe Ihnen die Adresse auf.« Er durchforstete seinen hoffnungslos chaotischen Schreibtisch auf der Suche nach einem leeren Blatt Papier. »Seltsam.«

»Was ist seltsam?«

»Adrian pustet sich den Kopf weg. Annabelle taucht auf, erkundigt sich nach ihm und landet unter einem Auto.« Er reichte ihr den Zettel. »Wer weiß, meine Liebe. Vielleicht sind Sie als Nächstes dran.«

5

In Manhattan war es noch sehr früh am Morgen. Elliott St. John stand auf der Terrasse seiner dreistöckigen Wohnung, die hoch über den Dächern der Fifth Avenue lag. Er liebte diese Aussicht. Und er liebte sein Leben. Seine Familie war sicher. Sein Vermögen war sicher. Sein Medienimperium war sicher. Nichtsdestotrotz war sein Leben von Stress geprägt. Auch wenn er meistens schlecht schlief, hatten die komplexen Muster, die die glitzernden Lichter der Stadt webten, doch eine beruhigende Wirkung auf ihn; selbst wenn er von großen Sorgen geplagt wurde. Doch nicht in diesem Moment. Jetzt gerade ergriff eine Hand schwach und zitternd die Brüstung, während die andere ein Mobiltelefon an sein Ohr hielt.

Es handelte sich um ein spezielles Telefon, dessen Übertragungen durch einen eigenentwickelten Chip geschützt wurden, den selbst die National Security Agency nicht hacken konnte.

Angeblich.

»Morgan!«, rief er, beinahe panisch, aber auch wütend. »Warum um alles in der Welt wollen Sie Morgan damit beauftragen?«

»Weil Morgan mit Abstand unser bester Mann ist. Sehr viel besser als dieser schlampige Professor, den wir letztes Mal auf sie angesetzt haben.«

Elliott zwang sich, ruhig zu bleiben. Er sprach immerhin mit Lillian Hartshorne, dem Schutzherrn: dem Anführer der Gruppe, die sich der Rat nannte, auch wenn ihre Feinde sie als die Wildnis bezeichneten.

»Morgan hat sich zur Ruhe gesetzt. Das haben Sie uns selbst gesagt ...«

»Für eine entsprechende Entlohnung kommen die meisten Menschen aus dem Ruhestand zurück.«

»Ja, mag sein, aber Morgan – Morgan ist ein Killer.«

Der Schutzherr lachte nur selten. Wenn sie es doch tat, ähnelte das Geräusch langen Eiszapfen, die von einem Dach fielen: klimpernd und angenehm, aber gleichzeitig auch schwer, wie eine Warnung, sich fernzuhalten.

»Morgan ist mehr als das, Elliott. Sehr viel mehr.«

»Ja, aber ...«

»Kein aber. Das ist nicht Ihre Entscheidung, sondern meine. Machen Sie sich keine Gedanken. Morgan wird nicht beauftragt, sie zu beseitigen. Im Moment soll er sie nur beobachten und alles aufzeichnen, was er sieht.«

»Aber warum ist das überhaupt nötig? Es scheint mir ein unnötiges Risiko zu sein. Sie haben dem Rat gesagt, Sie hätten sich abgesichert. Sie haben gesagt, Bethany würde gar keine andere Wahl bleiben, als das zu tun, was wir verlangen.«

»Ich will mich einfach doppelt absichern. Wir müssen über jeden Schritt informiert sein.«

»Wegen der Pilatus-Inschrift.«

»Nein, nicht wegen ihr. Für Sie, dessen bin ich mir wohl bewusst, dreht sich alles nur um die Pilatus-Inschrift. Und die Pilatus-Inschrift ist generell tatsächlich von Bedeutung. Doch der Rat hat weitaus größere Sorgen, Elliott. In diesem Moment stellt Bethany Barclay eine große Bedrohung für uns dar. Nicht für unsere Pläne – für uns persönlich. Für die Mitglieder des Rats.«

»Ich verstehe nicht, wie das überhaupt möglich sein sollte.«

»Das müssen Sie auch nicht. Es gibt Dinge, die Sie nicht wissen. Dinge, die Sie gar nicht wissen dürfen. Im Moment ist nur wichtig, dass wir erfahren, wohin Bethany geht. Wen sie trifft. Ob ihr irgendjemand andere Deals anbietet. Und wer wäre besser geeignet als Morgan, um sie so unauffällig wie möglich zu beschatten?«

Elliott schloss für einen kurzen Moment die Augen. Die Nachtluft zerzauste ihm das Haar. Sicherlich konnte der Schutzherr nichts von seinen Bemühungen wissen, einen eigenen Deal mit WACHSAM auszuhandeln.

Lillian Hartshorne und die anderen Mitglieder des Rates waren hinter der Pilatus-Inschrift her, weil sie hofften, der Kirche damit ernsthaften Schaden zufügen zu können. Diese Idioten von der anderen Seite, der Garten, wollten die Pilatus-Inschrift nur, damit der Rat sie nicht in die Finger bekam. Elliott St. John hingegen folgte keinem ideologischen Motiv. Er wollte die Tafel einfach für sich selbst haben. Für seine private

Sammlung. Niemand auf der ganzen Welt außer ihm selbst und seinen Kuratoren würde je erfahren, dass sie überhaupt existierte – und noch viel weniger, dass sie in seinem Besitz war. Dieses Gefühl nannte man wohl »Begehren«. Na schön. Dann war er eben ein gieriger Typ. Elliott hatte Reichtum und Macht begehrt und beides erreicht. Ein Medienimperium, das sich über fünf Kontinente zog, fiel einem nicht einfach so in den Schoß. Seiner Meinung nach war Begehren eine Tugend, keine Sünde. Ehrgeiz allein war bedeutungslos, wenn man nicht wusste, was man wollte.

Bethany hatte Elliotts Angebot nicht angenommen, aber sie hatte es auch nicht ausgeschlagen. Der Magnat hegte die Hoffnung, dass sie schließlich doch die richtige Entscheidung treffen würde. Doch dieses Mal konnte seine Begierde ernsthafte Probleme erzeugen. Wenn der Rat herausfand ...

»Wahrscheinlich haben Sie recht«, sagte er schließlich.

»Ja«, erwiderte der Schutzherr. »Das habe ich.« Es folgte eine bewusste Pause. »Doch ich weiß Ihren Rat immer zu schätzen, mein lieber Elliott. Ich hoffe, dass Ihre Amtszeit im Rat lange währt.«

»Das tue ich auch, Schutzherr.«

Erneut eine lange Pause. Es sah Lillian Hartshorne nicht ähnlich, um Worte verlegen zu sein. »Da wäre noch etwas, Elliott, mein Lieber. Sehr bedauerliche Neuigkeiten.« Wieder das untypische Zögern. »Ralph Kelvin ist tot.«

»Der arme Ralph. Woran ist er gestorben? War es sein Herzleiden?«

»Nein, Sie Idiot. Es war nicht sein Herzleiden. Er wurde ermordet.« Sie schwieg, um die Nachricht wirken zu lassen. »Keine sechzehn Kilometer von meinem Haus entfernt. Es sollte wie ein Unfall aussehen, aber es war keiner.«

Elliotts Finger versuchten sich in den Beton der Balustrade zu graben. Auf einmal gab ihm sein eigenes Herz Anlass zur Sorge.

»Wissen wir, wer das getan hat?«, brachte er schließlich schwach hervor. »Wissen wir warum?«

»Da gibt es eigentlich nur eine Möglichkeit.«

»Der Garten?«

»Seien Sie nicht so begriffsstutzig. Sie wissen, von wem ich rede.«

»Findrake? Wollen Sie damit sagen, dass es Simon Findrake war?«

»Natürlich war es Findrake.« Sie atmete tief durch. »Ich hatte Ralph kurz vorher gebeten, ihn aufzusuchen. Findrake kann nichts davon gewusst haben. Jetzt werde ich jemand anderes schicken müssen.«

»Sie ... erwarten doch nicht etwa ...«

»Nicht Sie, Sie Dummkopf.« Dieses Mal drückten die Worte Zuneigung aus. »Findrake hasst Sie. Und das zu Recht.« Dasselbe Glucksen, wie rutschendes Eis. »Außerdem bin ich mir sicher, dass Findrake nur seinen Standpunkt verdeutlichen wollte. Ich glaube kaum, dass Ihnen körperliche Gefahr droht.«

Er wusste, dass es keinen Sinn ergab, nach dem Offensichtlichen zu fragen. »Und was soll ich in der Zwischenzeit tun?«

»Genau dasselbe wie wir anderen auch. Abwarten.«

Wie immer legte sie auf, ohne sich zu verabschieden. Elliott schaute über die Stadt, die er oftmals zu besitzen glaubte. Damals vor zwölf, dreizehn Jahren, als der Rat an ihn herangetreten war, erschien es ihm als eine unschuldige Anfrage. Sie hatten es klingen lassen, als handle es sich um eine Art Diskussionskreis, eine Gruppe Gleichgesinnter, die über Mittel verfügten, um ...

Aber das war alles egal. Jetzt hatte er erst etwas zu erledigen. Er nahm ein anderes Telefon zur Hand und weckte seine Assistentin auf, um ihr mitzuteilen, dass er doppelt so viele Bodyguards für sich und jedes Mitglied seiner Familie brauchte.

»Ab wann?«, fragte die Assistentin, die weder von dem Auftrag noch der Uhrzeit beeindruckt zu sein schien.

»Sofort. Wenn möglich noch heute Vormittag, wenn es nicht anders geht, ab morgen.«

»Wir bekommen das noch heute Morgen hin, Mr St. John. In zwei Stunden spätestens.«

Ich habe mich abgesichert, hatte der Schutzherr dem Rat gesagt. Doch auf welche Weise hatte sie nicht verraten, und keiner im Rat hatte gewagt danach zu fragen.

Abgesichert gegenüber Bethany, hatte sie gemeint. Aber wenn es um Findrake ging, traf Elliott lieber seine eigenen Sicherheitsvorkehrungen.

Dennoch fragte er sich, wie Lillian sich abgesichert hatte. Was konnte sie von ihrer Festung in Virginia aus bewerkstelligen, um Bethany zu kontrollieren? Vor allem da sie nicht einmal genau wusste, wo sich Bethany gerade aufhielt? Sie musste etwas in ihrer Gewalt haben, an dem Bethany sehr viel lag.

Elliott fragte sich, was das wohl sein mochte.

In derselben frühen Morgenstunde: Janice Stafford versuchte zu schlafen. Sie hatte sich zwei Kissen über den Kopf gelegt und die Decke obendrauf, aber im Haus war es immer noch zu laut. Den Leuten, die den Auftrag hatten, sie zu bewachen, schien es egal zu sein, dass sie ihren unfreiwilligen Gast mit ihrer lauten und gelegentlich von Obszönitäten begleiteten Wachablösung weckten. Zumindest wusste sie so, dass es sechs Uhr morgens war. Schichtwechsel.

Janice hatte sich alle Wachleute eingeprägt - drei Frauen und drei Männer, die immer zu zweit ihren Dienst verrichteten. Und sie hatte ihnen heimlich Namen verpasst, da sie sich weigerten, ihr Details mitzuteilen, egal wie höflich sie war, wie sehr sie mit ihnen herumalberte oder wie sehr sie sie beschwatzte. Aus dem vergitterten und dreifachverglasten Fenster ihres Schlafzimmers konnte sie sehen, dass sie in einer Wohngegend gefangen gehalten wurde.

Auf der gegenüberliegenden Straßenseite befand sich ein weißes Haus im Ranch-Stil, in dessen Vorgarten ein Pick-up-Truck aufgebockt war. Sie hatte keine Ahnung, in welcher Stadt, geschweige denn in welchem Bundesstaat sie sich befand. Aber sie war sich sicher, dass sie diese Hinweise weitergeben konnte, wenn es ihr irgendwie gelingen sollte, Kontakt zur Außenwelt aufzunehmen. Dann würde man sie finden, bevor ...

Nun, bevor was auch immer ihr passieren würde.

Ein Mann um die dreißig namens Kenny hatte sie bei ihrer Ankunft in dem Haus begrüßt, ihr erklärt, dass Bethany Barclay »einen kleinen Auftrag für uns erledigt« und dass man Janice freilassen würde, sobald dieser Auftrag erfüllt war. Kenny war der einzige Kidnapper, der sich ihr mit Namen vorgestellt hatte, und sie ging davon aus, dass er ihn erfunden hatte. Er weigerte sich, ihre Fragen zu beantworten; ihr zum Beispiel zu sagen, wer mit »uns« gemeint war. Natürlich hegte Janice diesbezüglich einige Vermutungen, doch als sie ihn geradeheraus fragte, ob sie ein Gast der Wildnis war, hatte Kenny nur mit einem herablassenden Lächeln reagiert und ihr geantwortet, sie solle versuchen, sich zu entspannen.

»Es könnte sein, dass du eine Weile bei uns bleibst«, meinte er.

Dennoch kümmerte man sich gut um sie. Es gab genug zu essen, Wasserflaschen und Saft, Bücher und Gesellschaftsspiele, um ihr die Zeit zu vertreiben, und Schreibblöcke, auf denen sie über den großen ungelösten mathematischen Theoremen ihrer Zeit brüten konnte. Am Tag zuvor hatte man ihr gestattet, das Zimmer zu verlassen, und sie in den Keller geführt, wo es einen Fitnessraum gab. Die Wachen waren höflich, wenn auch nicht gerade freundlich, und brachten ihr sogar die Zeitung, wenn sie danach fragte. Doch der Zugang zu digitalen Geräten war ihr komplett verwehrt. Kein Computer, kein Telefon, kein Fernseher. In ihrer Verzweiflung hatte sie es geschafft, die Abdeckung der Steckdose in ihrem Zimmer abzumontieren, doch als sie mit den Fingern in der Wand herumstocherte, wurde ihr klar, dass sie sich nicht mal in der Nähe des Kabels befand, das die Internetverbindung herstellte. Und selbst wenn sie es finden sollte, hatte sie nichts, was sie daran hätte anschließen können.

Sie war nun schon seit drei Tagen hier und hatte immer noch keinen Plan, wie sie entkommen sollte.

Glücklicherweise waren Rätsel Janice' Stärke, und das Schlafzimmer, in dem sie eingesperrt war, stellte für sie nur ein weiteres dar. Janice Stafford war sechzehn Jahre alt, ein dünnes, kleines schwarzes Mädchen mit langen, geflochtenen Afrozöpfen und einem unfassbar brillanten Verstand. Mit vierzehn hatte sie ihre ersten College-Seminare besucht, und wenn etwas ihre Aufmerksamkeit fesseln konnte, schaffte sie es, die schwierigsten Aufgaben, die Mathematik und Wissenschaft zu bieten hatten, mit nur einem kurzen Blick zu lösen.

Sie war sich sicher, dass sie auch dieses Problem lösen würde.

6

Bethany ließ sich Zeit und nahm einen Umweg, um mögliche Verfolger besser abhängen zu können. Sie hatte in den Wochen ihrer Flucht gelernt, dass zu große Eile fatale Folgen haben konnte. Außerdem konnte sie auch nicht schneller laufen, als ein Anruf bei der Polizei dauerte. Wenn Gehringer sie den Behörden auslieferte, war sie sowieso verloren. In der Zwischenzeit musste sie versuchen, den Dingen auf den Grund zu gehen.

Sie benutzte ihren illegalen Pass, um ein Fahrrad zu leihen. Sie war sich nicht sicher, wie lange sie noch als Elaine McMullen durchgehen würde. Der Händler in Baltimore hatte ihr sein einfaches System erklärt: Er kaufte Pässe von Leuten, die in nächster Zeit keine internationalen Reisen planten und die diese Wochen oder Monate später als verloren melden würden. Bis dahin war es unwahrscheinlich, dass der fremde Benutzer erwischt wurde.

Bis zu dem Tag, an dem die biometrische Revolution das Geschäft des Händlers hinwegfegen würde.

Bethany fuhr mit dem Fahrrad weit in die Hügel hinauf, so wie sie es zu ihren Studentenzeiten immer getan hatte, wenn ein Professor sie gedemütigt oder Plunkett sie verletzt hatte. Sie nahm die steilste Straße, die sie finden konnte, um sich ganz bewusst zu bestrafen, und ihre Beine brannten vor Anstrengung. Sie fand einen Felsvorsprung, auf dem sie sich niederlassen und auf die Universität hinabblicken konnte, während sie ihren Gedanken nachhing. Doch nur zu sitzen, stellte sich als schwere Belastungsprobe heraus, da sie nur daran denken konnte, wie sie Annabelle verloren hatte und nun wahrscheinlich auch Janice. So fuhr sie noch weiter vom Campus weg und fand Weideland, durch das sie wandern konnte, in der Gewissheit, dass ihre Beobachter ihr niemals so viel Vorsprung lassen konnten, ohne sich selbst zeigen zu müssen.

Sie zwang sich, weiterzulaufen, denn je länger sie ihr eigentliches Ziel ignorierte, umso schwieriger konnten andere voraussagen, wohin sie wollte.

Sie hatten Janice. Sie würden sie töten, wenn Bethany ihnen nicht innerhalb der nächsten zwei Wochen die Pilatus-Inschrift lieferte. Vielleicht würden sie sie auch dann töten.

Und hier kam Raymond Fuentes ins Spiel.

Fuentes war ein seltsamer Mann, der Theologie studiert hatte, und außerdem ein ehemaliger CIA-Agent. Bethany gab nicht vor zu wissen, warum er ihr half, doch ohne seine Hilfe wäre sie jetzt nicht in England. Wahrscheinlich wäre sie nicht einmal mehr am Leben. Er hatte Bethany geholfen, einer tödlichen Falle in New Hampshire zu entkommen. Er hatte das Fahndungsnetz des FBI ausgetrickst, um sie auf wundersame Weise zum Flughafen Dulles zu befördern, wo er sie sicher in einem Flugzeug nach England abgesetzt hatte.

Außerdem hatte er versprochen, Janice zu finden.

Natürlich hatte Bethany keine Garantie, dass er das auch schaffte. Doch wenn jemand Janice aus den Klauen des unbekannten Kidnappers befreien konnte, dann war es Raymond Fuentes.

Während sie durch das hohe Gras stapfte, hinterfragte Bethany nicht zum ersten Mal ihre eigenen Motive. Natürlich musste sie die Pilatus-Inschrift finden, um Janice zu retten, und natürlich wollte sie es auch als Tribut an ihre tote Freundin Annabelle tun. Doch wenn sie ehrlich war, gab es noch einen Grund.

Sie wollte den Beweis, den die Tafel lieferte.

Das war die bittere Wahrheit.

Bethany war in North Carolina bei einer strengen Tante groß geworden, der das Vertrauen in Gott so leichtfiel wie das Atmen. Johannes 20,29 war Tante Claudias Antwort auf alle Fragen gewesen: »Gesegnet sind die, die mich nicht sehen und dennoch glauben.« Bethany betrachtete sich selbst als gläubige Christin, doch es gab Tage, an denen sie sich beim Zweifeln ertappte ...

Nach Beweisen verlangte ...

Und heute war ein solcher ...

Die Pilatus-Inschrift. Ein Bericht über Jesus, den der Präfekt von Judäa hatte in Stein meißeln lassen. Von dem Moment an, in dem Bethany von der Pilatus-Inschrift erfahren hatte, hatte sie sich heimlich danach gesehnt, sie mit eigenen Augen zu sehen.

Nur einen Blick darauf zu werfen. Nur ein einziges Mal.

Erst spät am Nachmittag kehrte Bethany nach Oxford zurück, wo sie ein Zimmer in einer hübschen kleinen Frühstückspension am Rande der Stadt mietete und bar bezahlte - nur für den Fall, dass sie eine Ausweichmöglichkeit brauchte -, bevor sie sich zu Dorothea Zimans traurigertraurige kleiner Doppelhaushälfte aufmachte. Das Haus lag in einer guten Wohngegend, keine zwei Blocks von der Einkaufsmeile entfernt, auf der Bethany für einen kleinen Imbiss haltgemacht hatte. Es war klein, niedrig, alt und in einem grellen Weiß gestrichen und stand im Schatten von dichten, ungepflegten Bäumen, von denen einer knorrige und krank aussehende Früchte trug.

Nachdem sie kurz die Umgebung gescannt hatte, stellte sie ihr Mietfahrrad auf der Innenseite des dekorativen Eisenzauns ab. Auf dem kleinen Weg vor den beiden Häusern saß eine klatschnasse Puppe halb versteckt in einem roten Bollerwagen. Bethany ging davon aus, dass das Spielzeug zur anderen Doppelhaushälfte gehörte, da sie selbst draußen und zu dieser späten Stunde die Kinder im Haus schreien hören konnte und deren Mutter, die lauthals versuchte, sie mit einer Reihe von Drohungen, die sie niemals in die Tat umsetzen würde, zur Räson zu bringen.

Bethany stand auf der knarrenden Veranda von Dorotheas Haus, klingelte an der Tür und wartete. Niemand öffnete, es waren keine Schritte zu hören und auch keine Geräusche. Der Fernseher lief, das konnte sie hören. Erneut klingelte sie und wartete. Sie drehte sich um und warf einen prüfenden Blick in die Straße, auf der sich ein geparktes Auto an das nächste drängte. Sie hätte Gehringer, die alte Klatschtante, fragen sollen, was für ein Auto Dorothy fuhr, wenn sie überhaupt eins besaß. Zum dritten Mal klingelte sie und entschloss sich gerade aufzugeben, als die Tür des Nachbarhauses aufgerissen wurde und ein kleiner Kopf herausspähte. Misstrauische kindliche Augen starrten ihr aus einem fetten, verdreckten Gesicht entgegen. Der Kopf verschwand wieder. Die Tür blieb offen. Bethany wartete. Die Mutter tauchte auf, das Haarnetz des gestrigen Abends schief auf dem Kopf, ihr Ausdruck gequält und wenig hilfsbereit, als wäre sie gerade aus einem viel zu kurzen

Schlaf gerissen worden, dem eine sehr viel längere Phase des Alkoholrausches vorausgegangen war.

Die Frau murmelte etwas, das nach einer Fremdsprache klang, aber sehr viel wahrscheinlicher das Äquivalent eines verkaterten *Wer sind Sie und was wollen Sie?* war.

Bethany setzte ein strahlendes Lächeln auf, das auch ein wenig nichtssagend war, wie sie hoffte. »Ich bin auf der Suche nach Dorothea. Ich bin eine alte Freundin aus Amerika. Mein Name ist Elaine. Elaine McMullen.« Sie hoffte, dass der Name auf ihrem Pass noch nicht öffentlich zur Fahndung ausgeschrieben war.

»Haben Sie geklingelt?«

»Drei Mal.«

»Vielleicht ist sie nicht zu Hause. Tut mir leid, Kleine.« Die Tür war im Begriff, sich wieder zu schließen.

»Aber der Fernseher läuft.«

»Sie hatte Besuch.«

»Jemand, den Sie kannten?«

»Ich spioniere meinen Nachbarn nicht hinterher.«

»War das vielleicht gestern Abend?« Bethany war sich bewusst, dass ihre Stimme sehr viel weniger fröhlich klang und dafür einen verhörenden Unterton angenommen hatte, doch auf einmal war die Anwältin in ihr hellwach.

Die Nachbarin kniff die Augen zusammen und verzog das gesamte Gesicht, während sie ihrem schmerzenden Kopf die Fakten abrang. »Könnte sein. Oder vielleicht auch der Abend davor.«

»Ich glaube kaum, dass sie zwei Tage lang den Fernseher laufen lassen würde, meinen Sie nicht auch?«

Die Frau riss die trüben Augen ein wenig weiter auf und taxierte die Fremde von oben bis unten. »Ich gebe Ihnen den Schlüssel bestimmt nicht.«

»Dann sind Sie die Vermieterin?«

»So ist es. Und ich bin nur eine Alkoholikerin. Keine Idiotin.« Die Tür wurde mit einem Knall zugeschlagen. Instinktiv wusste Bethany, dass sie so schnell wie möglich verschwinden sollte. Ihr Auftritt war sowohl verdächtig als auch auffällig gewesen – genau das, was sie versucht hatte zu vermeiden. Nun, da die Nachbarn alarmiert waren, würde die Polizei vielleicht schon bald auf dem Weg sein. Sie musste gehen. Sofort.

Das Problem war, dass sie außer Dorothea keinen Anhaltspunkt für ihre weitere Suche hatte und auch keine Möglichkeit, irgendwo anders einen solchen zu finden. Jetzt zu verschwinden bedeutete den Abbruch der Mission. Sie betrachtete die Tür und versuchte abzuschätzen, wie dick diese war, auch wenn sie wusste, dass ein Einbruch ihre Situation nur noch verschlimmern würde. Bethany erwog die Alternativen und war gerade im Begriff, sich abzuwenden und ihr Fahrrad zu holen, als sich die Tür der Nachbarin ein drittes Mal öffnete und die Vermieterin, noch immer im Bademantel, aber dieses Mal mit einer dünnen Jacke darüber und einem Schüssel in der Hand, hinaustrat.

»Also kommen Sie schon«, sagte sie.

»Wie bitte?«

»Vielleicht bin ich bereit, Ihnen aufzuschließen, aber ich gehe nicht da rein.« Sie hielt kurz inne, dann folgte ein trostloses, abgestumpftes Lächeln. »Aber wie es scheint, haben Sie einen triftigen Grund.« *Sag mir nur, wie viel es dir wert ist,* sagte das Zechergesicht einladend.

7

In Charlottesville in Virginia war es später Vormittag. Raymond Fuentes schlenderte über die herrliche, weitläufige Anlage der von Jefferson gegründeten und entworfenen University of Virginia. Das Zentrum des Campus', welches von den Verehrern der Hochschule als das Akademische Dorf bezeichnet wurde, lag ganz in der Nähe. Ihm fiel auf, dass die Studentengruppen, die an ihm vorbeiliefen, sehr viel durchmischter waren als jene, die sich noch vor ein paar Generationen auf dem berühmten Rasen getummelt hatten. Die UVa, wie sie kurz genannt wurde, gehörte zu einer der vielen Universitäten, die seine Schwester Megan besucht hatte. Ganze anderthalb Jahre studierte sie hier, bevor sie wegen irgendeines disziplinarischen Verstoßes der Universität verwiesen wurde, über den sie selbst heute noch nicht sprechen wollte. Aber da sie weder Drogen nahm noch der Typ war, der betrog oder stahl, vermutete er, dass es etwas mit ihren politischen Protesten zu tun gehabt hatte. Megan sagte immer, dass die Zehn Gebote nur verboten, zu begehren und zu stehlen, nicht aber das Eigentum anderer zu zerstören. Und da sie Privateigentum an sich als Sünde betrachtete, konnte sie sich einreden - zumindest auf einer intellektuellen Ebene -, dass dessen Zerstörung gerechtfertigt war, vorausgesetzt, dies geschah auf friedfertige Weise. Ihre Eltern hatten sie daran erinnert, dass das zweite Buch Mose das Verbrennen der Felder eines anderen mit Diebstahl gleichsetzte. Aber Meg ließ sich nicht beirren.

Auch wenn er einige Zeit im Priesterseminar verbracht hatte, hatte Fuentes nie viel für das universitäre Leben übriggehabt. Lieber lag er regungslos auf einem Hügel am Hilmend-Fluss in Afghanistan, eingehüllt in die *Salwar Kameez* und *Chapan* der afghanischen Stammesangehörigen, im Unterholz versteckt, während er einen Drohnenangriff auf ein terroristisches Ziel anordnete. Genauso wohl fühlte er sich in Pico-Union, einem Viertel in Los Angeles, das von lateinamerikanischen Einwanderern geprägt war. Dort hatte er eine Ladenkirche gegründet, unter den aggressiven Blicken der blau gekleideten Mitglieder der Mara Salvatruncha, eher bekannt als die MS-13, einer der brutalsten Straßengangs weltweit. Im Laufe seines Lebens hatte Fuentes beide Rollen gespielt, und auch wenn er das niemals zugeben würde, spielte er sie beide beeindruckend gut.

Auf dem Campus einer Universität hingegen fühlte er sich vollkommen fremd. Nicht dass er ein Intellektuellen-Hasser gewesen wäre. Er bewunderte die Errungenschaften des Geistes und glaubte, dass ein Leben, das von Lernen und Lehren geprägt war, ein vorbildliches Leben war.

Tragisch fand er den Stolz und die Überheblichkeit, die oftmals mit dem akademischen Leben einhergingen und denen Dozenten und Studenten gleichermaßen anheimfielen. Viel zu oft glaubten die Hochschulangehörigen, ihren Mitmenschen moralisch überlegen zu sein, wobei sie vergaßen, dass ihr außergewöhnlicher Verstand ein Geschenk Gottes war, das auch für Gottes Werke eingesetzt werden sollte.

Er hoffte, dass der Professor, den er aufsuchen wollte, nicht diesem Schlag Mensch gehörte.

Bevor er Bethany Barclay sicher im Flugzeug nach London abgesetzt hatte, hatte Fuentes ihr etwas versprochen. Er würde Janice befreien, egal, wo man sie festhielt. Seine Theorie war denkbar einfach. Wer auch immer Janice entführt hatte, wollte Bethany damit unter Druck setzen, damit sie die Pilatus-Inschrift fand und ablieferte. Wenn er also herausfand, wem am meisten daran gelegen war, die Tafel zu besitzen, würde er vielleicht den entscheidenden Hinweis erhalten.

Fuentes war ein Mann, der Wort hielt. Sein heutiger Besuch war der nächste Schritt.

»Die Pilatus-Inschrift«, sagte Professor Yu. Er schwang in seinem Drehstuhl herum und legte die Fingerspitzen aneinander. »So, so. Wenn ich gewusst hätte, dass es sich bei dem Artefakt, das Sie besprechen wollten, um die Pilatus-Inschrift handelt, Mr Fallon, hätten wir das auch am Telefon erledigen können.«

Fuentes setzte sein liebenswürdigstes Lächeln auf. »Dann bin ich froh, es nicht erwähnt zu haben. Glauben Sie mir, mein Interesse ist ernst gemeint. Und es heißt, dass Sie der Mann sind, an den man sich wenden sollte.«

»So heißt es also? Hmmm.« Der Gedanke schien Yu zu beunruhigen. Sein Sessel wiegte sich, während er sich hin und her drehte, sodass der Professor vor und zurück wippte. Der Mann war eine Bohnenstange und ein nervöses Energiebündel, doch Fuentes konnte förmlich spüren, wie die Kraft seines Verstandes hinter den unruhigen Augen pulsierte. Das Büro war makellos sauber und aufgeräumt. Es gab mehrere Computerbildschirme und zwei Laptops. Auf den Regalen verteilten sich wenige Bücher. Im gesamten Raum war kaum ein Blatt Papier zu sehen. Auf den meisten Regalen und beiden Beistelltischen waren geschmackvoll getönte kleine Vitrinen ausgestellt, die winzige Reliquien in ihrem Innern einschlossen: die Früchte seiner archäologischen Grabungen. Jonathan Yu gehörte zu den führenden Experten für nahöstliche Reliquien weltweit und war mit Abstand der bekannteste, der von der Landeshauptstadt aus leicht mit dem Auto zu erreichen war.

»Diese Artefakte sind wunderschön«, sagte Fuentes in dem Versuch, ein Gespräch in Gang zu bringen.

Sein Gastgeber zeigte sich wenig geschmeichelt. »Glauben Sie ja nicht, die würden mir gehören. Ich halte nichts davon, wenn das kulturelle Erbe dieser Welt in Privatbesitz gehortet wird. Was Sie hier sehen, gehört zu verschiedenen Museumssammlungen. Leihgaben, die ich in meinem Büro ausstellen darf. Ich finde es schön, sie zu betrachten, aber alle sechs Monate werden sie ausgetauscht. Ich will vermeiden, dass sie mir zu sehr ans Herz wachsen, wissen Sie.«

»Das verstehe ich vollkommen.«

»Vielen Menschen passiert das. Sie verfallen irgendwelchen Fundstücken. Sammler bieten ganze Vermögen für sie. Schriftsteller verfassen fantastische und realitätsfremde Geschichten über sie. Um sie herum entstehen ganze religiöse Kulte.«

»Ich habe es nicht so mit realitätsfremden Geschichten, Professor Yu. Deswegen bin ich hier. Man sagte mir, dass Sie der Experte auf diesem Gebiet sind.«

Der Archäologe stieß einen kleinen Seufzer aus, der sowohl ein Ausdruck von Stolz, aber auch Missbilligung hätte sein können. Sein Mund blieb reglos, aber eine Augenbraue hob sich. Einen Moment lang sah er genau wie Mr Spock aus. »Ich habe Sie gegoogelt, Mr Fallon. Sie haben kaum Ähnlichkeit mit Ihren Fotos.«

»Sie sehen Ihren dafür umso ähnlicher«, erwiderte Fuentes, der sich mit großem Zögern dazu entschlossen hatte, einen Journalisten zu mimen, dem er entfernt ähnelte. Dann sprach er sofort weiter vor. Er wusste, wenn er jetzt nicht die Kontrolle über das Gespräch an sich riss, würde er vollständig verlieren. »Zurück zur Pilatus-Inschrift. Im Israel-Museum in Jerusalem gibt es ein Artefakt mit dieser Bezeichnung. Eine Kalksteininschrift aus dem ersten Jahrhundert, die von Pontius Pilatus in Auftrag gegeben wurde, anscheinend als Widmung irgendeines Gebäudes. Abgesehen vom Neuen Testament und ein paar späteren römischen Quellen ist es mehr oder weniger der einzige historische Beweis für Pilatus' Existenz.«

»Wie ich sehe, haben Sie Ihre Hausaufgaben gemacht.«

»Das Problem ist nur, dass es schon immer Gerüchte über eine zweite Inschrift gegeben hat, die ebenfalls als Pilatus-Inschrift bekannt war. Soweit ich weiß, wurden im neunzehnten Jahrhundert mehrere Expeditionen unternommen, um sie zu finden. Allerdings ohne Erfolg. Viele Leute sind davon überzeugt, dass sie niemals existiert hat.«

Professor Yu nickte. Langsam legte er seine Zurückhaltung ab, sein intellektuelles Interesse war geweckt worden. »Es ist sehr gut möglich, dass sie nicht existiert, Mr Fallon. Aber rein logisch betrachtet sollte sie das.«

Der Archäologe war mittlerweile in den Vortrags-Modus gewechselt und das war Raymond Fuentes, dem geborenen Zuhörer, der liebste.

»Lassen Sie es uns als gegeben betrachten, dass Pontius Pilatus gelebt hat. Zu der Zeit, als Jesus seine Lehre verbreitete, war er römischer Präfekt von Judäa. Nun ist uns von einem Zeitgenossen Pilatus', Philon von Alexandria, überliefert worden, dass Pilatus boshaft und schwach war. Er beleidigte die Traditionen der Juden in Judäa, vielleicht mit Absicht, wahrscheinlich aber eher aus Versehen oder sogar aufgrund von

Inkompetenz, denn die römische Politik an anderen Orten war, die Brauchtümer der unterworfenen Völker zu achten. Josephus zufolge war Pilatus ein durchaus fähiger Mann, dem es allerdings an politischem Fingerspitzengefühl fehlte. Ohne es wirklich zu wollen, brüskierte er seine Untertanen immer wieder. Die jüdischen Anführer wurden von ihm schwer gekränkt. Als sie protestierten, hatte Pilatus laut Philon nicht den Mut, seinen Fehler einzugestehen. Also wandten sie sich an Kaiser Tiberius, der Pilatus mit harten Worten zurechtwies. Zumindest hat es sich laut Philon so zugetragen.«

»Verzeihen Sie mir, Professor. Aber ich verstehe nicht ganz, was das mit der Pilatus-Inschrift zu tun hat.«

»Dann denken Sie offensichtlich nicht mit«, erwiderte der Professor ohne eine Spur der Verurteilung in seiner Stimme. »Eines müssen Sie bedenken: Philon mag seine eigenen Gründe dafür gehabt haben, Pilatus so engstirnig darzustellen. Aber nehmen wir einmal an, dass seine Beschreibung des Mannes zutreffend war. Wie würde ein inkompetenter Führer wie Pilatus reagieren, ein Mann, der so schon genug Probleme hat, die Leute in Judäa unter Kontrolle zu halten, wenn auf einmal ein revolutionärer Wundertäter mitten in seiner aufsässigen Provinz auftaucht? Ein Wundertäter, dessen Anhänger ihn als ihren König bezeichnen?«

»Er würde versuchen, ihn loszuwerden.«

»Das würde er. Vielleicht würde er die einheimischen Anführer dazu anstiften, diese Aufgabe für ihn zu übernehmen, um später sagen zu können, es sei nicht seine Entscheidung gewesen. Schon damals war es bequem, den Juden die Schuld zuzuschieben. Und wieder wird ersichtlich, wie schwach Pilatus war. Doch lassen Sie sich Folgendes durch den Kopf gehen: Was würde dieser gemeine Schwächling tun, wenn der Wundertäter tot war?«

Fuentes fiel ganz leicht in dieses didaktische Hin und Her, das auf Sokrates zurückging. Jonathan Yu war mit Sicherheit ein ganz fantastischer Lehrer.

»Er würde leugnen, dass es die Wunder jemals gegeben hat.«

»Ganz genau. Und genau darin besteht auch eines der großen Rätsel der Archäologie der Antike. Warum gibt es keine zeitgenössischen Brie-

fe oder andere Werke aus Pilatus' Feder, die die Wunder abstreiten?«
Der Professor breitete seine dünnen Arme zu beiden Seiten aus. »Lange Zeit waren zahlreiche angesagte Historiker der Meinung, dass es entweder keine solche Briefe gab, weil Pilatus nie existierte, oder dass es keine Wunder zu leugnen gab, weil Jesus nie existierte. Doch obwohl Archäologie und Geschichtswissenschaft verwandt sind, handelt es sich nicht um dieselbe Fachrichtung. Was Archäologen wissen und Historiker nur ungern zugeben: Antike Aufzeichnungen gehen manchmal einfach verloren. Sie liegen in einer Klosterbibliothek begraben oder fallen Bränden zum Opfer, wenn ein Stadtstaat einen anderen erobert, oder sie zerfallen einfach zu Staub. Ich war immer der Meinung, dass Pilatus tatsächlich solche Dementi verfasst hat – und dass sie höchstwahrscheinlich verloren gingen.«

»Dann wäre die Pilatus-Inschrift ...«

»Die Pilatus-Inschrift, sollte es sie wirklich geben und wenn sie überlebt hat, wäre vermutlich eine Leugnung dieser Wunder. Sie verstehen doch, worum es hier geht, oder nicht? Ob diese Wunder nun stattgefunden haben oder nicht, ihre Widerlegung lag auf jeden Fall in Pilatus' Interesse. Wenn also tatsächlich irgendwo eine Inschrift existiert, die Pilatus' Darstellung der Ereignisse enthält, so wird sie mit größter Wahrscheinlichkeit bestreiten, dass Jesus diese Wunder gewirkt hat. Tatsächlich wäre es überaus seltsam, wenn Pilatus nicht irgendeinen Bericht über seine Sicht der Dinge hinterlassen hätte.«

»Aber warum eine Inschrift? Warum nicht einfach ein Brief an Rom?«

»Es ist sehr gut möglich, dass es auch einen Brief an Rom gegeben hat, da die Nachricht von den Wundern wahrscheinlich bis dorthin vorgedrungen war. Mit Sicherheit wollte der Kaiser wissen, wer der Mann war, der den Frieden in seinem Reich störte. Doch die Briefe, wenn es sie denn gab, sind lange zu Staub zerfallen. Glücklicherweise ließen die Römer Botschaften gerne in Stein meißeln, damit diese bis in alle Ewigkeit überdauerten. Vieles von dem, was aus dieser Zeit überliefert ist, wurde durch Gedenktafeln und Grabsteine bestätigt, oder – wie im Fall der Pilatus-Inschrift, die im Israel-Museum in Jerusalem ausgestellt wird – durch den Eckstein eines Gebäudes, von dem man erwartete, dass es dem Zahn der Zeit standhalten würde.«

Fuentes warf einen Blick auf seine Notizen, weil das zu seiner Rolle gehörte. In Wirklichkeit hatte er alle Fakten im Kopf. »Den Geschichten zufolge, die ich gelesen habe, ist die zweite Pilatus-Inschrift ebenfalls eine Kalksteintafel.«

»Das ergibt Sinn. Eine Theorie lautet, dass das Gebäude, aus dem die erste Tafel stammt, ein Theater war und mehrere Ecksteine eingebaut waren. Die Römer mochten Kalkstein. Wir Archäologen auch, und aus denselben Gründen. Er lässt sich leicht bearbeiten, trotzt aber den Elementen. Selbst unter der Erde begraben kann Kalkstein lange Zeit überdauern.«

»Aber niemand hat die Pilatus-Inschrift gesehen. Nicht seit der Römerzeit.«

Wieder hob sich eine Augenbraue. »Woher wissen Sie, dass sie keiner gesehen hat? Alles, was Sie wissen, ist, dass es aktuell keine Aufzeichnungen eines Augenzeugen gibt. Allerdings weisen ein paar mittelalterliche Schriftrollen darauf hin ...«

»Entschuldigen Sie bitte, Professor. Meines Wissens nach halten viele Leute Ihres Fachs diese Schriftrollen für Fälschungen, die erstellt wurden, um Geld für Expeditionen oder Kreuzzüge und dergleichen aufzutreiben.«

»Viele von ihnen sind es wahrscheinlich auch. Doch selbst wenn jede Einzelne von ihnen eine Fälschung sein sollte, wäre ein Täuschungsmanöver solchen Ausmaßes nur erfolgreich, wenn es auf einem bestehenden Gerücht beruhen würde.« Yu warf einen demonstrativen Blick auf seine Armbanduhr. »Ich fürchte, dass ich gleich einer Verabredung zum Mittagessen nachkommen muss, Mr Fallon. Dürfte ich Ihnen jetzt vielleicht noch eine Frage stellen?«

»Bitte.«

»Warum das Interesse gerade jetzt? Diese Gerüchte kursieren doch schon seit sehr langer Zeit.«

Das ging direkt zum Grund dieses Gesprächs. Der wahre Grund, warum Fuentes den Experten persönlich aufgesucht hatte, anstatt einfach mithilfe des Internets und der entsprechenden Fachliteratur zu recherchieren. Es gab eine Frage, die nur ein Mann in Yus Position beantworten konnte.

»Die Geschichte hat gerade jetzt mein Interesse geweckt, weil meinen Quellen zufolge gerade eine neue Suche nach der Pilatus-Inschrift gestartet wird. Jemand streckt all seine Fühler aus. Aber ich kann einfach nicht herausfinden, wer sich da auf die Suche begibt. Das ist es, was meiner Meinung nach die Leser interessieren würde.«

Yu nickte, als würde die Antwort seine schlimmsten Vorurteile über die Presse bestätigen. »Natürlich. Sie verfolgen den monetären Aspekt.«

»Gibt es denn einen?«

»Bei dieser Art von Artefakten immer. Ich könnte mir vorstellen, dass manche private Sammler bereit wären, zehn, zwanzig Millionen Dollar für die Pilatus-Inschrift zu zahlen. Oder sogar noch mehr. Ich spreche nicht von Museen, sondern der Art Sammler, die anonym auf solche Werke bieten und sie dann in ihre Tresore einschließen. Russische Milliardäre. Diese Sorte Leute eben.«

Fuentes hielt seinen Stift gezückt. »Gibt es irgendwelche Sammler, für die dieses Stück von besonderem Interesse wäre?«

»Ach, ich weiß nicht. Scherbekov natürlich. Russischer Öl-Magnat. Und Vaganian. Russisches Metall, wenn ich mich nicht irre. Vielleicht Kupfer, da bin ich mir nicht so sicher. Ein Inder, der in der Agrarindustrie sein Geld verdient – seinen Namen habe ich vergessen. Und dieser Koreaner, der in diesen lustigen Werbespots für die Mobiltelefone seiner Firma wirbt. Es wird gemunkelt, dass er Artefakte sammelt, von denen niemand weiß, dass sie in seinem Besitz sind.«

»Irgendwelche Amerikaner?«

»Ah. Es soll also einer dieser patriotisch beschränkten Artikel werden.«

»Bitte. Das fasziniert die Leser.« Fuentes blickte seinem Gastgeber in die Augen. »Wenn Sie wollen, werde ich diese Informationen natürlich vertraulich behandeln.«

»Natürlich«, wiederholte Yu trocken, als wäre die Geheimhaltung von Quellen eine weitere Sache, die er missbilligte. »Eine Reihe von Software-Königen. Vannick, unten in Texas. St. John, dieser Medien-Heini. Vielleicht zwei oder drei von den Hillimans. Nielsen, natürlich, mit seinem Hedgefonds-Vermögen. Oh, und die Stiftung.«

»Entschuldigen Sie bitte, Professor. Welche Stiftung meinen Sie?«

»Diese Mobilfunk-Frau, Mrs Hartshorne. Den Großteil der Milliarden, die ihr Mann ihr hinterlassen hat, hat sie einfach verschenkt. Ihre Stiftung kauft auf Auktionen Fundstücke, nur um dafür zu sorgen, dass sie nicht in die Hände der Sammler geraten. Sie kauft sie und schenkt sie dann irgendwelchen Museen. Vielleicht sollten Sie sie mal aufsuchen. Wenn es irgendwelche Gerüchte gibt, hat sie davon gehört. Und sie wird schon jemanden beauftragt haben, die Pilatus-Inschrift zu finden, bevor sie in die schmuddeligen Hände von Hugo Vannick oder Elliott St. John oder den Russen fällt.« Er war aufgestanden. »Wenn Sie mich nun entschuldigen, ich muss zu meinem Mittagessen. Zeit, ein wenig echter akademischer Arbeit nachzugehen.«

Während er zurück zum Parkplatz ging, durchdachte Fuentes seine Optionen. Janice' Entführer wollten die Tafel. Aus Bethany Beschreibungen schlussfolgerte er, dass es eine Kluft in ihren Reihen geben könnte, doch Bethany weigerte sich, mehr Details preiszugeben. Sie wollte nicht verraten, mit wem sie gesprochen hatte. Und Fuentes hatte dafür Verständnis. Sollte er gefangen genommen und gezwungen werden zu reden, könnte er die einzige Person auf der Seite der Wildnis kompromittieren, die Bethany möglicherweise wohlgesonnen war.

Doch irgendjemand aus dem Lager der Wildnis hatte Janice in seiner Gewalt.

Wo also sollte er anfangen? Er entschied sich, die ausländischen Käufer außen vor zu lassen. – Nicht etwa weil er ihre Beteiligung ausschloss, sondern weil es ihm so gut wie unmöglich war, ihnen im Alleingang nachzustellen. So blieben nur noch die Amerikaner übrig. Yu hatte ihm die Namen der Software-Könige nicht genannt, aber Fuentes war sich sicher, dass er sie notfalls selbst herausfinden konnte. Die Hartshorne-Stiftung schien ein unwahrscheinlicher Kandidat zu sein, wenn ihre Geschäftspolitik tatsächlich vorsah, Artefakte eher zu verschenken, als sie zu behalten.

Nun gut. Die Stiftung würde er fürs Erste zurückstellen. Eine kurze Recherche mit seinem Smartphone bestätigte die vage Erinnerung, dass der Texaner, Vannick, schwer erkrankt war und wahrscheinlich nicht mehr lange zu leben hatte. Ihn konnte er also von der Liste streichen. Die Hilliman-Familie war so weit verzweigt, dass er es niemals schaffen würde, alle Mitglieder auszukundschaften. Somit blieben nur noch Nielsen und St. John übrig, die beide in New York lebten. Also musste er wohl nach New York ...

Er blieb stehen. Auf dem Parkplatz neben seinem Auto standen zwei Männer, die er beide nur allzu gut kannte. Der eine war ein Schwarzer, der andere ein Weißer, deren Nachnamen, so unwahrscheinlich das auch klang, Allenby und Allenwood lauteten. Sie arbeiteten für den CIA-internen Sicherheitsdienst, und ihre Aufgabe war es, die Aktivitäten ehemaliger Außendienstmitarbeiter zu überwachen.

Leute wie Fuentes.

Sie schauten genau in seine Richtung, und ihre Mienen waren grimmig.

8

Es gab keine Leiche. Das war Bethanys größte Angst gewesen, der Grund für ihre Beklemmung und ihr aggressives Vorgehen. Sie hatte sich gesorgt, dass Dorothea Ziman das zugestoßen war, was Annabelle Seaver erlitten hatte. Als sie dem Geräusch des Fernsehers folgte, den schmalen Flur mit seinen losen, knarrenden Dielen hinunter bis in das gemütliche Zimmer am anderen Ende des Hauses, das mit dick gepolsterten Sofas und vielen Kissen ausstaffiert war, glaubte sie für einen Moment, Dorothea auf den Kissen ausgebreitet zu sehen, die Kehle durchschnitten, mitten im Blut der letzten Nacht. Doch es lag dort nur eine rotbraune Katze. Ein faules Tier mit seidig glänzendem Fell, das bei Bethanys Eindringen mit gespitzten Ohren auf einem lederfarbenen Zierkissen hockte, während die misstrauischen Katzenaugen eine Erklärung für ihre Anwesenheit zu verlangen schienen.

Keine Leiche.

Keine Leiche, aber auch keine Dorothea. Ein belebtes Haus strahlt gewisse Schwingungen aus, auch wenn alle Anwesenden sich ganz ruhig verhalten. Selbst die Staubpartikel scheinen dann mit mehr Elan durch die Luft zu tanzen, als würde die Lebensenergie der Menschen eine dynamische Anziehungskraft auf die Luft selbst ausüben. Aber dieses Haus war leer, wahrscheinlich schon die ganze Nacht und den ganzen Morgen, was sich aus der abgestandenen Atmosphäre schließen ließ und Gehringers Beteuerung, dass Dorothea Ziman ein ausgeprägter Morgenmuffel war.

Warum also lief der Fernseher?

Offensichtlich hatte Dorothea ihn gestern Abend nicht ausgeschaltet. Das legte nahe, dass sie das Haus in großer Eile verlassen hatte. Aber warum? War der Freund, an den Mrs Harkle sich erinnerte, gekommen, um sie zu warnen? Um sie zu entführen?

»Irgendetwas übersiehst du gerade«, sagte sie in den Raum hinein.

Die Katze warf ihr einen fragenden Blick zu, legte die Ohren an, streckte ihren fetten Körper lang und widmete sich dann wieder dem Müßiggang.

Zuerst suchte Bethany das Zimmer nur mit den Augen ab ohne irgendetwas anzufassen. Sie hätte nicht einmal sagen können, warum sie das Gefühl verspürte, nach etwas suchen zu müssen. Der Raum war spartanisch eingerichtet und erinnerte an eine Studentenbude. Alles war ordentlich organisiert, die Geschichtsbücher hier, die wissenschaftlichen Texte dort. Es gab zwei Computer, einer davon ein Desktop, der andere ein Laptop. Nichts wies darauf hin, dass die Bewohnerin dieses Hauses jemals ein Buch zur reinen Unterhaltung gelesen hätte. Die gesamte Einrichtung wirkte zweckorientiert. An den Wänden hingen keine Bilder, bis auf einen aufdringlichen abstrakten Kunstdruck, dessen gerade Linien dank ihrer weich fließenden Farben geschwungen wirkten. Er war über dem Gaskamin angebracht, im direkten Blickfeld der Gäste, die auf der ausklappbaren Couch platziert wurden.

Bethany warf einen Blick in die Küche, die klein, funktional ausgestattet und extrem unaufgeräumt war. In der Spüle stapelte sich das dreckige Geschirr. Magnete pinnten eine Liste von Gemeindeverordnungen an den Kühlschrank. In den Küchenschränken stieß sie auf Kohlehydrate in allen Ausführungen, nicht aber auf irgendwelche geheimen Botschaften.

Bethany stieg die Treppen hoch. Der Flur im ersten Stock war schmal. An den Wänden hing eine Reihe von Fotos in billigen Plastikrahmen. Dorothea war im Laufe der Zeit ziemlich stämmig geworden, wie sie sehen konnte, und den Beweis dafür lieferten die Fotos: Dorothea und ihre verstorbene Mutter, Dorothea und ihr verstorbener Vater, Dorothea und ihr verstorbener Bruder - eine makabre Galerie des Verlustes. Etwas weiter den Gang hinunter konnte man Dorothea in einem fließenden akademischen Talar sehen, Dorothea hinter einem Rednerpult, in einem Unterrichtsraum, wie sie gerade etwas an eine Weißwandtafel schrieb, Dorothea mit ihren Freunden ...

Dorothea und Annabelle.

Da hing er, ein schwarz-weißer Hochglanzabzug im Standardformat, darauf die beiden Frauen, wie sie lächelnd in Wanderausrüstung vor einer Gruppe kahler Bäume standen, mit einer weit entfernten grauen Felswand im Hintergrund.

Annabelles Frisur nach zu urteilen, war dieses Foto nicht erst letzten

Dezember während ihres heimlichen Besuchs entstanden. Es musste mindestens drei Jahre alt sein.

Drei *Jahre.*

Das war einfach unmöglich.

Vor drei Jahren hatte Bethany ihr letztes Jahr an der juristischen Fakultät absolviert und Annabelle war - nun, sie war hier und da gewesen. Flatterhaft. Ohne Ziel und Sinn.

Und sie war nach Oxford gereist. Ohne ihrer besten Freundin jemals etwas davon zu erzählen.

Annabelle und Dorothea. Bethany starrte das Bild an. Woher konnten sich die beiden überhaupt kennen? Und wenn sie sich kannten, warum hatte Annabelle um alles in der Welt dann Gehringer überhaupt aufgesucht? Sie wusste doch bereits, wo Adrians Tochter zu finden war.

Das ließ nur einen einzigen Schluss zu.

Annabelle hatte Gehringer besucht, weil sie wusste, dass Bethany ihn ebenfalls aufsuchen würde, wenn irgendetwas schieflief. Annabelle wollte zwar wissen, warum der weise Mann gestorben war. Aber sie wollte auch Brotkrumen auswerfen, denen ihre beste Freundin folgen konnte.

Nur für den Fall.

Ich habe den weisen Mann getroffen. So lautete die Nachricht, die Annabelle Bethany hinterlassen hatte.

Nein, das hatte sie nicht. Sie hatte die Tochter des weisen Mannes getroffen. Darum ging es hier. Als Annabelle im vergangenen Dezember nach Oxford gereist war, hatte sie die Tochter des weisen Mannes aufgesucht. Die Frage lautete nur warum?

Auf irgendeine Weise waren Dorothea und Annabelle miteinander bekannt gewesen, so unwahrscheinlich das auch erscheinen mochte. Und so wie es aussah, war Annabelle mehr als einmal zu Besuch gewesen.

Bethany lehnte sich weiter vor, um das Bild genauer zu prüfen. Ein pinkfarbener Pullover, der überhaupt nicht zu Annabelle passte: Sie hatte immer dunkle Farben bevorzugt. Ganz am Rand war ein kleines Stück von irgendeinem Sandsteinbauwerk zu sehen, doch das Gebäude war abgeschnitten, und in Oxford war dieses Baumaterial weit verbreitet. Die Bäume, der Berggipfel - nichts davon erkannte sie wieder.

Die Wanderausrüstung: Vielleicht war der Schnappschuss irgendwo anders aufgenommen worden.

Nicht sicher, wonach sie überhaupt suchte, ging Bethany weiter den Gang hinunter, während sie sich jedes Bild genau ansah.

Wieder fand sie eines mit Annabelle, auf dem sie sich neben Professor Wisdom über einen Tisch beugte.

Der Professor zeigte auf ein Schriftstück, und Annabelle standen Eifer und Interesse ins Gesicht geschrieben. Auch diese Aufnahme war vor drei Jahren aufgenommen worden, wie Bethany an der Frisur erkannte.

Wieder trat Bethany näher an das Bild heran. Der Flur im Obergeschoss war so schmal, dass man sich beinahe durchquetschen musste, und sie konnte den Fernseher nebenan hören.

Wahrscheinlich war das Haus nur für eine Familie gebaut und erst später von der Vermieterin in zwei Hälften geteilt worden, möglicherweise entgegen der Bauvorschriften, um sich so das eine oder andere Pfund dazuverdienen zu können.

Bethany richtete ihre Aufmerksamkeit wieder auf das Foto von Annabelle und Professor Wisdom. Die Umgebung war ihr vertraut: die Stapel von Papieren und Büchern, die überall herumlagen, die räudige Katze, die alles gebieterisch vom obersten Regal aus beobachtete. Und neben dem Schachbrett ein kleiner Kolibri aus Kristall, der noch halb in Geschenkpapier eingewickelt war.

Dieses Foto war in dem großen Haus aufgenommen worden, in dem Adrian Wisdom und seine zwei Kinder gelebt hatten, als Bethany seine Studentin war. Für Dorothea stellte der Umzug von der Villa des Vaters am Rande des Campus in diese deprimierend engen vier Wände einen beachtlichen Abstieg dar. Das Foto mit den Bäumen war drei Jahre alt, vor zwei Jahren hatte Wisdom Selbstmord begangen, und aus welchem Grund auch immer war es seiner Tochter nicht gelungen, das alte Haus zu halten.

Ein Teil von Bethany fragte sich, was wohl passiert war. Der Rest war mit der Frage beschäftigt, welches Dokument der weise Mann und Annabelle auf diesem Foto studierten. Sie musste sich das genauer ansehen. Sie nahm das kleine Bild von seinem Haken, öffnete die Rückseite und zog es aus dem verschmutzten Plastikrahmen.

Aus der Rückseite fiel ein Stück Papier heraus und flatterte zu Boden.

Als sie es gerade aufheben wollte, drang ein Knarren aus dem Flur im Erdgeschoss herauf, aber als sie die Treppe hinunterspähte, entdeckte sie nur die misstrauische Katze, die sie unerbittlich anstarrte, während sie sich die Pfoten sauber leckte. Bethany war ein Hundenarr, der für Katzen absolut nichts übrighatte.

Erneut ging sie in die Hocke.

Das Stück Papier war kein Zettel, sondern ein zweites Foto, und zwar ein ziemlich altes, das an den Rändern schon ganz vergilbt war. Auf dem Schnappschuss war ein korpulenter, selbstsicherer Mann zu sehen, der um die zwanzig oder Anfang dreißig sein mochte und vor einem seltsam geformten Gebäude oder Monument stand. Das Foto war nicht komplett. Jemand hatte ein gezacktes Stück abgeschnitten, sodass nun eine Hälfte fehlte.

Das Foto war in zwei Teile geteilt worden und der größte Abschnitt in Dorothea Zimans Haus versteckt worden. Es erforderte keine große Anstrengung, um zu wissen, dass die zweite Hälfte irgendwo anders zu finden war, wahrscheinlich im Besitz einer anderen Person.

Annabelle war nach Oxford gereist. Sie hatte den weisen Mann aufgesucht. Das hatte sie tatsächlich, wie das Foto im Flur bewies. Sie hatte Bethany bis hierher locken wollen, damit sie das versteckte Foto fand. Logischerweise musste der nächste Schritt lauten, herauszufinden, wer die andere Hälfte besaß.

Langsam, sei vorsichtig. Jetzt bloß keine voreiligen Schlüsse ziehen. Das Bild mit dem gezackten Rand konnte aus hundert verschiedenen Gründen versteckt worden sein. Das bedeutete nicht unbedingt, dass ihre beste Freundin etwas damit zu tun hatte.

Doch Bethanys Instinkt sagte ihr etwas anderes. Sie wusste es einfach. Zwar konnte sie nicht sagen, warum sie sich so sicher war, aber sie wusste: Dieses Foto war der Grund, warum Annabelle sie nach Oxford gelockt hatte.

Sie beugte sich über das Foto und wünschte, sie hätte eine Lupe zur Hand. Um die Schulter des Mannes war ein schlanker Arm geschlungen. Den Armbändern und Armreifen nach zu urteilen, gehörte er einer Frau.

Dorotheas verstorbener Mutter vielleicht? Aber warum sollte jemand sie aus dem Bild herausschneiden wollen?

Die genauen Details konnte sich Bethany später noch ansehen. Sie durfte nicht länger bleiben, die Vermieterin würde sonst misstrauisch werden. Sie schob das Foto in die Tasche ihrer Regenjacke und hängte das Bild von Annabelle und Professor Wisdom wieder sorgsam an seinen alten Platz. Um sicherzugehen, schaute sie noch hinter ein paar andere Bilder im Flur, nur für den Fall, dass noch etwas anderes versteckt worden war. Beim Bild von Annabelle und Dorothea in Wanderausrüstung wurde sie fündig. Diesmal fiel kein Foto, sondern eine Postkarte aus dem Rahmen.

Sie hob sie auf.

Auf der Postkarte war eine sehr alte Kirche zu sehen. Die Bildunterschrift verriet, dass es sich um die St.-Mary-Kirche in Iffley handelte, die kurz nach der Eroberung Englands durch die Normannen erbaut worden war. Anders als das versteckte Foto war die Postkarte unversehrt. Die Rückseite war leer. Keine Adresse, kein Stempel, kein schriftlicher Gruß.

Also war die Botschaft, wenn es denn eine gab, im Bild selbst zu finden. Wenn sie sich richtig erinnerte, war Iffley ein kleiner Ort, der nur wenige Kilometer von Oxford entfernt lag. Hatte Annabelle dort etwas versteckt? Die Kirche sah aus, als sei sie aus Sandstein. War es möglich, dass auch das Foto in diesem Rahmen auf demselben Gelände aufgenommen worden war?

Wieder hörte sie unten ein Geräusch. Selbst wenn nur das Haus knarrte, war es höchste Zeit zu verschwinden.

Anders als das Foto passte die Postkarte nicht in ihre Jackentasche, und sie wollte sie nur ungern falten. Sie legte die Karte auf einen Beistelltisch und war gerade im Begriff, das Foto von Annabelle und Dorothea wieder aufzuhängen und zu richten, als sie wieder ein Knarren hörte, das deutlich wie ein Schritt klang. Schnell eilte sie zum oberen Ende der Treppe, genau rechtzeitig, um einen Tritt in den Magen und einen Faustschlag ins Gesicht zu bekommen. Aus ihrem Blickwinkel, flach auf dem Rücken in dem schmalen Flur ausgestreckt, wirkte ihr Angreifer zweieinhalb Meter breit und knapp vier Meter groß.

9

Morgan saß in einem Pub am Stadtrand von Oxford, trank ein Glas Bier und studierte die Datei, die man ihm über das verschlüsselte Netzwerk des Rates zugeschickt hatte.

Mit einem Wisch seines Fingers blätterte das iPad um. Er prägte sich die Fotos und anderen Informationen ein. Ein weiterer Fingerwisch. Dann noch einer.

Ein Brummton unterbrach ihn bei der Arbeit. Der Killer wühlte in seiner Tasche und zog das verschlüsselte Mobiltelefon hervor. Wahrscheinlich war die Übertragung des Telefons ungeschützter, als der Rat es glauben wollte, aber niemand konnte überall und rund um die Uhr zuhören, und die Entschlüsselung würde Tage, Wochen oder sogar Monate in Anspruch nehmen.

»Ja?«

»Sie ist definitiv in England.«

»So weit war ich auch schon.«

»Wir haben die Aufzeichnungen der Überwachungskameras am Flughafen. Sie hat ihre Frisur verändert. Wir schicken Ihnen gerade aktuelle Fotos.«

Morgan wurde ungeduldig. »Ich erkenne sie, wenn sie mir über den Weg läuft. Ich brauche keine Fotos. Ich muss wissen, wo sie sich aufhält.«

»Daran arbeiten wir gerade.«

»Genau wie ich.«

Morgan legte das Telefon beiseite und widmete sich wieder den Informationen auf seinem Bildschirm. Wisch. Wisch. Bethany am Flughafen. Wisch. Bethany in der Schlange an der Bushaltestelle. Danach war ihre Spur im Sand verlaufen.

Doch Morgan hatte eine Theorie.

Wisch. Bethany bei der Abschlussfeier der juristischen Fakultät.

Wisch. Bethany in Oxford.

Wisch. Bethanys Lieblingsprofessor. Adrian Wisdom.

Wisch. Das Projekt, an dem Wisdom arbeitete, als er starb.

Wisch. Wisdoms Tochter, Dorothea. *Bereits kontaktiert,* teilte eine überflüssige Notiz mit. *Rückmeldung negativ.*

Der Killer prägte sich das Gesicht auf dem Foto ein, dann gab er der Kellnerin ein Zeichen, dass er zahlen wollte.

Bethanys Vater hatte dafür gesorgt, dass sie mit einer Waffe umgehen konnte. Und zu Hause in Virginia hatte Sam DeMarco, einer ihrer Freunde, der mittlerweile tot war, sie in den vergangenen drei Jahren regelmäßig auf den Schießstand mitgenommen, damit sie ihr Können weiter verbessern konnte. Außerdem hatte sie jede Woche den Selbstverteidigungskurs von Vivian besucht, einer strengen Frau, die früher einmal bei den Marines gedient hatte und sicherstellte, dass ihre Teilnehmer in jeder Stunde bis an ihre äußersten Grenzen gingen. *Bei diesem Training geht es nicht darum, irgendeine Trophäe zu gewinnen,* hatte Vivian immer gesagt. *Dieses Training soll euch das Leben retten.*

Vivian hatte ihnen eine ganze Reihe hilfreicher Tricks beigebracht. In ihrer Panik hatte Bethany die meisten davon schon vergessen, aber sie erinnerte sich an die Anweisung, die Tricks aus den Filmen zu ignorieren - der Schlag gegen den Hals, das in die Weichteile gerammte Knie - und sich stattdessen auf die Beine des Angreifers zu konzentrieren. *Wenn ihr ihn zu Boden bringt, kann er euch nicht mehr schlagen.*

Der Mann, der sich drohend über ihr aufbaute, hatte breite Schultern, einen roten Bart und den Ausdruck stiller Wut in den Augen. Er zog seinen Fuß zurück, um ihr einen weiteren Tritt zu verpassen, aber in diesem Moment hörten die Sterne vor ihren Augen auf zu tanzen, und Bethany war in der Lage, ihn größtenteils abzuwehren, indem sie sich zu einer Kugel zusammenrollte und den Tritt mit der Schulter abfing. Im selben Moment, als ihr Angreifer durch den Ausfallschritt nicht mehr im Gleichgewicht war, griff sie nach seinem Fußgelenk und riss ihn zu Boden.

Sein Kopf schlug hart gegen die Wand auf und brach ein Stück der Holzspanplatte aus. Der Mann schrie auf. Unglücklicherweise klang er dabei eher verärgert als besiegt.

Bethany rappelte sich auf, während ihr Widersacher flink auf die Füße kam. Ihr Plan, über die Treppe zu entkommen, wurde durch die Tatsache vereitelt, dass ihr der Fremde im Weg stand. Sie wusste, dass sie bei einem Kampf nicht die geringste Chance hätte. Ihr war es nur gelungen, ihn zu Fall zu bringen, weil sie ihn überrascht hatte.

Das würde ihr nicht noch einmal gelingen.

Sie wappnete sich für einen weiteren Schlag. Stattdessen verlangte der schwer atmende Mann zu wissen, wer sie war, und was genau sie hier verloren hatte.

Und Bethany, die erleichtert feststellte, dass er wohl doch nicht von der Wildnis oder dem Garten geschickt worden war, um sie zu Tode zu trampeln, antwortete: »Ich bin eine Freundin von Dorothea.«

Er hatte kleine verquollene Augen, die noch verquollener wirkten, wenn er die Stirn runzelte. »Und schnüffeln Sie in allen Häusern Ihrer Freunde herum? Oder ist das etwas, dass Sie nur bei Dorothea machen?«

Da sie darauf keine passende Antwort parat hatte, entschied sich Bethany, lieber die Empörte zu mimen, als sich ihre Verlegenheit anmerken zu lassen. »Wer sind Sie denn überhaupt? Und was treiben Sie hier?«

»Ich wohne hier«, erwiderte er. »Mein Name ist Bratt, wie das englische Wort für Göre. Nur mit zwei t.« Er klopfte sich seinen dunklen Pullover ab. »Ich bin Dorotheas Ehemann.«

Sie stampften die Treppe hinunter, Bethany verdrießlich und reumütig, während der große Mr Bratt, der seinen Vornamen nicht genannt hatte, sie auf seine Weise zu trösten versuchte. Er sei selbst schon ein- oder zweimal unter ähnlichen Umständen erwischt worden, erzählte er. Er war Privatdetektiv mit Büro in London, was bedeutete, dass er mit Neugier seinen Lebensunterhalt verdiente. Doch Mr Bratts Worte konnten sie nicht aufmuntern, weil sie sich darüber ärgerte, wie leicht sie sich hatte erwischen lassen, und sich außerdem fragte, ob er sie wohl an die Polizei ausliefern würde. Außerdem störte es sie, dass der Privatdetektiv einen starken Arm fest um ihre Schultern gelegt hatte. Sie konnte nicht einschätzen, ob er sie trösten, unter Kontrolle halten oder anbaggern wollte. Er hielt die Postkarte in seiner freien Hand und warf immer wieder kopfschüttelnd einen Blick darauf. Seine Frau hatte ihm nichts von der Karte erzählt, und er wollte wissen, was sie zu bedeuten hatte.

»Ich habe keine Ahnung«, sagte Bethany.

»Da steht Iffley«, bemerkte Mr Bratt. »Ich kenne diese Kirche.«

»Ich weiß auch nicht mehr darüber als Sie.«

Seine Augen wurden wieder winzig klein, und für einen kurzen Augenblick fürchtete sie, dass er erneut auf sie losgehen würde. Stattdessen ließ er sie los und stopfte sich die Postkarte in seine Jackentasche. Bethany wusste, wie unwahrscheinlich es war, dass sie sie zurückbekommen würde. Sie hatte ihm nichts von dem zerschnittenen Foto erzählt, und er hatte nicht danach gefragt. Ihr wurde klar, dass er zu spät die Treppen hochgekommen war. Er hatte sie mit dem Bild von Annabelle und seiner Frau gesehen, nicht aber mit dem Bild von Annabelle und Professor Wisdom.

»Hatten Sie Dorothea gesagt, dass Sie sie besuchen wollten?«, fragte er. »Weil sie mir nichts davon erzählt hat.« *Wie üblich*, schien sein Tonfall zu suggerieren.

»Ähm, nein.« Sie konnte nicht lächeln, aber sie wollte ihn auch nicht provozieren. Irgendwann würde er einfach seine Frau anrufen, und dann würden sich Bethanys Probleme schlagartig vervielfachen. »Ich, ähm, bin geschäftlich in der Stadt und dachte, ich schaue einfach mal vorbei.«

»Und durchsuchen das Haus, da Sie schon mal hier sind?«

»Es tut mir leid. Ich weiß nicht, was ich sagen soll.«

»Elaine McMullen.« Er ließ sich den Namen auf der Zunge zergehen. Sie fragte sich, ob er ihn schon mal irgendwo gehört hatte. Er griff nach einem Buch, blätterte gereizt darin herum und legte es wieder weg. Dann drückte er eine Taste auf der Computertastatur, aber der Rechner war nicht eingeschaltet. »Sie hat Sie nie erwähnt«, beschwerte er sich, den Blick nicht auf den unerwarteten Besucher, sondern auf ein Foto der jugendlichen Dorothea gerichtet, die einen sehr kurzen Rock trug und ausgelassen mit einem anderen Mann tanzte.

»Es ist eine Weile her, dass wir uns zuletzt gesehen haben«, sagte sie. »Eigentlich ist es schon Jahre her.«

»Und deswegen haben Sie unser Haus durchsucht?«

»Ich habe mir Sorgen gemacht. Die Vermieterin sagte, der Fernseher liefe schon die ganze Nacht.«

»Das ergibt überhaupt keinen Sinn.«

Wieder breitete sich Stille im Raum aus, während Mr Bratt unruhig herumtigerte, ganz offensichtlich ungeduldig, aber dennoch entschlossen zu warten, bis sie mit der Sprache herausrückte. Schließlich sagte Bethany zu seinem Rücken: »Wo ist Dorothea überhaupt? Im Labor?«

»Wo sonst?«

»Die ganze Nacht?«

»In manchen Nächten ist das eben so«, sagte er unglücklich, und Bethany fragte sich, wie lange seine Ehe noch halten würde. Für viel zu viele Menschen ihrer Generation schien eine Ehe keine größeren Ansprüche an Treue und Verbindlichkeit zu stellen als alle anderen sozialen Verhältnisse auch. Doch Bethany, die selbst nie verheiratet gewesen war, war wohl kaum in der Position, um über andere zu urteilen.

»Dann werde ich sie wohl dort besuchen«, sagte sie.

»Geben Sie mir eine Minute, zum umziehen, dann fahre ich Sie hin.«

»Vielleicht wäre es besser, wenn ich ...«

»Ich fahre Sie schnell rüber. Das wird eine schöne Überraschung für Dorothea. Außerdem ist es das Mindeste, was ich tun kann. Tut mir leid wegen eben. Heutzutage ist man eben vorsichtig.« Mr Bratt nickte in Richtung Küche. »Holen Sie sich was zu trinken, wenn Sie möchten. Bedienen Sie sich einfach am Kühlschrank.«

Er eilte die Stufen hoch, sehr schnell und fast geräuschlos. Bethany war beeindruckt, wie leise er sich bewegen konnte, und vermutete, dass er in seinem Beruf wohl ziemlich gut sein musste. Das erinnerte sie an die glorreichen Tage ihrer eigenen Karriere. Sie setzte sich an den Küchentisch, trank bedächtig ein Glas Apfelsaft und spürte, wie sich die Katze warm an ihre Füße anschmiegte, wie der Trübsinn an ihren Geist. Der Katze konnte sie einen Tritt geben, der Traurigkeit nicht.

Warum hatte Annabelle das zerschnittene Foto versteckt? Wer war auf der anderen Hälfte zu sehen?

Sie dachte an Janice, die eine Gefangene blieb, bis Bethany die Pilatus-Inschrift ausliefern konnte. Sehr bald schon würde die Geduld dieser

Leute zu Ende gehen. Doch bisher hatten ihre heimliche Einreise in England und ihr ungeschickter Feldzug durch Oxford nur ein halbes Foto zutage gebracht, auf dem ein Mann abgebildet war, den sie nie zuvor gesehen hatte.

Sie hörte die Bodendielen knarren, als Mr Bratt im oberen Stockwerk herumlief. Als sie sich mit der Hand an die Lippe fuhr, meinte sie zu spüren, dass sie ein wenig geschwollen war.

Annabelle, was hast du hier bloß getrieben?

Bethany nahm einen kleinen Schluck von ihrem Saft. An den frisch gestrichenen Wänden der winzigen Küche hingen weitere Familienschnappschüsse. Sie fragte sich, wie es wohl sein musste, seine Eltern und Geschwister so zu schätzen, dass man den ganzen Tag von ihnen umgeben sein wollte, und sei es nur in Form von Erinnerungsstücken. Sie fühlte sich außen vorgelassen, als sei das Leben aller Menschen ordentlich strukturiert, mit Ausnahme ihres eigenen. Und dem von Annabelle. Ihr Blick wanderte zur Decke. Ihr ging durch den Kopf, dass Bratt vielleicht gerade in diesem Moment seine Frau anrief, um sich Bethanys Geschichte bestätigen zu lassen. Bethany spürte das alles verschlingende Gefühl von Panik in sich hochsteigen. Sie riss sich zusammen, dennoch musste sie jetzt schnell handeln. Sie rief nach ihm – »Mr Bratt?« –, schließlich kannte sie nur seinen Nachnamen. Keine Antwort. Am Fuß der Treppe rief sie erneut seinen Namen. Langsam stieg sie die ersten Stufen hoch. Die Fotos, die sich am Treppenaufgang und an den Flurwänden entlangzogen, hatten langsam eine wirklich beklemmende Wirkung auf sie.

Sie blieb stehen.

Fotos von Freunden und Familie.

Keine Hochzeitsfotos.

Keine Fotos des Ehemanns.

Keine Fotos von Mr Bratt, der ihr nichts über Dorothea verraten hatte, das sie ihm nicht zuerst erzählt hatte.

Sie nahm jetzt zwei Stufen auf einmal, doch das Fenster am Ende des Flures stand weit offen, und die vergilbten Spitzenvorhänge wehten sanft in der Morgenbrise. Der Fremde war verschwunden und mit ihm auch die Postkarte.

10

»Du bist ja in letzter Zeit ganz schön rumgekommen«, meinte Allenby.

Fuentes schwieg.

»Erst ein paar Wochen Chicago«, fuhr Allenby fort, den kantigen braunen Kiefer herausfordernd vorgeschoben. »Dann Oregon. Kalifornien. New Hampshire. Und jetzt Charlottesville.«

Sie hatten sich mittlerweile ein ganzes Stück vom akademischen Dorf entfernt. Die beiden Männer vom Sicherheitsdienst führten Fuentes einige Blocks weiter, bis zum Lambeth Field, dem alten Betonstadion, das vom Footballteam der Universität nicht mehr genutzt wurde. Sie standen fast ganz oben im Säulengang. Die Sonne warf ein geschecktes Muster auf die Säulen.

Unten auf dem Spielfeld trainierte eine Uni-Fußballmannschaft auf dem abgenutzten Rasen. Vermutlich waren beide Männer verkabelt. Sein Auto war mittlerweile wahrscheinlich verwanzt worden. Genau wie seine Wohnung.

»Wusstest du, dass das FBI nach der Sache in Chicago deine Akte angefordert hat?«, wollte Allenby wissen. Er spielte damit auf das Village House an, das Hauptquartier einer religiösen Sekte, die Fuentes infiltriert hatte. Dort hatte er sowohl Bethany zum ersten Mal getroffen – die genau wie er nur vorgegeben hatte, beigetreten zu sein – als auch Janice, die wirklich Mitglied der Sekte gewesen war.

»Ich weiß«, erwiderte Fuentes, doch seine Stimme gab sonst nichts preis.

»Hast du überhaupt eine Ahnung, welche Beziehungen wir spielen lassen mussten, um sie von dir abzulenken?«

»Du kannst von Glück sagen, dass deine Wohnung nicht auf deinen echten Namen gemeldet ist«, meldete sich Allenwood zu Wort. Er war der freundlichere Teil des Duos und – wie eine Reihe von in Ungnade gefallenen ehemaligen CIA-Angestellten bezeugen konnte – daher auch der gefährlichere. »Wenn sie gewusst hätten, dass du genau gegenüber auf der anderen Seite des Flusses wohnst, hätten wir sie wohl kaum davon abhalten können, dich einzukassieren.«

»Was genau wollt ihr von mir?«, fragte Fuentes. »Ich arbeite nicht mehr für euch. Ich kann gehen, wohin immer ich will.«

»Und deine Ruhestandsvereinbarung besagt, dass wir dich befragen können, wann immer uns danach ist«, grollte Allenby. Sein zurückweichendes Haar war zu einem kurzen Bürstenschnitt geschoren. Wie immer sah er bereit aus für eine Prügelei. Fuentes hatte ihn noch nie ohne grimmigen Ausdruck im Gesicht gesehen. »Und wenn du hier den starken Mann markieren willst, dann vergiss nicht, Kumpel, dass wir dir jederzeit unseren Schutz entziehen können und dich einfach dem FBI überlassen ...«

»Sie glauben, dass du ein Mitglied dieser Sekte in Chicago warst«, sagte Allenwood mit dem für ihn typischen breiten Lächeln. Er hatte lange schlaksige Arme und einen verschlafenen Südstaatenakzent. »Wie nannten die sich noch? Die Gottesplaner. Also, unsere Kollegen vom FBI sind fest davon überzeugt, dass du ein Mitglied dieser Gruppe warst. Ein Planer. Und die Planer bauen Bomben. Das dürfen wir nicht vergessen. Direkt im Keller des Village Houses haben sie sie gebaut, um die Forschungslabore in die Luft zu sprengen, die mit menschlichen Embryonen arbeiten.«

»Ihr erzählt mir nichts Neues.«

Ein besänftigendes Zwinkern von Allenwood, dem guten Cop. Unten auf dem Feld war das Fußballteam zur anderen Seite gewechselt. »Na, darum geht es gerade, Ray. Du bist Sprengstoffexperte. Genauso steht es in deiner Akte. Und ja, wir wissen, wie lächerlich das ist, aber das FBI scheint zu glauben, dass du vielleicht diesen Verrückten beim Bombenbauen geholfen hast. Das hast du doch nicht getan, oder? Du würdest es uns doch sagen, wenn es so wäre, oder nicht?«

»Nein.«

»Nein, du würdest es uns nicht sagen?«

»Nein, ich habe keine Bomben für die Planer gebaut. Die Behauptung ist lächerlich.«

»Natürlich hast du das nicht. Wir wissen das. Trotzdem. Einige der Planer scheinen dem FBI erzählt zu haben, dass du einer ihrer Anführer warst.« Er gluckste fröhlich, als sei alles nur eine kleine Neckerei unter Freunden. »Also, wir alle wissen, dass nichts davon wahr ist. Wir wissen, dass dein Aufenthalt im Village House ein Einsatz für die Gerechtigkeit war. Deswegen haben wir auch die Akte ein wenig überarbeitet, bevor wir sie ihnen geschickt haben.«

»Und dafür bin ich euch dankbar«, sagte Fuentes, obgleich er wusste, dass die Unterhaltung noch lange nicht beendet war.

»Wir sind die Guten«, fuhr Allenwood fort. Sie drehten eine Runde um die oberste Reihe der aus Beton gegossenen Zuschauerplätze. »Wir wollen dir helfen, Ray. Wir sind auf deiner Seite, okay? Wir wissen, dass deine Schwester eine Zeit lang im Village House gelebt hat. Vielleicht war sie nie ein offizielles Mitglied der Planer, aber zumindest hat sie sich die Gruppe angeschaut. Und, na ja, du hast dich entschlossen, ihnen beizutreten - Entschuldigung, so zu tun als ob -, um sie von innen heraus zu bekämpfen. Tatsächlich scheint es so, als hättest du ausgerechnet die Infiltrationsmethoden angewandt, die wir dir beigebracht haben. Okay, das ist in Ordnung. Nicht unbedingt die korrekte Vorgehensweise, die unsere Freunde beim FBI bevorzugen, mit Verhaftungen und Anklagen und so was eben, aber es hat funktioniert. Glückwunsch. Gute Arbeit.«

Fuentes ließ sich nicht hinters Licht führen. Der Sicherheitsdienst schickte seine besten Leute nicht los, um zu erklären, wie stolz die CIA auf einen war. »Ich habe gefragt, was ihr wollt.«

Allenby, der böse Kerl, war jetzt wieder an der Reihe. Er blieb stehen und legte eine Hand auf Fuentes' Unterarm, um ihm zu signalisieren, ebenfalls stehen zu bleiben. Sie standen direkt neben einer Mauer. Niemand konnte sie sehen. Die Mauer blockierte die Sicht auf das Spielfeld. Fuentes stemmte die Füße in den Betonboden. Wenn irgendetwas passieren sollte, dann war dies der Ort dafür.

»Wir wollen wissen, was du vorhast«, sagte Allenby in seinem gewohnt angriffslustigen Tonfall. »Vielleicht warst du kein Planer. Vielleicht wolltest du nur Rache für deine Schwester nehmen. Das ist uns vollkommen egal. Und gehen wir meinetwegen auch davon aus, dass du nichts mit den Bombenanschlägen zu tun hattest. Was wir wissen wollen, ist, warum dich das FBI auf den Bändern der Flughafenüberwachung entdeckt hat, zur selben Zeit, als diese Frau, die vielleicht die Hauptverdächtige im Zusammenhang mit den Bombenanschlägen ist, in ein Flugzeug nach London steigt.«

»Ich war auf dem Weg nach Madrid.«

»Genau. Du hast dir ein Ticket gekauft, damit du durch die Sicherheitskontrolle in den Abflugbereich des internationalen Terminals konntest. So hast du es in deiner Ausbildung gelernt. Und du bist sogar nach Madrid geflogen. Du hast dich mit niemandem getroffen und bist nirgendwo hingegangen. Du hast den Zimmerservice in Anspruch genommen, bist jeden Tag eine Runde joggen gegangen und hast ein paar Museen besucht. Dann bist du wieder nach Hause geflogen.«

Fuentes war klug genug, weder verärgert noch überrascht zu sein. Vor weniger als einem Jahr hatte er bei der CIA gekündigt und war zu diesem Zeitpunkt in ein paar wirklich sensible Geheimnisse eingeweiht gewesen. Natürlich hatten sie ihn im Auge behalten.

»Ich habe gegen kein Gesetz verstoßen«, sagte er.

Allenwood, der ewige Lächler, schüttelte den Kopf. »Tut mir leid, Ray. Wenn du einer Flüchtigen geholfen hast, das Land zu verlassen, nun ja, dann würde ich schon sagen, dass du gegen das ein oder andere Gesetz verstoßen hast. Du bist auf dem Video zu sehen, sie ist auf dem Video zu sehen und, nun ja, wir mögen dich wirklich - wir sind deine Freunde -, aber eine ganze Reihe von Leuten da drüben beim FBI würde einem solchen Zufall ziemlich viel Bedeutung beimessen. Besonders, da sie dich für den Bombenbauer halten. Du bist der Bombenbauer, sie die Bombenlegerin - du kennst doch diese Beamtenmentalität. Ein Kind könnte den Zusammenhang herstellen. Alternative Erklärungen ziehen die gar nicht erst in Erwägung. Geheime Verschwörungen und etwas Ähnliches.«

Endlich verstand Fuentes, worum es hier ging. Er betrachtete die Gesichter der beiden Männer - Allenbys so dunkel und aggressiv; Allenwoods rosig und freundlich. »Spuckt es einfach aus«, meinte er.

»Du musst vorsichtiger sein«, sagte Allenwood mit seinem wetterfesten Südstaatengrinsen. »Du musst deine Freunde und die Situationen, in die du dich begibst, so wählen, dass niemand Verdacht schöpft.«

»Kann ich das bitte noch mal im Klartext hören?«

Allenby hatte keine Zeit für schöne Worte. »Soll heißen: Wenn du weiterhin unter dem Schutz der CIA stehen willst, hältst du dich von Bethany Barclay fern. Du hältst dich von WACHSAM fern und von dieser ganzen Verschwörung. Das ist sowieso alles Blödsinn. Es gibt keinen Garten. Es gibt keine Wildnis. Halt dich da raus, sonst bekommt das FBI die komplette Akte. Alles, Fuentes. Ein paar genauere Details zu einigen deiner Missionen. Die posttraumatische Belastungsstörung, die du nach dieser Sache mit den Taliban entwickelt hast. Alles, was sie brauchen, um ein Verfahren gegen dich einzuleiten. War das jetzt deutlich genug? Wenn nicht, ist da ja auch noch die Angelegenheit mit deiner Schwester. Megan. Du nennst sie Meg, richtig?«

»Was ist mit ihr?«

»Das FBI ist immer noch auf der Suche nach ehemaligen Gottesplanern. Sie wissen, dass deine Schwester beteiligt war, aber noch kennen sie ihren Namen nicht. Was meinst du, wie lange sie brauchen werden, um sie zu finden, wenn wir uns zurückziehen? Die Schwester des großen Bombenbauers? Ein Mitglied derselben Sekte? Die Presse liebt solche Geschichten. Und wenn das FBI nichts davon durchsickern lässt, dann vielleicht jemand anderes.«

»Ihr haltet sie aus der Sache raus.«

Allenby war noch nicht fertig. Offensichtlich genoss er die Situation in vollen Zügen.

»Die arme Meg. Sie wird Anwälte anheuern müssen, jemanden, der die Reporter im Zaum hält und alles für sie regelt. Waren deine Eltern nicht irgend so eine Art von Wanderpredigern? Und deine Schwester lebt jetzt in einer Kommune in Oregon. Ich glaube kaum, dass deine Familie das Geld hat, um das alles zu finanzieren.«

Fuentes blickte von einem ungerührten Gesicht zum anderen. Überall in der Agency kursierten Geschichten, die klarmachten, dass der Sicherheitsdienst mit harten Bandagen kämpfte. Knallhart zu sein, war das eine, doch das hatte mit dem, was hier gerade vor sich ging, nichts zu tun. »Wer hat euch geschickt?«, fragte er kalt.

»Wir folgen nur unseren Anweisungen«, erwiderte Allenby.

Allenwood, der Südstaatler, hatte den Anstand, ein bedauerndes Gesicht zu machen. »Wir wollen hören, wie du es sagst, Ray.«

Er entspannte seine Fäuste. »Ich hab's verstanden, okay? Ihr könnt ihnen sagen, dass die Botschaft angekommen ist. Laut und deutlich.«

»Dann sind wir fertig«, meinte Allenwood, woraufhin sich die beiden abwandten und die Treppe zwischen den Sitzreihen zum Spielfeld hinunterstiegen.

Fuentes blieb im strahlenden Sonnenschein von Virginia stehen, während er ihnen nachschaute und sich fragte, was gerade passiert war.

In keinem seiner Berichte an die Agency oder nur an seine Anwälte hatte er den Garten oder die Wildnis überhaupt erwähnt. Bis zu diesem Morgen hatte er geglaubt, dass niemand in der CIA jemals von ihnen gehört hatte.

Es war kein Zufall, das Allenwood und Allenby heute aufgetaucht waren. Jemand hatte sie geschickt. Jemand hatte herausgefunden, was er vorhatte, und ein paar Anrufe getätigt. Das Fuentes-Problem war auf dem Aktionsplan der Agency gelandet, woraufhin man die Boten entsandt hatte.

Was bedeutete, dass irgendjemand große Angst davor hatte, was Ray Fuentes aufdecken könnte.

»Gut«, sagte er laut und stieg die Stufen in Richtung seines Autos hinab.

11

Dorothea Ziman wollte nicht mit Bethany sprechen, aber die Polizei wollte sie auch nicht rufen. Bethany wartete draußen im Vorgarten und beobachtete eine Prügelei zwischen den Kindern der Vermieterin, da Dorothea, eine wuchtig-dicke Frau mit beachtlicher Energie, sie nicht ins Haus ließ.

Von ihrer Vermieterin aus dem Büro zurückgerufen, marschierte Dorothea hektisch von Raum zu Raum, um sicherzugehen, dass der Eindringling nichts entwendet hatte. Sie forderte Bethany nicht auf, sich zu verziehen, nicht wirklich zumindest, und Bethany meinte zu spüren, dass Dorothea ihren Besuch sogar erwartet hatte. Immer wieder trat sie auf die Stufen vor dem Haus hinaus und starrte sie auf eine Weise an, die man normalerweise für verwirrte Verwandte reservierte, die man zwar nicht loswerden konnte, von denen man aber erwartete, dass sie jeden Moment etwas Verrücktes tun könnten.

»Sie sind es also wirklich«, sagte sie irgendwann. »Sie sind tatsächlich aufgekreuzt. Die hatten recht. Unglaublich.«

»Wer hatte recht?«

Doch Dorothea war schon wieder im Haus verschwunden.

Beim nächsten Mal sagte sie: »Ich könnte verhaftet werden.« Hinter den dicken Brillengläsern funkelten ihre Augen zornig. »Ist Ihnen das überhaupt in den Sinn gekommen?«

»Sie haben kein Verbrechen begangen.«

»Das wissen Sie nicht. Sie haben keine Ahnung, was ich vielleicht getan oder nicht getan habe.«

Wieder zog sie sich ins Haus zurück.

Endlich kehrte Dorothea in den Vorgarten zurück und blieb, die dicken Fäuste in die breiten Hüften gestemmt. Sie trug einen teuren Anzug und einen zackigen Haarschnitt.

»Sie haben wohl nicht vor zu verschwinden, oder?«

»Tut mir leid. Ich will keinen Ärger machen, aber wir müssen uns über Annabelle unterhalten. Und über den Mann, der in Ihrem Haus war.«

»Annabelle ist tot.« Dorothea hielt inne, als hoffe sie, diese Information könne ihren ungebetenen Gast vertreiben. Als Bethany sich nicht rührte, wählte sie einen anderen Ansatz. »Sie schulden mir übrigens Geld. Sie haben die Flurlampe im Obergeschoss kaputt gemacht.«

»Das war ich nicht. Das war der ... der Eindringling.«

Noch immer ließ sich Dorothea nicht erweichen: Weder zwang sie Bethany zu gehen, noch lud sie sie ins Haus ein. Von ihrem Fenster aus schaute die Vermieterin den beiden wie ein Fan bei einem Preisboxkampf zu.

»Den *anderen* Eindringling, meinen Sie.«

»Richtig.«

»Den keiner außer Ihnen gesehen hat.«

»Das hier ist echt«, sagte Bethany und berührte ihre geschwollene Lippe. »Er sagte, sein Name sei Bratt. Bratt mit zwei t.«

Hinter den dicken Gläsern verengten sich die Augen zu Schlitzen. Kannte sie den Namen? Konnte sie es nicht glauben? Oder spürte sie einfach nur noch mehr impulsive Angst?

»Das Anti-Terror-Kommando hat mir einen Besuch abgestattet«, sagte Dorothea schließlich. »Das ist nur ein paar Tage her. Ob ich Sie gesehen habe, haben die mich gefragt. Wann ich das letzte Mal von Ihnen gehört hätte. Sie haben mir ihre Karte dagelassen mit einer Nummer, die ich anrufen soll.« Ihr Arm machte eine wedelnde Bewegung in Richtung Straße. »In diesem Moment könnten die mein Haus observieren.«

Bethanys Leben im Untergrund hatte sie die Antwort auf diese Frage gelehrt. »Sie können nicht überall gleichzeitig sein, Dorothea. Keine Behörde verfügt über unbegrenzte Ressourcen.«

»Das sagen *Sie*.«

»Dorothea, bitte. Sie müssen mir sagen, was Sie über Annabelle wissen. Mir ist egal, wie schlimm es ist. Ich bin mir sicher, dass ich schon schlimmere Geschichten über sie gehört habe.«

»Annabelle?« Ein blechernes Lachen. »Oh, Annabelle. Immer süß wie Sirup. Niemand kann ein schlechtes Wort über sie sagen. Sie wussten es nicht?«

»Was wusste ich nicht?«

»Sie war die Tochter, die sich mein Vater immer gewünscht hatte. Die, die er am meisten liebte.«

Lillian Hartshorne sitzt auf der großen überdachten Terrasse an der Rückseite ihres Anwesens in Virginia. Das Gras strahlt smaragdgrün im Licht der Morgensonne. Die Hügel ziehen sich endlos sanft zu den blauen Bergen am Horizont hin. Ihre Leute kaufen automatisch alle angrenzenden Grundstücke auf, sobald diese auf dem Markt angeboten werden. Mittlerweile weiß sie weder, wie viele Hektar Land sie genau besitzt, noch kümmert es sie. Im Winter ihres Lebens ist ein wenig Privatsphäre das Einzige, nach dem sie sich sehnt.

Ein wenig Privatsphäre und das Gefühl, ihre Mission vorangebracht zu haben. Menschen sind solche Dummköpfe. Darin liegt das Problem. Menschen sind solche Dummköpfe, und egal, welche Fortschritte die Wissenschaft macht, die Kunst, die Philosophie, jedes Gebiet, in dem Schönheit dem menschlichen Geist entspringen könnte, weigern sich die Dummköpfe dieses Planeten, ihren absurden Glauben an die Liebe und den Schutz eines allmächtigen, übernatürlichen Wesens aufzugeben.

Als könne irgendein allmächtiges Wesen solche Dummköpfe lieben ...

»Ma'am?«

Der Schutzherr schaut auf. Ihr Stabschef steht ein paar Schritte von ihr entfernt.

»Kommen Sie ruhig näher, Kenny. Ich beiße nicht.«

Er geht auf sie zu. »Ma'am, Morgan hat die Bestätigung geschickt. Sie ist definitiv in Oxford. Und sie hat Dorothea Ziman getroffen.«

»Genau wie wir es uns erhofft haben.«

»Ja, Ma'am. Ma'am?«

»Ja, Kenny?«

»Woher wussten Sie es?«

»Woher wusste ich was?«

»Dass sie es schaffen würde, das Land zu verlassen. Dass es ihr gelingen würde, Annabelles Hinweisen zu folgen.«

Vor ihr steht ein Tablett: im Ofen gebackene Eier auf Toast, ihre Leibspeise. Sie nimmt einen kleinen Bissen und beginnt nachdenklich zu kauen.

»Es handelt sich hier nicht um Wissen, Kenny. Sondern um Hoffnung. Davon redet der Feind ständig.« Ihr leises Lachen ist wie Winterregen. »Darum ist es so wichtig, mehr als nur einen Plan zu haben. Einen Notfallplan für den Notfallplan. Wenn Bethany nun ermordet oder, noch schlimmer, verhaftet worden wäre – nun, es hätte andere Wege gegeben.«

»Ja, Ma'am.«

Der Schutzherr wird wehmütig. »Wirklich eine Schande. Ich habe diese Bethany Barclay ein paar Mal getroffen. Wussten Sie das? Die liebe Edna hat uns bekannt gemacht. Die Richterin. Sie wohnt ein Stück die Straße hinunter. Edna Harrigan ist Bethany Barclays Mentorin. Ich nehme an, Sie wussten das. Bethany war ihre Assistentin am Obersten Gerichtshof von Virginia, und die beiden verbindet schon sehr lange eine enge Beziehung. Wie Mutter und Tochter vielleicht. Oder Großmutter.« Auf ihrem Gesicht ist der Ansatz eines Lächelns zu sehen. »Tja, Bethany wusste natürlich nicht, wer ich bin. Sie hielt mich einfach nur für Richterin Harrigans beste Freundin, die verrückte Erbin aus der Nachbarschaft. Ich habe sie gebeten, mich Tante Lillian zu nennen. Tante Lillian. Mir gefiel, was ich sah, Kenny. Sie ist klug, diszipliniert, ehrgeizig, gewissenhaft – ach, all die Dinge, die die arme Annabelle niemals war. In einer besseren Welt hätten wir sie vielleicht rekrutiert.«

»Ma'am, soweit ich informiert bin, ist Bethany eine überzeugte Gläubige.«

»Ach, Unsinn«, sagt der Schutzherr und wedelt mit einer von Altersflecken gezeichneten Hand. »Das ist nur ein Detail. Wir haben schon vorher religiöse Menschen umgedreht. Durchaus machbar.« Sie schiebt das Tablett beiseite. »Wie auch immer. Das ist alles Schnee von gestern. Sie hilft uns, ob sie nun will oder nicht.«

»Ja, Ma'am.«

Der Schutzherr erhebt sich schwankend und fällt beinahe vornüber, aber weder Kenny noch die beiden Bediensteten, die außer Hörweite bereitstehen, wagen es, helfend einzuschreiten.

»Gehen Sie ein Stück mit mir, Kenny.«

»Ja, Ma'am.«

Sie betreten den Garten über die Tulpenecke, wie der Schutzherr sie nennt: Hier wachsen Tulpen aller Arten, ein halber Hektar Land, der nur dieser einen Blume gewidmet ist und von ordentlichen, grellbunten Farbreihen überzogen wird - pinkfarbene *Prinses Irene* hier, leuchtend orange *Unicum* dort, direkt neben den elfenbeinfarbenen und gelben *Montreux*.

»Welche Nachrichten gibt es aus Florida?«, fragt sie.

»Ma'am, der Sexskandal scheint echt zu sein. Wir müssen also nicht in Aktion treten. Die Medien werden diesen Pastor für uns in der Luft zerreißen.«

»Elliott ist mit an Bord?«

»Ja, Ma'am.«

»Wissen seine Leute, dass sie nicht erwähnen dürfen, dass die Missbrauchsrate unter Vertretern der Kirche sehr viel geringer ist als die aller anderen Berufsgruppen, die mit Kindern zu tun haben?«

»Ja, Ma'am.«

»Sehr schön, Kenny. Gut gemacht. Einige dieser Prediger machen es uns einfach zu leicht, nicht wahr?«

»Ja, Ma'am.«

Sie setzen ihren Spaziergang fort. Ein Bediensteter folgt ihnen mit fünfzehn Meter Abstand. Kenny trägt ein Funkgerät bei sich, für den Fall, dass seine Arbeitgeberin plötzlich das Verlangen nach - nun, nach was auch immer überkommt.

»Dieser Pastor in Michigan«, sagt sie nach einer kurzen Pause. »Der mit der Megakirche. Wie kommen wir dort voran?«

»Ma'am, wir haben mittlerweile zwei unserer Leute unter seine Führungskräfte eingeschleust. Ich würde sagen, dass wir ihn nächstes Jahr um diese Zeit zu Fall bringen können.«

»Seien Sie sich Ihrer Sache nur nicht zu sicher, mein Junge. Vor einigen Jahren - noch vor Ihrer Zeit - haben wir es mit demselben Trick in Korea versucht. Wissen Sie, was passiert ist?«

»Nein, Ma'am.«

»Dieser bescheuerte Pastor hat unseren Maulwurf bekehrt. Das ist passiert.« Einen Moment lang empfindet der Schutzherr angesichts dieser Niederlage aufrichtigen Schmerz. Das war eines der wenigen Male, bei denen sie sich dem Baumeister und seiner Bande von Fanatikern geschlagen geben musste. Noch schlimmer ist, dass sie bis heute nicht genau weiß, was damals schiefgelaufen ist. »Erzählen Sie mir etwas über unseren Gast«, bellt sie.

Wenn ihr Assistent von dem plötzlichen Themenwechsel überrascht ist, lässt er es sich nicht anmerken. »Ma'am, das letzte Mal, dass ich sie gesehen habe, ging es ihr gut.«

»Gehen Sie und schauen Sie noch mal nach ihr.«

»Ich war erst vorgestern dort.«

»Habe ich Sie gefragt, wann Sie das letzte Mal dort waren?« Sie wedelte mit ihrem Gehstock wie mit einer Fliegenklatsche vor sich herum. »Schauen Sie nach. Stellen Sie sicher, dass sich alle an die Sicherheitsvorkehrungen halten. Machen Sie sich ein Bild von ihrer Stimmungslage und so weiter. Vergewissern Sie sich, dass man sie gut behandelt. Und dass sie alles hat, was sie braucht.«

»Außer einen Computer.«

»Selbstredend, Sie dummer Junge.«

»Natürlich, Ma'am. Ma'am?«

»Ja, Kenny?«

»Darf ich fragen, warum wir uns so gut um sie kümmern?«

Ihr Gesicht verfinstert sich. »Weil wir moralische Menschen sind. Wir sind nicht wie diese Fanatiker des Gartens. Wir fügen niemals unnötiges Leid zu. Das wissen Sie.« Ihre Züge werden wieder weich. Beinahe lächelt sie. »Strengen Sie Ihren Kopf an, Junge. Früher oder später wird Bethany Barclay einen Beweis dafür fordern, dass die kleine Janice noch am Leben ist. Was schließlich dazu führen muss, dass sie mit ihr reden wird. Lassen Sie uns dafür sorgen, dass Janice in der Verfassung ist zu reden.«

»Ja, Ma'am.«

»Oh, und Kenny?«

»Ja, Ma'am?«

»Eine letzte Sache noch.« Ihr Tonfall bleibt großmütterlich-süßlich. »Stellen Sie nie wieder eine meiner Anweisungen infrage. Selbst dann nicht, wenn wir unter uns sind. Haben Sie das verstanden?«

»Ja, Ma'am«, erwidert er. Dann geht er zum Haus zurück.

Sehr schnellen Schrittes.

»Mein Vater war ein Monster«, erklärte Dorothea. »Sie haben keine Vorstellung davon, wie er war. Na ja, vielleicht schon, schließlich waren Sie seine Studentin. Ich kann mir nicht vorstellen, dass er sanft mit Ihnen umgesprungen ist.« Sie stieß ein kaltes Lachen aus. »Studenten, die er für fähig hielt, behandelte er wie Dreck. Die anderen – nun, die mussten Schlimmeres erdulden.«

»Und Sie?«, fragte Bethany mitfühlend. »Sie muss er wohl für besonders fähig gehalten haben.«

Dorothea lächelte. Sie lächelte schon eine ganze Weile, ein seltsam abwesendes und hochmütiges Lächeln, das nie ihre Augen erreichte. Bethany und sie liefen zurück zu ihrem Labor, da sie sich noch um ein paar Studenten kümmern musste. Bethany zweifelte erst daran, dass sie sie begleiten sollte. Aber Dorothea bestand darauf. Wenn sie sich schon unterhalten mussten, dann nur so. Sie zitierte Bethanys eigene Worte: *Sie können nicht überall gleichzeitig sein*. Und so machten sie sich zu Fuß auf den Weg, während Bethany ihr Leihfahrrad schob.

»Mit Annabelle war es anders«, sagte Dorothea und beantwortete damit die zuerst gestellte Frage. »Dad mochte sie. Sie war so zuckersüß zu ihm. Schauen Sie mich nicht so an. Nicht diese Art von süß. Sie schmierte ihm Honig ums Maul. Mir war klar, dass sie irgendetwas von ihm wollte. Und es wäre auch meinem Dad klar gewesen, wenn er nicht so ein ...«

Der Satz brach ab, da ihr das passende Wort nicht einfallen wollte. Trotz ihres Gewichts hielt sie sich beim Laufen sehr gerade, die Hände wie ein typischer Dozent hinter dem Rücken verschränkt. Dorotheas Fachbereich war die Teilchenphysik. Gehringers Ausführungen nach war sie zwar durchaus kompetent, spielte aber keineswegs in der Oberliga mit. Er hatte außerdem angedeutet, dass sie sich nur für dieses Fachgebiet entschieden hatte, um sich so weit wie möglich vom Arbeitsbereich ihres Vaters zu distanzieren.

»Ich meine damit nicht, dass Annabelle wirklich meine Schwester war«, sagte Dorothea grausam grinsend. Offensichtlich fand sie die meisten Dinge komisch, so auch die Geschichte von einem Eindringling, der eine Postkarte stahl, die aus einem Bilderrahmen gefallen war. Sie hatte bereits mit einem vollen trillernden Lachen abgestritten, überhaupt irgendetwas versteckt zu haben. Wenn ihr ein Foto gefiel, hängte sie es auf, erklärte sie; wenn nicht, klebte sie es in ein Album oder ließ es in einer Schublade verschwinden. Wenn die Postkarte also wirklich von Anfang an in ihrem Haus gewesen war - wobei Bethany verblüfft feststellte, wie ungewohnt gutmütig Dorothea ihre Zweifel an der Geschichte verkündete - dann musste jemand anderes sie dort versteckt haben. Gegen diesen eisernen Agnostizismus kam Bethany einfach nicht an, also entschloss sie sich, der Sache später auf den Grund zu gehen. Denn sie wollte auf keinen Fall, dass Dorothea die Polizei rief. Obwohl Bethany Ablenkungen und Unklarheiten aus dem Grunde ihrer geplagten Seele verabscheute, war ihr der Gedanke an Verhaftungen und Verhöre weitaus mehr zuwider.

»Ich hoffe, Sie denken jetzt nichts Falsches«, fuhr Dorothea fort. »Ich meinte damit nur, dass Adrian sie sehr viel lieber mochte als mich. Oh ja. In Adrians Augen war ich ein hoffnungsloser Fall. Was er brauchte, waren Gefolgsmänner. Leute, deren bewundernde Blicke ihm ständig spiegelten, wie brillant er war. Leute wie Sie«, sagte sie ohne eine Spur von Ironie. »Und wie Annabelle, natürlich. Da ich ihm widersprach, war ich automatisch der Feind.«

»Sie müssen sie gut gekannt haben.«

Doch wie alle einsamen Menschen bestand Dorothea darauf, die Geschichte auf ihre eigene Art zu erzählen.

»Adrian war zweifelsohne ein gläubiger Mann. Natürlich gehörte er der Church of England an. Dem traditionelleren Flügel. Mit Glocken und Weihrauch, dem ganzen Brimborium. Und wann immer er an der Reihe war, predigte er seiner Gemeinde, wie wichtig es war, die Orthodoxie zu wahren.« Um ihren Hals trug sie eine Kette aus glitzernden Goldringen, an dessen Gliedern sie nun herumspielte. »Für den großen Adrian Wisdom waren weibliche Geistliche undenkbar, nein danke. Er war der Überzeugung, die amerikanische Kirche habe den Verstand verloren. Ich versuchte ihm den Grundsatz von Leben und Lebenlassen zu erklären, doch davon wollte er nichts wissen. Was auch immer er glaubte, davon mussten auch alle anderen überzeugt sein. Wenn dem nicht so war, dann musste mit allen anderen etwas nicht stimmen. Er hingegen war natürlich immer über jeden Zweifel erhaben, versteht sich.«

»Ich verstehe«, sagte Bethany, während sie verwundert feststellte, dass Studenten nie darüber nachdachten, ob Professoren, die sie schlecht behandelten, auch grausam zu ihren Familien waren.

Dann argumentierte Dorothea plötzlich gegen ihre eigene Überzeugung. »Na schön, viele Philosophen sind eben so. Adrian war trotz allem ein Genie. Er schrieb dieses wundervolle Buch über Hume, und natürlich gilt seine Biografie über Adam Smith als ...« Wieder schien sie den Faden verloren zu haben. »Aber dann war er auf einmal von Pontius Pilatus besessen. Ich versuchte mit ihm zu reden - besser gesagt habe ich ihn angeschrien - ›Was soll daran so aufregend sein? Wer interessiert sich heute noch für Pontius Pilatus?‹ - so was in der Richtung eben. Aber Adrian, nun, der hörte Widerspruch einfach nicht. Besonders nicht von seiner Tochter. Natürlich wurde es nach Moms Tod sogar noch schlimmer, aber immerhin ...«

Dorothea riss sich zusammen. Offensichtlich forderte es ihr gerade viel ab, die amüsierte Fassade aufrechtzuerhalten, mit der sie normalerweise der Welt begegnete.

Bethany beschloss, sie nicht aus ihren Tagträumen zu reißen, nicht zuletzt, weil gerade ein dunkelblauer Rover an ihnen vorbeifuhr und sie damit beschäftigt war, sich zu fragen, ob es sich um denselben dunkelblauen Rover handelte, der ihr schon früher aufgefallen war, während sie sich mit Dorotheas Vermieterin gestritten hatte.

Drei Studenten liefen an ihnen vorbei, die lauthals das Thema Terrorismus diskutierten.

»Wenn die nur wüssten, wer ihnen gerade begegnet ist«, bemerkte Dorothea fröhlich, den Blick auf die jungen Leute geheftet, die gemächlich die Straße hinunterschlenderten. »Aber Sie sehen dem Foto, das von Ihnen in den Nachrichten gezeigt wird, auch nicht mehr besonders ähnlich, oder? Sie haben sich die Haar gefärbt und abgeschnitten - vielleicht sollten sie noch eine falsche Brille oder so was tragen, aber dieses ganze Outfit - die Jeans, der hässliche Pullover -, Sie passen hier genau ins Bild.« Sie schnaubte. »Ich erinnere mich an Sie, als Sie noch Adrians Studentin waren, Bethany. Damals sahen Sie genauso aus. Jeans. Der ganze Look. Ich nehme an, Sie haben sich wohl doch nicht so sehr verändert.«

»Und Annabelle?«

Dorotheas Lächeln war wieder wie festbetoniert, doch die Fröhlichkeit drang niemals zu ihren wütenden Augen vor. »Vielleicht sollte ich die Leute vom Anti-Terror-Kommando doch mal anrufen. Nur um mich abzusichern. Meine Forschung wird durch staatliche Förderungen unterhalten. Ich kann nicht riskieren, sie zu verlieren.«

»Das würde ich auch nicht von Ihnen verlangen.«

»Wenn Sie mich bitten, denen nichts von unserer Unterhaltung zu erzählen, dann verlangen Sie von mir, dass ich meinen Lebensunterhalt aufs Spiel setze, so viel steht fest.«

Doch Bethany hatte sie durchschaut. Es war Dorotheas Art, zu sticheln, ihren Gesprächspartner immer in der Defensive zu halten. Es bereitete ihr Freude; so klärte sie, wer die Kontrolle hatte. Sie machte die Schwachstelle eines Menschen ausfindig und stocherte dann so lange darin herum, bis der andere nur noch losschreien wollte. So sehr sie auch behauptete, ihren Vater zu hassen, war Dorothea doch ganz offensichtlich Adrian Wisdoms Tochter.

»Was Pilatus betrifft ...«

»Pilatus. Pilatus! Was haben denn alle mit Pontius Pilatus? Bis etwa vor einem halben Jahrhundert hätten Ihnen genug Experten für den Nahen Osten versichert, dass Pontius Pilatus nie existiert hat!«

»Aber Ihr Vater glaubte, das Pilatus eine wichtige Figur war«, erwiderte Bethany ruhig. Sie hatten das Wohngebiet hinter sich gelassen und erreichten ein Viertel, das von hässlichen modernen Bürogebäuden dominiert wurde, die allesamt eng und niedrig gebaut waren. »Ihr Vater war dabei, ein Buch über ihn zu schreiben.«

»Adrian war ein Dummkopf. Er war ein Genie, aber auch ein Dummkopf. Nun, ich nehme an, dass auch das kein besonders ungewöhnliches Phänomen an einer Universität ist. Es ist nur ein wenig schmerzhaft, mit ansehen zu müssen, wie ein so hochbegnadeter Mann langsam verrückt wird. Der arme alte Adrian. Er war auf irgendwelche alten Dokumente oder Notizen oder so was gestoßen und meinte, er würde alles enthüllen. Ich versuchte mit ihm zu diskutieren. ›Was enthüllen? Was gibt es überhaupt zu enthüllen?‹ Aber er schenkte mir immer nur ein höhnisches Lächeln und sagte mir, dass ich mich lieber an meine Elementarteilchen halten und das ernsthafte Denken den Philosophen überlassen sollte. Wie ich schon sagte: Er war ein Monster.«

»Aber mit Annabelle hat er darüber gesprochen, oder nicht? Sie war immer zuckersüß, haben Sie gesagt. Wie eine zweite Tochter für ihn. Also hat er ihr alles über das Manuskript, die Dokumente und das Ganze erzählt.«

Dorotheas Handy klingelte, und erleichtert riss sie es hoch. Bethany versuchte Ausschau nach irgendwelchen Anzeichen zu halten, dass sie sich besser aus dem Staub machen sollte, aber die Physikerin signalisierte ihr mit erhobener Hand zu warten. Dann ging sie auf einen kleinen eingezäunten Garten zu, bis sie sicher außer Hörweite war.

Wer auch immer da gerade am Telefon war, offensichtlich wollte Dorothea nicht, dass Bethany das Gespräch mithörte.

»Wo waren wir stehen geblieben?«, fragte Dorothea fröhlich, als sie drei Minuten später zurückkam.

»Wir redeten gerade über Annabelle.«

»Eigentlich haben wir uns über Adrian unterhalten«, korrigierte Dorothea sie. Das einstudierte Lächeln war zurück, auch wenn Bethany mittlerweile wusste, dass sich darunter lodernde Wut versteckte. »Ich bin Wissenschaftlerin, Bethany. Ich arbeite den ganzen Tag in einem Labor. Wir untersuchen das Yukawa-Potenzial. Wir stehen kurz vor einem Durchbruch, was das Verständnis von Pionen betrifft. Unsere Arbeit ist von großer Bedeutung. Was mein Vater da hingegen trieb nicht. Das war es nie. Wir entschlüsseln die Geheimnisse des Universums. Er hingegen interessierte sich nur für alte Dokumente, die von einem Haufen abergläubischer Wilder verfasst worden waren.«

Sie liefen mittlerweile weiter, wobei sie das Tempo ein wenig angezogen hatten. »Dann sind Sie also keine Gläubige?«

»Ich glaube, dass wenn ich am 25. Dezember vom Dach des Buckingham Palace springe, das Gesetz der Schwerkraft dafür sorgen wird, dass die Erde mich anzieht und ich die Erde anziehen werde, und dass die Erde bei unserem unausweichlichen Zusammentreffen besser davonkommen wird. Ich glaube allerdings nicht daran, dass der Weihnachtsmann mit seinem Schlitten vorbeifliegen wird, um mich aufzufangen.«

»Und was passiert nach Ihrem Tod?«

»Nachdem man stirbt, passiert gar nichts. Das ist doch der Sinn der Sache.« Sie wurde immer wütender – wahrscheinlich auf ihren Vater – und Bethany bekam langsam Angst, Dorothea könne eine Szene machen.

Mit jeder Minute, die verstrich, wirkte das Lächeln immer gezwungener und noch ein wenig verrückter. »Ich interessiere mich nicht die Bohne für Pontius Pilatus. Und ich glaube auch nicht, dass Annabelle wirklich an ihm interessiert war. Ja, natürlich hat sie so getan als ob. Vom ersten Moment an, als Sie sie hergebracht haben. Vor sechs Jahren war das doch, oder? Seitdem kam sie ein paar Mal zu Besuch, aber ich war nicht immer dabei. Sie hat den armen Adrian um den Finger gewickelt. Hat mit ihm geflirtet, hat ihm geschmeichelt, mit ihm über seine Arbeit geredet. Und Adrian, der normalerweise nicht mal ein Lächeln über die Lippen gebracht hätte, wenn es um sein Leben gegangen wäre, lachte und scherzte mit Annabelle ununterbrochen. Ich habe ihn noch nie so erlebt. Die Wahrheit ist, dass es mir furchtbar auf die Nerven ging. Ich ertrug es nicht, in seiner Nähe zu sein, wenn sie da war.«

Dorothea betrachtete die Schlüsselkarte, die sie aus ihrem Portemonnaie gezogen hatte. Sie waren vor einem tristen zweistöckigen Gebäude stehen geblieben, das von einem rostigen Maschendrahtzaun umgeben war. Der Schmerz in ihrer Stimme überraschte sie beide.

»Na schön. Was wollen Sie von mir hören? Dass er sie behandelte, als wäre sie seine richtige Tochter? Bitte. Habe ich es gehasst? Das tat ich. Ich hatte mich ihm gegenüber immer pflichtbewusst verhalten. Nachdem Mom starb, habe ich mich um das Haus gekümmert, gekocht und obendrein noch mein Studium zu Ende gebracht. Aber das war ihm alles nicht gut genug, wie er mir immer wieder deutlich zu verstehen gab. Obendrein war ich auch noch zweimal verheiratet, und Adrian – nun, sagen wir einfach, er verdammte jede Scheidung. So war es auch nicht von Vorteil, dass mein erster Mann einer seiner Studenten war. Doch noch schlimmer war für ihn, dass mein zweiter Mann seiner Meinung nach nicht standesgemäß war. Nicht gebildet, wissen Sie. Natürlich schaffte er es, Teddy zu vertreiben. Und dieser Mann bezeichnete sich selbst als gläubigen Christen. Ha. Das Einzige, woran Adrian Wisdom glaubte, waren die Größe und die Brillanz von Adrian Wisdom, und wehe, man vergaß das.«

Morgan saß auf einer Bank und las Zeitung. Zumindest sah es so aus. Tatsächlich beobachtete er die beiden Frauen, die gerade an ihm vorbeiliefen. Der Killer prägte sich Bethany Barclays neue Frisur und Haarfarbe sorgsam ein. Für einen Amateur war sie gar nicht schlecht. Wenn die Quellen des Rats richtig informiert waren, hatte sie einen ausgezeichneten Trainer gehabt. Raymond Fuentes konnte einem in vierundzwanzig Stunden mehr über das Leben im Untergrund beibringen als die meisten Geheimdienste in vierundzwanzig Tagen. Morgan war in der Vergangenheit schon einmal mit Fuentes aneinandergeraten und ehrlich gesagt froh darüber, dass gerade ein Ozean zwischen ihnen lag.

Doch eine Sache war merkwürdig. Fuentes war ein loyaler Mann. Das war eine seiner großen Stärken - und eine seiner größten Schwächen. Es sah ihm überhaupt nicht ähnlich, eine junge Frau ganz alleine auf eine so gefährliche Reise zu schicken. Eigentlich sollte sie Wächter bei sich haben. Morgan aber war stets sehr gründlich - und sehr sicher, dass sonst niemand hier war.

Nur Bethany, ganz allein auf sich gestellt.

Seltsam. Fuentes' Entscheidung musste einen Grund haben. Morgan fragte sich nicht zum ersten Mal, wer wohl Fuentes' Auftraggeber sein mochte, und welche Ziele dieser verfolgte.

Angeblich hatte der Rat nicht die leiseste Ahnung.

Morgan blätterte eine Seite um. Die beiden Frauen erreichten das Tor. Der Killer machte es sich bequem und wartete.

Sie kamen im Labor an. Dorothea führte sie am Pförtner vorbei, der kaum aufblickte, dann eine Treppe hinunter in einen schmalen weißen Gang, der von einer Reihe Leuchtstoffröhren grell beleuchtet wurde. Eine billige Couchgarnitur mit dazu passenden Sesseln rahmte eine massive Tür.

»Sie warten hier draußen. Ich muss mich mit meinem Team besprechen.«

»Dorothea ...«

»Entspannen Sie sich. Ich bin nicht lange weg. Eine Stunde höchstens.« Das Lächeln war zurück. »Und ich gehe davon aus, dass Sie den Rest der Geschichte hören wollen, oder nicht? Alles über Annabelle und das Manuskript?« Sie wartete die Antwort nicht ab. »Also, warten Sie hier.«

Bethany konnte sich nicht mehr zurückhalten. »Sie kontrollieren gerne alles, nicht wahr?«

Dorothea schenkte der Bemerkung keinerlei Beachtung. »Keine Sorge. Ich habe nicht vor, das Anti-Terror-Kommando zu rufen. Ich habe selbst noch ein paar Fragen, und wenn Sie verhaftet werden, dann müsste ich wohl auf die Antworten verzichten, nicht wahr?«

Sie verschwand durch die schwere Tür. Bethany setzte sich und wartete.

12

Raymond hatte gelernt, sich anzupassen. Wenn man nicht anerkannte, dass sich die Lage geändert hatte, konnte das bei einem Außendiensteinsatz den Tod bedeuten. Die Personen aufzuspüren, die laut Professor Yus Liste an der Pilatus-Inschrift interessiert sein könnten, war sinnlos geworden. Mittlerweile würden Allenwood und Allenby im Besitz derselben Liste sein. Sich an den ursprünglichen Plan zu halten, garantierte nur, dass ihm seine alten Arbeitgeber weiter auf den Fersen blieben.

Und das war das Letzte, was er wollte.

Nachdem er die University of Virginia verlassen hatte, fuhr er deshalb zum Bahnhof, wo er seinen Wagen auf dem Parkplatz abstellte. Dieses Auto würde er nie wieder benutzen. Bei Gelegenheit würde er es einer örtlichen Kirchengemeinde spenden und ihr den Schlüssel per Post zukommen lassen. Er nahm ein Taxi ans andere Ende der Stadt und fuhr dann mit dem Bus in ein weniger angenehmes Viertel von Charlottesville, wo sein Fluchtwagen geparkt war; eine verbeulte alte Spritschleuder, die er bar bezahlt und wieder aufgemöbelt hatte.

Trotz seinem zerbeulten Äußeren lief der Wagen einwandfrei und war für den Straßenverkehr zugelassen, auch wenn der Fahrzeugschein auf einen falschen Namen ausgestellt war. Fuentes hasste es zu lügen, aber er befand sich im Krieg.

Er fuhr ein wenig durch die Gegend, bis er sich sicher war, dass ihm niemand folgte. Einige Dutzend oder sogar Hunderte Einsatzkräfte waren nötig, um einen ausgebildeten Agenten zu oberservieren, ohne dass dieser es bemerkte. Und momentan konnte niemand so viele Leute entbehren, zumindest nicht, um einen Agenten im Ruhestand zu verfolgen, der angeblich bereits gewarnt worden war.

Nachdem er zufrieden festgestellt hatte, dass er völlig unbeobachtet war, suchte Fuentes einen Elektronikladen, in dem er ein Wegwerfhandy und einen Laptop kaufte, die er ebenfalls bar bezahlte. Er ging zum nächsten Buchladen und setzte sich eine Weile in das angeschlossene Café, um über die WLAN-Verbindung des Ladens ein wenig zu recherchieren.

Dann stieg er wieder in seinen Wagen und machte sich nach Nordosten auf, in Richtung des Städtchens Flint Hill.

Bethany Barclays Mentorin war eine Frau namens Edna Harrigan, eine pensionierte Richterin des Obersten Bundesgerichts von Virginia. Die beiden wohnten nur wenige Kilometer voneinander entfernt, und laut eigener Aussage hatte Bethany ihre Freundin, die sie nur »die Richterin« nannte, stets aufgesucht, wenn sie ein Problem bedrückte.

Fuentes war von Berufs wegen misstrauisch. Er hatte gerade einmal anderthalb Tage mit Bethany verbracht, bevor er sie in ein Flugzeug nach London setzte. Doch je mehr sie ihm erzählte, umso mehr gewann er den Eindruck, dass Richterin Harrigan auf irgendeine Weise in Verbindung mit der Gruppe stand, die die junge Anwältin überhaupt erst dazu gebracht hatte, Annabelles Spur zu folgen.

Sie nannten sich der Garten, hatte Bethany ihm verraten, und nun wussten auch Allenwood und Allenby über den Garten Bescheid. Aber Fuentes folgerte scharfsinnig, dass sie nur den Namen der Gruppe kannten. Man hatte die zwei auf ihn angesetzt, um eine Warnung auszusprechen, allerdings ohne sie darüber zu informieren, *wovon* er sich fernhalten sollte.

Bethany wusste nicht viel über den Garten, aber sie hatte ihm alles gesagt, was ihr einfiel: dass die Organisation bereits sechshundert Jahre alt war. Dass sie sich zum Ziel gesetzt hatte, die christliche Kirche vor den Machenschaften ihrer Feinde zu beschützen, die als die Wildnis bekannt waren. Dass sie nur im Verborgenen agierte. Dass einer ihrer Anführer Harry Stean hieß.

Was Bethany nicht wusste, weil es ihr nie in den Sinn gekommen wäre, es zu überprüfen: Harry Stean war ein enger Freund von Edna Harrigan.

Fuentes hegte keinerlei Sympathie für den Garten. Der Geheimbund manipulierte unschuldige Menschen, die er manchmal sogar in den Tod schickte. Die Kirche brauchte Beschützer, jedoch keine Beschützer, die Methoden des Teufels anwandten, um ihre Ziele zu erreichen. Seine

Mission lautete, Janice Stafford zu finden, nicht den Garten niederzubrennen. Doch sollte das nötig sein, um Janice aufzuspüren, würde er es mit Freuden tun.

Also beschloss er, Ärger zu machen. Flint Hill, wo Edna Harrigan lebte, war ein kleines Örtchen mit nur ein paar Hundert Einwohnern, in dem jeder jeden kannte. In dem winzigen Postamt wedelte er mit einem gefälschten Ausweis der Drogenfahndung herum und stellte lautstark, dreiste Fragen über Edna Harrigan. Im Pub auf der gegenüberliegenden Straßenseite arbeitete er sich zur Bar vor, indem er einen Gast nach dem anderen fragte, ob er irgendwelche verdächtigen Aktivitäten der alten Frau beobachtet habe. In der einzigen Bank der Stadt griff er sich eine leitende Angestellte heraus. Er versicherte ihr, keinerlei Auskünfte über Richterin Harrigans Finanzen zu brauchen, fragte aber, ob sich diese neuerdings rätselhaft benahm. Niemand verlor auch nur ein schlechtes Wort über die Frau, aber schon bald würde das Gerede beginnen, bis zu Richterin Harrigan vordringen - und, wenn er mit seiner Annahme recht behielt, auch zu den anderen Mitgliedern des Gartens.

Denn überall im Ort fragte er nach, ob Edna Harrigan jemals den Namen WACHSAM erwähnt hatte.

Niemand bestätigte das, aber darum ging es bei dieser Übung auch nicht.

Zufrieden, seinen Auftrag erfüllt zu haben, steuerte er eine halbe Stunde lang die Route 522 hinunter und machte in der deutlich größeren Stadt Front Royal halt, um dieselben Gerüchte zu säen. Natürlich war Richterin Harrigan hier weniger bekannt, aber auch hier würde es nicht lange dauern, bis die Leute zu tratschen begannen.

Und das war alles, was er im Moment erreichen wollte.

Drei Stunden später war er in Washington, einer Stadt, die er hasste. Doch auch hier hatte Edna Harrigan Freunde, und zwar sehr viele. Es lag noch eine Menge Arbeit vor ihm.

13

Draußen wurde es bereits dunkel, und Dorothea Ziman verschanzte sich nun schon seit über zwei Stunden in ihrem Labor, während Bethany kurz davorstand, aus der Haut zu fahren. Dreimal hätte sie fast das Gebäude verlassen, und dreimal wurde sie von der Sorge zurückgehalten, dies könnte ihre letzte Chance für ein Gespräch mit Adrian Wisdoms Tochter sein. Wenn sie etwas über Annabelle und das Manuskript erfahren wollte, dann war dies die Gelegenheit. Wenn sie dafür Dorothea ihre Machtspielchen spielen lassen musste, dann war das eben so.

In einer nahgelegenen Nische war eine kleine Bibliothek untergebracht, die größtenteils Fachzeitschriften aus dem Bereich der Physik enthielt, aber auch ein paar zerlesene Agatha-Christie-Taschenbücher. Nichtsdestotrotz war Bethany nervös und fühlte sich vollkommen schutzlos. Dauernd liefen Leute an ihr vorbei. Ein paar Studenten spähten um die Ecke, ignorierten sie aber. Ein schrulliger alter Mann fragte sie nach den Toiletten. Eine strenge Dame mittleren Alters verlangte zu wissen, was sie hier trieb, ließ sich aber durch die Erwähnung von Dr. Zimans Namen besänftigen.

»Dann ist es wohl in Ordnung, dass Sie sich hier aufhalten«, sagte sie und zog sich wieder zurück.

Jeder von ihnen, wenn nicht alle, waren potenzielle Beschatter. Bethany hatte mittlerweile das Gefühl, in der Falle zu sitzen. Als Dorothea endlich auftauchte und sich dabei so munter und ausgelassen gab, als seien nur wenige Minuten vergangen, begann Bethany sofort, sie zur Rede zu stellen, doch Dorothea fiel ihr ins Wort.

»Vielleicht sollten Sie über Nacht bleiben.«

»Was?«

»In meinem Haus. Könnte doch sein, dass Ihr Eindringling zurückkehrt«, scherzte sie, aber Bethany merkte, dass sie eher einsam als verängstigt war. Beinahe hätte sie Dorotheas Angebot angenommen, zum Teil weil sie nicht wusste, wo sie sonst unterkommen sollte, aber vor allem, weil sie selbst einsam war. Doch sie zögerte. Nicht nur, weil ihr Instinkt ihr sagte, dass sie in Bewegung bleiben musste. Sie spürte, dass hinter Dorotheas Einladung dasselbe verstörend-kalte Vergnügen steckte, das ihre gesamte Begegnung durchzog, als wüsste sie, dass eine unliebsame Überraschung bevorstand. Außerdem kam es Bethany seltsam vor, dass eine allein lebende Frau so gelassen blieb bei dem Gedanken an einen Mann, der in ihr Haus eindrang, jemanden angriff, eine Postkarte entwendete und wieder durch ein Fenster verschwand.

Während sich der Tag langsam dem Ende zuneigte, liefen sie durch die Straßen von Oxford durch den feinen Nebel, der kaum als Regen durchging und die Straßenlaternen in einen rosigen Glanz hüllte. Die Studenten hier waren genauso wie überall sonst auch, nur dass man in Oxford mit mehr Begeisterung lernte. Eben diese Fähigkeit des britischen Universitätssystems, die Lust am Lernen aufrechtzuerhalten, hatte Bethany an dieser Universität am besten gefallen. Sie liefen an einem Dozenten vorbei, der stehen geblieben war, um einer jungen Frau zuzuhören. Sie war keine ein Meter fünfzig groß und erläuterte ihm die psychologischen Faktoren, die Peter den Großen zur Gründung der russischen Marine getrieben hatten. Auf ihrem Weg begegneten sie außerdem einer Gruppe von Bachelor-Studenten, die eine ernsthafte Auseinandersetzung über die Riemannsche Mannigfaltigkeit führte.

Dorothea schien bereit, ihre Unterhaltung bis in alle Ewigkeit fortzuführen. Sie beantwortete alle Fragen, die Bethany ihr stellte: Ja, sie ließe oft den Fernseher laufen, wenn sie vorhabe, die ganze Nacht wegzubleiben. So habe ihr Kater Thoreau Gesellschaft. Am liebsten schaue er amerikanische Shows.

Wahrscheinlich hätte sie den ganzen Tag weitergeredet, nur um das Thema zu vermeiden, dass sie am allerwenigsten diskutieren wollte, wenn Bethany sie nicht sanft darauf gestoßen hätte: »Annabelle liebte Katzen, nicht wahr?«

Dorotheas Gesicht erhellte sich. »Sie hätten die beiden zusammen sehen sollen. Sie haben sich prächtig verstanden. Sie liebte es, den armen Thoreau mit einem Wollknäul zu triezen. Sie brachte ihn dazu, eine ganze Stunde lang in die Luft zu schlagen, in dem Versuch, sich die Wolle zu krallen.«

»Und wann genau war das?«

»Oh, du liebe Güte. Annabelle war gekommen, um Adrian zu besuchen. Das war - warten Sie - ich meine etwa zwei Jahre nachdem Sie Ihren Abschluss gemacht haben. Vielleicht drei.«

Das hieß also vor drei oder vier Jahren. Bethany hatte mit ihrer Einschätzung, was das Alter des Fotos betraf, richtiggelegen.

»Warum besuchte sie ihn?«

»Das weiß ich wirklich nicht. Sie war geschäftlich in London. Das sagte sie zumindest. Sie machte einen Abstecher nach Oxford, um Hallo zu sagen, und ehe wir uns versahen, blieb sie eine Woche. Vielleicht zehn Tage. Sie musste nirgendwo hin, also blieb sie einfach. Ein echter Schmarotzer.«

Genau das, sagte Bethany, allerdings nur zu sich selbst. Trotz all ihrer guten Eigenschaften war Annabelle Seaver tatsächlich ein Schmarotzer gewesen. Ohne Vorwarnung tauchte sie auf, richtete sich häuslich ein und hing so lange bei jemandem herum, bis er beinahe durchdrehte und sie vor die Tür setzte, um nicht verrückt zu werden.

»Und dann - nun, dann habe ich Annabelle erst wieder im vergangenen Jahr gesehen. Im November war das, glaube ich. Mitten im Herbstsemester auf jeden Fall.« Dorothea ging nun schneller. Der Abendnebel wirbelte um ihre Füße. »Es war genau wie das vorherige Mal. Sie tauchte einfach auf. Aber diesmal in meinem Büro, nicht vor meiner Haustür. Ich war mittlerweile natürlich umgezogen, da Adrian bereits zwei Jahre tot war. Ich nehme an, sie kannte meine neue Adresse nicht. Ich war gerade im Gespräch mit ein paar Studenten, als es klopfte und Annabelle einfach so in der Tür stand. Ich muss gestehen, dass ich sie im ersten Moment überhaupt nicht erkannt habe. Die Frisur war anders. Sie hatte abgenommen und sah etwas verwildert aus, wenn ich das so sagen darf. Ich hielt sie für eine Studentin. Einen verspäteten Neuzugang, von der Sorte, die sich nie im Hörsaal blicken lässt. Dann erinnerte ich mich natürlich. Sie sagte, sie sei geschäftlich in London - genau wie beim vorherigen Mal - und dass sie vorbeigekommen sei, um kurz Hallo zu sagen und mir ihr Beileid auszusprechen. Aber irgendetwas stimmte nicht mit ihr. Sie wirkte erschöpft und verbarg irgendetwas, denke ich.«

November, bemerkte Bethany. Nicht Dezember. Annabelle hatte letztes Jahr zwei Abstecher nach Oxford gemacht, nicht nur einen.

»Sie haben ihr nicht geglaubt«, sagte Bethany. Jeder Anwalt wusste, dass er das Gespräch am Laufen halten musste, wenn er es mit einem zurückhaltenden Zeugen zu tun hatte.

»Dass sie geschäftlich in London war? Das war durchaus möglich. Aber dass sie nur vorbeischaute, um Hallo zu sagen - nein, das nahm ich ihr nicht ab. Und dafür gab es auch einen guten Grund.«

Sie blieben an der Straßenecke stehen und warteten auf eine Lücke im Verkehr.

»Sie lud mich zum Essen ein. Sie hatte eine Menge Bargeld dabei; ich konnte es in ihrer Tasche sehen. Und das fand ich äußerst seltsam, so hatte ich sie nicht eingeschätzt.«

»Als jemanden, der mit einer Menge Geld herumlief?«

»Als jemanden, der überhaupt Geld hatte, um ganz ehrlich zu sein. Annabelle war eher der Schuldner als der Geldverleiher, wenn Sie wissen, was ich meine.« Sie grinste selbstgefällig. »Darüber hinaus hatte ich immer den Eindruck, dass Annabelle keine enge Verbindung zur Realität hatte.«

»Ich nehme an, das hatte sie wohl. Ja. Keine enge Verbindung.« Sie liefen an einem Park vorbei. Die kalte Nachtluft drang Bethany langsam bis ins Mark. »Also, wie lief das Abendessen?«

»Ach ja. Sie wartete ab, bis Kaffee und Nachtisch serviert waren, dann kam sie zur Sache. Sie erzählte, dass Adrian an einem bestimmten Forschungsprojekt gearbeitet habe, über das sie sich bei ihrem letzten Besuch unterhalten hätten. Sie wollte wissen, ob sie seine Unterlagen einsehen dürfe. Ich lehnte das mit aller Entschiedenheit ab, worauf sie ziemlich aufgebracht reagierte.«

»Hat sie Ihnen gesagt, wonach genau sie suchte?«

»Zuerst nicht. Tatsächlich war das wahrscheinlich auch der Grund, warum ich ihre Bitte so rigoros ablehnte. Sie tat so geheimnisvoll und schien mir nicht zu vertrauen. Sie dachte, ich würde sie einfach in den Papieren meines Vaters herumstöbern lassen, nur weil sie es so wollte. Sie sagte mir, dass es sich finanziell für mich lohne, wenn ich sie nur einen Blick darauf werfen ließe. Und zwar sehr. Das beleidigte mich und ich sagte das auch. Mag ja sein, dass Adrian mir nicht viel hinterlassen hatte. Wie sich herausstellte, hatte er große Schulden und, was soll ich sagen, meine finanzielle Situation ist nicht mehr so gut, wie sie vielleicht einmal war. Trotzdem nage ich nicht am Hungertuch. Annabelle wollte ein Nein einfach nicht akzeptieren. Sie nannte sogar eine konkrete Summe – eine sehr hohe Summe – und ja, ich gebe zu, dass ich überrascht war.«

Einen Moment lang sah Bethany die Bedürftigkeit in den Augen der anderen. »Nicht dass ich geglaubt hätte, sie könne wirklich über so viel Geld verfügen. Sie behauptete, mehr als genug zu haben, und das sogar in bar, sodass ich das Finanzamt umgehen könne. Natürlich war ich vor den Kopf gestoßen. Wir diskutierten hin und her, und schließlich sagte sie mir, wonach sie wirklich suchte. Anscheinend hatte sie Adrian an einem bestimmten Dokument arbeiten sehen, als sie sich eine Woche lang bei uns eingenistet hatte. Die genauen Details kenne ich nicht. Wie auch immer, sie unterhielten sich darüber. Schon bei ihrem ersten Besuch – als sie gemeinsam mit Ihnen hier war – hatte sie von der Pilatus-Biografie erfahren, und dieses Mal erzählte er ihr, dass er irgend so einem christlichen Artefakt auf die Spur gekommen war.«

Bethany konnte es sich nicht verkneifen. »Die Pilatus-Inschrift«, murmelte sie.

»Ach, dann haben Sie schon davon gehört.«

»Nicht vor Annabelles Tod. Erst danach erfuhr ich, dass sie danach gesucht hatte.«

»Wissen Sie zufällig, ob sie sie gefunden hat?«

»Ich glaube nicht. Nein.«

»Das überrascht mich nicht.«

»Warum?«

»Weil die Pilatus-Inschrift ein Mythos ist. Sie existiert nicht. Es hat sie nie gegeben. Adrian sagte es mir, kurze Zeit bevor er sich das Hirn wegpustete.«

Sie standen wieder vor dem Haus. Bethany erwartete, dass Dorothea Nervosität zeigte, doch die trat ohne Zögern ein, und so folgte ihr Bethany in den ersten Stock, um erneut einen Blick auf das Bild von Dorothea und Annabelle zu werfen. Sie hatte sich nicht weiter nach der Pilatus-

Inschrift erkundigt. Das war nicht nötig. Ihr war nun klar, was sich abgespielt hatte.

Annabelle wusste über die Pilatus-Inschrift Bescheid, genau wie Adrian Wisdom. Und worin auch immer dieses Wissen bestanden haben mochte, er wollte es auf keinen Fall mit seiner Tochter teilen. Ob er sich nun selbst in den Kopf geschossen hatte, oder jemand anderes es für ihn tat, er war sich bewusst gewesen, dass ihn die Suche nach der Tafel auf sehr gefährliches Terrain geführt hatte. Dorothea mochte glauben, ihr Vater habe sie gehasst, aber schlussendlich beschützte er sie auf die ihm einzig mögliche Weise: Indem er sie anlog.

»Ach das«, sagte Dorothea mit der ihr eigenen gezwungenen Fröhlichkeit. Sie hielt das gerahmte Foto ins Licht. Der Kater Thoreau war die Treppe hochgeschlichen, um nachzusehen, was der ganze Aufruhr sollte. »Das bin ich mit Annabelle an der Themse. Das war bei ihrem Besuch vor ein paar Jahren. Es gibt da diesen Weg, den ich gerne gehe, wenn mir ein wenig schwer ums Herz ist, am Ufer entlang. Manchmal gehe ich sogar bis nach Abingdon. Und ich muss gestehen, dass mir leider ziemlich oft schwer ums Herz ist. Dann laufe ich meinen Weg entlang und streife ein wenig umher. Ab und zu auch in die Hügel. Ich war unglücklich – wegen irgendeinem Kerl, könnte ich mir vorstellen –, wie auch immer, jedenfalls ich bin losgezogen, und Annabelle hat sich mir einfach angeschlossen. Ich habe sie nicht gefragt. Sie ging einfach mit.« Ein kleines Lachen. »Sie nannte es eine Wandertour.«

»Und Sie haben haltgemacht, um ein Foto zu schießen?«

»In einem der Städtchen. Ja.« Sie kniff ihr rundes Gesicht zusammen. »Ich glaube es war Iffley. Ich kehre dort gerne in der alten Kirche ein, um zu beten.«

Iffley. Die Kirche St. Mary. Die Postkarte, die Bratt gestohlen hatte. »Ich hatte Sie eigentlich für eine Atheistin gehalten«, gestand Bethany, nur um irgendwas zu sagen.

»Ich denke, es beruhigt mich. In einer alten Kirche zu sitzen, umgeben von diesen geschichtsträchtigen Mauern. Außerdem weiß man nie. Vielleicht hört da oben ja doch jemand zu. Und natürlich zwang mich Adrian, als Kind zur Kirche zu gehen. Alte Gewohnheiten legt man nur schwer ab, nehme ich an.«

Die Physikerin brachte einfach zu viele Entschuldigungen vor, stellte Bethany fest. Ihr überzeugter Atheismus schien von Zweifel zerfressen zu sein.

»Wird wohl so sein«, erwiderte Bethany.

Dorothea hängte das Foto zurück an die Wand und rieb sich den Staub von den Händen. »Sie sagen also, Annabelle hätte die Postkarte im Rahmen versteckt? Und Ihr Eindringling hat sie dann mitgehen lassen?«

»Ja.«

»Mir ist nicht klar, wann sie das gemacht haben soll.« Wie sie so dastand und ihre pummelige Figur den engen Flur im Obergeschoss von Wand zu Wand ausfüllte, strahlte Dorothea eine beunruhigende Obsession aus. »Wann sollte sie das Bild versteckt haben?«

»Wahrscheinlich bei ihrem letzten Besuch im Dezember.«

»Sie meinen im November. Und da war sie nie in meinem Haus. Wir haben uns im Büro getroffen.«

»Sie kam im Dezember zurück. Etwa zu Weihnachten.«

»Oh, das wage ich stark zu bezweifeln. Ich habe den gesamten Monat in Asien verbracht. Sind Sie vielleicht hungrig?« Offensichtlich war das Thema damit für sie beendet. »Ich könnte uns ein paar Sandwiches machen.«

Sie marschierten wieder nach unten, während Bethany noch immer versuchte, die fehlenden Puzzlestücke zusammenzusetzen.

»Was die Unterlagen Ihres Vaters betrifft ...«

»Oh nein, nicht auch noch Sie. Ich sage Ihnen, was auch Annabelle von mir zu hören bekommen hat. Was ich allen gesagt habe, die mich danach fragten. Ich habe das Pilatus-Manuskript nicht. Ich habe es nicht einmal zu Gesicht bekommen. Keine Ahnung, was damit passiert ist. Ich habe selbst Adrians Unterlagen durchgesehen, um danach zu suchen. Nichts. Ich habe Annabelle gesagt, dass sie mehr darüber wisse als ich.«

Allen, die danach gefragt haben, nahm Bethany zur Kenntnis. Laut fragte sie: »Hat Ihr Vater mit jemandem anderen zusammengearbeitet? An der Pilatus-Biografie, meine ich?«

»Er unterhielt ein paar Kontakte in Europa. Mit Historikern wahrscheinlich. In Italien, glaube ich. Aber ich erinnere mich nicht mehr so genau. Oh, und einer der Tutoren unterstützte ihn bei seiner Arbeit. Bleiben Sie nun über Nacht, oder nicht?«

Bethany machte der plötzliche Themenwechsel stutzig. Dorothea wollte sie festnageln.

»Was, wenn Ihr Eindringling zurückkommt? Laut Ihrer Schilderung hatte er offensichtlich nicht genügend Zeit, alles gründlich zu durchsuchen. Ich kann mir nicht vorstellen, dass er nur hinter einer Postkarte her war.«

»Dorothea, ich ...«

»Und was ich vorhin gesagt habe – das meinte ich wirklich so, Bethany. Ich kann mir gar nicht vorstellen, wie schrecklich ein Leben allein auf der Flucht sein muss. Ein sicherer Platz für eine Nacht – das können Sie sicherlich gut gebrauchen. Und wir können uns noch ein wenig über Annabelle unterhalten.«

»Das ist wirklich lieb von Ihnen, aber ich glaube wirklich, dass ich mich auf den Weg machen sollte.«

Dorothea, die das erneute Zögern ihres Gastes fehlinterpretierte, fügte hinzu: »Wirklich, wir sind hier vollkommen sicher. Sie müssen sich keine Sorgen wegen ihm machen. Wirklich.«

Einen Moment lang war Bethany verwirrt. Dann fiel es ihr wie Schuppen von den Augen.

Oh, was war sie nur für eine Idiotin.

»Das war sein echter Name, nicht wahr? Bratt. Sie kennen ihn.«

»Ja, so ist es. Ich kenne ihn.« Ihre Augen hinter den dicken Brillengläsern verrieten, dass sie mehr wusste.

»Bratt hat die Wahrheit gesagt, richtig? Er wohnt wirklich hier, und er ist Ihr zweiter Ehemann. Der, den Ihr Vater nie leiden konnte.«

»Oh nein, er wohnt nicht hier. Nicht mehr zumindest. Nein. Teddy Bratt und ich waren ganze eineinhalb Jahre verheiratet. Und wie ich schon sagte, hat Adrian ihn vertrieben.« Dorothea hatte den Anstand, ein wenig zu erröten, und wirkte für einen kurzen Augenblick erstaunlich jung, fast mädchenhaft. »Und Teddy – na, Sie wissen schon, seit Adrian tot ist, kommt er ab und zu vorbei, so wie Männer das eben machen. Ich habe natürlich das Schloss ausgewechselt, aber irgendwie ist es ihm gelungen, an den Schlüssel zu kommen. Ich habe es dann erneut ausgetauscht, aber auch diesen Schlüssel hat er aufgetrieben. Nun, als Privatdetektiv verfügt er wohl über die richtigen Kontakte, nehme ich an.«

»Aber er kann doch nicht einfach hier hereinspazieren, wann immer ihm der Sinn danach steht. In Amerika verstößt das gegen das Gesetz.«

»Genau wie hier auch, würde ich annehmen.« Dorothea blickte noch immer amüsiert, aber Bethany schien es, als würde es ihr zunehmend schwerer fallen, die Fassade aufrechtzuerhalten.

»Warum hindern Sie ihn dann nicht daran?«

»Ihn daran hindern? An was denn?«

»Dass er ohne Erlaubnis Ihr Haus betritt!«

»Wer sagt denn, dass er die Erlaubnis nicht hat?« Sie zuckte mit den Schultern. »Wir leben das Leben, das wir nun mal leben, Bethany. Ja, Teddy war ein schlechter Ehemann. Aber - nun, schauen Sie mich doch an.« Die aggressive Fröhlichkeit war endlich verbraucht und wurde nun durch einsame Hilflosigkeit ersetzt, eine direkte Verwandte der Verzweiflung. »Ich bin nicht wie Adrian. Ich bin weder charmant noch lustig. Eigentlich bin ich gar nichts.« Ein niedergeschlagenes Schulterzucken. »Ich fürchte, Teddy ist der einzige Freund, den ich habe.«

Das war zu viel. Bethany hob die Hände, als versuchte sie, den Gedanken körperlich abzuwehren.

»Sie haben ihn aus dem Labor angerufen, nicht wahr? Deswegen wollten Sie, dass ich bleibe. Sie haben Teddy Bratt angerufen, und er ist auf dem Weg hierher.«

»Er war in London. Aber in etwa einer Stunde wird er hier sein.« Ihre durch die Brillengläser vergrößerten Augen glänzten verzweifelt. »Sie können ihm vertrauen, Bethany. Ich verspreche Ihnen, dass Sie ihm trauen können. Er wird Ihnen helfen. Warten Sie. Wohin wollen Sie?«

An der Tür hatte Bethany noch eine letzte Frage. »Sie sagten, dass einer der Tutoren mit Ihrem Vater zusammenarbeitete.«

»Ein Kerl namens Apple. Grant Apple. Vor Adrian hatte er eine Heidenangst. Fragte mich immer wieder, ob ich mit ihm ausgehen würde. Anscheinend glaubte er, so besser bei Adrian punkten zu können. Dummer Junge.«

»Wo kann ich ihn finden?«

»Apple? Der hat die Universität verlassen, na so etwa vor zwei Jahren. Genau um die Zeit, als Adrian sich erschossen hat, jetzt wo ich darüber nachdenke. Er sagte, dass er genug von der Universität habe. Er führt eine Buchhandlung auf der Hauptstraße. Heute ist er ein ziemlich armseliger Kerl. Ein echter Außenseiter eben.«

»Dorothea, hören Sie ...«

»Machen Sie sich keine Sorgen.« Sie tätschelte tatsächlich Bethanys Wange. »Ich habe niemandem, dem ich etwas erzählen könnte. Außerdem hätte ich dann mehr Probleme als Sie am Hals, das können Sie mir glauben.«

Draußen ging Bethany zu ihrem Fahrrad und schob es bis zum Bordstein, während sie spürte, dass sich der Blick von Adrian Wisdoms seltsamer Tochter in ihren Rücken brannte. Sie drehte sich nicht um. Schwungvoll warf sie ein Bein über den Sitz und radelte los, sauste durch den Regen zu der kleinen Pension. Auch wenn diese nicht die sicherste Unterkunft war, musste sie irgendwo schlafen. Und alles war besser als das Haus dieser Verrückten.

Was geschehen war, war glasklar, nun, da Bethany die ganze Geschichte kannte. Dorothea hatte Annabelle genauso wenig leiden können wie ihren eigenen Vater. Sie hatte sich nur aus Einsamkeit mit ihr abgegeben. Und umgekehrt hätte Annabelle Dorothea nicht einmal ihre Einkaufsliste anvertraut. Sie hatte ihr gegenüber kein Wort über die Pilatus-Inschrift verloren. Im November hatte sie versucht, Zugang zu Adrians Unterlagen zu bekommen, und war dann im Dezember zurückgekehrt, um während Dorotheas Abwesenheit das zerschnittene Foto und die Postkarte zu verstecken.

Und wie war sie in das Haus gelangt?

Mithilfe von Teddy Bratt, dem Exmann, der noch immer einen Schlüssel hatte. Teddy, nicht Dorothea war Annabelles Komplize gewesen. Vielleicht wusste Teddy nicht, was Annabelle versteckt hatte – sie war nicht so dumm, ihn einzuweihen –, aber er wusste, dass etwas versteckt worden war. Bethany fragte sich, wie sinnvoll es wohl sein mochte, die Kirche in Iffley zu durchsuchen. Wenn Annabelle irgendetwas dort zurückgelassen hatte, befand es sich jetzt mit größter Wahrscheinlichkeit bereits in Teddys Besitz. Sie würde ihn, sobald es ging, aufsuchen, aber nicht solange Dorothea noch da war.

Sie trat kräftig in die Pedale und fegte durch die Nacht.

Auf einem anderen Fahrrad, das sich stets im Schatten hielt, folgte ihr Morgan, der Auftragskiller.

Es war schon ziemlich spät, als die Nachricht den Baumeister in seinem Hotel erreichte. Der Anruf kam von der Senatorin, der Edna Harrigan die ganze Geschichte erzählt hatte. Der Vorstand des Gartens bestand nur aus einem kleinen Kreis, und jedes Mitglied trug einen Namen, der vage auf sein öffentliches Leben verwies: Die Senatorin, der Pastor, der Schriftsteller, der Mathematiker. Edna wurde die Richterin genannt. Es hatte ein weiteres Mitglied gegeben - den Kritiker -, doch der Kritiker war vor ein paar Wochen bei einem Angriff aus dem Hinterhalt ermordet worden. Der Pastor war dabei schwer verletzt worden, und noch war nicht klar, ob er genesen würde. Harry Stean hatte die anderen angewiesen, sich zurückzuziehen. Niemand sollte irgendetwas unternehmen. Er und nur er allein würde das Risiko auf sich nehmen, mit Bethany in Kontakt zu treten, und den ganzen Schlamassel zu bereinigen.

Und jetzt das.

»Der Beschreibung nach war es Fuentes«, sagte die Senatorin. »Ich habe das Edna gegenüber nicht erwähnt, aber ich kenne sonst niemanden, der ein Motiv haben könnte.«

»Ich kann dir nicht ganz folgen, Gillian. Was genau hat er vor?«

»Er versucht Edna aufzurütteln. Sie auszuräuchern. Sie zum Handeln zu zwingen.«

»Du meinst, er ahnt, welche Rolle sie in dieser Sache spielt, und will herausfinden, wer sonst noch beteiligt ist?«

»Im Grunde ja.« Sie hielt inne. »Harry, er hat heute versucht, mir einen Besuch abzustatten.«

»Fuentes?«

»Er tauchte vor meinem Stadthaus auf und behauptete, einen Termin zu haben. Er hat einen anderen Namen benutzt und wurde vom Sicherheitspersonal abgewiesen, aber auf dem Video der Überwachungskamera ist er deutlich zu erkennen.«

Harry kniff sich in die Nasenwurzel. Er schaute auf den Hyde Park hinaus, ohne ihn wirklich wahrzunehmen.

»Er wollte dir mitteilen, dass er da war«, sagte der Baumeister schließlich. »Er ahnt, du steckst mit Edna unter einer Decke.«

»Aber er hat keine Beweise. Ich habe drei oder vier andere Leute angerufen, die als Freunde von Edna bekannt sind. Wie sich herausstellt, ist er auch bei einigen von ihnen vorstellig geworden und hat dieselben Fragen gestellt. Er fischt im Trüben, Harry.«

»Du sagst, er erkundigt sich bei Ednas Freunden, ob sie ihnen gegenüber jemals den Namen WACHSAM erwähnt hat. Die Botschaft gilt uns, nicht Edna. Ich wage zu bezweifeln, dass sie jemals von Bethanys Kryptonym gehört hat. Er will, dass wir wissen, wie viel er weiß.«

»Und ich sage, er fischt im Trüben.«

»Mag sein, Gillian. Aber wir dürfen nichts riskieren.« Harry richtete sich auf. »Vorhin war das ein Ratschlag. Jetzt ist es ein Befehl: Ihr alle haltet euch bedeckt. Keiner von euch tritt auf irgendeine Weise in Aktion. Ihr sollt sogar den Kontakt untereinander einstellen, es sei denn, es handelt sich um einen Notfall.«

»Harry ...«

»Gillian, die einzige schlüssige Erklärung ist, dass Fuentes mit Bethany zusammenarbeitet. Bethany mag vielleicht nichts von Ednas Verbindung zu uns wissen, aber er hat sie herausgefunden. Er ist ein ausgebildeter Agent, der zahllose hochriskante Einsätze in Afghanistan überlebt hat. Der gibt nicht auf.«

»Ich verstehe das nicht. Was ist sein Motiv? Warum ist er hinter uns her?«

»Das kann ich nicht mit Sicherheit beantworten. Meine Vermutung ist, er versucht, Janice Stafford zu finden.«

»Die Hackerin? Das BLLNET-Mädchen?«

»Ich habe dir nicht alles erzählt, Gillian. Du weißt, dass Janice und Bethany gemeinsam auf der Flucht waren. Du weißt noch nicht, dass

Janice entführt wurde. Sie ist in den Händen unseres Feindes. Etwa zur selben Zeit, als Bethany nach London abreiste, wurde mir das bestätigt.«

Eine gereizte Stille. »Wann hattest du vor, mir das zu sagen?«

»Ich sage es dir jetzt. Wenn Fuentes auf der Suche nach Janice ist, sollten wir ihm nicht in die Quere kommen. Doch für den unwahrscheinlichen Fall, dass er dich um Hilfe bittet, ist es deine Aufgabe, sie ihm zu gewähren.«

»Das würde bedeuten, meine Beteiligung einzugestehen!«

»Ich weiß, Gillian, und es tut mir leid. Aber Janice wird gefangen gehalten, und WACHSAM wird erpresst, und das alles ist unsere Schuld.«

»Wir haben diesen Krieg nicht angezettelt, Harry.«

»Nein, das haben wir nicht. Da gebe ich dir recht. Aber wir wählten die Waffen.«

14

Am folgenden Morgen stand die als WACHSAM bekannte Flüchtige früh auf. Sie hatte genauso schlecht geschlafen, wie ihr Codename vermuten ließ. Kurzzeitig hatte sie ernsthaft in Erwägung gezogen, einfach komplett aus Oxford zu verschwinden. Doch die Wochen auf der Flucht hatten sie gelehrt, sich auszuruhen, wann immer sie die Gelegenheit dazu bekam, und dasselbe hatte auch Raymond Fuentes ihr geraten.

Bethany fragte sich, ob er wohl sein Versprechen hielt. Auf jeden Fall schien er ein Mann zu sein, der das tat, entschied ihr Bauchgefühl. Er hatte gesagt, er würde Janice finden, und sie vermutete, dass er nicht aufgeben würde, bis ihm das gelungen war. Doch Bethany wusste auch, dass sie einfach nur wünschte, er wäre diese Sorte Mann. Sie kannte ihn nicht gut genug, um entscheiden zu können, ob er es wirklich war, aber wünschte es sich. Sie wollte liebend gerne gut von ihm denken.

Warum dem so war, wollte sie nicht weiter analysieren.

Fünfzehn Minuten nachdem sie aufgestanden war, saß sie schon im Speisezimmer der privaten Frühstückspension, ein verschachteltes viktorianisches Gebäude am Stadtrand von Oxford. Außer ihr saßen an diesem Morgen nur noch ein älteres Ehepaar beim Frühstück, das kaum ein Wort wechselte, während es sorgsam auf kleinen Häppchen herumkaute, und zwei lärmende Kinder, deren mehr oder weniger hilflose Mutter immer wieder zu Bethany herüberblickte und verlegen mit den Schultern zuckte.

»Im Sommer haben wir nicht viele Gäste«, erklärte die Hausdame, die die Pension führte, als sie mit einer Kanne Kaffee an Bethanys Tisch kam. Sie war die Witwe eines Akademikers und hieß Mrs Cranch. »Haben Sie den Buchladen gefunden?« Mrs Cranch hatte ein einnehmendes Wesen, und am Abend zuvor hatten sie und Bethany im Salon gesessen und entspannt über die örtlichen Geschäfte geplaudert. Und nachdem ihr Gast ihr die traurige Geschichte aufgetischt hatte, wie man ihr den Laptop gestohlen hatte, war Mrs Cranch so freundlich gewesen, Elaine (wie sie sie nannte) ihren eigenen Computer nutzen zu lassen, damit sie schnell etwas im Internet nachsehen konnte.

»Das habe ich, vielen Dank.«

Um neun Uhr ging Bethany aus der Tür und saß wieder auf ihrem Fahrrad. Gestern hatte sie ihren Rollkoffer in ihrer ursprünglichen Unterkunft zurückgelassen. Im Koffer befand sich nichts, das sich nicht ersetzen ließ. Alles, was sie brauchte, war in dem Rucksack, den sie niemals aus den Händen gab.

Und natürlich in ihrem Kopf: Darin war das Wichtigste.

Das winzige Städtchen Iffley war in nur zehn Minuten mit dem Fahrrad von Oxford aus zu erreichen, aber wieder fuhr Bethany bewusst Umwege, aus Angst verfolgt zu werden. In einem Laden auf dem Church Way kaufte sie sich ein Brötchen und eine Tasse Kaffee und setzte sich eine Weile ans Fenster, wo sie ein Auge auf alle vorbeifahrenden Autos und Fußgänger hatte. Sie war nicht unbedingt davon überzeugt, dass sie einen Verfolger bemerken würde, wollte aber dennoch die Augen offen halten. Nachdem sie schließlich beschlossen hatte, dass die Luft rein war, schob sie ihr Fahrrad den Gehweg hinunter, während sie in die Fenster der Geschäfte spähte und die Gebäude bewunderte, von denen einige schon vor mehreren Hundert Jahren errichtet worden waren.

Die Kirche St. Mary's erhob sich ein wenig zurückgesetzt am Ende der Straße inmitten einer bunten Sommerwiese. Bethany wusste nicht, wonach sie suchte; sie wusste nur, dass sie es Annabelle schuldete, nachzusehen, ob es etwas zu finden gab. Laut Dorothea war Teddy Bratt nach London zurückgekehrt. Wenn dem wirklich so war, hatte er vielleicht nicht die Zeit gehabt, die Kirche gründlich zu durchsuchen. Was auch immer Annabelle dort versteckt hatte, befand sich vielleicht immer noch dort.

Im Inneren lief eine Handvoll staunender Touristen herum und knipste. Sie nahm sich ein Faltblatt aus einem Display und schloss sich ihnen an. Gut zwanzig Minuten lang *ohhhte* und *ahhhte* sie angesichts der Gewölbedecke, die aufwendig restauriert worden war, und des Hauptaltars, der von den Puritanern eingemauert und später wieder freigelegt worden war. Sie schüttelte den Kopf angesichts der Vernichtungskriege, die Gläubige gegeneinander führten, als hätten sie keine gemeinsamen Feinde.

Glaube, wie Tante Claudia immer zu sagen pflegte, war harte Arbeit.

Anschließend lief Bethany von Sitzreihe zu Sitzreihe, fuhr hier mit den Fingern unter dem Handlauf entlang, warf dort einen Blick auf den Boden auf der Suche nach dem ihr unbekannten Objekt.

Dann ging ihr auf, dass sie vielleicht einen Fehler gemacht hatte.

Das Bild von Annabelle und Dorothea war nicht im Inneren der Kirche aufgenommen worden. Sondern draußen.

Sie trat in den Sonnenschein hinaus, blieb auf dem Rasen stehen und schloss die Augen, während sie versuchte, sich das Bild vor Augen zu rufen. Die beiden Frauen hatten Wanderkleidung getragen und den Arm umeinandergelegt, während sie in die Kamera grinsten. Links im Hintergrund war ein kleiner Streifen der Kirche zu sehen. Und rechts die Gruppe Kirschbäume - die im November kahl gewesen waren, jetzt aber in voller, leuchtend pinkfarbener Blüte standen.

Annabelle trug diesen leuchtend pinken Pullover, eine äußerst ungewöhnliche Farbe für sie.

War das zu offensichtlich? Vielleicht. Vielleicht aber auch nicht.

Weiterhin die Touristin mimend, zwang Bethany sich langsam zu gehen, während sie auf die Bäume zuging. Sie war sich immer noch nicht sicher, wonach sie überhaupt suchte. Angenommen, Annabelle hatte ihr einen Hinweis hinterlassen, dann konnte er nicht vergraben sein. Der Boden war gepflegt, gerecht und mit Mulch bedeckt worden: Alles, was unter der Erde war, wäre verloren. Zwischen den Ästen der Bäume konnte der Gegenstand auch nicht stecken. Ein Sturm, ein Vogel, ein Eichhörnchen oder ein kletterndes Kind - alles Mögliche hätte dazu führen können, dass er herunterfiel.

Denk nach. Du bist Annabelle. Du traust nichts und niemandem. Es ist Dezember und du bist allein, aber du vermutest auch, dass du verfolgt wirst. Dir bleibt nicht viel Zeit. Wo streust du deine Brotkrumenspur aus, damit sie vor dem Wechsel der Jahreszeiten, den Menschen, Vögeln und Tieren sicher ist?

Und dann fiel es ihr wie Schuppen von den Augen. Am Ende war es in der Tat offensichtlich.

Du hältst es wie Pilatus. Du meißelst es irgendwo ein.

Sie trat zwischen die Bäume und begann deren Rinde abzusuchen. Zwei alte Damen, die gemeinsam vorbeispazierten, fragten sie, ob sie etwas verloren hätte und ob sie bei der Suche behilflich sein könnten. Bethany dankte ihnen, konnte aber keine plausible Erklärung dafür liefern, warum sie die Baumrinde so intensiv untersuchte, und lehnte daher einfach dankend ab.

Als sie weitergingen, schaute Bethany ihnen hinterher, um sicherzugehen, dass die beiden Damen keinen Schlenker machten, um sie im Auge zu behalten.

Zurück an die Arbeit.

Als sie sich dieses Mal zu den Bäumen umwandte, fielen ihr die Zeichen sofort ins Auge. Sie befanden sich auf halber Höhe des zentralen Kirschbaums, ungefähr in Augenhöhe, wie um sicherzugehen, dass Bethany sie nicht übersah.

Drei Buchstaben und eine Nummer in einem groben Herz, als wäre alles von einem jungen Liebespaar geschnitzt worden. Niemand würde sie weiter beachten, der nicht danach suchte:

AW+7T

Bethany fuhr mit fragenden Fingerspitzen über die Rinde.

»AW« für Adrian Wisdom. Der Teil war klar. Was das »7T« betraf – nun, sie musste wohl einfach weitersuchen. Aber zumindest hatte sie jetzt einen Hinweis gefunden. Sie hatte sich nicht geirrt.

Annabelle streute noch immer Brotkrumen aus. Bethany wünschte nur, dass sie wüsste, wohin die Spur führte.

Der Baumeister hatte sich nie an die Formlosigkeit gewöhnen können, die mit dem modernen Phänomen des sogenannten Networkings einherging. Seine Generation zog es vor, Geschäfte mit Männern ihres Alters zu tätigen, getragen von alten Freundschaften und einem Geflecht aus Gefälligkeiten, Loyalität und Verpflichtungen. Darum saß er in der Nische eines der unterkühlteren Klubs von London, unter den Alabasteraugen lang verstorbener Standesgenossen, beim Mittagessen mit einem Mann namens Mark Satterwhite, einem hochrangigen Beamten des Außenministeriums. Die beiden kannten sich, seit sie vor gut dreißig Jahren in Afrika gemeinsam an einer Reihe von Projekten gearbeitet hatten. In den folgenden Jahrzehnten hatten sie sich gegenseitige Dienste geleistet, die Mark als »kleine Gefälligkeiten« bezeichnete, um ihre Loyalität noch weiter zu verstärken. Und wenn Harry Stean im Laufe ihrer Bekanntschaft ab und an den Eindruck gewonnen hatte, dass Mark wahrscheinlich auch gewisse, weniger öffentliche Aufgaben im Namen seiner Regierung erfüllte – nun, dieser Verdacht war der Hauptgrund für ihr heutiges Treffen.

»Und, gefällt dir der Laden?«, fragte Mark mit einem Augenzwinkern. Er hatte dichtes silbernes Haar und trug einen anthrazitfarbenen Dreiteiler, der wahrscheinlich so viel wie das Bruttoinlandsprodukt eines kleinen Landes gekostet hatte.

»Ist ganz nett hier, wenn man nichts gegen diese Statuen hat, die einem überall über die Schulter gucken.« Harry lehnte sich vor. »Ich habe dir doch gesagt, dass ich mich an einem privaten Ort mit dir treffen will.«

»Ich erinnere mich.«

»Und das hier nennst du privat?«

»Fragst du mich gerade, ob jemand den Steak-and-Kidney-Pie verwanzt hat? Ob der Kellner eine Kamera in seinem Westenknopf trägt?« Mark lachte. »Natürlich ist alles möglich, aber nicht wahrscheinlich. In Klubs wird nicht gelauscht, Harry. Besonders nicht in diesem. Weil die Gefahr einfach zu groß wäre, dass der Belauschte den Spieß umdreht, und, offen gestanden, weil Gentlemen so was einfach nicht tun.«

»Die Leute, die mir Angst einjagen, sind keine Gentlemen.«

Die Züge des Diplomaten strafften sich. »Das hier wird die einzige Gelegenheit sein, Harry. Wenn du reden willst, ist dies der Zeitpunkt dafür. Vertraulicher als das wird unser Gespräch nicht werden, wenn es das ist, worauf du aus bist.«

Mark signalisierte dem Kellner, ihre Gläser aufzufüllen, eine höfliche Geste, die seinem Gast Zeit gab, zu überlegen, ob er seine Geschichte erzählen wollte. Und Harry war dankbar für die Denkpause.

»Ich fürchte, ich brauche deine Hilfe«, sagte er, als der Kellner wieder gegangen war. »Und auch dein Wort als englischer Gentleman, dass du nichts von dem, was ich dir erzählen werde, weitergibst.«

»Natürlich, Harry. Worum geht es?«

»In Großbritannien hält sich eine Frau auf, die im Zusammenhang mit einer Reihe von Bombenanschlägen von den amerikanischen Behörden gesucht wird.«

»Sie ist wirklich hier? Eure Labor-Bomberin? Ich habe natürlich Gerüchte gehört, aber ich wusste nicht, dass an denen was dran ist.«

»Sie ist unschuldig, Mark.«

»Ich denke, diese Beurteilung obliegt wohl den Behörden deines Landes.«

»An dieser Stelle kommt dein Gefallen ins Spiel. Ich weiß, dass du oder deine Kontaktmänner über die Ressourcen verfügen, um sie zu finden, wenn ich euch einen Anhaltspunkt gebe. Ich möchte dich bitten, sie aufzuspüren und ein Gespräch mit mir zu arrangieren. Danach ... musst du sie laufen lassen.«

Der Mann vom Außenministerium war ernst geworden. »Das ist vielleicht mehr, als ich dir versprechen kann, Harry.«

»Ich weiß.«

»Auf der anderen Seite wirst du mir wohl nicht verraten, wo wir nach ihr suchen müssen, wenn ich es nicht tue.«

»So ist es.«

»Weißt du, dass deine Regierung ihr einen Codenamen verpasst hat, der bei allen Meldungen benutzt werden soll? WACHSAM. So sollen wir sie nennen.«

»Dann brauche ich dein Wort, dass du WACHSAM findest, sie zu einem Treffen mit mir bringst und sie danach laufen lässt.«

Der Diplomat schloss kurz die Augen und rieb sich die Schläfe, als würde ihn eine Migräne plagen. Dann schaute er seinen alten Freund an. »Ich schulde dir was, Harry. Das weiß ich. Also gut ... meinetwegen. Wenn meine Freunde WACHSAM aufspüren können – mit Betonung auf dem Wort wenn –, dann werde ich dafür sorgen, dass du mit ihr sprechen kannst und sie danach gehen darf, wohin sie will. Du hast mein Wort. So, jetzt will ich aber auch die Geschichte hören.«

»Hast du jemals etwas von der Pilatus-Inschrift gehört?«

»Ich fürchte nicht.«

»Es handelt sich dabei um ein frühchristliches Artefakt. Kaum jemand weiß davon. Vielleicht existiert sie nicht einmal. Nichtsdestotrotz gibt es Menschen, die bereit wären, zweistellige Millionenbeträge für sie zu bezahlen, und andere, die sogar töten würden, um sie in die Hände zu bekommen.«

»Und das ist es, hinter dem diese WACHSAM her ist? Diese Tafel?«

»Ja und nein, Mark. Ja und nein ...«

Zurück in seinen geradezu saalähnlichen Büroräumen im Außenministerium in Whitehall schlüpfte Mark Satterwhite aus seinem Jackett – etwas, das er während der Arbeitszeit normalerweise nie auch nur in Erwägung zog – und streifte vorsichtig seine Weste ab, wobei er von zwei schweigenden Männern beobachtet wurde, die »von der anderen Seite des Parks« kamen, wie er es bezeichnete. Ein Kabel lief vom Knopfmikrofon zu dem digitalen Aufnahmegerät, das man ihm mit Klebeband am Rücken befestigt hatte.

Einer der Männer griff nach dem Rekorder.

Mark hielt ihn fest.

»Mein Freund wird in keiner Weise belästigt werden«, sagte er. »Darauf habe ich Ihr Wort.«

»Niemand wird Mr Stean anrühren. Er darf ungestört seinen Angelegenheiten nachgehen.«

»Aber werden Sie mich informieren? Wenn Sie sie finden, meine ich?«

»Wir werden sie finden, Sir. In diesem Punkt dürfen Sie unbesorgt sein.«

»Trotzdem«, beharrte er. »Werden Sie mich informieren?«

»Sie haben Ihre Arbeit erledigt, Mr Satterwhite. Jetzt ist es an der Zeit, dass Sie beiseitetreten und uns die unsere machen lassen.«

»Er hat mir nicht alles erzählt, wissen Sie. Nicht mal annähernd.«

»Wir brauchen nicht alles zu wissen. Wir brauchen nur WACHSAM.«

Sie nahmen das Gerät an sich und verschwanden.

15

Das Antiquariat lag in der High Street, unglücklich eingequetscht zwischen einem teuren Laden für Damenmode und der Sorte Pub, in der eine Diskussion über Wittgenstein zu Ausschreitungen führen konnte. Genau um halb zehn – die Uhrzeit konnte später mithilfe einer Überwachungskamera der Bank auf der gegenüberliegenden Straßenseite ermittelt werden – betrat Bethany Barclay die Buchhandlung, in der sich nur ein einziger Kunde aufhielt: ein alter Mann, der mit zitternden Fingern langsam über die Rücken medizinischer Fachwerke des neunzehnten Jahrhunderts fuhr. Außer ihm war nur noch ein anderer Mann anwesend, der vielleicht fünf Jahre älter als Bethany sein mochte und gerade hinter der Ladentheke ein Paket einpackte. Er trug einen dunklen struppigen Bart und eine verschlissene Strickjacke, bis vor Kurzem fast eine Uniform für viele der nachlässig gekleideten, wenn auch brillanten Akademiker Englands. Als der Brillenträger den Blick hob, um den neuen Kunden zu begrüßen, war Bethany sofort klar, dass er sie kannte – so wie er sie anstarrte.

Jetzt gab es kein Zurück mehr.

»Kann ich Ihnen helfen?«, fragte er, und sie nahm an, dass der seltsam schrille Ton seiner Stimme ganz normal und kein Zeichen von Nervosität war, da der andere Kunde, der wahrscheinlich öfter hier einkaufte, nicht aufsah. »Nur der Geschäftsführer ist gerade leider nicht da«, fuhr er fort, als würde er mit einer Beschwerde rechnen.

»Ich bin auf der Suche nach Grant Apple«, sagte sie.

»Und warum bitte schön?« Sein Tonfall war süffisant und sollte wahrscheinlich verächtlich wirken. Von Nahem betrachtet sah er noch dürrer aus, sein Pullover und die Flanellhose saßen schlecht und waren viel zu weit.

»Sind Sie Mr Apple?«

»Was, wenn ich es bin?«

»Können wir uns irgendwo ungestört unterhalten?«

Hinter den dicken Brillengläsern blinzelten seine Augen langsam, einmal, zweimal, dann ein drittes Mal, wie die Augen einer Zeichentrickfigur für Kinder. Er schien ihre Frage ernsthaft zu erwägen, da er erst eine Weile mit den Fingern auf dem Tresen herumtrommelte und sich dann wieder dem Paket widmete. »Ich bin gerade ziemlich beschäftigt«, sagte er.

Sie lehnte sich vor. »Es geht um Annabelle.«

»Wer?«

»Annabelle Seaver.«

»Was ist mit ihr?«

Bethany sah nur einen Weg, seine Abwehr zu durchbrechen. »Sie ist tot«, erklärte sie weniger schroff, als sie eigentlich beabsichtigt hatte. »Ich war mit ihr befreundet.«

Die Augen schauten auf. Der alte Mann ging auf die Tür zu, blieb dann aber doch stehen und zog ein Buch mit Renoir-Reproduktionen aus einem niedrigen Regal. Kopfnickend und vor sich hinmurmelnd blätterte er darin herum.

»Sie sind Amerikanerin«, sagte Apple ziemlich laut, als habe er das große Rätsel gelöst.

»Ja.«

»Dann interessieren Sie sich bestimmt für Fitzgerald und solche Autoren. Nicht unsere großen Dichter. Nur Ihre eigenen. So sind Amerikaner.«

»Eigentlich ...«

»Lassen Sie mich nachsehen, was ich dahabe«, sagte er und verschwand im Lager.

Sie fragte sich, wie lange sie wohl warten musste. Die Telefonanlage war alt und blinkte, wenn die Leitung benutzt wurde. Glücklicherweise blinkte sie gerade nicht. Andererseits konnte Apple auch einfach sein Handy benutzen, wenn er die Polizei rufen wollte.

Die Türglocke klingelte. Bethany drehte sich um. Anders als erwartet verließ nicht der alte Mann den Laden. Stattdessen war eine Frau mittleren Alters hereingekommen und steuerte nun auf die Karten an einer der gegenüberliegenden Wände zu. Bethany hoffte inständig, dass es sich um eine Professorin oder die Frau eines solchen handelte und nicht um die Kundschafterin eines ihr unbekannten Überwachungsteams. Zwei kichernde Mädchen kamen durch die Tür, die beide in Janice' Alter sein mussten. Sie interessierten sich nicht für die Auslagen, sondern gingen hinter dem Schaufenster in die Hocke. Wahrscheinlich spielten sie mit irgendwem ein ausgeklügeltes Versteckspiel. Sie waren jung, das ja, aber mittlerweile war Bethany bereit, jedem alles zuzutrauen ...

»Bitte schön, Miss.«

Grant Apple war zurück. Er schob ein Buch über den Ladentisch.

»Schauen Sie es sich an. Das ist *Der letzte Taikun* – Fitzgeralds letztes und unvollendetes Werk, wie Sie bestimmt wissen. Es handelt sich hier um Scribners Erstauflage von 1941. *Der große Gatsby* ist ebenfalls darin enthalten, zusammen mit allen anderen Kurzgeschichten von Fitzgerald.«

»Ich ... ich glaube ...«

»Dann gefällt es Ihnen?« Die hochmütigen Augen starrten sie eindringlich und beschwörend an.

»Es ist wunderschön.«

»Das macht zweitausend Pfund.«

Sie blinzelte. »Wie bitte?«

»Einen besseren Preis kann ich Ihnen nicht anbieten, Miss. Nehmen Sie's oder lassen Sie's bleiben.«

»Ich bin doch nur hier, weil ich ...«

»Sie sind wegen dieses Buchs hier«, kreischte er. »Dieses Buch ist genau das, wonach Sie gefragt haben.«

Er verhielt sich absichtlich seltsam. Alle Blicke waren nun auf sie gerichtet. Er wollte, dass die anderen aufmerksam wurden; ihr zeigen, wie schnell er alles zunichtemachen konnte.

»Ich habe nur Dollar dabei.«

»Dann sagen wir einfach viertausend Dollar.«

»Aber der Wechselkurs steht bei ...«

»Nehmen Sie's oder lassen Sie's bleiben.« Er wies mit einem Kopfnicken auf die Schlange, die sich hinter ihr gebildet hatte. »Es warten noch andere zahlende Kunden, fürchte ich.«

Sie stellte eine schnelle Kalkulation an. Und schluckte. Damit würde sie einen großen Teil des Geldes hergeben müssen, das sie mitgebracht hatte.

»Akzeptieren Sie auch Bargeld?«, fragte sie.

Er packte es sogar für sie ein. Sie trug das Päckchen in einer Tragetasche die Straße hinunter, ab und zu nickend und lächelnd, aber meistens ganz in sich versunken. Dieser Typ war verrückt. Oder vielleicht war sie selbst verrückt. Sie hatte gerade den nächsten Hinweis gekauft. Oder einfach nur ein Buch.

Das würde sie in ein paar Minuten wissen.

Eilig schloss sie das Mietfahrrad auf und fuhr aus der Stadt zu der Pension – diesmal einer anderen –, wo sie sich ein Zimmer für die Nacht genommen hatte. Sie wartete, bis sie allein auf ihrem Zimmer war, bevor sie das Buch vorsichtig auspackte, sich auf die klumpige Matratze setzte und darin herumblätterte. Nachdem sie weder auf eine Notiz noch einen gelben Klebezettel gestoßen war, drehte sie das Buch auf den Kopf und schüttelte es. Keine versteckte Nachricht fiel heraus.

Bethany war außer sich vor Wut. Und beschämt. Grant Apple hatte ihre Zwangslage erkannt und die Situation ausgenutzt. Vielleicht hatte er obendrein noch die Polizei alarmiert – sobald sie zur Tür raus war und er das Geld eingesteckt hatte. Vielleicht sollte sie besser verschwinden.

Sie schaute sich im Zimmer nach Spuren um, die sie hinterlassen hatte. Sie fand das Packpapier, knüllte es zusammen und stopfte es in ihren Rucksack, um es irgendwo draußen zu entsorgen. Dann ließ sie sich plötzlich schwer zurück auf das Bett plumpsen und entfaltete das Papier wieder.

Die Nachricht befand sich auf der Innenseite der Verpackung.

ST. EDMUNDS GRUFT. ZEHN.

Kein Hinweis, ob damit morgens oder abends gemeint war. Kein Datum. Bethany war nicht dumm. Mit ihren viertausend Dollar hatte sie ein Treffen gekauft. Ein Treffen, das sie einen Schritt näher an Wisdoms Manuskript bringen würde und somit, so hoffte sie zumindest, auch einen Schritt näher an die Pilatus-Inschrift.

Zehn Uhr.

Heute Abend.

16

»Es handelt sich um irgendein Foto«, meinte Melody Sunderland. »Darum ist Lillian so besorgt.«

Elliott St. John spielte mit seinem Glas. »Das hat sie dir gesagt?«

»Ja.«

»Hat sie dir auch verraten, was auf dem Foto zu sehen ist?«

»Nicht direkt.«

Elliott runzelte die Stirn. Er hasste vage Andeutungen, besonders bei Leuten, die ihm verpflichtet waren. Seit Melodys Freundschaft mit dem Schutzherrn immer enger wurde, war ihre Haltung dem Mann gegenüber respektloser geworden, der einst ihr Mentor gewesen war.

Sie saßen an einem Ecktisch im privaten Speiseraum auf der sechsundsechzigsten Etage des Gebäudes Central Park West, dem Sitz seines Medienimperiums. In dem gewaltigen Raum war außer ihnen niemand. Sie hatten gerade ein spätes Mittagessen bestehend aus Steak und Garnelen beendet und genossen jetzt einen seltenen Portwein, der die Aromen von Früchten und Mokka auf der Zunge hinterließ. Die raumhohen Fenster boten einen Blick über den Central Park mit den dahinterliegenden Wolkenkratzern von Downtown Manhattan, die im Sonnenlicht funkelten.

»Was genau hat sie gesagt?«, bohrte Elliott nach.

Melody nippte vorsichtig an ihrem Glas und streifte sich dann das blonde Haar aus dem schmalen Gesicht. Sie war eine viel beachtete politische Aktivistin. Mit erst Ende dreißig war sie mit Abstand das jüngste Mitglied des Rats. Sie moderierte eine Radiosendung, die bei den Rechten äußerst populär war, und unterstützt Tierschutzprojekte, die bei den Linken äußerst populär waren.

Außerdem war sie, Elliott St. Johns Meinung nach, durch und durch seine Schöpfung.

»Sie sagte, es sei das Foto eines dummen Mädchens, das vor sehr langer Zeit aufgenommen wurde. Sie meinte, dass es unserer Sache sehr schaden könne.« Melody hatte eine samtweiche, fernsehtaugliche Stimme, die von einer Hälfte des Landes geliebt und von der anderen gehasst wurde. »Sie sagt, es sei jetzt irgendwo da draußen und dass Bethany Barclay uns die beste Chance bietet, es wiederzubekommen.«

»Ich verstehe.«

»Gut, denn ich tue es nicht.«

Er zog die Augenbrauen hoch. Diese Art abfälliger Bemerkungen war er von Lillian gewohnt. Sie aus Melodys Mund zu hören, war jedoch neu und beunruhigend.

»Was verstehst du nicht?«, fragte er betont geduldig nach.

»Ich verstehe nicht, wie uns irgendein altes Foto zu Fall bringen soll. Unsere Organisation existiert schon seit vielen Hundert Jahren, oder nicht? Welchen Unterschied soll da ein einziges Foto machen?«

Elliott seufzte, in der Hoffnung, seine Enttäuschung deutlich zu machen. Melody war seit weniger als zwei Jahren Mitglied des Rats und redete, als würde sie dessen Vergangenheit teilen. Er erinnerte sich an die Melody Sunderland, die er vor zehn Jahren zum ersten Mal getroffen hatte. Sie war eine unwichtige Redakteurin bei einem unbedeutenden Magazin aus einer entlegenen Ecke von Elliotts Reich gewesen. Eine Princeton-Absolventin um die zwanzig, mit einem halben Drehbuch in der Schublade und keinen anderen ernsthaften Zukunftsperspektiven. Bei einem seiner Empfänge, die er halbjährlich für seine Untergebenen abhielt, hörte er sie vor einer Gruppe Zuhörer über Politik schimpfen. Auch wenn er die eigentliche Aussage ihrer Worte für unsinnig hielt, bemerkte er den Effekt, den sie auf ihr Publikum hatte, und fragte sich, ob sich dieses Talent vielleicht in irgendeiner Weise für seine eigenen Zwecke nutzen ließe. Er ging nicht an diesem Abend auf sie zu – es war entscheidend, dass sie seine Motive nicht infrage stellte –, doch er ließ sie überprüfen und beschatten und befördern. So wurden Medienstars heutzutage geschaffen: Man suchte sich ein telegenes Gesicht und entwickelte es. Einer seiner Redakteure ließ sie ein paar alberne Streitschriften verfassen. Eine seiner Fernsehshows lud sie gelegentlich als Gastkommentatorin ein. Eines seiner Unternehmen gab ihr einen Buchvertrag.

Melody Sunderland wurde lanciert.

Heute verdiente sie mehrere Millionen pro Jahr und sie war seine Entdeckung. Seine Frau vermutete, dass er ein Verhältnis mit ihr hatte, oder irgendwann mal gehabt hatte, aber Elliott war viel zu schlau, um einen solchen Fehler zu begehen. Er wusste, welchen Wert Melody für sein Imperium hatte.

Genau wie Melody auch.

Laut sagte er: »Du weißt, dass es Dinge gibt, die wir nicht mit dir besprechen können.«

»Ich weiß.«

»Du bist noch immer ziemlich neu.«

»Ich weiß«, wiederholte sie mit unverhohlenem Unmut darüber, dass er sie daran erinnerte. Oder vielleicht erkannte sie auch, dass Elliotts Erkenntnisse nur gespielt waren.

Es entstand eine Pause, als ein Kellner im weißen Jackett an ihren Tisch kam, um zu sehen, ob einer von ihnen Kaffee möchte, aber die beiden waren mit ihrem Portwein zufrieden. Ein Teller Kekse wurde serviert und Elliott begann, den reichen Clown mittleren Alters zu mimen, für den ihn seine Nachwuchskräfte hielten.

»Melody. Sag mal, schmeckt dir der Portwein? Es ist ein Scion von Taylor's. Familienmarke. Kanadisch. Sehr selten. Ich glaube, es gibt nicht eine einzige Flasche mehr auf dem Markt. Es werden keine mehr hergestellt. In meinem Weinkeller habe ich drei davon, soweit ich weiß. Warum nimmst du nicht eine mit und gibst damit ein wenig vor deinen Freunden an?« Er wandte sich an den Kellner: »Sagen Sie dem Sommelier, er soll eine Flasche Taylor's Scion für Miss Sunderland hochbringen. Ach, und wissen Sie was? Nur um die Sache abzurunden - lassen Sie mich kurz nachdenken -, wie wär's mit einer Flasche 1959er Domaine Faiveley Musigny Grand Cru?« Er schenkte seinem Gast ein strahlendes Lächeln. »Den findest du nicht in der Weinhandlung um die Ecke.«

Als sie wieder allein waren, war seine Gutmütigkeit wie weggeblasen. Er lehnte sich zu seinem Schützling. »Was hat der Schutzherr sonst noch über das Foto gesagt? Ich will jedes einzelne Wort wissen.«

Melody richtete ihren Blick auf die Skyline von Manhattan und er wusste, was sie gerade abwägte: Wenn es zu einem Kampf zwischen Elliott und Lillian kam, wer von beiden würde sich dann am ehesten durchsetzen? Als sie sprach, war ihr Widerstreben fast greifbar.

»Annabelle hat Findrake das Foto abgeluchst. Ich weiß nicht wie und ich denke, dass auch Lillian es nicht weiß. Der Punkt ist, dass sie Ralph zu Findrake schicken wollte, um ihn zu bitten, seine Hunde zurückzurufen, bis Bethany Barclay das Foto für uns gefunden hat.«

»Von welchen Hunden sprechen wir hier?«

»Von denen, die Ralph und Annabelle getötet haben und jetzt auch hinter Bethany her sind.«

Jetzt wurde Elliott alles klar. Er dachte weiter und stellte die Verbindung her, die Melody übersehen hatte. Plötzlich wusste er ganz genau, um welches Foto es sich handeln musste, und in diesem Moment war er ihnen allen einen Schritt voraus, selbst dem Schutzherrn, was äußerst selten vorkam.

Aber natürlich konnte er Melody nichts davon verraten, also überspielte er seine Aufregung mit einer weiteren passenden Frage:

»Also will Lord Findrake Bethany töten. Aber warum?«

»Um die Pilatus-Inschrift im Verborgenen zu halten. Er glaubt, wir würden ein gewaltiges Risiko eingehen, wenn wir sie ins Licht der Öffentlichkeit zerren.«

»Hat er wirklich so große Angst vor dem, was darauf geschrieben stehen könnte?« Doch die Frage war rein rhetorischer Natur, und die neuere und anmaßendere Melody schlau genug, ihren Mentor nicht aus seinen Gedanken zu reißen. »Und ich nehme an, dass Lillian glaubt, Bethany würde uns das Foto aus denselben Gründen aushändigen, aus denen sie uns auch die Pilatus-Inschrift liefert. Weil sich Lillian abgesichert hat.«

»So ist es.«

»Dieselbe Versicherung, dank der Bethany die Pilatus-Inschrift für uns sucht?«

»Das scheint mir die einzig logische Schlussfolgerung zu sein«, meint Melody, deren Hochmut langsam wieder durchscheint.

»Und hat sie auch erwähnt, worin diese Versicherung bestehen mag?«

»Nein«, antwortete Melody viel zu schnell, und die Art, wie ihre Augen seinem Blick auswichen, gab Elliott plötzlich Anlass zur Sorge.

In diesem Moment beschloss der Sommelier durch die Tür zu platzen. Er trug zwei Holzkisten, die er öffnete, um die Flaschen in ihrer grünen

Einlage zu präsentieren. Melody gab sich übertrieben begeistert und küsste Elliott sogar auf beide Wangen, als sie sich erhoben.

Doch während er seinen Assistenten herbeirief und ihn bat, Miss Sunderland nach unten zu ihrem Auto zu begleiten, fragte er sich, welche Information des Schutzherrn sie ihm verheimlichen wollte.

Janice Stafford schaute erschrocken auf, als sie den Schlüssel in der Tür hörte. Heute standen keine Fitnessübungen an und es war die falsche Zeit für eine Mahlzeit. Sie hatte den ganzen Nachmittag damit verbracht, logische Rätsel aus einem alten Raymond-Smullyan-Buch zu lösen, das ihr der Mann namens Kenny gestern noch mitgebracht hatte. Bisher hatten nur sehr wenige Aufgaben auch nur die geringste Herausforderung dargestellt, aber zumindest hatte ihr agiler Verstand etwas zu tun gehabt.

Einer der Wachen stand in der Tür, ein Mann, den sie zufällig Stettin getauft hatte, nach einer Nebenfigur in einem Asimov-Roman.

»Du bist doch angeblich so eine Art Genie, oder nicht?«, fragte er.

Das war das Letzte, was sie erwartet hatte. »Wie bitte?«

»So 'ne Art Computergenie. Das sagen alle.«

»Ich kenne mich ein wenig mit Computern aus. Stimmt.«

Seine Hand ruhte auf dem Türgriff. Seine Waffe steckte im Holster. Er musterte sie. »Gut. Mein Laptop hängt sich immer wieder auf. Kannst du ihn für mich reparieren?«

Ihr Herz machte einen Sprung. »Ich kann ihn mir ja mal ansehen.«

»Gut. Aber ich werde jede deiner Bewegungen beobachten.«

»Ich verstehe.«

»Ich meine es ernst, Janice. Drück auch nur eine Taste, die mir nicht gefällt – geh auf eine Website, die mir nicht gefällt –, tu irgendetwas, das mir nicht gefällt –, und du hast keine Ahnung, was dir blüht. Haben wir uns verstanden?«

»Verstanden.«

»Dann komm.«

Er führte sie nach unten. Der Laptop stand offen auf dem Tresen neben dem Herd. Er war ihr auf dem Weg zum Fitnessraum im Keller schon aufgefallen.

Janice spürte das bekannte Verlangen in sich aufsteigen. Es war wie eine Sucht. Sie wiederstand dem Drang, sich die Lippen zu lecken. Sie musste äußerst vorsichtig sein. Schon dachte sie nicht mehr an Flucht, sondern nur noch an die pure Freude daran, wieder mit der Welt vernetzt zu sein, sich in den sanften und liebevollen Konturen des Cyberspace zu verlieren.

Laut sagte sie, in dem entspanntesten Tonfall, den sie aufbringen konnte, »Ist es okay, wenn ich mich setze?«

Zwei Minuten später war sie versunken. In der ihr eigenen Welt, die sie so sehr liebte. Sie klickte häufiger, als sie eigentlich musste, nur um das Gefühl des Touchpads unter ihren Fingern zu genießen. Sie hatte den Task-Manager und den Ressourcenmonitor geöffnet und verlor keinen Gedanken daran, ihre Flucht zu planen oder eine verschlüsselte Botschaft an ihre Freunde bei BLLNET zu verschicken. Sie war damit beschäftigt, den Computer zu reparieren.

»Was ist das?«, fragte eine neue Stimme und Janice erkannte, dass es sich um ihre andere Nachmittagswache handelte, eine Frau, die sie Noys nannte – nach einer anderen Asimov-Geschichte –, und dass diese Frau gerade eine Frage wiederholte, die sie bereits zwei oder dreimal gestellt hat.

»Was ist was?«

»Dieses kleine Feld am unteren Bildschirmrand.«

»Das ist für DOS-Befehle.« Sie schaute nicht auf. »Dort kann ich direkt mit dem Betriebssystem kommunizieren.«

Janice hörte, wie die beiden Wachen leise miteinander diskutierten. *Du hättest sie nicht aus dem Zimmer lassen sollen. Es ist in Ordnung. Wir werden eine Menge Ärger bekommen.* Hin und her, hin und her, genau wie damals ihre wohlhabenden Eltern, wie sie sich im wütenden Flüsterton darüber stritten, ob sie die Schule wechseln sollte. Janice war das egal. Sie war jetzt viel ruhiger. Sie hatte das Problem erkannt. Während sie daran arbeitete, es zu beheben, begann sie langsam nachzudenken ... über Gelegenheiten.

»Ihr Antivirenprogramm ist veraltet«, sagte sie.

»Habe ich mir einen Virus eingefangen?«

»Das weiß ich, wenn ich das Update durchgeführt habe.«

Danach ließ Stettin sie eine Weile mit Noys allein. Noys war eine dralle Frau um die vierzig, die früher bestimmt mal bei der Polizei gewesen war, davon war Janice überzeugt. Hinter Janice' Rücken öffnete sie gerade die Tür des Kühlschranks.

»Ich mache mir ein Sandwich. Willst du auch eines?«

»Hmm«, machte Janice. Dann wurde ihr klar, dass die Frau ein Gespräch anfangen wollte. Sie schaute auf und lächelte süß. »Nein, vielen Dank. Aber ein Wasser nehme ich gerne.«

Noys stellte eine Flasche stilles Wasser neben sie. Stettin kam von seiner Runde zurück. Er warf einen prüfenden Blick über ihre Schulter. »Was machst du jetzt?«

Sie zeigte auf eine Linie im Ressourcenmonitor. »Ihr Rechner hängt sich auf, weil er versucht, zu viele Lesebefehle gleichzeitig auszuführen. Normalerweise liegt das entweder an einem Speicherleck oder es liegt ein Problem mit einem der Treiber vor. Wahrscheinlich Letzteres.«

»Was bedeutet das?«

»Ich glaube, es liegt an ihrem WLAN.«

»Kriegst du das wieder hin?«

»Das kommt darauf an. Wenn es die Netzwerk-Karte ist, kann man nichts anderes tun, als sie rauszunehmen und eine neue zu kaufen. Bis dahin haben Sie keinen Internetzugang. Der Treiber ist nur Software. Wenn es am Treiber liegt, kann ich das Problem vielleicht irgendwie umgehen. Oder wir könnten einen Patch runterladen.«

»Wo?«

»Vielleicht auf der Herstellerseite. Vielleicht auf einer anderen Seite, die auf so was spezialisiert ist.«

»Auf keinen Fall lasse ich dich ins Internet.«

»Dann laden Sie den Patch eben selbst herunter. Ich erkläre Ihnen, was Sie machen müssen.«

Stettin schaute sich um, offensichtlich wollte er sichergehen, dass sie allein waren. »Na schön. Du kannst es machen. Aber ich stehe direkt hinter dir.«

»Okay.«

»Wenn du versuchst, eine Nachricht zu senden, werde ich es sehen.«

»Ich hab's verstanden. Das habe ich doch schon gesagt.«

Wieder flogen ihre Finger über die Tastatur. Sie war in ihrem Element, ihr Geist flog die Datenautobahn entlang, während sie suchte, analysierte, rätselte. Sie fand und verwarf eine Lösung nach der anderen. Langsam wurde die Zeit knapp. Sie fand einen Patch, aber er war der Falsche. Sie fand einen anderen, aber er funktionierte nicht. Sie kniete sich rein.

Bisher hatte es noch kein Computer geschafft, sie zu schlagen. Sie erinnerte sich an die Testpiloten in *Die Helden der Nation* - das Buch, nicht den Film -, die immer davon ausgingen, dass es eine Lösung gab, selbst wenn das Flugzeug auf die Erde zustürzte: »Ich habe *A* ausprobiert! Ich hab's mit *B* versucht! Was kann ich sonst noch machen?« Janice probierte *A* aus. Sie versuchte es mit *B*. Sie machte weiter mit *C* und *D* und *E* und *F* und ...

Sie lehnte sich zurück.

»Fertig«, erklärte sie.

Der Mann, den sie Stettin nannte, war beinahe auf seinem Stuhl eingenickt. Jetzt wurde er mit einem Ruck wach. »Warum hat das so lange gedauert?

»Sie wollen doch, dass es funktioniert, oder nicht?«

»Na schön.« Ihm fiel etwas auf dem Bildschirm ins Auge. »Was ist das? Da in der Ecke?« Er wartete die Antwort gar nicht erst ab. »Das ist irgendeine Website.«

Janice zuckte mit den Schultern. Sie streifte sich einen ihrer geflochtenen Zöpfe aus dem Gesicht. »Ich habe das WLAN getestet. Was sollte ich denn sonst tun?«

»Wie getestet?«

»Ich habe nur eine Hollywood-Klatschseite aufgerufen, okay? Sehen Sie? Wer sich gerade scheiden lässt. Was die Kardashians so treiben.« Sie sah den Ausdruck in seinem Gesicht und schaute ihn herausfordernd an. »Was ist? Nur weil ich mich mit Computern auskenne, heißt das nicht, dass ich nicht immer noch sechzehn Jahre alt bin.«

Ihm gefiel die Sache nicht. »Woher weiß ich, dass du mich nicht gerade austrickst?«

Janice war geduldig. »Sie haben die ganze Zeit über direkt hinter mir gesessen. Sie haben gesehen, was ich gemacht habe. Ich bin auf Technikseiten gegangen, um mich über dieses Problem zu informieren. Ich bin auf die Herstellerseite gegangen, habe den Patch runtergeladen und ihn installiert. Um alles zu testen, habe ich ein paar Sportseiten und Hollywood-Klatschseiten aufgerufen. Wenn Sie mir nicht glauben, können Sie gerne den Cache überprüfen.«

»Was ist der Cache?«

»Das Protokoll der Websites, auf die der Computer zugegriffen hat.«

Der Wächter riss die Augen auf. »Alle Websites?«

»Normalerweise alle der letzten dreißig Tage oder bis zu dem Zeitpunkt, an dem das System abgestürzt ist. Das heißt, nur, wenn man den Verlauf nicht löscht.«

»Wenn man den Verlauf löscht, kann niemand sehen, welche Seiten man besucht hat?«

»Manchmal gibt es noch andere Wege. Das kommt auf das Betriebssystem an, den Browser und eine Reihe anderer Faktoren. Es ist schwierig und zeitaufwendig, also machen sich die Experten in den meisten Fällen nicht die Mühe. Zumindest, wenn sie keinen Verdacht haben.«

Stettin nickte kurz. »Kannst du den Verlauf für mich löschen?«

»Klar.«

»Und kannst du mir zeigen, wie das geht? Damit ich es selbst machen kann?«

»Sicher.«

Er schluckte schwer. »Und bekommst du ... es hin, dass niemand prüfen kann, auf welchen Seiten ich war? Ich meine, ähm, auch wenn sie schlau genug sind, nicht einfach nur den Verlauf zu überprüfen?«

»Vielleicht. Wahrscheinlich. Aber was springt denn für mich dabei heraus?«

»Was willst du denn?«

»Na, fürs Erste wäre ein Hamburger Royal TS von McDonald's ganz nett.«

»Es gibt einen McDonald's fünf Minuten von hier entfernt«, sagt er.

»Super.« Sie wandte sich wieder dem Laptop zu. »Dann zeige ich Ihnen jetzt, wie man den Verlauf löscht.«

Janice saß wieder in ihrem Zimmer. Sie aß den Hamburger Royal von ihrem Tablett. Sie aß sehr schnell und sehr schlampig. Im Cyberspace war sie niemals hungrig, aber sobald sie die virtuelle Welt verließ, war sie wie ausgehungert. Burger, Pommes, Milchshakes: Etwas anderes bräuchte sie nicht.

Als sie fertig war, hielt sie sich an die Regeln. Sie stellte das Tablett auf den Boden, klopfte zweimal an die Tür und lehnte sich an die gegenüberliegende Wand. Die Frau, die sie Noys nannte, trat ein, nahm das Tablett und warf ihr einen Blick zu.

»Weißt du, Janice, wir sind nicht so dumm, wie du denkst.«

»Ich habe keine Ahnung, was Sie meinen.«

»Ich meine damit, dass wir Kenny anrufen werden und ihn einen fachmännischen Blick auf den Laptop werfen lassen, um zu sehen, was du gemacht hast. Ich bin mir sicher, du hast irgendwas gemacht.«

Janice zuckte mit den Schultern. »Sie werden nichts finden.«

»Weil es nichts zu finden gibt? Oder weil du deine Spuren verwischt hast?« Ohne eine Antwort abzuwarten, schloss sie die Tür und schob den Riegel vor.

Das Mädchen starrte die Tür an, kurzzeitig verunsichert. Dann wandte sie sich wieder ihren Logikspielen zu. Sie würden auf dem Laptop nichts finden. Davon war sie überzeugt. Sie würden nichts finden, weil es nichts zu finden gab.

Aber mit ein bisschen Glück würde jemand anderes fündig werden.

17

Die Gruft von St. Edmund war eigentlich die Gruft von St. Peter-in-the-East, einer Kirche, die im elften Jahrhundert erbaut wurde. Doch die Kirche war keine Kirche mehr. Sie war mittlerweile zur Bibliothek von St. Edmund Hall umfunktioniert worden. Die Gruft, die unter der Kirche liegt, wurde ein Jahrhundert später als die Kirche gebaut. Bethany beschloss, dass es am besten war, den Treffpunkt zunächst bei Tageslicht zu erkunden. Zuerst checkte sie jedoch aus ihrer Pension aus und suchte eine neue Unterkunft am anderen Ende der Stadt. Die folgenden eineinhalb Stunden verbrachte sie damit, die Straßen entlangzufahren und -zulaufen, in der Hoffnung, ihre Verfolger zu enttarnen. Als sie endlich an der St. Edmund Hall ankam, war es schon später Nachmittag.

Wieder einmal die staunende Touristin mimend, lief sie durch das Foyer in den viereckigen Innenhof, der von Stabkreuzfenstern umgeben war. Ein Ordner lächelte sie an, als sie an ihm vorbeilief. Er trug eine Teddybär-Krawatte und die offensichtliche Ironie ließ sie schmunzeln. St. Edmund, erinnerte sie sich, war auch als Teddy Hall bekannt.

Der Weg führte sie zum Friedhof und schlängelte sich zwischen den Grabsteinen hindurch. Der alte Friedhof war mittlerweile zu einem herrlichen kleinen Park geworden. Auf einer Bank an einer der Innenmauern las eine Statue von St. Edmund in einem Buch. Neben ihr fläzte sich eine Vordiplomstudentin und studierte eindringlich ihr I-Phone.

Eine andere junge Frau, die ganz in der Nähe im Gras hockte, beobachtete Bethany.

Sie war schon aufgefallen, also beschloss sie, es gar nicht mit Unauffälligkeit zu versuchen. Wagemutig ging sie auf die beiden zu und fragte nach dem Weg in die Gruft.

»Die Gruft?«, sagte eine der Studentinnen lächelnd. »Sie können nicht in die Gruft. Die ist vorübergehend geschlossen.«

»Warum das?«

»Weiß nicht«, erwiderte die andere, ohne richtig aufzuschauen. »Bauarbeiten. Sicherheitsmängel. Geheime Freimaurerrituale, wenn Sie mich fragen.«

Als Bethany in Oxford studiert hatte, gab es nicht einen einzigen verbotenen Ort, zu dem die Studenten nicht eine Hintertür kannten. Doch sie wagte nicht, weiter nachzubohren. Ein Tourist, der eine Frage stellt, ist ein Idiot und wird schnell vergessen. Ein Tourist, der mehrere Fragen stellt, nervt und bleibt im Gedächtnis.

»Schade«, meinte sie und erlaubte sich, enttäuscht zu wirken - was sie tatsächlich auch war.

Die Studentinnen widmeten sich wieder ihren eigenen Angelegenheiten. Grübelnd verließ Bethany den Kirchhof. Vorher aber bemerkte sie das Gittertor mit dem Vorhängeschloss und dem Warnschild am südlichen Ende der Kirche. Darauf der Hinweis, dass die Gruft aufgrund unzureichender Sicherheitsbedingungen auf unbestimmte Zeit geschlossen bleiben würde. Trotzdem musste sie da rein.

Dem Killer namens Morgan gefiel das nicht. Die Gruft war ein denkbar schlechter Treffpunkt. Es gab nur einen Eingang. Nachts würde es dort dunkel sein - Bethany würde eine Taschenlampe mitbringen. Was sie zu einem leichten Ziel machte.

Dann war da noch dieser Grant Apple. Morgan war in der Wohnung des Mannes gewesen und wusste, dass er eine Waffe besaß. Er vermutete, der Buchhändler würde sie zum Treffen mitbringen.

Enge, finstere Winkel und wahrscheinlich über ein Dutzend breiter Säulen, hinter denen wer auch immer lauern konnte. Die Gruft war kein Treffpunkt. Sie war eine Todesfalle.

Aber Befehl war Befehl.

Als sein Handy klingelte, spazierte Harry Stean gerade durch den Hyde Park und versuchte seine düsteren Vorahnungen abzuschütteln. Er hatte mit dem Mathematiker und der Richterin gesprochen, den Anführern des Gartens, denen er am nächsten stand. Beide hatten ihm versichert, dass sich alle wie versprochen zurückhielten.

Er hatte mit der Senatorin gesprochen. Laut ihrer Quellen - die zu den besten gehörten - verfolgte das FBI die Suche nach Bethany nicht mehr ganz so intensiv. Warum, wusste sie auch nicht. Er hatte den Schriftsteller angerufen, dessen hervorragende Kontakte in Jerusalem davon erzählt hatten, dass jemand in das Museum eingebrochen war, in dem die öffentlich bekannte Pilatus-Inschrift ausgestellt war. Anscheinend handelte es sich um einen Verrückten, da der Mann der Polizei bei der Verhaftung erklärte, er sei hinter »der anderen Pilatus-Inschrift« her. Auch mit dem Pastor hatte er gesprochen, der sich zu Hause in South Carolina nur sehr langsam von seinen Verletzungen erholte.

Eigentlich hätte der Baumeister keinen seiner Kollegen anrufen müssen. Keiner hatte ernst zu nehmende Informationen gehabt. Doch er verspürte das dringende Bedürfnis, ihre Stimmen zu hören und sich zu versichern, dass die Ereignisse keine so schreckliche Wendung nehmen würden, wie sein Gefühl suggerierte.

Schon dreimal hatte er bei seinem Freund Mark Satterwhite im Außenministerium angerufen und immer nur den Anrufbeantworter erreicht. Nach dem dritten Versuch hatte Harry beschlossen, in den Park zu gehen, um die Anspannung etwas zu lindern. Und jetzt war Mark in der Leitung, rief ihn endlich zurück.

»Gibt es Neuigkeiten?«, wollte Harry wissen, noch bevor sie die üblichen Höflichkeiten ausgetauscht hatten.

»Nun, eigentlich nicht. Es ist ein wenig verwirrend.«

»Was meinst du?«

»Du hast gesagt, WACHSAM würde sich in Großbritannien aufhalten.«

»So ist es auch.«

Am anderen Ende der Leitung ertönte ein leises Glucksen. »Du meinst, sie war hier. Wie mir mitgeteilt wurde, geht deine eigene Regierung zu diesem Zeitpunkt davon aus, dass ihr Aufenthalt hier bestenfalls eine Zwischenetappe auf ihrer Reiseroute war. WACHSAM ist mittlerweile irgendwo auf dem Kontinent.«

»Was meinst du mit irgendwo? Weißt du nicht, wo sie ist? Wissen sie es nicht?«

»Tut mir leid, alter Knabe. Ich habe dir alles gesagt, was ich weiß. So weit unsere Geheimdienste informiert sind, hat WACHSAM das Land verlassen.« Es folgte eine wohlbemessene Pause. »Die Sache ist die, Harry: An deiner Stelle würde ich mir überlegen, es ihr gleichzutun.«

Bethany Barclay stand auf der Queen's Road, die Hände in die Hüften gestemmt. Sie durchdachte die Probleme, denen sie sich bei ihrer Rückkehr zur Gruft um diese späte Uhrzeit stellen musste. Zunächst einmal war da der Regen. Ein dreckig grauer Platzregen ergoss sich vom Himmel, der einer Kohlestadt des neunzehnten Jahrhunderts würdig gewesen wäre. Und da sich mittlerweile viele aufgespannte Schirme auf der Straße tummelten, war es unmöglich festzustellen, ob sie beobachtet wurde. Zweitens war das Universitätsgebäude verschlossen. Sie konnte wohl kaum zum Tor laufen, nach dem Pförtner mit der Teddybär-Krawatte klingeln und ihn fragen, ob er sie bitte mit ihrer Tasche voller Werkzeug auf den Kirchhof ließ, damit sie sich gewaltsam Zutritt zur Gruft verschaffen konnte.

Sie ging in die Queen's Lane, die direkt an das Gelände von St. Edmund Hall angrenzte, und warf ihren Bolzenschneider über die Mauer, wofür sie drei Versuche brauchte. Dann begann sie zu klettern. Das war nicht einfach, denn die Ziegelsteine waren rutschig, und sie musste warten, bis sich kein Passant in der Nähe aufhielt, doch schließlich schaffte sie es.

Und landete genau in einer Pfütze, während ihr der Rucksack schmerzhaft gegen den Rücken schlug.

Sie trug Turnschuhe, keine Stiefel, und das schlammige Wasser spritzte ihr auf die Jeans und durchnässte ihre Socken.

»Okay«, sagte sie sich, mit den Füßen auf dem Gehweg aufstampfend. »Okay. Okay. Alles klar.«

Bethany hatte selbst bei Tageslicht nichts für Friedhöfe übrig, und sich an den Grabsteinen vorbeizuschleichen, während das Unwetter auf die Kirche eindrosch, löste bei ihr eine Gänsehaut aus. Sie trug eine dunkle Regenjacke und hatte ihren Rucksack über eine Schulter geworfen. Den Bolzenschneider behielt sie als Waffe in der Hand, nur für den Fall, dass jemand sie im Stil Teddy Bratts überraschend angreifen sollte.

Sie erreichte die Pforte, die zur Gruft führte, und warf einen Blick auf ihre Armbanduhr. Es war fünf vor zehn. Sie trat näher und bemerkte, dass jemand das Schloss bereits geknackt hatte.

Den Bolzenschneider hätte sie sich sparen können.

Bethany schaltete ihre Taschenlampe ein und trat durch das Tor.

18

Die Decke war höher, als sie erwartet hatte. Bethany hatte befürchtet, nur geduckt gehen zu können, aber es gab sechs oder acht Säulen, die die Gewölbebögen stützten. Auch wenn sich die Steine unter ihren Füßen lose anfühlten, hatte die Decke über neunhundert Jahre lang gehalten, ohne einzustürzen. Natürlich gab es immer ein erstes Mal.

Sie richtete das Licht der Taschenlampe die meiste Zeit auf den Boden, außer wenn sie auf eine Wand oder Säule zuging, dann ließ sie den Strahl bis zur Decke hochwandern. Es schien niemand hier zu sein. Sie hörte den prasselnden Regen und das Wasser, das am Fenster über der *Confessio* in Strömen herunterrann. Aus der Dunkelheit drang außerdem das Geräusch vieler davonhuschender Pfoten an ihr Ohr und Bethany zitterte. Abgesehen von Friedhöfen waren Ratten für sie das Schlimmste.

»Grant?«, rief sie leise, in Erwartung eines Echos. Doch ihre Stimme ging im Unwetter unter. »Mr Apple?«, versuchte sie erneut, diesmal etwas lauter.

Nichts.

Etwas.

Sie hörte ein hartes Trappeln auf den zerbrochenen Fliesen, und etwas, das mit fast hundertprozentiger Sicherheit ein menschlicher Fuß war, der aus Versehen einen kleinen Stein lostrat. Doch als sie ihre Taschenlampe auf die andere Seite der Gruft schwang, woher das Geräusch gekommen zu sein schien, entdeckte sie nichts bis auf zwei winzige leuchtende Augen, die sich auf Bodenhöhe bewegten, bevor die Ratte sich in die Schatten flüchtete.

»Na, großartig«, sagte sie laut. »Perfekt. Genau das, was ich jetzt brauche.«

Sie wollte sich hinsetzen, aber es gab weder Stühle noch Bänke und der Boden war klatschnass. Am liebsten wäre sie die Treppe hochgestürmt, über die Mauer geklettert und in ihr warmes Zimmer zurückgekehrt, doch sie war sich ziemlich sicher, dass Grant Apple ihr keine zweite Chance geben würde. Sie wollte –

»Hier drüben«, rief eine gedämpfte Stimme.

Bethany wandte sich zur *Confessio* um.

Für einen Moment wurde sie vom Lichtstrahl einer Taschenlampe geblendet.

»Schalten Sie Ihre aus«, sagte Apple. Sie tat wie geheißen. »Kommen Sie hier rüber.« Auch dieser Aufforderung folgte sie, wobei sie ihre Augen abschirmte. »Stopp. Das ist nah genug. Schauen Sie nach unten.« Das tat sie. Er hielt eine Waffe in der Hand.

»Was soll das?«

»Ich will mich nur absichern, vielen Dank.«

»Wovor denn absichern? Was ist überhaupt los?«

»Mich absichern, falls Sie mit Adrians Mörder zusammenarbeiten. Davor absichern, dass die mich ebenfalls umbringen wollen.«

Das Licht erlosch.

»Ich muss Ihnen ein paar Fragen stellen«, sagte Grant, den Mund sehr nah an ihrem Ohr in der grauen Dunkelheit. »Um sicherzugehen, dass Sie auch wirklich sind, wer Sie behaupten zu sein.«

»Schießen Sie los. Aber beeilen Sie sich.«

Wie aus Trotz wurde seine Stimme langsamer. »Sie behaupten, eine Freundin von Annabelle zu sein.«

»Das ist richtig.«

»Dann wissen Sie auch, wie ihr Schwager heißt.«

»David. Er ist tot.«

»Und den Namen ihres Hundes.«

»Sie hatte keinen. Sie hat Tiere gehasst.«

»Sie muss Ihnen aber etwas von diesem einen Hund erzählt haben. Den, den sie wirklich geliebt hat.«

»Es gab niemals einen Hund, Grant. Können wir das Verhör jetzt bitte beenden?«

Selbst in der Dunkelheit spürte Bethany seine plötzliche Anspannung, und für einen Moment glaubte sie, er würde sie schlagen. Doch er hatte etwas gehört, das sie nicht bemerkt hatte, und richtete seine Waffe nervös in Richtung des Geräuschs. Sie spürte sofort, dass er keinerlei Schießerfahrung hatte. So wie er die Waffe hielt, würde er sehr viel Glück brauchen, nur um die Wand zu treffen.

»Ist da jemand?«, flüsterte er. »Haben Sie jemanden mitgebracht, Bethany?«

»Nein. Ich bin allein.« Sie war verzweifelt. »Bitte. Sie müssen es mir erzählen.«

»Ihnen was erzählen?«

»Genau das, was Sie Annabelle gesagt haben. Ich muss es auch wissen.«

Er atmete schwer. »Die werden Sie umbringen. Das wissen Sie.«

»Das ist nichts Neues.«

Und so erzählte er ihr die Geschichte, geradeheraus, wie ein Zeuge im Gerichtssaal. Zitternd stand er in der Gruft, der Regen prasselte weiter und die Waffe steckte jetzt in seinem Gürtel unter seinem Pullover.

»Mein Fachgebiet waren die Nahostwissenschaften. Die frühen Zivilisationen. Der Beginn der christlichen Ära. Solche Themen eben. Ich gehörte nicht zu den besten Studenten. Aber auch nicht zu den schlechtesten. Ich wollte an der Uni arbeiten, wusste aber, dass eine Anstellung in Oxbridge unerreichbar für mich war. Ich hoffte, zumindest etwas in den Midlands zu bekommen.«

Wieder neigte er den Kopf, als würde er nach etwas lauschen, doch diesmal hörte er nicht auf zu reden.

»Eines Tages lag eine Nachricht von Adrian Wisdom in meinem Fach. ›Kommen Sie in mein Büro.‹ Einfach so. Natürlich war ich geschmeichelt. Ich ging in sein Büro. Wir unterhielten uns eine Weile – er redete gerne um den heißen Brei –, dann erzählte er mir von seiner Pilatus-Biografie. Ich muss gestehen, dass sich die Sache nicht sonderlich aufregend anhörte. Es gibt einfach keine frühen Quellen. Alle, die wir heute haben, sind lange nach seinem Tod verfasst worden.«

»Aber Sie haben trotzdem mit Wisdom gearbeitet.«

»Das tat ich. Ja. Ein paar Monate lang. Er überließ mir die einfachen und wenig dankbaren Aufgaben, und ich hasste es, aber er war nun mal Adrian Wisdom. Der Startblock meiner Karriere, wenn Sie so wollen. Wie sich später zeigte, stellte er mich auf die Probe. Sind Sie sich sicher, dass Sie alleine hergekommen sind?«

»Grant. Mal ehrlich. Selbst wenn ich jemanden mitbringen wollte – ich habe niemanden.«

»Dorothea vielleicht. Oder ihren furchtbaren Exmann.«

»Der hat mir gestern eine dicke Lippe verpasst. Von den beiden halte ich mich lieber fern.«

»Der Typ ist ein Einfaltspinsel«, stimmte ihr der Buchhändler zu. Nachdem er erneut eine Weile ergebnislos in die Dunkelheit gestarrt hatte, wandte er sich wieder ihr zu. »Na schön. Also. Adrian.«

»Irgendwann hat er Ihnen verraten, wonach er wirklich suchte«, riet sie. »Er hat Ihnen von der Pilatus-Inschrift erzählt.«

Er nickte. »Ich hatte noch nie etwas davon gehört. Ich habe mich mit Dokumenten aus der Zeit Christi beschäftigt. Nun, die Pilatus-Inschrift wird zum ersten Mal überhaupt um 1000 nach Christus erwähnt.« Er wies nach oben. »Ungefähr um die Zeit wurde auch diese Kirche errichtet. Deswegen sind alle Fachleute aus diesem Wissenschaftsgebiet überzeugt, dass es sich bei der Erwähnung nur um eine Erfindung handelt.«

»Aber nicht Professor Wisdom.«

»Nein. Er glaubte an ihre Existenz. Er bot mir an, mit ihm zu arbeiten, und natürlich nahm ich sein Angebot ohne zu zögern an. Wer hätte das nicht? Er wies mich an, das Projekt streng vertraulich zu behandeln. Mir war das egal. Ich bin ein echter Höhlenbewohner. Ich liebe altes Pergament. Nicht gerade Eigenschaften, mit denen man die Mädchen in Scharen anzieht. Aber ich war Teil dieser großen, wenn nicht historischen Suche.«

Bethany hörte die wachsende Erregung in seiner schrillen Stimme. Auch ohne seine Augen sehen zu können, wusste sie, dass sie vor Begeisterung funkelten.

»Adrian schickte mich zu Bibliotheken kreuz und quer auf dem Kontinent. Fast ein ganzes Jahr reiste ich umher. Ich jagte ein Gerücht nach dem anderem. Archive, Kloster, private Sammlungen. Ich suchte nach egal was. Schriftrollen. Alte Manuskripte. Immer wieder kehrte ich mit leeren Händen zurück, und immer wieder schickte mich Adrian erneut los.« Er wurde nachdenklich. »Er schien über eine Menge Geld für das Projekt zu verfügen, auch wenn ich nie irgendwelchen Papierkram ausfüllen musste, der normalerweise mit staatlichen Förderungen verbunden ist. Und Adrian war nicht besonders vermögend.«

Das Unwetter tobte immer stärker und ihre Stimmen wurden lauter.

»Vielleicht hatte er einen Gönner.«

»Mag sein. Vielleicht haben Sie recht. So wurde es im Mittelalter gehandhabt. Ein Gönner. Ja. Das ergibt Sinn.« Wieder hielt er inne, diesmal, um in Erinnerungen zu schwelgen. Mittlerweile stürzte der Regen sintflutartig vom Himmel herab und wehte durch die unbedeckten Fenster, wodurch sich schlammige Rinnsale zwischen den Fliesen bildeten. »Nun. Ich suchte die Orte auf, die er mir nannte, und auch welche, die ich von anderen erfahren hatte. Ich folgte den Gerüchten. Ein Bericht, der um 1400 geschrieben worden war, gab an, die Tafel sei Teil eines Gebäudes gewesen und bei einem Erdbeben 363 n. Chr. in Galiläa zerstört worden. Eine andere Quelle behauptete, die Tafel sei vor den Belagerungen im siebten Jahrhundert aus der Stadt gebracht und versteckt worden. Damit konnten sowohl die Invasion der Perser als auch die Umar des Großen gemeint sein, da beide mit nur ein paar Jahrzehnten Abstand Jerusalem erobert hatten. Nach der Kirchenspaltung 1054 n. Chr. suchten die Ostkirchen angeblich lange Zeit nach der Tafel, doch darüber wird erst seit dem sechzehnten Jahrhundert berichtet, also bin ich, was das angeht, eher skeptisch. Überall gab es Hinweise, die alle im Sand verliefen.«

»Aber irgendwann sind Sie dann doch fündig geworden.«

Mittlerweile schrie sie fast, um im Sturm gehört zu werden.

Grant nickte, seine Begeisterung erreichte ihren Höhepunkt. Ein Blitz schlug draußen ein und ließ seinen dichten Bart aufleuchten. »Das war vor etwa drei Jahren. In der größten Privatsammlung Berlins stieß ich auf eine Schriftrolle. Sie war in einem wirklich schlechten Zustand. Etwa um 1300 war sie von einem Wandermönch in ziemlich schlechtem Latein verfasst worden, also kann er nicht zu einem der gebildeten Orden gehört haben. Soweit ich es entziffern konnte, behauptete der Mönch, in einer *Crypta* gewesen zu sein - wobei das Wort ›Gruft‹, aber auch ›Grotte‹ oder sogar ›Gang‹ oder ›Tunnel‹ bedeuten kann -, und in dieser *Crypta* habe er eine Inschrift von Pilatus gesehen, die von einem Mann namens *Iesus* berichtete. Er berichtete nicht, welche Form die Inschrift hatte. Auch nicht, welche Botschaft darauf verewigt war. Er beschrieb nur die Glückseligkeit, die der Fund bei ihm ausgelöst hatte - so was eben.«

»Hat er erwähnt, wo sich diese Gruft befand?«

»Nein. Das ist es ja eben. Wie ich schon sagte, befand sich die Schriftrolle in sehr schlechtem Zustand. Große Teile davon fehlten. Es gab einen Verweis auf ein Meer, aber auch auf Berge. Er sprach von einem Kloster, aber auf den noch erhaltenen Teilen war kein Name zu finden. Doch noch etwas anderes löste bei Adrian große Aufregung aus. Bei seiner Beschreibung der Fundstelle benutzte der Mönch die Worte *Sed unus homo potest*. Das scheint ein Teil eines längeren Satzes zu sein, der allerdings nicht mehr erhalten ist. Trotzdem war Adrian ganz aus dem Häuschen. Er sagte, dies sei der entscheidende Hinweis.«

»Hat er Ihnen auch gesagt warum?«

»Nein. Er meinte, er könne diesen Satz mit einer anderen Information kombinieren, die in seinem Besitz sei. Er sagte, er wisse nun, wo er suchen müsse.«

»Was bedeuten die Worte?«

»Sie können mehrere Bedeutungen haben. In Thomas von Aquins *Summa Theologica* taucht der identische Satz auf, in seiner Erörterung der Taufe. Die gängige Übersetzung dort lautet: ›Ein Mensch aber kann mehrere zugleich taufen.‹ Allerdings handelt es sich hierbei um eine aus dem Kontext gewonnene Übersetzung. Sie gibt die lateinischen Worte nicht eins zu eins wieder. Wörtlich übersetzt heißt der Satz ›Aber ein Mensch kann es tun‹ oder auch ›Aber nur ein Mensch kann es tun.‹«

»Vielleicht meinte er damit, dass nur eine Person die Tafel finden kann.«

»Mag sein. Ich weiß es nicht. Aber Adrian sagte, dieser Satz sei von großer Bedeutung. Er hielt ihn für entscheidend.«

»Wusste er, welche Übersetzung die richtige ist?«

»Das behauptete er zumindest.« Wieder schweifte sein gehetzter Blick durch die Gruft. Für einen Moment wanderte seine Hand zur Waffe, doch was immer ihn aufgeschreckt hatte, schien sich in Luft aufzulösen. »Er hat mir die Antwort nicht verraten, meinte aber, dass er sie in seinem Manuskript niedergeschrieben habe.«

Sie wagte den Sprung nach vorn. »Haben Sie das Manuskript?«

»Ich? Nein, natürlich nicht. Ich durfte es nicht einmal lesen.«

»Wo ist es? Wissen Sie das?«

Mit dieser Frage stieß Bethany auf Widerstreben, das merkte sie sofort.

»An dieser Stelle wird es gefährlich«, erklärte er, wieder leiser als zuvor. »Da draußen sind noch andere Leute hinter der Pilatus-Inschrift her. Das hat Adrian gesagt. Und es gibt Leute, die nicht wollen, dass sie gefunden wird. Ich bin mir nicht sicher, wer sie sind. Nach Berlin bekam ich diese seltsamen Botschaften. E-Mails, die sich nicht zurückverfolgen ließen, SMS, in denen ich gewarnt wurde, meine Suche einzustellen. Und – Sie dürfen mich ruhig für einen Feigling halten – ich habe die Suche eingestellt. Ich habe sogar die Universität verlassen, nur damit sie wissen, dass ich die Sache aufgegeben habe.«

»Und Adrian?«

»Adrian konnte nicht stoppen. Bis jemand ihn stoppte.«

Noch mehr Getrappel in der Dunkelheit. Sie schlang die Arme eng um ihren Körper. »Grant, bitte. Sie müssen es mir sagen. Sie müssen mir sagen, was mit dem Manuskript passiert ist. Dorothea hat es nicht. Aber es muss irgendwo sein.«

»Vielleicht hat es Adrians Mörder mitgenommen, wer auch immer das sein mag.«

»Er muss noch eine Kopie gehabt haben. Wenn es ihm so wichtig war, muss es so gewesen sein. Wo könnte die sein? Denken Sie nach.«

»Ich bin mir nicht sicher. Wir sind nicht im Guten auseinandergegangen. Der einzige Mensch, dem er meiner Meinung nach das Manuskript anvertraut hätte, lebt in Italien. Sie –«

Der Rest wurde von einem lauten Ruf aus der Dunkelheit übertönt: »Bethany! Runter auf den Boden!«

Sie verlor keine kostbare Zeit mit Erschrecken. Sie hatte keine Ahnung, wer sich da im Dunkeln herumtrieb, ließ sich aber sofort zu Boden fallen. Grant Apple duckte sich ungeschickt und fuhr mit der Waffe in der Hand im Kreis, nur leider viel zu langsam. Aus der Dunkelheit ertönten zwei gedämpfte Schüsse und er fiel zu Boden. Dann hallte ein lauterer Schuss durch die Gruft. Schutzsuchend krabbelte sie hinter eine Säule, wobei sie sich die ganze Zeit so dicht es ging am Boden hielt. Dann sah sie, dass die Kugeln den armen Grant genau in den Oberkörper getroffen hatten, so wie man ihr beigebracht hatte zu schießen.

Aus der Dunkelheit griff eine Hand nach ihr.

Sie schüttelte sie ab, schwang wild ihre Taschenlampe herum, und in ihrem Licht erschien der schrullige alte Mann, der sie im Labor angesprochen hatte, während sie auf Dorothea wartete.

»Stehen Sie auf!«, drängte er sie und zog an ihrem Arm. »Laufen Sie!«

»Ich ... was ...«

»Ich weiß nicht, wie viele von denen da draußen sind. Jetzt verschwinden Sie schon!«

»Aber wer ...«

Von der anderen Seite der Gruft wurde ein weiterer gedämpfter Schuss abgegeben. Der alte Mann versetzte ihr einen Stoß. »Gehen Sie!«

Hastig stolperte sie auf die aufgebrochene Tür zu, während in der Gruft ein wildes Feuergefecht losbrach.

ZWEITER TEIL

DES PUDELS KERN

19

Bis zur letzten Minute machte Carl Carraway alles genau richtig. Jetzt ist er mit sofortiger Wirkung seiner Aufgaben enthoben worden. Er hat nichts mehr mit der Sonderkommission zu tun, die er einst geleitet hat. Das Team aus erfahrenen FBI-Agenten sucht die als Laborbomberin bekannte Frau, die bis vor ein paar Wochen das ganze Land in Angst und Schrecken versetzt hat. Sie ließ Thermitbomben meist vor Universitätsgebäuden hochgehen, in denen Forschung an menschlichen Embryonen betrieben wird. Die Beweise brachten die Ermittler schnell auf die Spur von Bethany Barclay, einer unbekannten Anwältin, die in Virginia wegen des Mordes an ihrem Exfreund gesucht wurde.

Carl kamen erste Zweifel an Bethanys Schuld, doch jedes Mal, wenn er diese aussprach, unterrichteten ihn seine Vorgesetzen, dass er die Flüchtige nur schnappen sollte. Die Staatsanwaltschaft würde entscheiden, wer schließlich auf der Anklagebank sitzen sollte.

Carl war es, der herausfand, dass Bethany in den Vereinigten Staaten von einem Auftragskiller verfolgt wurde, er ordnete die Razzia an, die beinahe zur Verhaftung des Killers geführt hätte, dann aber dessen Tod zur Folge hatte. Es war Carl, der die Theorie aufstellte, Bethany würde nach Europa reisen, um sich auf die Spur ihrer verstorbenen Freundin Annabelle zu begeben. Es war Carl, der ihre Akte genau genug studierte, um zu wissen, von welchem Flughafen sie abfliegen würde, und es sogar schaffte, sie dort abzufangen, als sie im Begriff war, das Land unter falschem Namen zu verlassen.

Und es war Carl, der die Entscheidung traf, sie laufen zu lassen.

Das war das große Problem. Er hatte sie am Flughafen geschnappt, ihren wenig überzeugenden Beteuerungen, Elaine McMullen zu sein, gelauscht und sie – zum blanken Entsetzen seines Partners Jake Pulu – schlussendlich ihrer Wege ziehen lassen.

Die sich anschließende Untersuchung kam zu dem Schluss, dass Carl gegen FBI-Vorschriften verstoßen hatte, Mittel zweckentfremdet und außerdem hochvertrauliche Informationen an einen Außenseiter weitergeleitet hatte.

Also hatte er seine Waffe und Dienstmarke abgegeben. Er war vorübergehend auf unbestimmte Zeit beurlaubt. Sein Gehalt würde er bis zu seiner Anhörung im übernächsten Monat beziehen, um dann wahrscheinlich entlassen und strafrechtlich belangt zu werden.

Andere Männer hätten sich an diesem Punkt wahrscheinlich dem Alkohol zugewandt oder Schlimmeres. Andere Männer wären verbittert gewesen. Andere Männer hätten sich Tag für Tag beschwert, wie ungerecht das Leben doch war.

Carl hatte seine Tiefpunkte, aber er tröstete sich mit der Gewissheit – und sicher war er sich immer noch – das Richtige getan zu haben.

»Es war dieser Lesofsky, oder nicht?«, hatte ihn sein Partner Pulu neulich gefragt, als sie sich auf einen Burger trafen. Eigentlich war es ihm verboten, Kontakt zu Carl zu pflegen, doch Jake Pulu, ein leiser Mann von Samoa, bärenstark und mit einem beeindruckenden Verstand ausgestattet, hatte keinen Sinn für solch bürokratische Feinheiten.

»Von dem Moment an, als du dich mit Lesofsky getroffen und dir seine Verschwörungstheorien angehört hast, bist du wirklich seltsam geworden.«

Ted Lesofsky war ein ehemaliger FBI-Agent und Analyst, der aufgrund seiner bizarren Fantasien über den Garten und die Wildnis vor einigen Jahren entlassen worden war, unter anderem auch wegen einer Aussage von Carl.

Jetzt warf Jake Pulu Carl also vor, genauso zu klingen wie dieser Verrückte.

»Du weißt, dass ich nicht mit dir darüber reden darf«, sagte Carl.

»Weil die mich als Zeugen gegen dich laden werden.«

»Weil mir das mein Anwalt geraten hat.«

Pulu lachte, zerquetschte eine Pommes in der Hand und ließ sie in seinem Mund verschwinden. »Das ist echt lustig. Dass du jetzt auf Anwälte hörst.«

»*Lustig* – so kann man es auch nennen.«

»Ich mein ja nur. Dieser Lesofsky flog beim FBI raus, richtig? Weil er ständig von diesen Geheimbünden geschwafelt hat, die sich schon seit Jahrhunderten bekriegen? Er konnte nicht die Klappe halten; er wollte einfach nicht aufhören, seine Diagramme zu zeichnen, seine Verbindungen zu ziehen, all diese Fotos, das Seemannsgarn, das ganze Theater. Er ist ein bisschen durchgedreht und sie haben ihn rausgeschmissen.«

»Ich war da, als es passierte, Jake. Ich habe gegen ihn ausgesagt. Also ja, ich erinnere mich.«

Pulus Lachen würde ein Haus erschüttern.

»Ich mein ja nur, Carl. Darum sind sie hinter dir her. Nicht weil du WACHSAM hast laufen lassen. Das könnten sie auch als Patzer abtun - du hättest einfach behaupten können, dass du sie nicht erkannt hast. Dann würdest du nur mit einem Eintrag in deiner Akte und zwei Wochen Lohnentzug abgestraft, und schon wärst du wieder im Sattel. Du bist ein wertvoller Mitarbeiter. Du hast WACHSAMS Bewegungen nachvollzogen, als niemand anderes dazu in der Lage war. Die wollen dich nicht rauswerfen.«

Carl nahm einen Schluck Wasser. »Dann geben sie sich aber große Mühe, es nicht zu zeigen.«

»Genau darauf will ich hinaus. Es geht nicht darum, dass du Bethany am Flughafen hast entwischen lassen. Sie befürchten aber, du verwandelst dich in einen zweiten Lesofsky.«

»Die halten mich für verrückt?«

»Sie wollen, dass du aufhörst, über den Garten und die Wildnis und diesen ganzen Blödsinn zu sprechen. Und sie haben recht, Carl. Vielleicht bist du nicht verrückt, aber wenn irgendetwas davon wahr sein sollte - und ich glaube nicht ein einziges Wort davon -, dann ist die Sache ein paar Nummern zu groß für uns beide.«

Carraway warf ihm einen Blick zu. »Die haben dich geschickt, nicht wahr?«

»Nicht die. Sie. Der Boss.«

»Vanner? Komm schon, Jake. Die kann mich nicht mal leiden.«

»Auf einer persönlichen Ebene? Sicher nicht. Selbst ich kann dich nicht besonders leiden. Deswegen will ich dich auch als meinen Partner wiederhaben. Den Neuen hab ich einfach zu gern.« Er beugte sich vor. »Carl, das FBI weiß dich zu schätzen. Selbst Vanner weiß, was für ein fähiger Agent du bist. Sie sagt, dass sie alles ins Reine bringen wird. Sie wird dich sogar wieder in die Sonderkommission lassen. Hör auf, so zu reden, als wärst du nicht mehr ganz dicht.«

»Du meinst also, ich soll kein Wort darüber verlieren, was ich glaube, selbst wenn es für die Ermittlungen relevant ist.«

»Ich meine, es wird Zeit, dass du an etwas anderes glaubst.«

Carl schob seinen Stuhl zurück. »Ich denke nicht, dass ich das kann.«

Und das war das Ende der Verhandlungen.

Das alles war jetzt eine Woche her. Seitdem hatte Carl angefangen, sich Sorgen zu machen. Um sich selbst. Um seine Wahrnehmung. Er ertappte sich dabei, wie er sich Nummernschilder von vorbeifahrenden Autos einprägte, nur für den Fall, dass sie wieder auftauchten. Oder er starrte Fremde im Supermarkt an, bis sie wegguckten: eine altbewährte Methode, um heimliche Beobachter auffliegen zu lassen. Und er hat angefangen, seine Wohnungstür mit Garn zu sichern, so wie man es früher bei Außendiensteinsätzen machte. Dazu platzierte er winzige Stücke Faden an zwei oder drei Stellen der Außenseite des Türrahmens. Wenn er nach Hause kam und feststellte, dass sie verschwunden waren, wusste er, dass jemand in seiner Wohnung gewesen war.

Er war sich bewusst, dass er sich damit immer mehr wie der arme Ted Lesofsky verhielt.

Und jetzt hatte er dieselben Hirngespinste.

Außer, dass es keine Hirngespinste waren. Es war die Wahrheit, das wusste er jetzt, und wenn er gewusst hätte, wohin Ted verschwunden war, hätte er ihm mit Freuden einen Drink spendiert und sich bei ihm entschuldigt.

In jeglicher anderer Hinsicht hielt sich Carl genau an die Vorgaben. Er ging nicht ins Büro. Er widerstand der Versuchung, der so viele suspendierte Agenten erlagen – die Freunde, die er beim FBI noch hatte, anzurufen, um ihnen Informationen zu entlocken. Er schrieb kein Buch, rief nicht bei der Presse an und verkaufte seine Geschichte auch nicht an Hollywood. Er hielt sich an die Regeln. Er machte alles richtig.

An diesem Abend, als Carl nach einem späten Abendessen mit Freunden und einer Spätvorstellung im Kino nach Hause kam, überprüfte er sorgsam die Fäden an seiner Tür. Sie waren alle noch da. Zufrieden betrat er seine Wohnung und sein wahrscheinlich erster Fehler war, dass er nach seiner Glock 22 griff, die er normalerweise an der Hüfte trug. Aber er war suspendiert, also war da keine Waffe und wahrscheinlich hätte das sowieso keinen Unterschied gemacht.

Carl ahnte, dass der scheinbar unbewaffnete Mann, der auf seinem Sofa saß, ihn mühelos töten könnte, noch bevor er seine Pistole aus dem Holster gezogen hätte.

»Warum setzen Sie sich nicht?«, forderte ihn der Fremde auf, dessen Gesicht Carl mehr als ein Dutzend Mal gesehen hatte, damals, als er noch Zugang zu WACHSAMS Ermittlungsakte gehabt hatte. Er folgte der Aufforderung und setzte sich auf den Fernsehsessel aus Leder, in dem er immer Basketball guckte. »Ich nehme an, Sie wissen, wer ich bin.«

»Raymond Fuentes, von der Central Intelligence Agency.« Es entstand eine kurze Pause, während Carl nachdachte. »Oder waren sie das früher einmal?«

»Das war einmal, Agent Carraway, so ist es.« Ein gespenstisches Schmunzeln. »Genauso wie Sie ebenfalls bald ein ehemaliges Mitglied des Federal Bureau of Investigation sein könnten, wenn ich richtig informiert bin.«

»Wie kommen Sie denn darauf?«

»Sie wurden beurlaubt. Tun Sie das nicht.«

Carl erstarrte. Er wollte sich gerade am Bein kratzen, um an seine Privatwaffe zu kommen, die er neuerdings immer in einem Knöchelholster trug.

»Ich will Ihnen nicht wehtun, Agent Carraway. Tatsächlich stehen wir bei dieser Angelegenheit auf derselben Seite.«

»Ich habe keine Ahnung, wovon Sie überhaupt reden.«

»Ich war am Flughafen, als Bethany Barclay das Land verließ. Ich habe gesehen, wie Sie sie festgenommen haben. Und wie Sie sie wieder laufen ließen. Wir beide wissen, dass sie einen fremden Pass dabeihatte. Trotzdem haben Sie sie gehen lassen.«

Carl antwortete mit bemüht ruhiger Stimme. »Das ist nie passiert.«

»Doch, das ist es, Agent Carraway. Deswegen weiß ich auch, dass wir auf derselben Seite stehen. Ich weiß nicht, ob Sie sie laufen ließen, weil

Sie ihr ihre Geschichte abgekauft haben, oder weil Sie ungeplante Gefühle zu ihr entwickelt haben. Es ist mir auch egal. Mich interessiert, ob Sie ihr immer noch helfen wollen.«

»Ohne irgendeinen Teil Ihrer Geschichte zu bestätigen, womit genau sollte ich Bethany Ihrer Meinung nach helfen können?«

Fuentes lehnte sich vor. Er wirkte jetzt sehr viel entspannter als noch vor ein paar Minuten. »Als Bethany aus dem Village House in Chicago floh, war sie in Begleitung einer jungen schwarzen Frau namens Janice Stafford.«

»Und?«

»Und, wie Sie sich vorstellen können, sind die beiden während der zwei Wochen im Untergrund zu Freunden geworden. Sie haben eine Art schwesterliche Zuneigung füreinander entwickelt.«

»Davon bin ich ausgegangen.«

»Und damit lagen Sie richtig. Meine Frage lautet: Wissen Sie, wo Janice jetzt ist?«

Carl ließ sich Zeit. Der ehemalige CIA-Agent war der Hauptverdächtige für eine Reihe von Bombenanschlägen, die offiziell immer noch Bethany Barclay zur Last gelegt wurden. Er war gerade dabei, Carl ins Vertrauen zu ziehen. Der Grund spielte keine Rolle. Suspendiert oder nicht, jetzt machte sich Carls Ausbildung bemerkbar: Entscheidend war, dass er Fuentes dazu brachte weiterzureden.

Und wenn möglich, die Wahrheit zu sagen.

»Meine Theorie lautet«, erklärte Carl, »dass Janice von diesen Leuten entführt wurde – der Wildnis meine ich –, die versuchen, Bethany zu ihren Zwecken zu benutzen.«

»Genau das ist passiert, Agent Carraway.«

»Woher wissen Sie das? Haben Sie das Mädchen entführt?«

»Ich weiß es, weil Bethany es mir erzählt hat. Und bevor sie das Land verließ, musste ich ihr versprechen, alles für Janice' Rettung zu tun.«

Carl zuckte mit den Schultern. »Ich habe keine Ahnung, wo sie ist. Und im Moment ist mein, ähm, Zugang zu den Ressourcen des FBI eher beschränkt.«

»Ich brauche nur eine einzige Ressource.«

»Und die wäre?«

»Kennen Sie jemanden bei der Einheit für Computerkriminalität?«

»Warum das?«

Fuentes erklärte seinen Plan, was eine Weile dauert. »Ich wollte es erst auf ganz andere Art versuchen«, sagte er. »Ich wollte die potenziellen Kunden kontaktieren. Aber ich fürchte, dass die CIA Leute auf mich angesetzt hat, um mich zu beschatten. Mittlerweile wird mein Informant ihnen dieselbe Liste ausgehändigt haben, die er auch mir gegeben hat. Ich kann nicht riskieren, dass ich abgefangen werde. Also ist das hier mein Plan B.«

»Ein ziemlich verrückter Plan.«

»Einen besseren habe ich nicht.«

Carl stand auf und streckte sich. »Möchten Sie was trinken?«

»Nein.«

»Macht es Ihnen was aus, wenn ich mir ein Bier hole?«

»Nur zu.«

Dreißig Sekunden später saß Carl wieder in seinem Sessel. Jetzt war er an der Reihe, Fragen zu stellen. »Warum sind Sie so versessen darauf aus, ihr zu helfen?«

»Weil ich ihr mein Wort gegeben habe.«

»Sie sind ausgebildeter Geheimagent. Sie haben ihr Wort wahrscheinlich schon in Ländern auf dem halben Planeten gebrochen.«

»Ich breche nie mein Wort, wenn es sich irgendwie vermeiden lässt.«

»Dann sind Sie also nur um Ihren hervorragenden Ruf besorgt?«

»Nicht in dieser Welt, Agent Carraway. In der nächsten.«

Von dieser Aussage ließ sich Carl nicht irritieren. Zumindest versuchte er es. »Sie können behaupten, dass das Ihr Grund sei, Mr Fuentes. Und vielleicht glauben Sie es sogar. Aber soweit ich das beurteilen kann, scheinen Sie derjenige zu sein, der ungeplante Gefühle für Bethany Barclay entwickelt hat.«

Keine Regung im Gesicht des Eindringlings. »Werden Sie mir helfen oder nicht? Das ist die einzig wichtige Frage.«

»Sie wissen, dass ich das tue. Das wussten Sie schon, bevor Sie eingebrochen sind.«

»Sie könnten in Schwierigkeiten geraten.«

»Das bin ich jetzt schon. Wenn ich Ihnen helfe, weiß ich zumindest, wofür ich es tue.« Carl nahm einen langen Schluck. »Aber bitte: Eine Frage müssen Sie mir beantworten.«

»Ja?«

»Dass Sie nach Garnfallen an meinem Türrahmen Ausschau gehalten haben, bin ich ja noch bereit zu glauben. Aber wie haben Sie es geschafft, die Fäden wieder an Ort und Stelle zu platzieren und das auch noch von innen?«

Fuentes lächelte.

20

Bethany brauchte anderthalb Tage, um sich wieder zu beruhigen. Nach der Schießerei kehrte sie nicht gleich in die Pension zurück. Sie radelte schnurstracks zum Busbahnhof, schloss das Fahrrad ab und nahm den Zwölf-Uhr-dreißig-Bus nach London zurück. Fast alle Plätze waren leer. Sie saß ganz vorne in der Nähe des Fahrers, weil sie sehen wollte, wer einstieg, ob jemand den Bus beobachtete oder sie sich einer Straßensperre näherten.

Grant Apple war nicht die erste Person, deren Ermordung sie auf ihrer langen Odyssee im Untergrund hatte mitansehen müssen. Der ganze Schlamassel hatte begonnen, als sie ihren Exfreund tot auf dem Boden ihres Hauses vorfand, wobei der Tatort so inszeniert war, dass die Behörden sie als Hauptverdächtige in den Blick nehmen mussten.

Und genau das taten sie auch.

Menschen, die versucht hatten, ihr zu helfen - ihr alter Freund Sam DeMarco in New Hampshire, Menschen, die versucht hatten, ihr wehzutun - Janice' Onkel Daniel Stafford in Chicago -, sie alle waren vor ihren Augen gestorben. Doch aus irgendeinem Grund hatte sie geglaubt, bei der Überquerung des Ozeans die Gewalt hinter sich lassen zu können.

In einer ihrer Hosentaschen steckte das schmale Neue Testament, das ihr ein freundlicher Pastor in New Jersey auf ihrer Flucht aufgedrängt hatte.

Sie schlug es auf und las ein bisschen darin. Tante Claudia hatte sie immer gedrängt, das in Momenten der Anspannung zu tun.

Zufällig stolperte sie über Matthäus 10: »Seht, ich sende euch aus wie Schafe unter die Wölfe. Seid vorsichtig wie die Schlangen und sanft wie die Tauben.«

Für diese Stelle bevorzugte sie eigentlich die Übersetzung der International Standard Version: »as cunning as serpents« - listig wie die Schlangen.

Ja. Genau. Listig.

Bethany legte das Neue Testament beiseite. Wenn sie ihre Suche zu

Ende bringen und Janice zur Freiheit verhelfen wollte, musste sie so listig wie ihre Gegner sein.

Der Bus hielt in einem Ort mitten im Nirgendwo für eine kurze Rast. Sie griff sich ihre Tasche und verschwand in der Nacht. Sie würde sich ein Motel suchen, das Bargeld akzeptierte, lange ausschlafen und dann einen Anruf tätigen.

Zeit, die Regeln zu ändern. Bis jetzt hatte sich Bethany von diesen Intriganten herumschubsen lassen. Wie würde es ihnen gefallen, wenn sie zurückschubste?

Elliott St. John kannte die Nummer nicht, die auf dem Display seines Privathandys aufleuchtete, und diese Tatsache ließ ihn vor Erwartung erschaudern. War es möglich?

»Ja?«

»Erkennen Sie meine Stimme?«

Ah! Er bewunderte ihre Vorsicht! Aber sie war es. Bethany Barclay, die wahrscheinlich aus England anrief.

»Das tue ich«, antwortete er. In New York war es sieben Uhr morgens und er trug Geschäftskleidung. Symington, sein Chefbodyguard, wartete an der Haustür. Doch Elliott scheuchte ihn nach draußen und zog sich in seine Wohnung zurück.

»Wo haben wir uns zuletzt getroffen?«, wollte Bethany wissen.

»In Boston. Im Public Garden.«

Am anderen Ende zog jemand die Luft ein und er fragte sich, wie unsicher sie sich gerade fühlte.

»Ich muss wissen, ob unser Deal noch steht«, sagte sie einen Moment später. Elliott runzelte die Stirn. Das einzige Mal, dass sie sich getroffen hatten, damals am Karussell des Public Garden, war Bethany davonmarschiert, ohne in irgendetwas einzuwilligen. Er hatte ihr ein Angebot unterbreitet, aber sie hatten sich nicht geeinigt. Sie hatte ihm nicht einmal eine Antwort gegeben, sondern einfach auf dem Absatz kehrtgemacht und sich davongemacht. Er fragte sich, ob sie ihm vielleicht eine Falle stellen wollte, ihm Ärger machen wollte – aber, nein. Wenn Bethany ihn auf irgendeine Weise beim Rat in Verruf bringen wollte, gab es dafür genug andere Wege. Sie musste kein Telefonat riskieren, das ihren Standort verraten könnte. Und genau aus diesem Grund hatte er ihr die Nummer seines Privathandys gegeben: Damit sie ihn anrufen konnte, sobald sie der Tafel endlich auf die Spur gekommen war.

»Natürlich«, sagte er. Er zögerte. »Wollen Sie damit sagen ...«

»Nein, ich habe die Ware noch nicht. Ich wollte mich nur versichern, dass mein Anspruch auf den Finderlohn noch besteht.«

»Natürlich.«

»Ich brauche einen Vorschuss. Für meine Spesen.« Sie nannte eine Summe.

Gut. Geld. Davon verstand er etwas. Mochte sein, dass sie ihn nur auf die Probe stellte, aber zumindest tat sie es in seiner Muttersprache.

»Ich kann es liefern lassen, wohin immer Sie wollen.«

»Gut. Versuchen Sie nicht, dieses Handy zu orten. Ich bin auf der Autobahn und es ist ein Wegwerfhandy. In einer Minute werde ich den Akku rausnehmen und wegschmeißen.«

»Ich verstehe. Aber wie ...«

»Ich stelle noch eine Bedingung.«

»Ach ja?«

»Ich will mit meiner Freundin sprechen.«

Jetzt verstand er überhaupt nichts mehr. »Sie können sich natürlich Rat suchen, bei wem es Ihnen auch immer beliebt«, sagte er vorsichtig. »Aber natürlich sollten Sie daran denken, dass unsere Abmachung streng vertraulich zu behandeln ist.«

Obwohl ihre Stimme ein wenig zitterte, war ihr Tonfall so kalt, wie er es noch nie gehört hatte. »Sie wissen genau, wovon ich rede. Und von wem.«

Elliott stand vor seinem Tresorraum. Ein Dienstmädchen betrat den Flur mit einem Stapel Tischdecken auf dem Arm, sah ihn und hastete in die entgegengesetzte Richtung davon.

»Tut mir leid«, sagte er. »Ich habe keine Ahnung, was Sie ...«

»Das nächste Mal, wenn ich anrufe, will ich mit ihr sprechen«, sagte sie, nun völlig unverstellt.

»Ja, nun, es könnte schwierig werden, das zu ...«

»Sie haben vierundzwanzig Stunden«, sagte sie und legte auf.

Der Milliardär starrte das Telefon an. Janice Stafford. Das musste die Person sein, die sie meinte. Bethany wollte Janice sprechen. Das Problem war nur, dass Elliott nicht die leiseste Ahnung hatte, wo Janice war. Bis zu diesem Moment hatte er nicht einmal gewusst, dass sie vermisst wurde.

Das nächste Mal, wenn ich anrufe, will ich mit ihr sprechen.

Also schien Janice nicht nur vermisst zu werden. Obendrein schien Bethany Barclay davon überzeugt zu sein, dass der Rat sie gefangen hielt. Ihre feste Überzeugung legte wiederrum nahe, dass der Rat Janice tatsächlich in seiner Gewalt hatte und Bethany darüber informiert worden war. Und das bedeutete, dass es Dinge gab, die der Rat ihm verheimlichte.

Korrektur.

Dinge, die der Schutzherr ihm verheimlichte.

Elliott St. John ging zur Treppe in seiner Wohnung. Seine Stimmung war finster. Lillian hatte ihm gesagt, der Rat habe sich abgesichert, damit Bethany spurte. Offensichtlich war Janice diese Absicherung.

Für einen Moment stieg Wut in ihm auf. Wie konnten sie es nur wagen, Janice zu entführen? Janice' Onkel, der mittlerweile tot war, war langjähriges Mitglied des Rats und einer von Elliotts engsten Freunden gewesen. Elliott liebte Janice und würde niemals tatenlos zusehen, wenn ihr Gefahr drohte. Mehr als einmal hatte er auf Daniel Staffords Flehen hin seine Verbindungen spielen lassen, um Janice aus der Patsche zu helfen, in die sie ihr Programmiertalent immer wieder hineinmanövriert hatte.

Bis sie sich diesen BLLNET-Leuten angeschlossen hatte: Danach hatten selbst seine Kontakte nichts mehr ausrichten können.

Janice Stafford. Sie hatten Janice Stafford entführt, die ihn Onkel Elliott nannte. Kein Wunder, dass Melody so nervös auf seine Frage reagiert hatte, was Lillian gegen Bethany in der Hand hatte.

Und Elliott bezweifelte nicht, dass die Drohung wirkte. Janice war ein Mensch, der bei seinen Mitmenschen Zuneigung und Fürsorge auslöste, und Bethany kam ihm vor wie jemand, der den Fluch des Verantwortungsgefühls für andere trug.

Trotzdem hatte Bethany ihn angerufen, statt den Kontaktweg des Schutzherrn zu verwenden. Sie ahnte also wahrscheinlich, dass es eine Kluft zwischen ihm und seinen Kollegen gab. Das hatte sie bei ihrem einzigen Treffen sogar angedeutet. Nun, Bethany war ein kluges Mädchen, und sehr scharfsinnig. Er bewunderte sie. Und erwischte sich sogar dabei, dass er sich ihr Überleben wünschte.

Doch es gab ein unmittelbares Problem zu lösen. Klug oder nicht, scharfsinnig oder nicht, bewundert oder nicht, Bethany glaubte, Elliott könne ihr Janice beschaffen. Und das konnte er nicht - nicht, wenn er nicht einmal wissen sollte, dass der Rat sie entführt hatte und irgendwo versteckt hielt.

Er überlegte. Es konnte kniffelig werden, aber langsam erahnte er eine Lösung für dieses Problem. Man sagte, dass man nie zwei Parteien gegeneinander ausspielen sollte, aber Elliott war nicht von einem Reporter einer lang vergessenen Zeitung zum Vorstand seines Multimilliarden Dollar schweren Imperiums aufgestiegen, indem er Risiken aus dem Weg ging.

Und dieses Risiko lohnte sich.

Sein anderes Handy klingelte. Trudy, die Assistentin der Geschäftsführung, informierte ihn, dass der Wagen draußen wartete. Elliott musste beinahe lächeln. Er wusste, wie abstrus es Fremden vorkommen musste, dass sein Fahrer seine Assistentin im Büro anrief, die daraufhin Elliott anrief, um ihm mitzuteilen, dass der Wagen vor seiner Tür stand. Wahrscheinlich führten die Leute dieses Arrangement auf sein Ego zurück. Tatsächlich hatte er es so eingerichtet, weil es zu Trudys Aufgaben gehörte, sicherzustellen, dass er sich genau zur vereinbarten Zeit am vereinbarten Ort befand. Sein Ruf, stets pünktlich zu sein - etwas, das bei so prominenten Personen nur selten vorkam -, war legendär. Deswegen fiel sie aus allen Wolken, als er sie bat, dem Fahrer mitzuteilen, er werde sich ein wenig verspäten.

»Sie verspäten sich?«, wiederholte sie, als habe er ihr gerade ein abscheuliches Laster gestanden.

»So ist es.«

»Darf ich ihm sagen, wie lange Sie noch brauchen?«, wies sie ihn vorsichtig auf seinen Lapsus hin.

»Er soll einfach warten«, grollte Elliott und legte auf.

Er kannte Trudy. In zwei Minuten würde sie ihn wieder anrufen. Er würde nicht drangehen. Er würde beschäftigt sein.

Die Wohnung erstreckte sich über drei Etagen, und das dritte Obergeschoss war sein Refugium. Selbst seine Frau hatte hier keinen Zutritt. Am oberen Ende der Treppe befand sich eine schwere Tür, hinter der sich sein Arbeitszimmer verbarg, das sich über die gesamte Etage erstreckte.

Im Büro selbst gab es einen Wachmann, nur für den Fall, dass es irgendeinem schlauen Einbrecher gelingen sollte, so weit vorzudringen. Er stand auf, als sein Boss an ihm vorbeilief. Elliott wies in die Mitte des Raumes, wo sich sein Tresorraum befand. Das Büro umgab ihn auf allen vier Seiten. Den Boden bildete die zweite Etage der Wohnung, das Dach war gleichzeitig das Dach des Hauses. Doch um von oben einzudringen, musste man zuerst das mehrere Tonnen schwere Klimaanlagensystem wegschaffen, nur um zu der Stahlbetondecke vorzustoßen, die über dem dicken Stahlmantel lag, der über den Betonbausteinen lag, die über der Bleischicht lagen.

Absolut einbruchsicher.

Nur mit einer Schlüsselkarte und einem Code kam man in den Tresorraum. Seine Frau hatte eine Schlüsselkarte. Genau wie seine beiden Töchter. Seine Assistentin hatte einen Code. Ebenso wie sein Kurator. Im Falle eines Notfalls mussten sich die Mitglieder dieser Gruppe treffen und zusammenarbeiten. Nur Symington, sein persönlicher Bodyguard, war im Besitz einer Karte und des Codes, und sollte Elliott beispielsweise in seinem Helikopter in die Luft gejagt werden, wäre Symington an seiner Seite und ebenso tot.

Als der Tresorraum endlich offen stand, trat Elliott alleine ein. Die Eingangstür blieb offen, aber eine Glaswand schob sich mit einem leisen Klicken zu, um den Druck konstant, die Luft staubfrei und die Temperatur bei zwölf Grad Celsius zu halten. Die Beleuchtung war gedämpft, damit seine Schätze keinen Schaden nahmen.

Natürlich konnte Elliott hier nur einen kleinen Teil seiner Sammlung aufbewahren. Ein anderer Teil befand sich in seiner Londoner Wohnung. Einige Stücke lagerte er in seinem Anwesen in den Hamptons.

Das meiste war als Leihgaben an diverse Museen rund um den Globus verteilt.

Doch dies war der sicherste seiner vielen schwer gesicherten Aufbewahrungsorte. Hier würde niemals jemand unerlaubt eindringen.

Hier bewahrte er Gegenstände auf, bei denen allein die Tatsache, dass er sie besaß, einen internationalen Skandal auslösen würde – und wahrscheinlich strafrechtliche Konsequenzen für ihn hätte. Seine Privatsammlung. Gegenstände, von denen keiner wusste, dass er sie besaß. Ein kleines Stück des Parthenon-Frieses, das vor zweihundert Jahren von einem skrupellosen Schiffskapitän bei der Überführung von Griechenland nach Großbritannien abgeschlagen worden war. Ein weniger bekannter Raphael. Eine Manuskriptseite der *Commentarii,* der verlorengegangenen Autobiografie Augustus', des ersten Kaisers Roms. Das Juwel der geheimen Sammlung war Rembrandts »Der Sturm auf dem See Genezareth«, das vor Jahren aus dem Isabella-Stewart-Gardner-Museum gestohlen und seitdem von einem Untergrundsammler an den anderen weiterverkauft worden war.

In der Mitte des Tresorraums stand ein Schaukasten, in dem Überdruck herrschte und der angefertigt worden war, um eine zweitausend Jahre alte Kalksteintafel zu schützen. Im Moment war er leer, doch Elliott hoffte inständig, dass er eines Tages die wertvollste Reliquie der Welt beherbergen würde.

Einen Moment lang neigte Elliott fast ehrfürchtig den Kopf, als bete er vor dem Schrein dessen, das noch nicht in seinem Besitz war.

»DIE PILATUS-INSCHRIFT« war auf dem Schild zu lesen.

Der Rat durfte sie nicht in die Finger bekommen. Genauso wenig wie der Garten. Auch nicht der, der die Suche nach dem Kunstwerk beenden wollte, wer auch immer er war.

Die Tafel *musste* ihm gehören.

Zwei Minuten später war er wieder in seinem Arbeitszimmer, so ausgeglichen und selbstbeherrscht wie eh und je.

Er nickte dem Wachmann zu, der die Tür hinter ihm schloss. Im Flur rief er seine Assistentin an.

»Bitte entschuldigen Sie sich in meinem Namen für die Verspätung und sagen Sie dem Fahrer, dass ich gleich unten bin.«

»Natürlich, Mr Elliott.«

»Oh, und Trudy. Ich brauche heute Nachmittag den Jet.«

»Ja, Sir. Dürfte ich erfahren, wohin die Reise gehen soll? Der Pilot wird den Flugplan einreichen müssen.«

»London«, erwiderte er.

Bethany war so panisch, dass sie fast ihren Bus verpasst hätte. Sie hatte Elliott aus einem Café in High Wycombe angerufen, wo sie eine schlaflose Nacht in einem kleinen Motel verbracht hatte. Auch wenn es in New York erst kurz nach sieben war, drängten sich in dem Café die Gäste zum Mittagessen, und eine Menschenmenge war genau das, was sie jetzt brauchte. Bethany hatte geplant, den Anruf zu machen, die eineinhalb Straßenblocks zum Busbahnhof zu sprinten und auf dem Weg nach London zu sein, bevor jemand sie orten konnte.

Stattdessen bewegte sie sich wie in Zeitlupe.

Elliott St. John war zu nervös. Das war es, was ihr so große Angst machte. Er war zu nervös. Als sie ihn zwei Wochen vorher in Boston getroffen hatte, war er ruhig und selbstsicher gewesen, durch und durch ein Selfmade-Mogul. Nicht so heute. Als sie verlangt hatte, mit Janice zu sprechen, schien es, als wisse er nicht, wovon sie überhaupt sprach.

Die ganze Fahrt nach London ging sie die möglichen Erklärungen durch. Janice war tot. Nein, diese Art Panik war es nicht gewesen. Er schien verwirrt, nicht erschrocken. Was nur bedeuten konnte, dass er nichts von der Entführung gewusst hatte. Also hatte jemand anderes Janice gekidnappt. Aber nein. Die Umstände ließen keinen anderen Schluss zu, als dass sie in der Gewalt der Wildnis war. Und Elliott St. John war einer ihrer wichtigsten Anführer. Also hatten sie Janice vielleicht ohne sein Wissen entführt. Daniel, der Onkel des Mädchens, die Nummer zwei in der Befehlskette des Village Houses, war ein enger Freund des Milliardärs gewesen; möglicherweise hielt die Wildnis Elliott nicht für vertrauenswürdig. Aber das war absurd. Eine Gruppe ließ sich nicht zusammenhalten, wenn Mitglieder begannen, die Angehörigen der anderen als Geiseln zu nehmen. Außerdem: Wenn sie ihm nicht vertrauten, hätten sie ihn bestimmt einfach irgendwie aus dem Weg geschafft. Also war sie wieder am Anfang. Janice musste tot sein. Nur, dass er mehr verwirrt als erschrocken gewirkt hatte ...

Während der Bus weiterfuhr, verfolgten die unbeantworteten Fragen Bethany, bis ihr die Augen zufielen.

21

»Verstehe ich dich richtig?«, fragte Carl Carraway. »Willst du damit sagen, dass diese BLLNET-Typen einfach so in Chatrooms rumhängen und über ihre Pläne sprechen? Ganz öffentlich?«

Er saß in einem Diner in Alexandria und trank Kaffee mit Amy Santana, die früher mit ihm in der Außendienststelle in Washington gearbeitet hatte und mittlerweile eine leitende Agentin bei der *National Cyber Investigative Joint Task Force* war. Amy schuldete ihm so viele Gefälligkeiten, dass sie nicht einmal fragte, warum er das wissen wollte. Aber sie hatte ihn schon zu Beginn ihres Gesprächs gewarnt, dass sie ihm keine Informationen geben würde, die der Geheimhaltung unterliegen.

»Ich würde das nicht unbedingt als öffentlich bezeichnen, aber im Grunde stimmt das. Sie unterhalten sich gerne in Echtzeit. Das trifft auf die meisten Hacktivisten zu. Von E-Mails oder SMS halten die nicht viel. Sie lieben es, sich unmittelbar austauschen zu können. In Chatrooms, Onlineforen, privaten Chats – und manchmal eben auch in passwortgeschützten Foren. Aber ja, die Antwort lautet ja. Sie reden erstaunlich offen über das, was sie so treiben.«

Carraway ließ sich das durch den Kopf gehen. Er hielt Fuentes Plan für waghalsig und auch ein wenig verrückt. Aber er hatte keinen besseren anzubieten. Janice Stafford war ein Mitglied von BLLNET, eine der eindrucksvollsten Hacktivistengruppen der Welt. Mit ihnen in Kontakt zu treten, war der verrückte Teil des Plans. Aber es konnte vielleicht tatsächlich funktionieren. Und wenn irgendjemand aus Carls Bekanntenkreis wusste, wie man diese Leute erreichte, dann war es die Frau, die ihm gerade gegenübersaß.

»Und diese Foren und Chatrooms, in denen sich diese BLLNET-Leute rumtreiben, werden die in Echtzeit überwacht?«

»Normalerweise nicht, nein.«

»Warum nicht? Gilt BLLNET nicht als gefährlich?«

Amy Santana verzog das Gesicht. Es war offensichtlich, dass sie diese Frage des Öfteren gestellt bekam. »In letzter Zeit haben sie sich ziemlich ruhig verhalten. Ein paar ihrer Anführer sitzen in Untersuchungshaft.

Die anderen - zumindest die, die wir kennen - sind damit beschäftigt, stillzuhalten. Dieses Stafford-Mädchen, von der man glaubt, sie sei an den Bombenanschlägen beteiligt gewesen - nun, sie hat einige der Mitglieder verschreckt.«

»Aber die sind doch sicher nicht verschwunden.«

Der offen beunruhigte Unterton seiner Stimme entlockte ihr ein Lächeln, auch wenn sie keine Ahnung haben konnte, was ihm Sorgen machte. »Natürlich sind sie das nicht. Es ist nur einfach so, dass im Moment eine Reihe von anderen Gruppen sehr viel aktiver ist. Wir haben nicht genug technisches Personal, um sie alle rund um die Uhr im Auge zu behalten. Die NSA zeichnet ein paar Chats auf und markiert potenziell gefährliche Unterhaltungen zu unserer Kenntnisnahme, aber solange deren KI keine Anzeichen für irgendeinen bevorstehenden Anschlag registriert, müssen wir warten, bis die Auszüge von Menschen analysiert wurden, und das kann Wochen dauern.«

»KI?«

»Ich bitte dich, Carl. Willkommen im 21. Jahrhundert. Künstliche Intelligenz? Die NSA hat eine Mustererkennungssoftware, die Chats nach bestimmten Schlagwörtern und Phrasen durchsucht. Dabei lösen bestimmte Wörter einen spezifischen Alarm aus. Selbst wenn der Alarm ausgelöst wird, ist die Priorität normalerweise niedrig. Auch dann noch können Wochen vergehen, bis jemand die Zeit hat, die entsprechenden Chats zu sichten. Manchmal sogar Monate. Ich habe schon an einigen Fällen gearbeitet, bei denen es über ein Jahr gedauert hat.«

Carraway gab sich keine Mühe, sein Erstaunen zu verbergen. »Nur dass ich das jetzt richtig verstehe. Du sagst mir gerade, dass sich in diesem Moment eine Gruppe von BLLNET-Mitgliedern in einem Chatroom treffen könnte - einem Chatroom, den ihr kennt -, um irgendetwas Gefährliches zu planen, aber solange sie bestimmte Schlüsselwörter und Wortkombinationen vermeiden - was ihnen wahrscheinlich bewusst ist -, werdet ihr erst in Wochen oder Monaten davon erfahren? Vielleicht aber auch erst in einem Jahr?«

Amy reagierte gereizt. »Verdopple mein Budget, Carl, und ich besorge dir bessere Informationen.«

»Das war nicht als Kritik gemeint. Ich bin einfach nur ... überrascht.«

»Ich auch. Wirklich schräge Haushaltsprioritäten, die wir manchmal haben. Nach jedem Kongressabgeordneten wird eine Brücke benannt und wir haben nicht genug Leute, um ... wie auch immer.« Ein ausführliches Schulterzucken. »Es ist unsere Aufgabe, mit den Ressourcen zu arbeiten, die man uns zur Verfügung stellt.«

»Hör zu. Verrat mir die Namen der Chatrooms.«

»Du machst wohl Witze.«

»Ich weiß, dass meine Freigabe aufgehoben wurde, aber ich nehme an, dass die Namen dieser Chatrooms kein Geheimnis sind.«

»Nicht wirklich.« Sie schüttete sich noch etwas Zucker in ihre Tasse. »Nein, Carl. Das Problem ist die Verfassung der Vereinigten Staaten. Insbesondere der vierte Zusatzartikel.«

Erneut übernahm sein Hochmut. »Willst du damit etwa sagen, dass es gegen das Gesetz verstößt, wenn ein FBI-Agent einen öffentlich zugängigen Chatroom besucht, nur um ein wenig zuzuhören?«

»Ich sage das nicht. Aber eine Reihe von Bundesrichtern ist dieser Meinung.«

»Okay, na schön.« Carl beruhigte sich, als er einen Ausweg entdeckte. »Trotzdem. Ich bin kein Bundesagent mehr. Also kann ich wohl auch in jedem Chatroom herumhängen, den ich mir aussuche.«

»Das kannst du wohl.« Ihr Ausdruck wurde vorsichtig. »Sieh mal, Carl. Du bist ein guter Kerl. Ich will nicht, dass du noch mehr Ärger bekommst. Also werde ich einfach davon ausgehen, dass du einen guten Grund für das Ganze hast.«

»So ist es. Das habe ich dir doch gesagt.« Er zückte einen goldenen Kugelschreiber. »Also, die Adressen.«

»Welche Adressen?«

»Die der Chatrooms.«

Santana fand ihre gute Laune wieder. »Adressen? Wow, du lebst wohl echt im Mittelalter.«

»Ich verstehe nicht.«

»Carl. Komm schon. Wir reden hier von Chatrooms, nicht irgendwelchen Straßen. Die haben keine Adressen. Nicht so, wie du das meinst.«

»Was haben sie dann?«

»Pfade.«

Der Schutzherr sitzt wieder einmal auf ihrer überdachten Terrasse, dieses Mal beim Mittagessen mit Melody Sunderland. Der Himmel ist grau, doch der Schutzherr ist gerne draußen.

»Ich habe den Bericht zum Zwischenfall in Oxford gelesen«, sagt Melody in dem geschmeidigen, doch klaren Tonfall, der ihre Zuhörer fesselt. »Die genaue Identität der Schützen ist noch immer unklar. Das Wichtigste ist jedoch, dass sich Bethany Barclay in Sicherheit befindet.«

Die alte Dame scheint sie nicht zu hören. Sie spielt mit der Kette aus Diamanten und Smaragden an ihrem Hals, deren Wert von Melodys fachmännisch-eifersüchtigem Blick auf eine Summe im sechsstelligen Bereich geschätzt wird.

»Elliott ist auf dem Weg nach London«, sagt der Schutzherr schließlich. »Wusstest du das?«

»Das habe ich gehört.«

»Du hast das gehört.«

»Das habe ich. Ja.«

»Und warum tut er das, was meinst du, meine Liebe?«

»Ich nehme an, dass Bethany ihn angerufen hat.«

Der Schutzherr seufzt genervt. Sie ist von Kindern umgeben. »Bitte verschwende keine Zeit damit, mir Dinge zu erzählen, auf die ich selbst kommen kann.« Sie genießt den verletzten Ausdruck auf dem telegenen Gesicht der jungen Frau. Melody wird bereits als ihre potenzielle Nachfolgerin gehandelt. Daher ist es umso wichtiger, sie unmissverständlich in ihre Schranken zu weisen. »Natürlich wurde er von Bethany angerufen. Aber, meine Liebe, die Frage lautet nicht, *ob* sich Bethany bei ihm gemeldet hat, sondern *was* sie Elliott gemeldet hat.«

Melody schüttelt den Kopf. »Ich habe keine Ahnung, wie ich das herausfinden sollte.«

»Du hast Elliott vor zwei Tagen getroffen. Sicherlich kannst du eine Vermutung anstellen.«

»Wenn du mich gerade fragst, ob sie die Tafel gefunden hat, lautet die Antwort meiner Meinung nach nein.«

»Warum?«

»Weil sie sich in diesem Fall schon längst an dich gewandt hätte. Sie ist um Janice besorgt und ...«

Der Schutzherr beobachtet, wie ihrem Schützling langsam ein Licht aufgeht. Manchmal sind sie etwas schwer von Begriff, diese Kinder, aber irgendwann holen sie auf.

»Er weiß es nicht«, sagt Melody. »Elliott weiß nicht, dass wir Janice in unserer Gewalt haben, nicht wahr?«

»Ich habe ihm nichts davon erzählt. Du?«

»Nein. Aber das bedeutet – das bedeutet, Bethany muss es ihm erzählt haben.« Sie zieht weitere Schlüsse. »Indirekt. Wahrscheinlich hat sie ihn angerufen, um sich zu versichern, dass es Janice gut geht, nur um festzustellen, dass er sie nicht hat und nicht einmal wusste, dass sie vermisst wird.«

Der Schutzherr nickt. Sie nippt an ihrem Kaffee. »So würde ich die Situation ebenfalls interpretieren, meine Liebe.«

»Aber ... aber Janice, sie ... sie steht ihm sehr nahe. Deswegen haben wir ihn nicht eingeweiht.« Sie legt ihre Gabel mit einem Ruck ab. »Er wird sich gegen uns wenden. Ist es das, was passieren wird?«

»Ich habe keine Ahnung, was passieren wird, meine Liebe. Deswegen wirst du ebenfalls nach London reisen.«

»Ich? Wieso das?«

»Weil Elliott etwas für dich übrighat. Weil er ein sentimentaler Trottel ist. Flieg nach London. Finde heraus, was er vorhat.«

»Schutzherr, ich – wir leben nicht mehr in den 1930ern. Ich kann nicht einfach mit den Wimpern klimpern und meine weiblichen Reize einsetzen, oder so was in der Art. Und, um ehrlich zu sein, empfinde ich es als beleidigend, dass du überhaupt ...«

»Habe ich dich nach deiner Meinung gefragt?« Der Tonfall der alten Dame ist seidenweich. »Du wirst noch heute Abend abreisen. Du musst nichts Ungehöriges tun. Ich will einfach nur wissen, wann und auf welche Weise Elliott seinen Verrat plant.«

Melody schüttelt bereits den Kopf. »Wir können ihm nichts anhaben, und das weiß er auch. Er hat doch diese Akten, die uns von so großem Nutzen sind – er hat Informationen über mich, über andere Mitglieder des Rats –, wahrscheinlich sogar über dich. Wir dürfen nichts riskieren.«

»Mit Sicherheit hat er Informationen über mich, meine Liebe. Mehr als genug, um mich für den Rest meines Lebens hinter Gitter zu bringen. Aber diese Akten sind *mein* Problem. Jedoch ist von diesem Zeitpunkt an, bis zum Abschluss dieser Operation, Elliott St. John das deine.«

22

Bethany traf am frühen Nachmittag in London ein. Als Erstes suchte sie einen Mann namens Nigel Tuck auf, der ein Geschäft in einer Nebenstraße der South Audley Street hatte. In dem sonnigen Vorraum verkaufte er unnützen Touristennippes und im schäbigen Hinterzimmer eine Auswahl rechtlich fragwürdiger Dienstleistungen. Über Mittag hatte er zwei Stunden geschlossen, es sei denn, man kannte eine bestimmte Nummer, so wie Bethany, die sie von Raymond Fuentes erhalten hatte. Er hatte sie drei Namen, Adressen und Kontaktverfahren auswendig lernen lassen - und Tucks war einer davon.

Jeder in der Branche nehme Tucks Dienstleistungen in Anspruch, erklärte Fuentes, außerdem sei er ein so kleiner Fisch, dass sich vermutlich niemand die Mühe mache, ihn zu verkabeln. Noch wichtiger jedoch sei, dass Tuck sie höchstwahrscheinlich nicht an die Behörden verpfeifen würde, denn nur dank seiner bewusst neutralen Position hielt er sein Geschäft am Laufen.

Wie lauten die Codes?, hatte sie gefragt.

Codes?

Das Passwort. Damit er weiß, dass ich eingeweiht bin.

Fuentes hatte gelacht und sie hatte sich geschämt. *Keine Codes,* hatte er erklärt. *Kein Passwort. Erwähnen Sie einfach meinen Namen und sagen Sie ihm, was Sie brauchen.*

Und dann?

Dann wird Tuck Ihnen sagen, was es kostet und wann Sie wiederkommen sollen, um es abzuholen.

Was sie brauchte, war eine Analyse des zerschnittenen Schnappschusses, den Annabelle in Dorothea Zimans Haus versteckt hatte. Und das war Tucks Spezialgebiet: alles, was mit Bildern zu tun hatte. Sie fühlte sich um zehn Jahre gealtert, seit sie das Foto gefunden hatte, auch wenn ihr Handgemenge mit Teddy Bratt erst einen Tag zurücklag.

Wie sich herausstellte, war Tuck ein nervöser kleiner Mann mit dünnem lockigem Haar und einem Zweitagebart. Seine Jeans sah aus, als würde er sie seit etwa sechs Jahren jeden Tag tragen. Ohne ihrem Namen Beachtung zu schenken, riss er ihr das Foto achtlos und mit einer authentischen Grobheit aus den Händen, begeistert glucksend wegen der Qualität des Papiers. - »Kodak!« Er strahlte so verzückt wie ein Entdecker in Tutanchamuns Grabkammer - und verschwand flugs im Hinterzimmer des Geschäfts, während sie ihm unaufgefordert folgte. Er schob das Foto auf einen durchsichtigen Träger, den er wiederum in ein Gerät schob, das wie ein ganz gewöhnlicher DVD-Spieler aussah. Er studierte ein Display, zog das Bild dann wieder heraus und legte es unter ein beleuchtetes Vergrößerungsglas.

»VR-G-200-Film«, verkündete er. »Na sieh mal einer an. Wir interessieren uns wohl für die Antike, was? Ich würde sagen, es war eine Instamatic-Kamera, wahrscheinlich die 804er, auch wenn sich das nur schwer bestimmen lässt. Ektar-2.8-Objektiv. Ein klobiges, wunderschönes altes Biest, mit einem Blitzwürfel obendrauf. Sie wissen nicht, was das ist. Das sehe ich Ihnen an. Sie sind zu jung. Für Sie sind Kameras entweder in Handys integriert oder kosten fünftausend Dollar. Aber die Instamatic war ein beliebtes und günstiges Modell. Kodak hat vielleicht fünfzig Millionen Stück davon verkauft.«

Zum ersten Mal seit langer Zeit spürte Bethany ein echtes Lächeln an ihren Mundwinkeln ziehen. Sie bewunderte Menschen, die in ihrer Arbeit aufgingen.

»Eigentlich habe ich gehofft, Sie könnten mir sagen, was auf dem Foto zu sehen ist.«

»Das ist kein Foto. Es ist ein halbes Foto. Irgendein Mann. Der Rest fehlt.« Er fuhr mit einem Finger über den Rand. »Nicht gerissen. Abgeschnitten. Ein gezackter Schnitt. Ah. Ich verstehe. Das ist eine dieser geheimen Identifikationsgeschichten, was? Ray Fuentes hat Sie geschickt, sagen Sie? Also wenn Sie den Typ mit dem fehlenden Teil finden, gibt er Ihnen die gestohlenen Abschuss-Codes, so was in der Art?«

»Genau.«

»Hm«, sagte er und dann nochmal »hm«. Er hatte sich wieder über das Vergrößerungsglas gebeugt. »Kommen Sie mal rüber.«

Sie folgte der Aufforderung.

»Da sind Gebäude im Hintergrund. Menschen. Irgendein öffentlicher Park vielleicht. Vor einem Museum. Oder vielleicht einer Universität.«

»Das habe ich mir auch gedacht«, meinte sie. Sie zeigte auf einen verschwommenen Umriss. »Das sieht wie ein Riesenrad aus.«

Er nahm das Foto mit seinen behandschuhten Fingern hoch und schnippte gegen das Papier. »Ich würde wetten, dass es genauso alt ist, wie es aussieht.«

»Wie alt sieht es denn aus?«

»Die 804er wurde 1965 eingeführt, oder so was um den Dreh. Also kann das Bild nicht älter sein.«

»Lässt sich der Hintergrund irgendwie bearbeiten?«

Er warf ihr einen entzückt-herablassenden Blick zu und führte sie zu einem Laptop. »Schon geschehen. Ich habe das Bild eingescannt. Ah, da ist es ja.«

Das digitale Foto war schärfer. Der Mann im Vordergrund war deutlicher zu sehen, sein helles Haar leuchtete im Sonnenlicht, seine Sonnenbrille und die gerunzelte Stirn verrieten, dass er nicht gerne fotografiert wurde. Die schmale Hand, die auf seiner Schulter ruhte, zierte ein Armband und gehörte mit großer Wahrscheinlichkeit einer Frau.

»Sehen Sie nur«, sagte Tuck. Bethany sah es. Der dunkle Schatten im Hintergrund war jetzt deutlich zu erkennen.

»Sieht aus wie ein Reifen«, sagte sie verblüfft. »Ein Autoreifen.«

Tuck tippte auf den Bildschirm. »Das ist es auch. Lesen Sie mal die Buchstaben.«

Bethany las: »U. S. Royal.« Sie blickte ihn an. »Etwa Uniroyal? Die Reifenfirma?«

»So heißt sie heute. Früher nannte sie sich U.S. Royal. Und diesen Riesenreifen habe ich schon mal gesehen.« Er rutschte auf eine Bank und benutzte einen anderen Laptop für seine Suche. Zwei Minuten später pfiff er zufrieden. »Ah. Da haben wir es ja. Wie ich mir schon dachte. Sie hatten recht. Es ist ein Riesenrad. Es war im U. S.-Royal-Pavillon aufgebaut, bei der Weltausstellung in New York.« Er schaute auf. »Die lief von 1964 bis 1965.«

»Also wurde dieses Foto ...«

»Geht man von der Markteinführung der Kamera aus, wurde das Foto 1965 aufgenommen. Der Mann mit der Sonnenbrille scheint Mitte vierzig zu sein. Wenn er heute noch lebt, müsste er um die neunzig sein.«

»Also kann man davon ausgehen, dass er nicht mehr lebt.«

»Wahrscheinlich nicht«, stimmte Tuck zu.

Zurück im Verkaufsraum ließ sie sich die Sache durch den Kopf gehen. Annabelle hatte ein halbes Foto versteckt, das Porträt eines Mannes, der mit größter Wahrscheinlichkeit tot war. Sie dachte über die andere Hälfte nach. Vielleicht war sie der wichtige Teil: die fehlende Frau, nicht der sichtbare Mann.

Sie fragte sich, wer die Hälfte wohl haben könnte und inwiefern sie von Bedeutung war.

»Was meine Bezahlung angeht«, setzte Tuck an und fuhr sich mit der Zunge über die Lippen.

»Bitte«, sagte sie.

»Ich dachte, Tausend wäre ausreichend.«

»Dollar?«

»Entschuldigung. Pfund.«

Sie hatte nur Dollar dabei, also einigten sie sich auf fünfzehnhundert. Das Vermögen, das Annabelle ihr hinterlassen hatte, war im Begriff zu versiegen.

Tuck ließ die Scheine verschwinden. »Wenn uns die Geschichte um die Ohren fliegen sollte«, erklärte er, »sind Sie mir nie begegnet.«

»Ich wollte gerade dasselbe sagen.«

»Ich bin mit den Regeln vertraut.«

Bethany war um einiges härter geworden. »Noch etwas. An Ihrer Stelle würde ich das Foto von meiner Festplatte löschen.«

»Warum?«

»Weil ich den Verdacht habe, dass dieser Mann – wer auch immer er ist, es nicht gutheißt, wenn dieses Foto irgendwo herumliegt, sollte er noch am Leben sein.«

Tuck nickte. »Daran habe ich schon gedacht. Deswegen werde ich ein paar meiner Programme an dem Foto ausprobieren, um zu sehen, ob ich nicht ein Bild des Mannes erstellen kann, wie er heute aussehen würde.«

»Wann soll ich ...«

»Morgen. Nicht hier. Sagen wir St. Paul's. Machen Sie keine Führung mit. Sie sind da, um zu beten. Suchen Sie sich eine Bank auf der linken Seite. Gleiche Zeit.« Ein schiefes Lächeln. »Keine Zusatzkosten.«

Bethany hatte keine Ahnung, wo sie morgen sein würde; oder wer sie bis dahin aufgespürt haben würde.

»Wenn ich es nicht schaffe ...«

Tuck hob eine Hand, um der Warnung zuvorzukommen. Offensichtlich machte er so etwas nicht zum ersten Mal. »Wenn Sie nicht auftauchen, werde ich alles löschen, auch meine Erinnerung an Ihren heutigen Besuch.«

Wieder auf der Straße ließ sich Bethany die Sache durch den Kopf gehen. Annabelle hatte das Foto versteckt, und zwar nicht nur, damit der Mann identifiziert werden konnte. Der Mann war wichtig, oder es zumindest gewesen; genau wie die Frau auf der anderen Hälfte des Fotos. Das war der Punkt.

Hier ging es um mehr als nur die Pilatus-Inschrift. Annabelle hatte nicht nur dafür gesorgt, dass ihre beste Freundin ihrer Spur folgen konnte. Das Foto war für sie von Nutzen gewesen. Vielleicht um sich zu schützen oder für etwas anderes.

Vielleicht erpresste sie jemanden damit.

Bethany erkannte, dass sie in Gefahr war und, wie schon Annabelle vor ihr, dass sie das Foto nicht mehr länger mit sich herumtragen konnte. Sie musste es so schnell und sorgfältig verstecken, sodass es niemand außer ihr selbst finden konnte. Nur dann würde niemand auf die Idee kommen, sie hätte es je besessen, falls – besser: wenn! – sie geschnappt würde.

Sie betrat einen Sandwichladen und bestellte ein vegetarisches Panini und eine Flasche Wasser. Ihr in den vergangenen fünf Wochen geschärfter Instinkt ließ sie einen Tisch in einer dunklen Ecke wählen, an dem niemand anderes interessiert war. Indem sie ihren Stuhl gegen die Wand rückte, hatte sie einen hervorragenden Blick durch das Ladenfenster auf die Straße und konnte so jeden beobachten, der durch die Tür kam. Abgesehen von diesen Vorteilen bot sich ihr so nun auch noch ein alternativer Ausgang, falls dieser nötig werden sollte: Die Küche war genau hinter ihr.

In Gedanken legte sie das Foto beiseite. Entweder würde sie herausfinden, wer darauf abgebildet war, oder nicht. Im Moment hatte sie dringendere Probleme.

Oxford.

Dass auf sie geschossen worden war, war wenig aufregend, denn das war mittlerweile das fünfte oder sechste Mal geschehen, seitdem sie gezwungen worden war, unterzutauchen.

Was ihr Sorgen bereitete, war der alte Mann, der ihr das Leben gerettet hatte. Der alte Mann, den sie in Dorotheas Labor gesehen hatte, und jetzt, da sie darüber nachdachte, auch in Grant Apples Buchladen. Er war ihr durch ganz Oxford gefolgt und sie hatte ihn kaum bemerkt.

Ein alter Mann. Mindestens Ende sechzig. Eher Anfang siebzig.

Mit einer ruhigen Waffenhand und einem stahlharten Griff.

Er erinnerte sie an Sam DeMarco, den sie zuletzt im Rollstuhl in seinem Wohnzimmer gesehen hatte, wo er angeblich von zwei Federal Marshals beschützt worden war. Ihr lieber Freund Sam, der gestorben war, um sie zu beschützen. Aber Bethany wusste, dass sie jetzt nicht sentimental werden durfte. Wenn der alte Mann ihr das Leben gerettet hatte, konnte das nur bedeuten, dass er für ihre Peiniger arbeitete, die sie am Leben halten wollten, damit sie die Pilatus-Inschrift für sie fand.

Apropos ...

Es war Zeit, Elliott St. John anzurufen.

An der Waterloo-Station kaufte Bethany zwei neue Wegwerfhandys. Sie war mittlerweile wirklich knapp bei Kasse, aber Elliott St. John hatte angedeutet, dass er ihr bei diesem Problem helfen würde. Sie telefonierte in einer Gasse direkt hinter der Polizeiwache. So konnte sie sich immer noch der Gnade des Gesetzes ausliefern, sollte es jemandem gelingen, ihre Position im Dreieck von drei Sendemasten zu orten und ihr eine Schlägerbande auf den Hals zu hetzen.

Ein alberner Plan, aber hier draußen wurde es langsam unheimlich.

Der Milliardär hatte offensichtlich auf ihren Anruf gewartet, da er beim ersten Freizeichen abhob.

»Hallo?«

»Ist sie da?«

»Wir müssen reden.«

»Nachdem ich mit meiner Freundin gesprochen habe.«

Eine kurze Pause. »Ich habe sie nicht. Ich kann sie nicht herholen. Das ist die Wahrheit.«

Bethany schaute die Straße hoch und runter. Niemand beachtete sie. »Wenn Sie sie nicht haben, wer dann?«

»Ich werde alles erklären. Aber wir müssen reden. Können wir uns treffen?«

»Das meinen Sie nicht ernst.«

»Ich bin in London. Ich weiß nicht, wo Sie sind, aber ich nehme an, dass Sie sich noch immer in Großbritannien aufhalten.« Als sie nichts erwiderte, fügte er hinzu: »Ich richte mich ganz nach Ihnen. Sagen Sie mir einfach wann und wo.« Immer noch sagte sie keinen Ton. »Das ist der einzige Weg, wie Sie Ihre Freundin zurückbekommen. Bitte. Ich will Ihnen helfen. Ich weiß, dass Sie mir das nicht glauben, aber es ist wahr.«

»Nennen Sie mir einen Grund, warum ich Ihnen trauen sollte.«

»Weil Sie mir geben können, was ich haben will.« Sie sagte nichts. St. John drängte weiter. »Bitte. Sie können jede Bedingung stellen, die Sie wollen. Nennen Sie den Ort, die Zeit, was auch immer Ihnen am besten passt. Ich werde da sein.«

»Mit Ihren Schlägern.«

»Keine Schläger. Kein Personal. Keine Assistenten. Nur ich.«

»Ich rufe Sie zurück.«

»Wann?«

Sie legte auf. Verließ ihren Standort. Das lief falsch. Ganz falsch. Wenn Elliott St. John sich in London aufhielt, dann sollte Bethany irgendwo anders sein. Das Problem war nur, dass sie hier noch nicht fertig war.

Bethany würde sich sein Angebot, sich mit ihm zu treffen, durch den Kopf gehen lassen. In der Zwischenzeit hatte sie einiges zu erledigen.

Sie fand einen Schreibwarenladen, wo sie Briefmarken, Papier und ein paar Umschläge kaufte. Dann suchte sie ein Internetcafé auf, um nach der Adresse zu suchen, die sie benötigte. Sie steckte einen unbeschrifteten Umschlag in einen Briefkasten und beobachtete aus dem Eingang einer verrammelten Modeboutique auf der gegenüberliegenden Straßenseite, ob sich irgendjemand dafür interessierte. Niemand tat das.

Nur um sicherzugehen, wartete sie noch mal eine Stunde und ging dann zur Green-Park-Station. Sie fuhr einige Stationen und stieg in einer Wohngegend aus, die sie nicht kannte. Dort fand sie einen Briefkasten, in den sie einen mit Briefmarke und Adresse versehenen Umschlag warf. Darin befand sich ein weiterer Umschlag, und darin das zerschnittene halbe Foto, mit einer kurzen Botschaft, nur für den Fall.

Wenn alles nach Plan verlief, würde sie das Foto irgendwann wiederbekommen. Wenn ihr die Geschichte um die Ohren fliegen sollte - wie Nigel Tuck es formuliert hatte -, dann wäre es sowieso egal.

»So darfst du nicht denken«, ermahnte sie sich selbst, laut genug, dass ein paar Passanten sich nach ihr umdrehten.

Bethany schüttelte den Kopf und lächelte ihnen zu. Dann stopfte sie ihre Hände tief in die Seitentaschen ihrer dunklen Regenjacke, denn die Abendluft war auf einmal sehr frisch geworden. Es gab noch einiges zu tun. Mit steten, länger werdenden Schritten marschierte sie ihrem nächsten Ziel entgegen.

23

Carl Carraway saß in der Ecke eines Lesesaals der Stadtbibliothek in einer der schöneren Gegenden von Washington. Auf seinem Schoß lag ein I-Pad, das er bar bezahlt hatte und für kein anderes Vorhaben benutzen würde als das, das er im Moment plante. Er war gerade online, wofür er das kostenlose WLAN der Bibliothek nutzte, und folgte Amy Santanas akribischen Anweisungen, sich durch eine Reihe Zwischenstationen zu klicken, um zu dem gesuchten Chatroom zu gelangen. Er hatte sich einen Benutzernamen zugelegt - JFRIEND22 - und wartete jetzt im Chatroom ab, ohne etwas beizusteuern. Er hatte keine richterliche Verfügung, allerdings war er weder in offizieller Funktion hier noch auf der Suche nach Beweisen. So weit er es beurteilen konnte, verstieß er gegen kein Gesetz, denn noch war es nicht strafbar, online herumzulungern.

Das Warten war nicht sonderlich spannend. Die Unterhaltung war abwechselnd geheimnisvoll und verhalten und entzog sich so oder so seinem Verständnis. Nichtsdestotrotz kristallisierten sich langsam die beteiligten Personen heraus:

CAPTHOWDY89: hab gehört einer hat versucht die post zu knacken
77NDR: welche post
CAPTHOWDY89: die zeitung
NOT-ELLIEX: nh
77NDR: es gibt keine nh post
SOLARIANDOG4: das meint sie nicht
77NDR: was meint sie denn
SOLARIANDOG4: versuch mitzuhalten
NOT-ELLIEX: flw is hamma
CAPTHOWDY89: webmaster war echt gut
JJ5SIMO4: in echtzeit?
CAPTHOWDY: yep
SOLARIANDOG4: derselbe jemand der letzten monat bitcoins bearbeitet hat wie ich höre
SOLARIANDOG4: hintertür wahrscheinlich nicht manipulierbar

NOT-ELLIEX: nh
JJ5SIM04: ja komm schon
SOLARIANDOG4: sorry
[solariandog4 hat den Chat verlassen]

An diesem Punkt machte sich bei Carraway der erste Schimmer der Erkenntnis bemerkbar. Als not-elliex *nh* schrieb, meinte sie nicht New Haven oder New Hampshire. Sie meinte »nicht hier« – wie in »das ist kein sicherer Ort für dieses Gespräch«.

Deswegen hatte sich solariandog4 nach seinen Mutmaßungen zu den Bitcoins entschuldigt, und darum hatte er (wenn er denn ein er war) so schnell den Chatroom verlassen. Carraway erinnerte sich an die Serie von Bitcoin-Diebstählen – einer Onlinewährung – in den letzten Jahren und merkte sich, Santana später zu fragen, ob man BLLNET in diesem Zusammenhang verdächtigt hatte.

Carraway fragte sich, warum er sich so sicher war, dass not-elliex weiblich war. Vielleicht weil er eine junge Frau vor Augen hatte, die »Ellen« oder »Eleanor« hieß und sich mit Klauen und Zähnen gegen den verniedlichenden Spitznamen »Ellie« wehrte.

JJ5SIM04: idiot
JJ5SIM04: die beobachten alles
CAPTHOWDY89: physisch nicht möglich
77NDR: wer beobachtet alles
NOT-ELLIEX: nh
JJ5SIM04: @ellie, wer is jfriend22
CAPTHOWDY89: irgendn nerd
77NDR: npc
NOT-ELLIEX: ??
NOT-ELLIEX: 404

Also war not-elliex nicht nur ein diensteifriger Regelhüter. Sie wurde von den anderen anerkannt; warum sonst sollten die sie fragen, wer der unbekannte Besucher war? Ein Teilnehmer hielt ihn für einen Nerd, einen Nicht-Spieler-Charakter, wie die Gamer es bezeichnen würden –

mit anderen Worten ein unbeteiligter Zuschauer. Doch not-elliex, wer immer sie sein mochte, gab zu, es nicht zu wissen.

Zeit, ins Geschehen einzusteigen. Carl warf einen prüfenden Blick auf die Notizen aus dem Gespräch mit Santana, die ihm einige von Janice' Nutzernamen genannt hatte.

JFRIEND22: ich bin ein Freund von kranjan97
77NDR: wer ist das
JFRIEND22: bin auf der suche nach ihr
[not-elliex hat den Chat verlassen]
[jj5sim04 hat den Chat verlassen]
77NDR: wer ist kranjan
[capthowdy89 hat den Chat verlassen]

Auch das war aufschlussreich. Nur durch die reine Erwähnung von Janice' Benutzernamen, hatte Carl Carraway es geschafft, drei der Chatteilnehmer zu verschrecken, die zu wissen schienen, wovon sie sprachen. Er war jetzt mit 77ndr allein, der kaum ein BLLNET-Mitglied zu sein schien. Wahrscheinlich war er – oder sie – einfach nur ein BLLNET-Groupie.

Carraway zögerte. Der arme 77ndr war so naiv und wollte so verzweifelt dazugehören, dass sich Carl wahrscheinlich eine Menge Zeit ersparen konnte, wenn er ihn zum Reden brachte. Aber wenn seine Vermutung stimmen sollte und die Teilnehmer, die sich soeben ausgeloggt hatten BLLNET-Mitglieder waren, wusste Carraway instinktiv, dass er es ihnen gleichtun musste, wenn er ernst genommen, sprich als Freund von Janice wahrgenommen werden wollte.

Also verließ er den Chat.

Morgen Abend würde er es mit einem anderen Chatroom auf Santanas Liste versuchen.

Bethany hatte sich für ein Hostel auf der East India Dock Road entschieden, nicht weit vom Canary Wharf entfernt, und befolgte damit einen weiteren Leitspruch von Fuentes: Manchmal ist der Ort, an dem sie zuerst suchen würden, das beste Versteck. Das Gebäude hatte acht Stockwerke, war relativ neu und sauber und bot einen Rabatt bei Barzahlung an. Es war mitten in der Woche, also gelang es ihr, ein Zimmer auf der obersten Etage zu bekommen. Sie war sich nicht ganz sicher, warum ihr das wichtig war. Weiter unten wären die Chancen auf eine erfolgreiche Flucht sicherlich besser. Aber sie wollte die Aussicht genießen.

Vielleicht wird es meine letzte sein, sagte sie sich. Das kam natürlich ganz darauf an, in welches Gefängnis man sie stecken würde.

Von ihrem Fenster aus konnte sie die hell erleuchteten Türme sehen. HSBC, Barclays und all die anderen – stolze Symbole einer Stadt, die entschlossen war, jede traurige Nachricht über die schrumpfende britische Wirtschaft zu widerlegen. Irgendwo da draußen streiften gerade gewisse Leute durch die Straßen von London auf der Suche nach ihr.

Es musste ihr gelingen, ihnen noch ein paar Tage aus dem Weg zu gehen.

Bethany lag auf dem schmalen Bett, zu aufgewühlt, um schlafen zu können. Das Scheinwerferlicht vorbeifahrender Autos warf verschlungene Lichtmuster an die Zimmerdecke. Die Kreise riefen ihr den Riesenreifen und die New Yorker Weltausstellung ins Gedächtnis. Sie fragte sich, was der Mann auf dem Foto mit der Pilatus-Inschrift zu tun hatte und mit der Frau, die jemand weggeschnitten hatte. Sollte der Mann zufällig doch noch am Leben sein, und wusste er dann vielleicht, wo das Artefakt versteckt war? Wusste es die unsichtbare Frau?

Morgen. Diese Fragen würde sie sich für morgen aufheben.

Sie schloss die Augen und schlief endlich ein.

Nur um zwei Stunden später von dem Geräusch nahender Sirenen geweckt zu werden.

Sie sprang aus dem Bett und drückte ihr Gesicht gegen die Fensterscheibe. Unten auf der Straße trafen zwei Polizeiwagen vor dem Eingang aufeinander. Mittlerweile wusste Bethany, was zu tun war. Ihre Tasche stand immer fertig gepackt bereit. Sie verlor keine Zeit damit, sich die Zähne zu putzen. Schnell schlüpfte sie in Jeans und Pullover und machte sich auf den Weg zur Treppe.

Doch die Polizei war schon im Treppenhaus, ein Mann und eine Frau, die schnell die Stufen hinaufliefen. Einer von ihnen zeigte nach oben.

Bethany stürzte auf ihre Etage zurück und sah sich hastig im Flur um. Der Fahrstuhl war eine Falle. Vielleicht konnte sie sich aus dem Fenster ihres Zimmers schieben und so das etwas tiefer gelegene Dach des Nebengebäudes erreichen. Draußen auf dem Sims würde sie nicht länger als ein paar –

Die Polizeibeamten hatten den Flur erreicht. Das Spiel war aus.

Oder auch nicht. Ohne sie weiter zu beachten, streiften die Polizisten mit gezogenen Waffen an ihr vorbei. Zwei weitere Beamte stiegen aus dem Fahrstuhl und hämmerten gegen die Tür eines anderen Zimmers weiter den Gang hinunter, während andere Gäste die Köpfe aus ihren Türen streckten, um zu sehen, was da draußen vor sich ging.

Bethany sackte vor Erleichterung in sich zusammen. Sie waren hinter jemand anderem her.

Nur das dem nicht so war.

Eine junge Frau öffnete die Tür und wurde von den Beamten in ziemlich lautem Tonfall gefragt, ob sie Bethany Barclay sei. Als sie verneinte und verlangte zu wissen, was überhaupt los war, lag sie zwei Sekunden später mit einem Knie im Rücken und in Handschellen am Boden, während die Polizisten in ihr Zimmer schwärmten. Dann tauchten ein paar Ermittler in Zivil auf, gefolgt von zwei älteren Männern, die aussahen, als wären sie einem anderen Film entsprungen. Einer der Neuankömmlinge hielt eine Brieftasche mit seinem Ausweis hoch und befahl allen Gästen, sich in ihre Zimmer zurückzuziehen.

»Anti-Terror-Kommando«, sagte er.

Völlig verwirrt verschwand Bethany schnell im Treppenhaus. Zwei Minuten später war sie auf der Straße und rannte in Richtung Fluss. Sie hatte keine Ahnung, was da gerade passiert war, bedauerte trotz ihrer verblüfften Dankbarkeit aber einen Moment lang, dass es jemand anderen getroffen hatte.

24

Elliott St. Johns Londoner Residenz befand sich im One Hyde Park, einem modernen Gebäude am südlichen Ende des gleichnamigen Parks. Wie manch ein beeindruckter Journalist bemerkt hatte, war das Bauprojekt so exklusiv, dass die Presse aktiv dazu angehalten wurde, jedwede Berichterstattung zu unterlassen. Dennoch schaffte es der Milliardär in die Schlagzeilen der Klatschblätter, als er ein Apartment mit vier Schlafzimmern für weit über zwanzig Millionen Pfund erstand, das er bar bezahlte. Es bot mehrere Empfangshallen und Wohnzimmer und einen Blick über die Baumwipfel des Hyde Park. Auch wenn er das Apartment nur selten nutzte, hielt er hier dauerhaft Personal, bestehend aus einem in der Wohnung lebenden Dienstmädchen, einem Koch, der jeden Morgen bei Tagesanbruch eintraf, selbst an Tagen, an denen »Mr Elliott« nicht erwartet wurde - nur für den Fall -, und ein Quartett von Männern mit kantigen Gesichtszügen, die in Sechs-Stunden-Schichten rund um die Uhr im Einsatz waren und zu deren absichtlich vage gehaltenen Tätigkeitsbeschreibung auch Personenschutz zählte.

Für diesen Aufenthalt hatte seine Assistentin zwei weitere Sicherheitsleute organisiert, die den Boss begleiten sollten, wann immer er ausging. Symington, sein Vollzeitbodyguard, war stets an seiner Seite, egal wohin er auf der Welt reiste. Wenn sie sich in London aufhielten, so wie jetzt gerade, richtete sich Symington einfach in einem der Gästezimmer ein.

Zu Elliotts Gefolge gehörten außerdem zwei stille, aber effiziente Assistenten, ein Mann und eine Frau, die in jeweils einem Zimmer des Dorchester-Hotels auf der Ostseite des Parks untergebracht waren, das nur vier schnelle Gehminuten von der Wohnung entfernt lag.

Elliotts Frau glaubte, er sei nach London gereist, um eine Affäre mit der weiblichen Assistentin zu haben.

Das war falsch.

Sein Personal ging davon aus, dass sein Besuch in London der Sorge über die rückläufige Wachstumsrate seiner britischen Geschäfte entsprang.

Das war ebenfalls falsch.

Seine Konkurrenten vermuteten, dass er in London war, um über seinen Einstieg in den aufstrebenden Markt für britische Satelliten weiterzuverhandeln.

Auch das war falsch, aber der Verdacht allein löste heftige Kursschwankungen bei den Aktien seines Unternehmens und denen seiner Konkurrenten aus.

Nein, Elliott St. John befand sich nur aus einem einzigen Grund in London. Um Bethany Barclay zu treffen.

Damit hoffte er sowohl ihrer beider Leben als auch das von Janice zu retten; das war er ihrem verstorbenen Onkel, Daniel Stafford, seinem engen Freund, schuldig. Und wenn er es dabei noch schaffen sollte, die Pilatus-Inschrift in seinen Besitz zu bringen, dann betrachtete er das als zusätzlichen Bonus.

Zu diesem Zeitpunkt hatte sein Plan nur zwei Schwierigkeiten zu bewältigen.

Erstens musste er Bethany dazu bringen, ihm so weit zu vertrauen, dass sie sich mit ihm traf. Ohne dieses Treffen war es geradezu unmöglich, ihre nächsten Schritte abzustimmen.

Das zweite Problem saß auf seiner teuren und modernen Sitzgarnitur in dem palastartigen Wohnzimmer und nippte an einem Glas Wein, während er mit hinter dem Rücken verschränkten Händen vor dem Fenster stand und hinaus auf die Bäume blickte.

»Sie wird anrufen«, sagte Melody Sunderland. »Sie hat keine anderen Möglichkeiten.«

Er drehte sich nicht um. Er konnte Melody nicht besonders gut leiden, aber das war egal, da sie seiner Sendergruppe sehr viel Geld einbrachte. Das Problem war, dass er ihr nicht traute.

»Sie hat tausend Möglichkeiten«, sagte er.

»Die Nummer, die der Schutzherr ihr gegeben hat, wird sie nicht anrufen. Das entspricht nicht ihrem psychologischen Profil. Sie ist auf dich fixiert. Wir sind für sie eine Abstraktion und mit der kann sie nichts anfangen. Sie will mit echten Menschen verhandeln.«

Elliott wandte sich um und verschränkte die Arme. »Aus welchem New-Age-Buch hast du das denn?«

Melody wurde rot, ließ sich aber nicht beirren. »Und das ist nicht alles. Wir glauben nicht, dass sie irgendwelche Kontakte zum Garten hat, also können die ihr auch nicht helfen.«

»Was ist mit ihrer Freundin, Richterin Harrigan? Wir wissen, dass sie einer ihrer Anführer ist.«

»Aber das weiß Bethany nicht. Darum geht es ja gerade: Sie liebt diese alte Frau. Sie würde nie riskieren, sie da mit reinzuziehen.« Sie schwenkte den Wein in ihrem Glas herum. »Dann wäre da noch Annabelles Halbbruder. Der russische Mafiosi. Wir lassen ihn beschatten. Das wird sie sich denken können. Also bleibt nur noch Raymond Fuentes.«

»Ich hatte mich schon gefragt, ob du ihn vergessen hast.« Elliotts Sarkasmus konnte Ehrfurcht gebietend sein. »Ich halte ihn für ihre wahrscheinlichste Wahl. Und auch die gefährlichste aus unserer Sicht.«

»Die CIA hängt an ihm dran. Es wird ihm niemals gelingen, das Land zu verlassen. Und ich bin mir sicher, dass sie mittlerweile auch seine Telefone und E-Mails überwachen. Sie kann nicht unbemerkt mit ihm in Kontakt treten. Wenn sie es auch nur versucht, werden wir es innerhalb von ein paar Stunden erfahren.« Melody stand auf. Sie schlenderte zum Fenster herüber und drückte die Nase gegen die Scheibe, während sie sich wahrscheinlich fragte, wie viele Bücher mit parteiischen Schmähungen sie verkaufen musste, um sich eine solche Immobilie leisten zu können. »Nein, Elliott. Schlussendlich wird sie sich an dich wenden, weil ihr keine andere Wahl bleibt.«

»Und an der Stelle kommt dein Plan ins Spiel.«

»Der Plan des Schutzherrn.«

»Ich war mir nicht bewusst, dass es da einen Unterschied gibt.«

Melody berührte seine Wange. »Oh, sogar einen sehr großen. Das kannst du mir glauben.«

Früher oder später musste es passieren.

Sie hielt sich gerade auf einer der oberen Verkaufsetagen von Harrods auf, um etwas Zeit vor ihrem Treffen mit Tuck totzuschlagen, und stöberte durch Mode, die sie zwar faszinierte, die sie sich aber weder leisten noch unbedingt kaufen wollte, als sie hörte, wie jemand ihren Namen rief.

»Bethany? Bethany Barclay? Bist das wirklich du?«

Vollkommen überrascht wirbelte sie mit einem ziemlich dämlichen Gesichtsausdruck herum und starrte direkt in die graugrünen Augen von Wendy Eisenman, die eine ihrer Kommilitoninnen an der juristischen Fakultät gewesen war.

»Du bist es«, rief Wendy und zog sie ungefragt in eine Umarmung, bevor Bethany überhaupt antworten konnte. Dann schob sie sie auf Armeslänge wieder von sich, wobei ihre Hände Bethanys Schultern fest umgriffen. »Aber was treibst du hier? Diese ganze unschöne Geschichte, drüben in den Staaten - ist die ausgestanden?« Sie berührte ihre Haare, so wie es alte Freunde tun.

Die beiden hatten im ersten Jahr an der Uni beinahe den Scheingericht-Wettkampf gewonnen, dann aber den Kontakt verloren, als Wendy die Karriereleiter der juristischen Fakultät emporstieg, als Redakteurin eines juristischen Fachmagazins und Referendarin eines Bundesrichters. »Deine Frisur ist ganz anders. Gefällt mir.« Ihr Lächeln schwand. »Willst du denn gar nichts sagen? Oh, mein Gott. Du bist noch immer auf der Flucht, nicht wahr?«

»Tut mir leid«, erwiderte Bethany mit zitternder Stimme. Sie zogen die Blicke der anderen Leute auf sich. »Ich muss gehen.«

»Brauchst du Hilfe? Einen Anwalt? Ich praktiziere mittlerweile in London.«

»Wendy, ich ...«

»Hör zu. Warum begleitest du mich nicht einfach in die Kanzlei?«, sagte Wendy in so warmem, mütterlichem Tonfall, dass Bethany beinahe die Tränen kamen. »Dann können wir uns unterhalten. Vertraulich. Was immer gerade nötig ist, ich werde dir helfen. Okay?«

Der Gedanke war verlockend. Schrecklich verlockend. Genauso wie Dorothea ihr angeboten hatte, über Nacht bleiben zu dürfen. Nur war das Bedürfnis mittlerweile noch stärker, weil Wendy eine alte Freundin und ihre Anteilnahme echt war. Aber Bethany konnte das Angebot nicht annehmen. Zum einen würde Wendy ihr raten, sich zu stellen und ihr wahrscheinlich nicht weiterhelfen, sollte sie sich weigern, das zu tun.

Zum anderen endeten Leute, die keine Mühe scheuten, um ihr zu helfen, neuerdings immer öfter in der Leichenhalle. Oder wurden entführt.

»Tut mir leid«, wiederholte Bethany. Damit wandte sie sich ab und verschwand im Gedränge der Kunden.

Beruhige dich. Ganz ruhig.

Mittlerweile musste jemand Alarm geschlagen haben. Wenn nicht Wendy, dann einer der Leute, die ihr Gespräch beobachtet hatten. Schon bald würde die Geschichte in jedem Klatschblatt zu lesen sein:

VERRÜCKTE US-BOMBENLEGERIN BEI HARRODS GESICHTET!

Bethany blieb in Bewegung, achtete so gut es ging auf Verfolger und stieg Punkt halb vier die Stufen zur St. Paul's Cathedral hoch, die einst ihr Lieblingsort für Gebet und Meditation in ganz London gewesen war. Tuck hatte sie angewiesen, eine Bank auf der linken Seite zu wählen, aber nach ihrer Begegnung mit Wendy Eisenman fühlte sich Bethany beobachtet. Also schloss sie sich einer Gruppe Touristen an, die die gewaltigen Grabmale bestaunte. Sie verdrückte sich heimlich und zog sich in eine ruhige Nische zurück, in der eine Kniebank Besucher zum Gebet für den von ihnen bevorzugten Heiligen einlud. Dann ging sie zum Eingang zurück und stöberte ein wenig im Souvenirladen herum. Als sie sich endlich sicher war, dass sie nicht verfolgt wurde, schlüpfte sie in eine Kirchenbank auf der anderen Seite des Mittelschiffs, kniete auf dem tiefroten Kissen nieder, neigte den Kopf und faltete die Hände.

»Ich wäre beinahe nicht gekommen«, hörte sie eine vertraute Stimme sagen. Tuck, den sie bereits entdeckt hatte, kniete hinter ihr.

»Ich auch nicht«, flüsterte sie genauso leise zurück.

»Sie sind auf einmal sehr gefragt. Die Katze ist aus dem Sack. Alle sind auf der Suche nach Ihnen.«

»Wen genau meinen Sie mit alle?«

Seine Stimme wurde noch leiser. »Einige offizielle Leute, einige Nichtoffizielle. Mehrere Belohnungen für Informationen, die zu Ihrer Ergreifung führen, und so weiter. Und einigen von den nicht offiziellen Leuten scheint es nicht besonders wichtig zu sein, in welchem Zustand Sie sich bei ihrer Ergreifung befinden.«

»Tut mir leid«, sagte sie. »Ich wollte Sie nicht in Gefahr bringen ...«

»Drehen Sie sich nicht zu mir um. Und keine Sorge. Ich habe vorgesorgt. Noch heute Nacht werde ich das Land verlassen. Und wenn Sie nur etwas Verstand haben, machen Sie das auch.« Ein Umschlag flatterte aus seiner Hand auf das glatte Holz der Kirchenbank. »Nicht aufmachen. Warten Sie, bis ich weg bin.«

»Was ist das?«

»Das bearbeitete Foto.«

»Nur eins?«

»Sie werden nur das eine brauchen. Keine Zweifel: Der Mann auf dem Bild ist Simon Findrake.«

»Wer?«

»Lord Findrake. Der neunte Earl von Clougham.« Er sprach das Wort wie *Klaffem* aus. »Anscheinend ist es wahr, was man über euch Yankees sagt. Bis ihr es gegoogelt habt, habt ihr von nichts 'ne Ahnung, oder?«

»Wenn Sie mit den Witzen fertig sind ...«

»Still jetzt. Hören Sie einfach nur zu. Vor vielen Jahren war Lord Findrake Außenminister unter irgendeinem Premierminister und davor irgendwas im Schatten. Er hat mit Führern auf der ganzen Welt verhandelt. Er ist noch heute ein Verfechter des Empires, aber ein Liberaler. Und er lebt noch. Das ist der springende Punkt, Bethany. Er ist über neunzig, aber immer noch am Leben.«

»Wo lebt er?«

»Keine Ahnung. Ich glaube Clougham Hall wurde vor ein paar Jahren verkauft. Das war's. Ich muss los.« Aber er rührte sich nicht. »Hören Sie, Bethany. Kommen Sie mit mir. Ich kann Ihnen Papiere besorgen. Sie aus dem Land schmuggeln.«

»Ich kann nicht. Das ist wirklich sehr großzügig von Ihnen, aber ich kann nicht.«

»Suchen Sie nicht nach Findrake. Ich bitte Sie. Vielleicht ist er einfach nur ein alter Mann und Sie verschwenden Ihre Zeit. Aber vielleicht hat er bei dieser ganzen Geschichte seine Finger im Spiel und Sie setzen sich großer Gefahr aus. So oder so müssen Sie aus Großbritannien verschwinden.«

Sie hörte aus seiner Stimme sowohl Verzweiflung als auch Fürsorge heraus. »Was ist los?«, fragte sie. »Was verheimlichen Sie mir?«

»Es ist nur so, dass ich heute Morgen etwas erfahren habe. Über unseren gemeinsamen Freund.«

Fuentes. Der einzige gemeinsame Freund, den sie hatten, war Raymond Fuentes.

»Was ist mit ihm?«

»Er ist verschwunden.«

Das war das Letzte, mit dem sie gerechnet hatte. Sie schluckte schwer. »Vielleicht war das so geplant.« In der Hoffnung, dass das stimmte.

»Vielleicht. Vielleicht auch nicht. Mein Angebot steht noch.«

»Vielen Dank, ehrlich. Aber ich kann nicht weg. Erst muss ich das hier zu Ende bringen.«

»Sie machen einen Fehler, Bethany. Ich wünschte, Sie würden das einsehen.« Er machte eine Pause, um seine Worte wirken zu lassen. Dann berührte er von hinten ihre Schulter. »Na wie auch immer, viel Glück.«

Dann erhob er sich, bewegte sich auf den Ausgang zu und war verschwunden.

Bethany blieb in der Bank knien, halb nachdenkend, halb betend. Lord Findrake. Wer auch immer er war, sein Foto von 1965 war für Annabelle wertvoll genug gewesen, um es zu verstecken.

Und Bethany ahnte, dass sie schon wusste warum.

In den Aufzeichnungen, die Annabelle ihr hinterlassen hatte, sprach sie nicht nur von der Pilatus-Inschrift und dem weisen Mann. Sie hatte auch die Wildnis selbst erwähnt. Sie glaubte, einige ihrer Köpfe entlarvt zu haben.

Das musste es sein. Dieser Findrake war einer der Anführer der Wildnis – oder es zumindest irgendwann einmal gewesen. Bethany wettete, dass die Frau, die weggeschnitten worden war, ebenfalls dazugehörte. Sie hatte keine Ahnung, wie ein fünfzig Jahre alter Schnappschuss die Wildnis heute in Bedrängnis bringen sollte, aber das war die einzige sinnvolle Schlussfolgerung.

Oh Annabelle. Was hast du getan? Warum hast du es getan?

Wieder stieg der Drang zu weinen in ihr auf und wieder kämpfte sie dagegen an.

Auf ihrem Weg nach draußen steckte Bethany einen Dollar in die Kollekte und zündete eine Opferkerze an in der Hoffnung, nicht irgendeine Form von Blasphemie damit zu begehen. Sie wusste nicht, welchem Bedürfnis sie damit nachgab, aber es erschien ihr richtig. Tief in Bethanys Kopf hatte Tante Claudia das eine oder andere Wörtchen dazu zu sagen, doch Bethany ignorierte die Stimme.

Es gab noch einiges zu tun.

Draußen auf den Stufen wählte sie die Nummer.

»Ich bin's. Ich bin bereit, mich mit Ihnen zu treffen. Halten Sie sich genau an meine Anweisungen.«

25

Elliott schlenderte langsam die Uferpromenade der Themse auf der Seite der Victoria Embankment hinunter. Wie versprochen war er ohne Assistenten oder Leibwächter unterwegs, trotz Symingtons wütender Proteste. Diesmal würde er sich an die Regeln halten. Er hoffte nur, dass Bethany erkannte, dass sich ihre Interessen in dieser Sache überschnitten, und aus der Deckung kommen würde, um mit ihm zu sprechen. Er lief bis zu den Middle Temple Gardens, wo er einige Minuten lang am Springbrunnen stehen blieb, bevor er kehrtmachte und den Weg wieder zurückging. Langsam ging ihm die Puste aus. Er hatte seine erste und seine zweite Jugend bereits hinter sich und sein Gewicht entsprach nicht mal annähernd den Vorstellungen seiner Ärzte. Er lief die Strecke nun schon zum fünften Mal ab. Und er begann Bethanys Plan zu durchschauen. Je näher er dem drohenden Zusammenbruch kam, umso schwerer würde es einem eventuell versteckten Leibwächter fallen, sich an seine Anweisungen zu halten, außer Sichtweite zu bleiben und nicht doch in Erscheinung zu treten, um seinem Chef zu Hilfe zu eilen.

Nach einer Stunde hatte Elliott schließlich genug. Er ließ sich auf eine Bank in der Nähe der Anlegestellen der Rundfahrtschiffe plumpsen und wartete.

Wenn sie kommen wollte, würde sie kommen. Wenn sie ihm nicht traute, gab es nichts, was er noch tun konnte.

»Hi«, sagte eine freundliche weibliche Stimme, aber als er sich umsah, war es nicht Bethany, sondern eine Frau, die seine Mutter als eine Dame der Nacht bezeichnet hätte.

Elliott schaute weg.

»Haben Sie mich nicht gehört?«, fragte die Frau.

Sie ließ sich neben ihm nieder.

»Gehen Sie weg. Ich bin nicht interessiert.«

»Ich habe eine Nachricht für Sie.«

Jetzt hatte sie seine Aufmerksamkeit. »Von wem?«

»Sind Sie Mr S. J.?«

»Das bin ich wohl.«

»Dann folgen Sie mir bitte.«

Trotz ihrer geradezu absurd hohen Absätze sprang sie gewandt auf die Füße und marschierte davon. Elliott zwang sich ebenfalls aufzustehen und ihr hinterherzuwanken. Anscheinend war der Plan doch etwas komplexer. Gewiss filmte Bethany diese Szene gerade: der Medien-Mogul, der sich von einer Prostituierten aufgabeln ließ und ihr in den Park folgte. Eine wirklich gerissene junge Dame.

Neben einem Felsenblock blieb die Fremde plötzlich stehen. »Sie sagte, Sie würden mich bezahlen.«

»Das glaube ich sofort.« Er hustete. »Wie viel?«

»Da Sie so unhöflich sind, sagen wir einfach fünfhundert.«

Elliott zögerte nicht. Wenn er gerade auf Film aufgezeichnet wurde, dann war das eben so. Er zählte das Geld von einem Notenbündel ab und reichte es ihr.

»Warten Sie hier«, wies sie ihn an.

Einen Moment später war sie verschwunden.

Er setzte sich auf den Felsbrocken, ließ den Kopf hängen und versuchte zu Atem zu kommen.

Bethany stand direkt hinter den Bäumen. In den Schatten war sie dank ihrer dunklen Kleidung so gut wie unsichtbar. Sie wartete ab und beobachtete die drei Wege, die sich an dieser Stelle kreuzten. Nichts rührte sich. Wenn es eine Falle geben sollte, dann war diese zu gut, als dass sie ihr entkommen konnte.

Außerdem musste sie ein gewisses Risiko eingehen, wenn sie vorankommen wollte.

Sie trat in sein Sichtfeld. »Geht es Ihnen gut?«, fragte sie, selbst überrascht über die echte Anteilnahme, die in ihrer Stimme mitschwang.

Tatsächlich sah Elliott St. John schrecklich aus. Seine Wangen waren eingefallen und dunkelrot angelaufen, seine Atmung ging schwer und stockend. Einen schreckerfüllten Moment lang glaubte sie, ihr schlauer Plan habe dem Mann einen Herzinfarkt beschert. Doch er schaffte es, den Kopf zu heben und sogar ein wenig zu lächeln.

»Danke, dass Sie sich mit mir treffen, Miss Barclay.«

Sie schlug alle Vorsicht in den Wind und ging zu ihm hinüber, ergriff sein Handgelenk und überprüfte seinen Puls. Dann legte sie ihm eine Hand auf die Brust.

»Tief durchatmen«, sagte sie, wobei sie sich an die letzten Tage ihres todkranken Vaters erinnerte. »Versuchen Sie sich zu entspannen.«

»Jetzt sind Sie also auch noch Krankenpflegerin?«

»Tot nutzen Sie mir nichts.«

Er hustete. Richtete sich auf. Und schaffte es mit offensichtlich großer Willenskraft, seine Atmung unter Kontrolle zu bringen.

»Es geht mir gut«, versicherte er. Es folgte ein weiterer tiefer Atemzug. »Ah. Na also. Noch mal danke, dass Sie sich mit mir treffen.«

»Erzählen Sie mir von Janice.«

»Ich habe sie nicht.«

»Ich glaube Ihnen nicht. Ich habe die Erpressernachricht in New Hampshire gesehen. Ich kenne die Regeln, die Ihre Seite befolgt.«

»Einen Moment mal. Ich habe nicht behauptet, dass meine ... meine Seite sie nicht hat. Ich habe nur gesagt, dass *ich* sie nicht habe. Ich wäre bereit zu glauben, dass ähm, dass *wir* sie haben.« Ein weiteres Husten. »Ich meine einfach, dass ich nichts damit zu tun hatte und es auch niemals zugelassen hätte. Janice' Onkel war ein sehr guter Freund von mir.«

»Das hat sie mir auch erzählt.«

»Ich würde Janice niemals auch nur ein Haar krümmen. Sollte meine Seite sie tatsächlich in ihrer Gewalt haben, ist das der Grund, warum sie mich nicht davon in Kenntnis gesetzt haben.«

»Wenn Janice nicht bei Ihnen ist und Sie auch keinen Zugang zu ihr haben, warum sind Sie dann überhaupt hier?«

»Wir haben nicht viel Zeit, Miss Barclay.« Er versuchte aufzustehen, überlegte es sich dann aber offensichtlich anders. »Ich fürchte, ab jetzt werden wir zusammenarbeiten müssen.«

»Ich habe kein Interesse daran, mit Ihnen zusammenzuarbeiten.«

»Und dennoch sind Sie hier.«

»Weil es Dinge gibt, die Sie mir erzählen müssen.« Ein halbes Lächeln. »Und weil ich Geld brauche.«

Er nickte und klopfte auf das Päckchen in seinem Jackett. »Zehntausend habe ich dabei. Na ja, minus die fünfhundert, die ich gerade Ihrer neuen Freundin gezahlt habe.« Er lächelte sie nun ebenfalls schief an. »Sollten Sie noch mehr benötigen, sagen Sie Bescheid und ich besorge es Ihnen innerhalb einer Stunde.« Dieses Mal stand er nicht auf, aber er schaffte es zumindest, mehr zu lehnen als zu sitzen. »Also dann, Miss Barclay, schießen Sie los. Stellen Sie ruhig Ihre Fragen und ich werde versuchen, sie so weit ich kann zu beantworten.«

»Erzählen Sie mir was über Lord Findrake.«

Zum ersten Mal in ihrer kurzen Bekanntschaft gelang es ihr, ihn komplett zu überrumpeln. Sein weiches Gesicht wurde einen Moment lang vollkommen schutzlos. Eine Hand fuhr zu seinem Mund, bis er sich der Geste bewusst wurde, schnell die Finger zu einer Faust ballte und wieder fallen ließ.

»Der Name ist Ihnen offensichtlich bekannt«, bemerkte Bethany, die ihren Vorteil nutzte, als ginge es um ein Verhör vor Gericht. »Wer ist er, Mr St. John? Und welche Rolle spielt Lord Findrake in der Wildnis?«

»Nun«, sagte er. Dann: »Ähm.« Und schließlich: »Ich nehme an, dass es sinnlos ist, vorzugeben, dass ich keinen Schimmer habe, von wem Sie da reden?«

»Schön zu sehen, dass Sie sich Ihren Humor bewahrt haben.«

»Sind Sie sich sicher, dass Sie sich auf diesen Pfad begeben wollen, Miss Barclay? Denn der hat nichts mit der Pilatus-Inschrift zu tun, das versichere ich Ihnen.«

»Mag sein. Aber ich habe das Gefühl, dass so wenig Lord Findrake auch mit der Pilatus-Inschrift zu tun haben mag, er dafür eine umso größere Rolle bei der Wildnis spielt.«

Er schüttelte den Kopf, aber nur aus reinem Erstaunen. »Das ist Annabelles Werk, nicht wahr? Auch wenn sie unter der Erde liegt, schafft sie es immer noch, dasselbe Unheil anzurichten.«

»Welches Unheil wäre das?«

»Sie denken, wir würden verschiedene Ziele verfolgen, Miss Barclay, aber dem ist nicht so. Nicht wirklich. Der Rat, wie wir uns selbst bezeichnen – die Wildnis ist ein beleidigender Name, der von einem unserer Widersacher ersonnen wurde –, der Rat traut mir nicht mehr. Also sitzen wir im selben Boot.« Er kam nun immer schneller zu Kräften. »Sie müssen mir nicht vertrauen. Aber glauben Sie mir zumindest, dass ich Janice niemals etwas antun würde.«

»In Ordnung.«

»Gut.« Sein Blick schweifte über die Hecke, aber anscheinend konnte er nichts Beunruhigendes entdecken. »Also. Hier in London ist eine Frau - ein Mitglied des Rates - die sich mit Ihnen treffen will.«

»Keine Chance.«

»Wenn Sie mit Janice sprechen wollen, müssen Sie erst mit ihr reden.«

Bethany war bereits dabei, sich zurückzuziehen. »Warum? Was will sie von mir?«

»Ich glaube, sie will Ihnen ein Angebot unterbreiten.«

»Wie das Angebot, das Sie mir gemacht haben?«

»Nein. Ein besseres. Sie wird wahrscheinlich Folgendes vorschlagen: Sie sollen so tun, als würden Sie sich auf mein Angebot einlassen, um die Tafel zu finden, und ihr dann Bescheid geben, welche Vorkehrungen wir für die Übergabe vereinbart haben. Normalerweise bin ich zu jeder Zeit von einem äußerst effektiven Personenschutz umgeben, aber diese Leute wissen, dass ich aus der Deckung kommen würde, um die Tafel zu bekommen, sollten Sie darauf bestehen. Bei der Übergabe bekommen Sie Janice, der Rat die Tafel, und ich verschwinde von der Bildfläche. Für immer.«

»Ich hätte eigentlich gedacht, dass die uns alle drei von der Bildfläche verschwinden lassen«, meinte Bethany betont ironisch, um die Woge heißer Angst zu überspielen, die sie gerade durchfuhr.

»Versprechen sind schnell gemacht.«

»Sie wird wissen, dass ich mich niemals auf diese Bedingungen einlassen würde.«

»Das würden Sie vielleicht doch, wenn es der einzige Weg wäre, um Janice zu retten.«

Jetzt war es Bethany, die ihre Fäuste zusammenballte. »Und warum erzählen Sie mir das dann alles? Offensichtlich werde ich keine andere Wahl haben.«

»Doch, das werden Sie, Miss Barclay.« Dieses Mal schaffte er es, aufzustehen. Er ging in kleinen Kreisen umher. »Eins müssen Sie verstehen, Miss Barclay. Ihre Freundin Annabelle war nicht nur auf der Suche nach der Pilatus-Inschrift, sondern auch auf der Suche nach der Identität des Rates. Wir kennen die Namen der Anführer des Gartens schon seit Langem. Andersherum kennen die Anführer des Gartens – zum ersten Mal in der Geschichte – im Moment keinen Einzigen von uns.«

»Und Annabelle ...«

»Und Annabelle plante unsere Führungsriege auszuräuchern, abgesehen von dem finanziellen Anreiz, den der Fund der Tafel für sie gehabt haben mag.«

»Warum sollte sie das planen?«

»Weil sie von Anfang an für den Garten gearbeitet hat. Sie war, wenn man es so bezeichnen will, deren Agentin. Der Garten hat sie losgeschickt, um lautstark nach der Pilatus-Inschrift zu suchen, aber das war nur eine Tarnung, um uns auf sie aufmerksam zu machen. Die Suche nach der Pilatus-Inschrift beschäftigt den Rat schon seit Jahrhunderten. Natürlich weiß das auch der Garten. Sie hofften, dass wir uns in unserer Gier aus der Deckung wagen würden.« Er würdigte den Plan mit einem anerkennenden Nicken. »Und es hat funktioniert. Meinen Namen zumindest haben sie herausgefunden. Was diese Stümper dort drüben im Garten aber nicht vorausgesehen haben – und was jeder auf unserer Seite des Zauns, der realitätsnahen Seite, sofort erkannt hätte –, war, dass es Ihrer Freundin Annabelle vielleicht nicht gelingen würde, den finanziellen Verlockungen zu widerstehen, die der Fund der Pilatus-Inschrift mit sich brachte. Das führte schließlich zu einer Verschiebung ihrer Prioritäten. Ja, sie wollte uns immer noch ausräuchern. Aber hauptsächlich war sie hinter der Belohnung her.«

»Die zwei Millionen Dollar Finderlohn, die Sie ihr versprochen haben.«

»Und die immer noch Ihnen gehören können. Ja.«

»Also, Lord Findrake ...«

»Es ist nicht ratsam, über Lord Findrake zu sprechen, Miss Barclay. Sie sollten ihn vergessen. Lassen Sie uns lieber darüber reden, wie wir uns gegenseitig helfen können.«

»Warum ist es nicht ratsam, über ihn zu reden?«

»Weil man Fanatiker besser in Ruhe lässt.«

»Wer ist fanatisch? Findrake? Seine Leute? Wer?«

Die Farbe war in Elliott St. Johns Gesicht zurückgekehrt und auch ein Ansatz der gewohnten Kraft in seiner Stimme. Er hob sein Handgelenk und deutete auf seine Armbanduhr. »Ich sollte mich auf den Weg machen. Sie wird Ihre Antwort erwarten.«

»Sie reden von Ihrer Ratskollegin.«

»So ist es.«

»Hat sie auch einen Namen?«

»Aber sicher.«

Von seiner jovialen Art verärgert, wurde Bethany barsch. »Zurück zu Findrake.«

»Lord Findrake stellt ein ernst zu nehmendes Problem dar. Für uns wie für Sie. Zu seiner Zeit war er furchterregend und ist selbst heute noch sehr gefährlich. Er pflegt noch immer die alten Kontakte. Er fordert gerade einige sehr anrüchige Gefälligkeiten bei einigen sehr anrüchigen Leuten ein. Wir haben ihn nicht unter Kontrolle. Er will sich noch nicht einmal mit uns treffen. Er hat dem Rat jahrzehntelang gedient und war über zwanzig Jahre unser Lord Schutzherr. So nennen wir unseren, ähm, unseren Vorstandsvorsitzenden. Der Titel geht auf Cromwells Zeiten zurück ...«

»Ich verstehe die Anspielung. Erzählen Sie mir mehr über Findrake.«

»Ich habe es Ihnen schon gesagt: Er ist ein fanatischer Verfechter unserer Sache. Nicht nur ein überzeugter Anhänger. Ein Fanatiker. Wir alle haben gewisse Dinge getan - wir im Rat, die Idioten da drüben im Garten -, wir alle haben gelegentlich Entscheidungen getroffen, die wir in der Öffentlichkeit nur sehr schwer rechtfertigen könnten. Findrake war schlimmer. Er war gewalttätig. Unberechenbar, was das anging. Hat in den 1960ern Kirchen in die Luft gesprengt, nicht um die schwarze Bevölkerung davon abzuhalten, für ihre Bürgerrechte zu kämpfen, sondern um sie davon abzuhalten, in die Kirche zu gehen. Solche Aktionen eben.«

Bethany durchdachte diese Information kurz. Bei Gelegenheit würde sie gern mehr über diesen Mann in Erfahrung bringen. Für den Augenblick jedoch ...

»Und was hat das alles mit Annabelle zu tun?«

»Ich dachte, darauf wären Sie mittlerweile selbst gekommen. Findrake kannte Adrian Wisdom – er hat, glaube ich, gemeinsam mit dessen Onkel das Merton-College besucht – und, um es kurz zu machen: Als Findrake von Annabelle und ihrer Suche nach der Pilatus-Inschrift erfuhr, bestand er darauf, sie persönlich zu treffen. Mag ja sein, dass er kein aktives Mitglied mehr ist und unsere laufenden Projekte auch nicht wirklich gefährden konnte, aber dennoch stellte dieses Treffen einen Bruch unserer Sicherheitspolitik dar. Jemand hätte ihn aufhalten sollen, aber niemand tat es. Schließlich ging es um Findrake. Die Legende. Einen der großen Männer Englands. Er sprach niemals von Großbritannien, bei ihm hieß es immer England. Niemand sagte ihm, was er zu tun hatte. Er tat, was immer ihm gefiel. Soweit ich weiß, ist das heute noch so. Das alte Anwesen hat er schon vor langer Zeit verkauft. Mittlerweile lebt er in einem kleinen Haus in Bath. Mit privaten Krankenschwestern und dem ganzen Pipapo. Er geht niemals aus, sondern bestellt die Leute zu sich. Er lud Annabelle zum Mittagessen zu sich ein, und wie wir später erfahren haben, hat er ihr die Uni ausgeredet. Ich fürchte, er hat ihr einiges verraten, weil er senil ist und weil sie so charmant war.« Er befeuchtete seine Lippen, während er überlegte, ob er ihr auch den Rest erzählen sollte. »Was genau sich zugetragen hat, ist mir nicht bekannt. Soweit ich weiß, begann sie sich für einige seiner alten Fotoalben zu interessieren, und damit brachte sie ihn zum Reden. Als unsere Leute später nachgesehen haben, stießen sie auf einigen Seiten auf leere Stellen. Schlaues Mädchen. Sie hatte die Fotos eingesteckt. Dabei sorgte insbesondere der Verlust eines ganz bestimmten Fotos für einiges Aufsehen.«

»Warum?«, fragte sie, in der Hoffnung, er würde nicht merken, wie sehr sie das Thema auf einmal interessierte. »Was war das Problem?«

Er ließ die Schultern hängen. »Ich werde Ihnen keinen Namen nennen. Das wäre zu viel verlangt, tut mir leid.«

»Wessen Name? Wovon reden Sie überhaupt?«

»Ich kann es nicht mit Sicherheit sagen, aber ich nehme an, dass auf dem Foto Findrake mit einer Frau zu sehen war, die er für den Rat rekrutierte. Das Bild wurde damals in den Sechzigern auf der Weltausstellung in New York geschossen.«

»Inwiefern ist das ein Problem?«

»Vor einigen Jahren, als Lord Findrake noch eine aktive Rolle in der britischen Regierung spielte, gab es eine offizielle Untersuchung. Einen kleinen Skandal. Veruntreute Gelder, so was in der Art eben. Findrake wurde nach der Untersuchung zwar von allen Vorwürfen freigesprochen, aber seine beiden Karrieren waren damit beendet. Seine Arbeit für England und seine Arbeit für uns. Er ist wegen dieser Sache noch immer verbittert und hat aber trotzdem stets vorgegeben, er würde noch mitspielen. Bei beiden Spielen.«

»Aber wenn er entlastet wurde –«

»Die Beschuldigungen waren berechtigt, Ms Barclay. Gelder waren verschwunden. Sie flossen in die Projekte des Rats. Davon wussten die Briten nichts, doch sie verfolgten das Geld bis nach Amerika. Dort endete die Spur im Nichts. Sie drehten alle Bekannten, die Findrake in den Staaten hatte, durch die Mangel. Drehten sie auf links, wie man so schön sagt. Aber sie alle waren sauber. Keiner von ihnen hatte irgendwelche Zahlungen manipuliert.«

»Aber die Frau auf dem Bild ...«

»Genau. Die Frau auf dem Foto war der Mittelsmann. Die britischen Behörden erfuhren nie von ihrer Existenz, müssen Sie wissen. Sie ist heute noch am Leben, Miss Barclay. Sollte ihre Rolle offengelegt werden, würde der Fall neu aufgerollt werden, selbst jetzt noch. Die Verjährungsfrist ist abgelaufen, aber hier geht es nicht um eine strafrechtliche Verfolgung. Der Punkt ist, dass die Gelder zurückverfolgt und der Rat und seine Geheimnisse bloßgestellt werden würden. Verstehen Sie jetzt das Ausmaß des Problems?«

»Und Annabelle hatte das Foto.«

St. John nickte. Er krümmte sich unter einem erneuten Hustenanfall, und als er sich wieder streckte, war sein Gesicht aschfahl und verschwitzt.

»So scheint es zumindest. Annabelle hatte das Foto. Genau. Und nun, da sie tot ist, befindet es sich in freier Wildbahn. So bezeichnen wir das. In freier Wildbahn, und es wartet darauf, gefunden zu werden.«

»Und Sie glauben, ich werde es finden?«

»Ich denke, dass Annabelle Sie auf seine Spur führen wollte. Natürlich hat sie Ihnen auch Hinweise auf die Pilatus-Inschrift hinterlassen. Aber irgendwie spürte sie, dass das Foto der wahre Schatz war.«

»Warum erzählen Sie mir das alles?«

»Weil die Frau auf dem Bild mittlerweile der Lord Schutzherr ist. Sie würde vor nichts zurückschrecken, um dieses Foto wiederzubekommen.«

Sie wies Elliott an, zehn Minuten neben dem Felsbrocken zu warten; für ihn gab es keinen Grund, nicht Folge zu leisten. Er machte sich nicht die Mühe, ihr nachzuschauen. Welchen Weg sie auch immer wählte, es wäre nur ein Täuschungsmanöver. Er mochte Bethany Barclay, aber sie blieb nun mal ein Widersacher.

Nur um sicherzugehen, ließ er fünfzehn Minuten verstreichen, bevor er die Stufen zur Straße hinaufstieg. Sie war voller Menschen. Natürlich war keine Spur von Bethany zu sehen. Er hatte nicht erwartet, sie zu entdecken, auch wenn ein Teil von ihm gehofft hatte, sie würde sich vielleicht doch noch hier herumtreiben. Während er sich zum Taxistand durchdrängelte, überkam ihn das seltsame Gefühl, als wären Fragen offengeblieben, und als hätte er sich stärker bemühen sollen, sie von einer Zusammenarbeit zu überzeugen. Zweifelsohne würde er sich deswegen später einiges von Melody anhören müssen.

Auf der Fahrt zum One Hyde Park bemerkte Elliott, dass seine Hände zitterten, was ihn absurderweise irritierte. Er rühmte sich dafür, niemals die Fassung zu verlieren. Sein Talent, einen kühlen Kopf zu bewahren, hatte ihm zu seinem Vermögen verholfen. Er starrte auf seine Hände und versuchte das Zittern mit reiner Willenskraft zu bezwingen. Als das keine Wirkung zeigte, entschloss sich der Milliardär, einen Spaziergang zu machen. Er wies den Fahrer an, ihn an der nächsten Straßenecke rauszulassen. Oder versuchte es zumindest. Kein Ton kam über seine Lippen. Seine Kehle schnürte sich zu. Sein Herz begann zu rasen. Während sein Körper nach Luft schrie und sich sein Blick zu verdunkeln begann, erinnerte er sich vage an das leichte Zwicken im Nacken, das er auf der belebten Straße gespürt hatte, wie einen Insektenstich.

Während er sterbend auf der Rückbank des Taxis lag, wünschte Elliott St. John, er könne seinem Bodyguard Symington sagen, dass er recht gehabt hatte. Elliott hätte das Haus niemals ohne ihn verlassen sollen. Hätte er die Kraft dazu gehabt, hätte er gelacht.

26

An Londons nebligeren Tagen fällt die Dunkelheit plötzlich ein, als würde die Sonne, die es den gesamten Nachmittag nicht geschafft hat, sich durch die Wolken zu brennen, einfach beschließen, aufzugeben und sich ein wenig auszuruhen. Um halb acht schlüpfte Bethany aus dem Hintereingang ihres Hotels in Kensington in die tiefschwarzen Schatten der zwielichtigeren Welt. Das Hotel war das letzte auf ihrer Liste gewesen, ein heruntergekommenes Seitengassen-Etablissement, das nur Bargeld akzeptierte und dessen Stammkundschaft aus leichten Mädchen bestand, wie Tante Claudia diese Frauen bezeichnet hätte. Wahrscheinlich ging die Hoteldirektion davon aus, dass Bethany eine von ihnen war.

Fürs Erste hatte sie nichts dagegen.

Sie lief ein wenig herum, weil ihr das Zeit gab, um nachzudenken, einen Plan auszuarbeiten, die Durchführbarkeit, wenn nicht Tugendhaftigkeit ihres nächsten Schrittes auf dem Weg zu Janice' Befreiung zu durchdenken. Sie spielte mittlerweile in der Oberliga mit, genau wie Raymond Fuentes sie gewarnt hatte. Sie spielte in der Oberliga, aber ganz auf sich allein gestellt.

Bethany lief.

Sie hatte zwei Niederlagen gegen sich: Sie war noch immer auf der Flucht vor dem Gesetz und die Wildnis hatte Janice noch immer in ihrer Gewalt. Elliott St. John hatte ihr einen schwierigen Ball zugespielt, den sie dennoch ins Aus schlagen konnte.

Jetzt war Elliott tot – es kam überall in den Nachrichten – und ihr war klar, dass er nur hatte sterben müssen, weil er ihr all diese Dinge über den Rat und Findrake verraten hatte. Doch wem auch immer es gelungen war, Elliott St. John zu folgen und ihre Unterhaltung zu belauschen, er hatte ihr Leben verschont. Die Pilatus-Inschrift war der Grund, warum sie noch immer im Spiel war.

Sie hatte noch einen Zug übrig und war sich ziemlich sicher, dass ihr nur eine Möglichkeit blieb, diesen auszuführen: Sie konnte weiter Annabelles Spuren suchen. Sie konnte der Fährte ihrer besten Freundin folgen, die zur Pilatus-Inschrift führte. Und irgendwo auf dem Weg würde sie auf die zweite Hälfte des Fotos stoßen, dessen war sie sich sicher. Wenn sie die Identität der Frau kannte, konnte sie mit dieser Information Janice' Freiheit erkaufen.

»Das muss reichen«, sagte sie in die Nachtluft hinein.

Und so lief sie weiter, sich immer wieder umblickend, wobei das wahrscheinlich sinnlos war. Nigel Tuck hatte gesagt, dass mittlerweile jeder auf der Suche nach ihr war, und sie hatte keinen Grund, das zu bezweifeln.

Zweimal hatte sie bei Dorothea angerufen, aus zwei verschiedenen Telefonzellen, und sie beide Male nicht erreicht. Das beunruhigte sie.

Tuck hatte erzählt, dass Fuentes verschwunden sei. Das beunruhigte sie sogar noch mehr. Elliott St. John war ein Freund von Janice' Onkel gewesen und hätte niemals zugelassen, dass dem Mädchen etwas Schlimmes zustieß. Doch jetzt, wo der Milliardär aus dem Rennen war, blieb nur noch Fuentes, um aktiv nach ihr zu suchen. Sollte er entführt oder ermordet worden sein, nun, dann war sie im wahrsten Sinne des Wortes auf sich allein gestellt.

Oder nicht?

Ihr ging wieder der Brief durch den Kopf, den sie verschickt hatte. Eine letzte Absicherung gegen die Katastrophe.

Das hoffte sie zumindest.

»Und Sie sind sich sicher, dass es nicht unsere Leute waren?«, fragt der Schutzherr.

»Morgan ist sich sicher, Ma'am«, erklärt Kenny.

»Hat er den Angriff beobachten können?«

»Nein, Ma'am. Er hat Bethany verfolgt. Seinem Bericht zufolge hat niemand sonst ihre Unterredung beobachtet. Wenn sie observiert wurden, dann aus großer Entfernung.«

Der Lord Schutzherr reibt sich die Augen. Die Erschöpfung beeinträchtigt ihre Urteilskraft, das weiß sie. Sie befinden sich wieder einmal in ihrem geräumigen Arbeitszimmer und haben in dem Erker mit den herrlichen Bleiglasfenstern Platz genommen. Ihr Mittagessen, das aus

Rührei und Suppe bestand, steht kaum angerührt auf dem Tablett. Sie hat den halben Nachmittag am Telefon mit ihrer fünfundfünfzigjährigen Tochter zugebracht, deren Ehe gerade im Begriff ist, in die Brüche zu gehen.

Lillian hofft inständig, sie würde nicht auf die Idee kommen, sich nach Hause zu Mommy zu flüchten, mit ihrer schrecklichen Bande von Kindern im Schlepptau, die das Haus ins Chaos stürzen würden. Außerdem hat sie Edna Harrigan zum Tee eingeladen, die der Stress wegen Bethanys Flucht schwer mitnimmt.

Und jetzt das.

»Es war Findrake«, sagt sie schließlich. »Es muss Findrake gewesen sein.«

»Davon gehe ich auch aus, Ma'am.«

»Das ist absurd. Er kann doch nicht einfach so Mitglieder des Rats eliminieren.«

Kenny ist schlau genug, sich jeden Kommentar zu verkneifen.

»Wie verkraftet Melody Sunderland die Situation?«

»Nicht so gut, fürchte ich.«

»Das denke ich mir. Sie sitzt noch nicht lange genug im Rat. Ich nehme an, dass es bis dato alles nur ein Spiel für sie war. Jetzt hat sie sozusagen ihre Feuertaufe hinter sich.« Sie greift nach ihrer Teetasse, hebt sie an ihre trockenen Lippen, besinnt sich eines Besseren und setzt sie wieder ab. »Und ich kann ihm nichts anhaben. Findrake. Er weiß, dass ich es nicht kann. Der alte Dummkopf. Wusste er denn nicht, dass Elliott über Akten verfügte, die ihn vor genau solchen Geschichten schützen?«

Wieder erkennt Kenny, dass es sich um eine rhetorische Frage handelt.

»Melody. Wo ist sie abgestiegen?«

»Ma'am, sie hat sich eine Suite im Savoy genommen.«

»Gut. Sagen Sie ihr, dass sie dort bleiben soll, bis wir diese Sache geklärt haben. Und lassen Sie jemanden bei ihrem Producer anrufen. Ich will nicht, dass sie in dieser Verfassung auf Sendung geht.«

»Ja, Ma'am.«

»Wir werden natürlich auch etwas wegen Elliotts Akten unternehmen müssen. Unsere genaue Vorgehensweise werde ich mir noch durch den Kopf gehen lassen. Kenny?«

»Ma'am?«

»Wen sonst kennen wir da drüben? Jemand, der für uns ein Auge auf Findrake werfen kann.«

»Ma'am, unser bester Mann vor Ort ist Morgan.«

»Ja, aber Morgan ist mit einem anderen Auftrag beschäftigt. Tatsächlich wird er sie jetzt sogar noch besser bewachen müssen. Er ist klug genug, das zu wissen, ohne dass man es ihm sagen muss, aber erinnern Sie ihn trotzdem vorsichtshalber daran. Wir wissen nicht, was Elliott Bethany vor seinem Tod erzählt hat, weil wir nicht wissen, wie viel er wusste. Doch Findrake wird vom Schlimmsten ausgehen. Sie ist nun zu einer doppelt so interessanten Zielscheibe für ihn geworden.« Das alte bittere Lächeln breitet sich auf ihrem Gesicht aus. »Ich hätte nie geglaubt, dass es in unserem Interesse sein könnte, dieses Mädchen zu beschützen. Aber wir brauchen immer noch dieses Foto.«

»Und die Tafel, Ma'am.«

Ihre Augen lodern auf. Ist das etwa ein Anflug von Dreistigkeit gewesen?

»Natürlich brauchen wir die Tafel, mein Junge. Ein Mann wie Findrake würde das nie verstehen. Er fürchtet, dass bekannt wird, dass Pilatus all das bestätigt, was über die Taten von Jesus in der Bibel steht. Und deswegen ist Findrake auch ein Idiot. Soll ich Ihnen erklären warum, Kenny?«

»Weil wir wissen, dass diese Dinge niemals passiert sind. Und wenn man davon ausgeht, gibt es keinen Grund zu glauben, Pilatus könnte etwas Gegenteiliges behauptet haben.«

»So ist es. Die Pilatus-Inschrift dient nur einem einzigen Zweck: die Behauptungen der Christenheit zu widerlegen. Vielleicht endgültig. Sie darf nicht länger verschollen bleiben, Kenny. Unsere Bethany muss beschützt werden, bis sie sie gefunden hat.«

»Und danach?«

»Danach kann Findrake sich gerne an ihr austoben.«

Bethany ging die Straße entlang. Die Anweisungen waren deutlich gewesen. Wenn sie ein Treffen wünschte, musste sie zu Fuß gehen und das Risiko in Kauf nehmen. Sie lief den ganzen Weg zu Harrods zurück, trotz der Tatsache, dass sie erst an diesem Nachmittag dort erkannt worden war. Sie stand auf der gegenüberliegenden Straßenseite vor einem Geldautomaten und erinnerte sich an einen Nachmittag, an dem sie mit Annabelle die gewaltige Fläche des Geschäfts nach einem Outfit durchkämmt hatte. Ihre Freundin hatte nach einem »Schlankmacherkleid« gesucht, wie sie es nannte, auch wenn sie - anders als Bethany - immer spindeldürr gewesen war. Sie brauchte sie für eine festliche Veranstaltung, zu der sie mit ihrem Freund gehen wollte, der ihrer Aussage nach im Geld zu schwimmen schien. Annabelle stand auf reiche Männer und arme Männer, auf kluge Männer und dumme Männer. Sie stand einfach auf Männer und stellte ihnen mit einer Entschlossenheit nach, mit der selbst einige der leichten Mädchen in Bethanys Hotel nicht hätten mithalten können. Annabelle hatte es nie gestört, wenn die Männer verheiratet waren. Einmal gestand sie Bethany, dass es ihr so sogar lieber sei. Affären mit verheirateten Männern wurden erst dann zum Problem, behauptete Annabelle, wenn man von ihnen erwartete, dass sie ihre Frauen verließen. Man musste verstehen, dass alle Männer Babys waren und dass ein Baby, das gezwungen wurde, sich zu entscheiden, immer bei der Frau bleiben würde, die es die letzten Jahre versorgt hatte, egal, als wie aufreibend es deren familiäre Umklammerung auch empfinden mochte. Wenn man diese »häuslichen Wahrheiten«, wie Annabelle sie nannte, akzeptiert hatte, konnte man auch in den Armen eines verheirateten Mannes rundum glücklich sein. In Bethanys Augen war diese Einstellung sowohl nihilistisch als auch zerstörerisch, aber auf Belehrungen hatte Annabelle nie besonders gut reagiert.

Es wurde Zeit.

Vor ihr bremste ein dunkelroter Mercedes-Benz, der gut in Schuss, aber nicht neu war. Die Männer auf den Vordersitzen starrten sie aus kalten Augen so offen und offensichtlich an, dass sie entweder keine Spione waren oder aber sehr gute. Das Auto fuhr davon und Bethany wurde ein wenig übel, sich in aller Öffentlichkeit zeigen zu müssen, obwohl ihr jeder Instinkt befahl, in Deckung zu gehen. Aber sie war nicht in der Position, die Regeln zu bestimmen. Entweder war das Auto ihr gefolgt, und es war zu spät, um zu fliehen, oder es war ein Zufall gewesen und ihre Sorge war unbegründet. So oder so sollte sie einfach hier warten, so wie man sie angewiesen hatte.

Aber das konnte sie nicht. Die nervöse Energie, die durch ihre Adern rauschte, war auf einmal zu viel für sie. Sie musste sich bewegen, um sich wieder ein wenig in den Griff zu bekommen. Wenn sie noch länger vor dem Geldautomaten stehen blieb, würde sie anfangen zu zittern und vielleicht komplett zusammenbrechen. Sie entfernte sich ein paar Schritte und gesellte sich zu einer Gruppe von Jamaikanern, die auf den Bus warteten. Mit einem seltsam behaglichen Gefühl wandte Bethany sich um und schaute zu ihrem vorherigen Standort, um zu sehen, ob jemand langsamer wurde und nach ihr Ausschau hielt. Vor dem Automaten machten gerade zwei missmutige Teenagermädchen halt, um sich einen Joint anzustecken, dann schlurften sie weiter. Ein Polizeiauto glitt die Straße entlang, doch die Männer im Wageninneren sahen gelangweilt aus. Ein großer Mann in einer billigen Jacke blieb direkt vor dem Geldautomaten stehen und Bethanys Anspannung wuchs, doch er klopfte nur seine Taschen ab, stieß auf ein Bündel Scheine und ging zufrieden lächelnd weiter. Wahrscheinlich hatte er beschlossen, doch genug Geld dabeizuhaben. Dann rückte einer der schwatzenden Menschen, die auf den Bus warteten, dicht an ihr Ohr heran und flüsterte einen Befehl. Die kleine Pistole, die ihr dabei in die Seite gedrückt wurde, war Grund genug, den Anweisungen Folge zu leisten.

Sie nahmen sich ein Taxi, das vor dem Kaufhaus wartete, und er öffnete die Tür wie aus Höflichkeit, machte dann aber einen Schritt um sie herum, rollte das Fenster herunter und stieg als Erster ein, wobei er die Waffe auf sie gerichtet hielt, damit sie ihm auch wirklich folgte. Das offene Fenster sollte sie daran erinnern, dass es ihm ein Leichtes wäre, sie zu erschießen, sollte sie die Tür zuschlagen und versuchen zu fliehen. Vielleicht hätte sie es dennoch versuchen sollen. *Steig niemals unter vorgehaltener Waffe in ein Auto ein,* schien ein vernünftiger Leitsatz zu sein, denn was auch immer am Ende der Fahrt wartete, war höchstwahrscheinlich schlimmer als eine Erschießung auf offener Straße. Doch sie wusste, dass Teddy Bratt, Privatdetektiv und Exehemann von Dorothea Ziman, nur die üblichen und notwendigen Vorsichtsmaßnahmen traf.

Spätestens seit Bethany ihn an diesem Tag angerufen hatte, wusste er höchstwahrscheinlich, dass Bethany größtenteils im Bilde war. Doch ihm bereitete nun sicherlich Kopfzerbrechen, wie sie mit diesem Wissen umgehen wollte.

Das Taxi überquerte die Brücke und ließ sie an einem niedrigen, heruntergekommenen Gebäude im Schatten des Globe-Theatres aussteigen, wo Bratt sie zwang, vor ihm den engen Treppenaufgang zu den zwei muffigen Räumen hochzusteigen, die ihm als Büro dienten. Dort angekommen, richtete der unsanfte Hüne die ersten Worte an sie, während seine Hand mit der Waffe auf dem Schreibtisch ruhte, der zwischen ihnen stand. Bethany saß auf der anderen Seite mit den Händen über dem Kopf verschränkt.

»Annabelle hat mich vor Ihnen gewarnt«, sagte er. »Sie war davon überzeugt, dass Sie früher oder später vor meiner Tür auftauchen würden, wenn ihr etwas zustieß.«

»Und hier bin ich«, erwiderte Bethany ruhig. Auf der Schreibunterlage lagen Handschellen, die ihr offensichtlich ins Auge fallen sollten, aber Bethany würde sich eher erschießen lassen, bevor sie sie sich anlegen ließ.

»Sie haben mich angerufen«, sagte er. »Warum erzählen Sie mir nicht, was genau Sie von mir wollen?«

Bethany wusste, dass sie ihre Worte mit Bedacht wählen musste. Sie hatte gesehen, was Teddy Bratt anrichten konnte, wenn er wütend wurde. Mittlerweile wusste sie, dass er nicht alle Tassen im Schrank hatte. Dennoch war er groß und stark und bewaffnet. Wenn es ihr nicht gelang, die Situation zu ihren Gunsten auszuspielen, würde sie keine Informationen von ihm bekommen.

Stattdessen würde er sie töten.

27

»Kann ich die Hände jetzt bitte wieder runternehmen?«

Der rotbärtige Riese wog die Frage sorgfältig ab. Sie wartete, während er sich die möglichen Konsequenzen durch den Kopf gehen ließ. »Na schön«, meinte er schließlich. »Aber Ihre Hände bleiben auf dem Tisch liegen. Mit den Handflächen nach unten.«

Sie tat, wie ihr geheißen.

»Also. Erzählen Sie mir, warum Sie hier sind.«

»Ich möchte wissen, was zwischen Ihnen und Annabelle passiert ist.«

Bratt runzelte die Stirn. Die Waffe ruhte mittlerweile auf seiner Hüfte, war aber immer noch auf sie gerichtet. Wahrscheinlich hatte er keine Ahnung, dass sie sich genauso gut mit Waffen auskannte wie er. Dank ihres verrückten Vaters und Sam DeMarco hatte sie mehr Zeit auf dem Schießstand als beim Shopping verbracht.

»So war das nicht«, sagte er. »Wir waren nur befreundet, mehr nicht.«

»Natürlich waren sie das«, erwiderte Bethany mit einem ermunternden Lächeln. »Enge Freunde. Darum hat sie Sie auch gebeten, ihr bei ihrem Projekt zu helfen.«

»Von welchem Projekt sprechen Sie?« Er schüttelte seinen großen Kopf. »Ich habe keine Ahnung, was Sie meinen. Welches Projekt?«

Bethany fragte sich, ob Bratt bei seiner Arbeit als Privatdetektiv oft lügen musste. Gemessen an seiner letzten Aussage konnte er das nicht besonders gut.

»Vorgestern, in Dorotheas Haus. Sie gaben vor, überrascht zu sein, dass etwas hinter einem der Bilder im Flur versteckt gewesen war, aber als Sie durch das Fenster türmten, haben Sie es mitgenommen. Das bedeutet, Ihnen war klar, wie wertvoll es war. Sie wussten also ganz genau, dass Annabelle diese Postkarte versteckt hatte. Deswegen sind Sie auch so schnell abgehauen. Sie sind den ganzen Weg aus London gekommen, um die Karte an sich zu nehmen, nur um feststellen zu müssen, dass ich sie bereits gefunden hatte. Daher weiß ich, dass Sie mit Annabelle zusammengearbeitet haben. Offensichtlich hat sie Ihnen vertraut, Teddy. Sie hat Ihnen alles über das Projekt erzählt.«

»Tolles Projekt.« Trotz seiner Körpergröße klang seine Stimme krächzend, was eher zu einem kränklichen Typ passte. »Sie wusste nicht mal, was sie da in der Hand hatte.«

»Nein? Warum nicht?«

»Weil ihre Vision zu beschränkt war.« Er lachte und rollte seinen Stuhl hin und her. Bethanys Stuhl hatte keine Rollen. »Wir reden hier von etwas, das vielleicht echt 'ne Menge Geld wert ist. Ich brauchte nur etwas Hilfe, um die Puzzleteile zusammenzufügen.«

Manchmal hatte Bethanys Intuition etwas Übernatürliches. »Puzzlestücke, wie die Informationen, die Sie für Annabelle recherchiert haben.«

»Was wissen Sie darüber?«, fragte er barsch und mit funkelnden Augen. Bethany, die den Blick starr auf die Waffe gerichtet hielt, versuchte zu verbergen, wie sie innerlich über die Bestätigung ihrer Theorie jubelte.

»Ich weiß genug, um vorgestern Nacht fast erschossen worden zu sein.«

»Die Schießerei in Oxford. Ich hab mich schon gefragt, ob das was mit Ihnen zu tun hatte.«

»Und ich hab mich gefragt, ob Sie vielleicht dabei waren.«

»Ich war in London. Diese Party habe ich verpasst.« Der Riese lachte, wobei seine Waffe weiterhin auf sie gerichtet blieb. Draußen brauste ein Polizeiwagen mit heulender Sirene vorbei, der allerdings nicht auf dem Weg zu ihnen war. »Aber ich sage Ihnen was. Diese Schießerei? Die bestätigt meine Theorie nur. Wenn Leute bereit sind, für diese Informationen zu töten, bin ich mir ziemlich sicher, dass sie auch dafür bezahlen würden.«

»Vielleicht haben sie geschossen, um die Informationen zu geheim zu halten. Ist Ihnen das mal in den Sinn gekommen?«

Doch Teddy hing seinen eigenen Fantasien nach und war für Argumente wenig empfänglich. »Ich meine, so wie Annabelle davon sprach, könnte das Ding Millionen wert sein. Wir müssen nur den Hinweisen folgen, dann können wir es an den Meistbietenden verscherbeln und uns zur Ruhe setzen.«

»Also haben Sie noch mehr Hinweise als nur die Postkarte?«

»Vielleicht.«

»Natürlich. Sie hat Ihnen vertraut. Also hat sie etwas bei Ihnen hinterlegt, für den Fall, dass etwas schieflief. Annabelle hat es Ihnen anvertraut und Anweisungen dazu gegeben.« Sie zögerte, da sie nicht riskieren wollte, dass er an die Decke ging. »Deswegen hat sie Ihnen gesagt, dass ich bei Ihnen auftauchen würde, Teddy. Sollte Annabelle etwas zustoßen, sollten Sie mir etwas aushändigen. Was ist es? Was hat sie mir hinterlassen?«

»Nichts«, schnappte er.

Sie blickte ihm jetzt direkt in die Augen. »Also wollen Sie damit sagen, dass Annabelle Ihnen doch nicht vertraut hat?«

»Sie hat mir vertraut.«

Tante Claudia hatte Bethany die Tugend der Geduld gelehrt, was sich in diesem Moment als sehr hilfreich erwies. »Annabelle hat Ihnen von der versteckten Postkarte erzählt, aber nicht, was es damit auf sich hat. Und sie hat Ihnen auch nichts anderes gegeben. Klingt nicht gerade nach Vertrauen.« Sie schüttelte den Kopf. »Tut mir leid, Teddy. Annabelle hatte kein Recht, Sie in die Sache mit reinzuziehen. Aber der einzige Weg, um da wieder rauszukommen, ist, mir das zu geben, was sie Ihnen zur Verwahrung anvertraut hat. Versuchen Sie einfach so zu tun, als sei der ganze Rest nie passiert.«

»Ihnen geben. Ohne Gegenleistung.«

»So ist es.«

Er kniff die Augen zusammen, als sei Wohltätigkeit ein vollkommen neues Konzept für ihn. Sein Stuhl rollte hin und her. »Es ist wertvoll. Das hat Annabelle gesagt. Es ist wirklich, wirklich wertvoll.«

»Die Sache, nach der sie suchte?«

»Das Stück Papier, das sie mir gegeben hat, um ...« Er hieb mit der Faust auf den Tisch. Das Zimmer bebte. »Hören Sie auf damit!«

»Womit?«

»Sie versuchen, mich auszutricksen, aber das wird Ihnen nicht gelingen. Ab jetzt sage ich Ihnen gar nichts mehr!«

Vorsichtig, ganz vorsichtig. »Teddy, hören Sie mir zu. Wenn Annabelle Ihnen dieses wertvolle Stück Papier anvertraut hat, glauben Sie dann nicht auch, dass die Leute, die hinter ihr her waren – die Leute, die hinter mir her sind –, Sie als Nächstes ins Visier nehmen?«

»Oder sie zahlen mich aus. Großzügig.«

»Im Allgemeinen bezahlen diese Leute nicht für Dinge, die sie sich einfach nehmen können.«

Die Waffe wackelte, mehr aus Überraschung als aus Furcht. Trotz seiner Drohungen war Teddy nur ein Kleinkrimineller und sie konfrontierte ihn gerade mit Komplikationen, die seine Erfahrung überstiegen. »Ich kann auf mich aufpassen.«

»Sie wissen nicht, mit wem Sie sich da einlassen.«

»Ich kann es kaum erwarten sie zu treffen.«

Aber sein Imponiergehabe wirkte gezwungen. Teddy Bratt begann langsam zu verstehen, dass er dieser Situation nicht gewachsen war. Und das machte ihn gefährlicher als je zuvor.

Morgan hockte zusammengekauert und – um den Anschein zu wahren – zitternd auf einer Bank, um von der Öffentlichkeit für einen weiteren Londoner Obdachlosen gehalten zu werden.

Passanten schlugen einen weiten Bogen um ihn, was dem Killer nur recht war. Sollten sie später von der Polizei befragt werden, würden sich die Zeugen wahrscheinlich nicht einmal daran erinnern, dass auf der Bank jemand gesessen hatte. Wer erinnerte sich schon an den Müll, den er im Laufen zur Seite kickt?

Von seinem Posten aus hatte Morgan freie Sicht auf die Fenster des Büros im zweiten Stock. Bratt glich einer tickenden Zeitbombe und neigte bekanntermaßen zu Gewalt. Morgan war sich unschlüssig, wie lange er die beiden dort oben alleine lassen konnte. Bethany war mutig, aber gelegentlich auch tollkühn und konnte den Mann leicht so weit provozieren, dass er ...

Morgan richtete sich auf. Noch jemand beobachtete die Szene. Einer der Leute, die seiner Bank aus dem Weg gegangen waren, hatte sich nun unter dem Vordach eines dunklen Schaufensters postiert. Von Bratts Büro aus war die Person nicht zu sehen, und Passanten mussten schon direkt in die Schatten starren, um die kleine, schlanke Gestalt zu bemerken. Doch Morgan wurde dafür bezahlt, dass ihm nichts entging.

Mathematische Induktion: Ein einzelner Beobachter bedeutete nicht zwangsläufig, dass ein zweiter anwesend war, aber zwei Beobachter konnten auf einen dritten schließen lassen.

Der Abend war gerade interessant geworden.

Bethanys Finger lagen noch immer ausgestreckt auf der Schreibunterlage. Bratts Entscheidung, den Schreibtisch als Barriere zwischen ihnen beiden einzusetzen, war schlau gewesen. So konnte sie keinen der Tricks anwenden, mit denen Filmhelden den bösen Jungs immer ihre Waffen abnahmen. Nicht, dass die paar Techniken, die sie bei Vivian gelernt hatte, ihr beim letzten Handgemenge mit diesem Mann groß genützt hatten.

»Nur dass ich das richtig verstehe«, sagte sie. »Annabelle hat Ihnen ein Stück Papier mit einem Hinweis darauf gegeben. Wann war das, Teddy? Als sie vor drei Jahren hier war? Oder ist es noch nicht so lange her? Wahrscheinlich im letzten Dezember, als sie nach Oxford fuhr, während Dorothea in Asien war. Das war der Zeitpunkt, an dem sie die Postkarte versteckt hat. Sie brauchte einen Schlüssel, um ins Haus zu kommen. Ein Schlüssel, den sie sich zum Beispiel von Ihnen geliehen haben könnte.«

Bratt sagte nichts. Es war, als würde sie eine eidesstattliche Aussage aufnehmen. Manchmal musste man einfach anfangen und den Zeugen folgen lassen. Führte man ihn ein wenig, konnten seine Dementis durchaus aufschlussreich sein, selbst wenn man auf der falschen Fährte war.

Sie schlug einen forscheren Ton an. »Annabelle hat sie beauftragt, ein paar Dinge für sie herauszufinden. Sie hat Ihnen außerdem ein Stück Papier zur Verwahrung anvertraut, bis ich es bei Ihnen abholen komme. Sie sagte Ihnen, dass sie einen weiteren Hinweis in Dorotheas Haus versteckt hatte. Und auch, dass diese Hinweise wertvoll waren. Sie wird Sie gewarnt haben, dass es gefährlich werden könnte. Und das war schlau von ihr, denn ein Mann wie Sie würde versuchen, sie zu beeindrucken. Je gefährlicher sie die Situation also darstellte, umso mehr Hilfe würden Sie ihr gewähren.«

»So leicht lasse ich mich nicht manipulieren.«

Redete er von Bethanys Unterstellungen oder Annabelles Intrigen? So oder so gab es jetzt kein Zurück mehr.

»Und jetzt wissen Sie nicht weiter, nicht wahr? Ihnen ist klar, dass Sie etwas sehr wertvolles in Ihrem Besitz haben, sehen aber nicht, an wen Sie es verkaufen können.«

»Und da kommen Sie ins Spiel.«

»Sie glauben doch nicht, dass ich es Ihnen verrate?«

»Sie sind diejenige, die mich angerufen hat. Sie sind diejenige, die gerade in den Lauf einer Pistole schaut. Also ja. Wenn Sie hier heil rauskommen wollen, werden Sie mich wohl Ihren Freunden vorstellen müssen.« Er schob seine kindlich wirkenden Lippen weit vor, was ihn arrogant wirken ließ, auch wenn er eigentlich nur rechthaberisch war.

»Ich bin auf der Flucht vor dem Gesetz, Teddy. Eine verrückte Bombenlegerin. Leute wie ich haben keine Freunde.«

»Ich warne Sie!« Wieder schlug er auf die Tischplatte ein. Er mochte das Wort *Nein* nicht, besonders nicht aus dem Mund einer Frau. »Mir gehen langsam die Alternativen aus. Genau wie Ihnen!«

Er war nervös. Und wurde zunehmend wilder. Das war der Moment. Der einzige Moment.

»Jetzt verstehe ich Ihr Problem«, sagte sie herablassend. »Annabelle hat Sie an der Nase herumgeführt. Deswegen sind Sie so wütend, richtig? Sie hat Sie ausgenutzt.«

»Ich lasse mich von keinem Mädchen ausnutzen!«

»Ich wette, sie hat Sie nicht mal für die von ihr in Anspruch genommenen Dienstleistungen bezahlt. Sie hatte schon immer ein Händchen dafür, Leute nach ihrer Pfeife tanzen zu lassen. Besonders Männer. Sie waren nur einer unter vielen, Teddy.«

»Wie können Sie so was sagen?« Seine Hand mit der Waffe zuckte jetzt hin und her als Betonung seiner Worte. »Nichts davon ist wahr!«

»Was hat sie Ihnen versprochen? Haben Sie wirklich geglaubt, sie beide würden gemeinsam in den Sonnenuntergang verschwinden? Sie hat Sie benutzt. Sie hat Sie reingelegt ...«

»Hören Sie auf damit! So lasse ich nicht mit mir reden ...«

Sie hatte Teddys Muster durchschaut. Jedes Mal, wenn die Waffe hochzuckte, verstärkte er seinen Griff, sank sie ab, entspannte er den

Finger am Abzug. Beim Wort *mir* senkte Teddy die Waffe wieder. Bethanys Hände flogen vom Tisch; mit einer stieß sie seinen Arm weg, damit er sie nicht aus Versehen erschoss, mit der anderen griff sie nach der Waffe.

28

Fast hätte es funktioniert. Eigentlich lief alles richtig. Bethany gelang es tatsächlich, ein Knie auf die Tischplatte zu stellen, mit einer Hand die Waffe wegzudrehen und mit der anderen sein Handgelenk nach hinten zu drücken. Trotz seiner Größe war Teddy vollkommen überrumpelt. Seine Knie steckten dank der Rollen an seinem Stuhl unter dem Tisch fest, sodass er seinen körperlichen Vorteil nicht einsetzen konnte. Das Problem war nur, dass sich die Waffe viel zu schnell und unerwartet aus seinem Griff löste, noch bevor sie ihm das Handgelenk brechen konnte, was ihr Ziel gewesen war.

Als er die Pistole fallen ließ, griff sie danach, was ihr Fehler war, weil Bratt seine nun leere Hand zu einer Faust ballte, hochschnellen ließ, und sie am Kinn traf. Während sie noch immer auf dem Schreibtisch hockend wild um sich schlug, verpasste er ihr einen Hieb gegen den Hals. Ihr Kopf krachte gegen die Wand und sie fiel zu Boden, genau auf die Waffe, als er sich aufrichtete und nach ihr trat. Er trat zu wie wild. Instinktiv rollte sie sich zusammen. Eine schlechte Entscheidung, wie sich herausstellte, da er nun ihre Oberschenkel traf, was höllisch schmerzte. Doch als sie versuchte, sich weit genug aufzurichten, um eine Hand unter sich zu schieben und nach der Waffe zu greifen, stürzte er sich auf sie, packte sie an den Haaren und schlug ihren Kopf erneut gegen die Wand. Das wiederholte er grunzend noch einmal und Blut sickerte ihr in die Augen. Ein dritter Schlag, und sie wäre bewusstlos geworden, vielleicht sogar für immer. Aber Bethany gelang es - trotz der tanzenden Sternchen, der blutigen Platzwunde und all dem -, sich an eine Technik zu erinnern, die Vivian ihr in ihrem Selbstverteidigungskurs beigebracht hatte. Wenn Bratt ihr Gesicht gegen die Wand knallte, ruckte sein eigener Kopf mit vor, um der Bewegung mehr Schwung zu verleihen. Sie presste die flache Hand gegen die Wand, die er als Waffe benutzte, krümmte die andere am Handgelenk nach hinten, sodass ihre Handfläche nach oben gerichtet war, und versteifte die Fingerknöchel. Als sein Kopf ihr beim letzten Schlag entgegenschnellte, stieß sie ihm mit zwei Fingern hart ins Auge.

Bethany hatte es vorher noch nie probiert, machte es aber zu ihrer eigenen Überraschung auf Anhieb richtig.

Sie schlug zwar trotzdem mit der Stirn gegen die Wand, aber nur leicht, da er laut aufheulend von ihr herunterrollte und die Hände vor sein verwundetes Auge schlug.

Bethany, die immer noch leicht benommen war, wusste, dass sie sich kein drittes Mal mit ihm prügeln konnte. Sie griff sich die Waffe und kam dann irgendwie stolpernd auf die Füße. Schwankend befahl sie ihm, sie anzusehen, dann warf sie ihm die Handschellen vom Schreibtisch zu und bellte ihn an, sich mit dem Handgelenk an das Heizungsrohr zu fesseln.

»Nein.«

»Doch«, sagte sie und eine Kugel verschwand im Boden zwischen seinen Oberschenkeln. Die Waffe war eine Beretta 9 - ein ähnliches Modell hatte die Polizei bei ihr in Virginia beschlagnahmt. Im Magazin war Platz für fünfzehn Patronen, aber das Gewicht der Waffe verriet ihr, dass es nicht mal annähernd voll war. Nur Brett wusste, wie viel Schuss noch übrig waren.

»Sie sind verrückt«, knurrte er, ohne sich zu rühren.

Bethany wollte nur ungern ein zweites Mal schießen. Er hatte einen Schalldämpfer vor den Lauf geschraubt, der einen hochwertigen Eindruck machte. Also würden die Schüsse sie weder taub machen noch die Nachbarn veranlassen, die Polizei zu rufen, aber der Aufsatz schränkte die Treffsicherheit ein. Selbst wenn ihr nicht schwindelig wäre, könnte sie ihn aus Versehen töten.

»Tun Sie es«, befahl sie und stabilisierte die Waffe mit beiden Händen.

Bratt kam der Aufforderung nach, auch wenn sein unheilvoller Blick verriet, dass die Sache ein Nachspiel haben würde.

Als das erledigt war, ließ sie sich in die Hocke zurückfallen, vollkommen erschöpft, benommen, mit schmerzendem Kopf und Übelkeit im Magen. Sie wusste nicht, wie viel Zeit ihr blieb. Es war ihr egal. Sie musste sich ausruhen. Und so schloss Bethany, Bretts wenig originelle und nicht enden wollende Beschimpfungen ignorierend, die Augen.

Das Klingeln des Telefons riss sie ein paar Minuten später aus dem Schlaf, aber Teddy Bratts laute Befreiungsversuche hätten das früher oder später auch getan. Der Anrufbeantworter schaltete sich ein, und gemeinsam lauschten sie einer Frau, die noch ein paar Tage Aufschub für die Bezahlung seines Honorars benötigte und ihn bat, von weiteren Anrufen abzusehen.

»Ich hab es Ihnen doch gesagt«, sagte er mit halb trotzigem, halb besiegtem Blick. »Ich kann es mir nicht leisten, irgendwas zu verschenken.«

»Warum erzählen Sie mir nicht einfach, was los ist?«

»Sie sind zäher, als ich erwartet hatte. Ich habe nicht mit voller Kraft zugeschlagen.«

Das glaubte sie ihm.

»Schießen Sie los«, wiederholte sie, die Waffe auf den Boden gerichtet.

Der mittlerweile gezähmte Teddy war zwar immer noch wütend, erzählte ihr aber dennoch den größten Teil der Geschichte. Sein Leben sei hart gewesen, begann er. Er sei schon immer ein großer tollpatschiger Tölpel gewesen, der in der Schule ständig von den anderen Jungen aufgezogen wurde, bis er sie bewusstlos schlug. Bethany nickte und ließ ihn reden, während sie sich mit einem Papiertuch, das sie mit einer Flasche Wasser aus seinem Kühlschrank befeuchtet hatte, das Blut von der Stirn wischte. Teddy redete immer weiter. Er sei von einer Schule zur nächsten geschoben worden, erzählte er, weil die Schulleiter mickrige kleine Arschlöcher gewesen seien. Sie hätten nicht nachvollziehen können, wie es war, groß und stark und zäh zu sein und keinen Respekt von seinen Lehrern zu bekommen, weil man in Mathe nicht so gut wie die anderen Jungs war. Wahrscheinlich hätte er diese selbstmitleidige Tirade noch eine Stunde fortgesponnen, wenn Bethany ihn nicht endlich zur Ordnung gerufen hätte, indem sie seine eigene Waffe auf ihn richtete.

Seine Geschichte interessiere sie nicht, erklärte sie, während sie sich die blutige Stirn betupfte und sich das Kreuz an der Stelle rieb, an der er ihren Körper herumgerissen hatte. Sie war diesem Mann gegenüber ungewöhnlich gefühlskalt. Sie war nur an den Informationen interessiert, die er zu bieten hatte.

»Ich muss wissen, was zwischen Ihnen und Annabelle abgelaufen ist.«

Seine Antwort bestand aus einer Flut von Schimpfwörtern.

»Sie werden es mir sagen, Teddy. Sie haben keine andere Wahl.«

In Wahrheit hatte sie schon nahezu all ihre psychologischen Tricks angewandt, um ihn zu bezwingen. Niemals würde sie ihn verletzen, um ihn zum Reden zu bringen, aber sie hoffte, dass er das nicht ahnte.

»Egal, wie oft Sie auf mich schießen, ich kann Ihnen nicht sagen, was ich selbst nicht weiß.« Er rückte in eine halbwegs bequeme Position. Bratts Auge war fast zugeschwollen, doch langsam fand er sein Selbstvertrauen wieder. Wahrscheinlich war ihm tatsächlich klargeworden, dass sie niemals auf ihn schießen würde, außer in Notwehr. »Ich hab es Ihnen schon gesagt. Ich habe einige Dinge für Annabelle recherchiert und sie hat mir ein Stück Papier gegeben, das ich für sie aufbewahren sollte. Das ist alles. Sie hat mir nicht verraten, was sie vorhatte. Nicht wirklich. Ich wusste, dass es etwas mit dem Manuskript zu tun hatte, an dem Dorotheas Dad arbeitete. Ich wusste, dass Annabelle auf der Suche nach einer antiken Reliquie war. Ihrer Aussage nach war sie mehrere Millionen wert, okay? Mehrere Millionen.«

Und diese Zahl hatte ihn für alles andere blind gemacht.

Sie hockte sich auf den Rand des Schreibtischs und ließ ein jeansbekleidetes Bein baumeln.

Sie hatte seine Akten und Schränke schon durchsucht, war dabei aber nur auf unbezahlte Rechnungen gestoßen, sowohl von ihm ausgestellt als auch an ihn gerichtet, zusammen mit Berichten über die Aktivitäten treuloser Ehepartner und Vorschläge zur Verbesserung von Sicherheitsmaßnahmen für den Lebensmittelhändler um die Ecke. »Wo ist der Zettel?«, fragte sie.

»Welcher Zettel?«

»Den, den Sie für Annabelle aufbewahren sollten.«

Darauf antwortete er mit einer Reihe tief empfundener, wenn auch nicht sonderlich origineller Flüche.

»Ich bitte Sie, Teddy.« Sie musste sich zwingen, mit fester Stimme zu reden, da ihre Erschöpfung erneut an ihr nagte. »Bleiben wir beim Thema. Sie haben Informationen für sie recherchiert und Unterlagen für sie aufbewahrt. Ich brauche die Ergebnisse der Recherche, und ich brauche die Unterlagen. Sobald ich bekommen habe, was ich benötige, gebe ich Ihnen den Schlüssel für die Handschellen und verschwinde.«

»Vergessen Sie's.«

»Und noch etwas muss ich wissen.«

»Ich sage Ihnen gar nichts«, erwiderte er und stemmte sich wieder gegen die Handschellen, die eigentlich für sie bestimmt gewesen waren. »Bei dem ganzen Blut, das Sie verloren haben, muss ich einfach nur abwarten, bis Sie ohnmächtig werden. Dann werde ich mich befreien und wir werden sehen, wer am Schluss gewinnt.«

Bethany ignorierte seine Worte, auch wenn sie wusste, dass er wahrscheinlich recht hatte.

»Ich muss wissen: Warum sind Sie vorgestern nach Oxford zurückgekehrt? Warum sind Sie zum Haus gefahren?«

»Um hinter dem Foto nachzusehen.«

»Das meine ich nicht. Sie sind genau in dem Moment wieder in Dorotheas Haus aufgekreuzt, als ich mich dort aufhielt. Das kann nur bedeuten, dass Ihnen jemand gesagt hat, dass ich dort war.«

»Das war reiner Zufall. Ich habe Sie in den Nachrichten gesehen. In den Zeitungen über Sie gelesen. Sie waren auf der Flucht.« Er zuckte seine mächtigen Schultern. »Ich habe mir einfach gedacht, dass Sie nach Oxford kommen würden.«

Ja, sie hatte recht gehabt: Teddy war ein lausiger Lügner. Entweder das, oder er hielt es nicht für nötig, sich etwas Besseres für sie auszudenken.

»Meine Geschichte ist kalter Kaffee, Teddy. Sie haben bestimmt schon vor fünf Wochen von meinen angeblichen Verbrechen gehört. Wenn Sie deswegen nach Oxford fahren wollten, hätten Sie das damals gemacht. Aber das haben Sie nicht getan. Sie warteten ab, bis ich in England eintraf. Meinetwegen war es ein Zufall, dass Sie zur gleichen Zeit wie ich im Haus ankamen. Aber es kann kein Zufall gewesen sein, dass Sie sich ausgerechnet einen Tag nach meiner Landung in Heathrow auf den Weg machten. Jemand hat Ihnen gesagt, dass ich dort war. Ich will wissen, wer.«

Er starrte mit finsterer Miene aus dem Fenster. Draußen wurde die Aussicht größtenteils durch halb fertig gebaute Gebäude blockiert. In der Entfernung schaukelten die Lichter der Boote auf dem sichtbaren Teil des Flusses. »Vielleicht hatte ich einfach Glück. War zur richtigen Zeit am richtigen Ort.«

»Ich bitte Sie. Jemand hat Ihnen aufgetragen, nach Oxford zu reisen. Ich muss wissen, wer das war.«

Er zuckte mit den Schultern, aber sie bemerkte, dass seine Aufmerksamkeit nur auf die Handschellen gerichtet war, während er versuchte zu überlegen, wie er sich befreien konnte. »Ich hab's doch schon gesagt. Das war Zufall.«

Bethany feuerte die Waffe ab, was sie beide kurz zusammenzucken ließ. Sie achtete darauf, in eine andere Richtung zu zielen, in die andere Ecke des unordentlichen Zimmers. Die Kugel zerschmetterte den kleinen Spiegel über dem Waschbecken in tausend Stücke, ein Ziel, das sie bei fünf ernsthaften Versuchen nicht hätte treffen können.

Morgan war sich nicht sicher. Das konnte ein Schuss gewesen sein. Ein gedämpfter Schuss, der durch einen abgenutzten Schalldämpfer abgegeben worden war. Vielleicht. Vielleicht auch nicht. Er hatte immer noch freie Sicht auf Bethany, die mit dem Rücken zum Fenster saß. Es war unmöglich, jemand anderen im Zimmer auszumachen, aber sie redete, schien die Situation unter Kontrolle zu haben und unverletzt.

Der andere Beobachter war ebenso zögerlich aus seinem Versteck getreten und überquerte langsam, ganz langsam mit vorsichtigen Schritten die Straße.

Jetzt musste Morgan eine Entscheidung treffen.

»Sie sind ja vollkommen verrückt«, sagte Teddy Bratt und fletschte die Zähne.

»Ich will wissen, wer Sie nach Oxford geschickt hat.«

»Und ich will wissen, welches Pferd im nächsten Rennen gewinnt«, erwiderte er höhnisch, doch sie konnte an dem erneut vorsichtigen Ausdruck in seinen Augen erkennen, dass er glaubte, sie habe den Spiegel mit Absicht getroffen. »Sie sehen nicht gut aus, Bethany. Ihr Kopf blutet immer noch.«

»Sagen Sie mir, wer es war.«

»Ich sage Ihnen, dass Sie ins Krankenhaus müssen. Hören Sie. Es gibt da eine Klinik, die ist nur einige Blocks entfernt.«

»Mir geht's gut.«

Er brach in schallendes Gelächter aus. »Sie schaffen es ja kaum, die Augen offen zu halten.«

»Hören Sie auf, mich zu bedrängen, Teddy.«

Aber er bedrängte sie nicht. Er beobachtete sie nur. Und zwar ganz genau. So genau, dass Bethany unwohl wurde. Ohne Unterlass versuchte er, sich aus den Handschellen zu befreien, und eigentlich hätte sie ihm befehlen sollen, still sitzen zu bleiben, doch die schwindelerregenden Schatten am Rande ihrer Wahrnehmung versuchten immer wieder, sie in die Dunkelheit zu reißen. Er hatte recht. Die Wunde an ihrem Kopf blutete noch immer stark, aber wenn sie jetzt in eine Klinik ging, war sie geliefert.

Sie schüttelte ihre Zweifel ab. »In Ordnung. Wir machen es anders. Annabelle hat Ihnen gesagt, dass sie auf der Suche nach einem antiken Relikt war. Was hat sie Ihnen darüber genau erzählt?«

Er zuckte mit den Schultern, den Blick starr auf die Waffe gerichtet. »Irgendeine alte Steintafel. Etwas, das Pilatus angeblich über Jesus geschrieben hat. Ein Haufen Blödsinn, wenn Sie mich fragen.«

»Sicher, das haben Sie wohl anfangs gedacht.« Erneut wurde sie von Schwindel ergriffen, kämpfte aber dagegen an. »Aber irgendwann haben Sie die Tafel jemand anders gegenüber erwähnt. Das war der Zeitpunkt, als man auf Sie zukam und Ihnen aufgetragen hat, Ihre Augen offen zu halten. Vielleicht sogar über Annabelles Fortschritte Bericht zu erstatten.«

»Vielleicht.«

»Dann haben Sie eine ganze Weile nichts mehr von den Leuten gehört, bis sie sich bei Ihnen gemeldet haben und Sie darüber informierten, dass ich im Lande sei. Dass ich möglicherweise versuchen würde, mit Ihnen in Kontakt zu treten und Sie ... Sie sollten ...« Sie richtete sich auf. »Sie sollten sich melden, sobald Sie etwas von mir hörten.« Wieder ein Schwindelanfall. »Haben Sie sie benachrichtigt, Teddy? Sind sie auf dem Weg hierher?«

»Vielleicht.« Der vorsichtige Ausdruck war verschwunden. Sein Blick glich jetzt dem eines Raubtiers.

»Nein, das haben Sie nicht. Sie wollten erst sehen, ob ich mich nicht auf einen Deal einlasse. Deshalb die Handschellen. Hätte ich mich geweigert, mit Ihnen zusammenzuarbeiten, hätten Sie mich ausgeliefert.«

»Sie bluten alles voll, Bethany.«

»Sie haben sie noch nicht angerufen. Also haben wir noch Zeit. Sagen Sie's mir einfach, Teddy.« Sie kniff sich in ihr verletztes Handgelenk, um wach zu bleiben. »Mir ist egal, wer Ihr Kontaktmann ist. Ich will einfach nur die Ergebnisse der Nachforschungen, die Sie für Annabelle angestellt haben, und die Unterlagen, die sie bei Ihnen deponiert hat.«

Sie beobachtete seine Augen, während er die Situation abwog. Offensichtlich war er davon überzeugt, dass sie jeden Moment zusammenbrechen konnte. Wahrscheinlich lag er damit noch nicht mal falsch.

»Der Auftrag lautete, jemanden zu durchleuchten«, lenkte er schließlich ein. »Sagen wir einfach, einen bestimmten Kerl. Annabelle wollte alles über ihn wissen.«

»Um wen handelte es sich?«

»Machen Sie mich los und ich verrate es Ihnen.«

»War es Findrake?«

»Wer?«

Seine Verwunderung schien nicht gespielt zu sein, sorgte aber für Verwirrung bei Bethany. An wem sonst hätte Annabelle Interesse haben können? Aber Bratt redete schon weiter. Um Zeit zu schinden, wie ihr klar wurde. Er wusste, dass sie nicht mehr lange durchhalten würde. Er würde so lange weiterplappern, bis sie durch den Blutverlust ohnmächtig wurde.

»Was den Zettel angeht – den hatte sie von Dorotheas Dad bekommen. Stand nicht viel drauf. Nur drei Buchstaben.«

»Welche drei Buchstaben?«

»Nehmen Sie mir die Handschellen ab?«

»Wir haben keine Zeit mehr, Teddy. Ich muss es wissen.«

»Hören Sie ...«

»Sagen Sie es mir einfach!«

»Halt!«, rief er und schreckte sie auf.

Erst da bemerkte sie, dass sie die Waffe auf seine Brust gerichtet hatte. Schnell senkte sie ihre Hand wieder. Dann legte sie die Pistole auf dem Schreibtisch ab, um keinen schrecklichen Fehler aus Erschöpfung zu riskieren.

»Der Name«, sagte sie.

»Ein Mann namens Hagopian. Earl Hagopian.«

»Was haben Sie über ihn herausgefunden?«

»Das steht alles in der Akte.«

»Welche Akte?«

Er wies mit einer Kopfbewegung zu den Aktenschränken hin. »In der zweiten Schublade. Eine dicke blaue Mappe.«

Bethany ließ sich vorsichtig auf die Füße fallen. Sie fand die Akte über Hagopian genau dort, wo er es gesagt hatte. Noch vor dem Aktenschrank begann sie durch die Aufzeichnungen zu blättern, sodass sie über einen Meter entfernt vom Schreibtisch und der Waffe stand, als sich Teddy mit lautem Gebrüll vom Heizungsrohr losriss, das auseinanderbrach und heißen Dampf im ganzen Raum verteilte, während er sich auf sie warf. Der Blutverlust verlangsamte ihre Reaktion. Noch bevor sie sich komplett umdrehen konnte, hatte der Hüne sie von hinten umklammert, ihr sein Knie ins Kreuz gedrückt und den anderen Arm wie ein Stahlrohr um ihren Hals gelegt, während er zudrückte. Bethany versuchte sich so gut es ging, in seinem Griff zu winden, gegen ihn anzukämpfen, nach ihm zu treten, aber er war auf alle ihre Tricks gefasst und ließ einfach nicht locker. Sie sagte sich die ganze Zeit, dass es so einfach nicht enden durfte, aber sein eisenharter Griff machte ihr deutlich, dass es genau so kommen könnte. Sie drückte ihm eine Hand ins Gesicht, die er aber nur verächtlich wegdrehte, und sie hörte das Knacken eines Knochens, noch bevor sie eine wachsende Woge von Schmerz und Übelkeit ergriff. Sie hätte aufgeschrien, wenn sie genug Raum gehabt hätte, um Luft zu holen. Ihr Widerstand wurde immer schwächer, als die Schatten sich um sie herum erhoben. In weiter, weiter Ferne zischte und spuckte die geborstene Heizung. Ihre Pupillen fühlten sich auf einmal heiß an und weiteten sich, dann vernebelte sich ihr Blick, das Muster der Tapete wurde grau und verschwamm vor ihren Augen. Gnadenlos drückte ihr das Stahlrohr immer weiter die Kehle zu und Bethany bekam keine Luft mehr. Im gesamten Universum gab es auf einmal keine Atemluft mehr. Sie war durch auf sie zurasende dunkle Materie ersetzt worden. Ihre Arme hingen schlaff und schlackernd herunter. Sie hörte einen Schuss und ging davon aus, dass das Ende gekommen war. Sie hörte einen Schrei. Stimmen. Aber die bildete sie sich wahrscheinlich nur ein. Sie war erledigt. Der Schmerz, der an mehreren Stellen durch ihren Körper fuhr, verband sich zu einer einzigen verzweifelten Qual, einer Kälte, die sich aus ihren sterbenden Lungen ausbreitete. Ihre Augen wurden glasig, ihr Verstand schaltete sich aus, und die Schatten brachen über ihr ein.

29

Nacht.

Carl Carraway war wieder online. Wegen seines letzten Versuchs meinte Fuentes, dass sie auf einer heißen Spur waren. Sie standen kurz vor einem Durchbruch. Ray hatte seine Wohnung aufgegeben. Carl hatte keine Ahnung, wo er untergekommen war; er wusste nur, dass der CIA-Mann immer auf ihn aufpasste.

Carl lächelte still. Möglicherweise war er der erste FBI-Agent in der Geschichte, der einen CIA-Bodyguard hatte. Andererseits war Fuentes bei der CIA ausgestiegen und Carl auch kein FBI-Mitarbeiter mehr. Also würden sie vielleicht doch nicht in die Geschichtsbücher eingehen.

Carl tippte auf seiner Tastatur herum und arbeitete sich durch das Labyrinth, bis er wieder zu einem der Chatrooms vordrang, der von BLLNET-Mitgliedern besucht wurde. Er wartete. Er gab keinen Kommentar ab. Er ignorierte alle Anfragen und schaute zu, wie sich einer nach dem anderen ausloggte. Schon bald war er ganz allein.

Trotzdem wartete er weiter ab.

Andere Mitglieder tauchten kurz auf und verschwanden wieder. Einige chatten in scheinbar unzusammenhängenden Sätzen. Sie waren sich der Anwesenheit ihres Besuchers bewusst und die Situation gefiel ihnen gar nicht.

Nach zwanzig Minuten tauchte not-elliex auf. Ohne Begrüßung forderte sie ihn direkt zu einem privaten Chat auf und schickte ihm, als sie endlich alleine sind, einen Link.

JFRIEND22: du willst dass ich drauf klicke?
NOT-ELLIEX: j
JFRIEND22: wohin führt der?
NOT-ELLIEX: klick einfach
JFRIEND22: warum sollte ich dir trauen
NOT-ELLIEX: ??
NOT-ELLIEX: du wirst ein passwort brauchen
JFRIEND22: wie lautet es?

NOT-ELLIEX: du kennst es bereits
NOT-ELLIEX: deine einzige Chance
[not-elliex hat den Chat verlassen]

Carraway saß im Starbucks-Café in Georgetown und suchte wieder einmal Zuflucht in der Menge. Erneut schaute er sich um und fragte sich, ob BLLNET ihn bereits aufgespürt hatte. Sie würden vorsichtig vorgehen, weil sie besorgt waren, aber früher oder später würden sie mit Sicherheit anfangen, seine Bewegungen nachzuverfolgen - erst im Web, dann in der realen Welt. Er war sich jedoch relativ sicher, dass sie ihn noch nicht beobachteten.

Nicht in der realen Welt zumindest.

Anklicken oder nicht? Sie sagte, das sei seine einzige Chance.

Er klickte auf den Link.

Sein Browserfenster wurde erst schwarz, dann wieder grün. Ein Cursor erschien, sonst nichts. Kein Schnickschnack, kein aufwendiges Design. Er stand ganz kurz davor, sich in die tiefsten Tiefen des Darknets zu begeben, wo laut Amy Santana oft die erfahrensten Hacktivisten anzutreffen waren.

Er kenne das Passwort bereits, hatte not-elliex gemeint.

Er tippte seinen Usernamen ein: JFRIEND22

Ein weiterer Cursor erschien auf dem Bildschirm. Sie hatten einen Account für ihn angelegt.

Er gab KRANJAN97 ein und drückte auf Enter. Der Cursor tauchte erneut auf, zusammen mit einem Warnhinweis, dass er nur noch zwei Versuche hatte.

Er kenne das Passwort, hatte sie gesagt.

Carl runzelte die Stirn. Ihm blieb wahrscheinlich nicht mehr viel Zeit, bis sie ihn fallen ließen. Vielleicht hatten sie ja doch seine wahre Identität herausgefunden. Es gab ein Passwort, das er für fast alle Portale benutzte - Gmail, Amazon, Netflix, selbst fürs Online-Banking. Er wusste, dass das wenig Sicherheit bot, aber wie die meisten Menschen konnte er die Sicherheitsbestimmungen nur bis zu einem gewissen Grad befolgen.

Er tippte sein gewohntes Passwort ein.

Der Cursor erschien, gefolgt von einer Warnung, dass er nur noch einen Versuch hatte.

Jetzt fiel ihm nur noch das Passwort ein, mit dem er sich in das Intranet des FBI-Hauptquartiers einloggte, und das wird er diesen Leuten bestimmt nicht geben ...

Ihnen geben?

Idiot!

Er schloss den Browser, löschte den Verlauf, löschte alle Cookies und startete das Tablet neu. Er wartete mit geballten Fäusten, dass es hochfuhr. Er hatte es lieber mit Feinden zu tun, die er in dieser Welt bekämpfen konnte, als mit denen, die im Internet ihr Unwesen trieben.

Als der Rechner wieder betriebsbereit war, rief er sofort die Website seiner Bank auf. Er scrollte durch seinen Account. Nicht ein einziger Penny war abgehoben worden, aber sie waren bereits hier gewesen. Das wusste er, weil die Anmeldeinformationen besagten, dass er die Seite zum letzten Mal vor drei Minuten besucht hatte, auch wenn er wusste, dass dem nicht so war.

Er änderte sein Passwort fürs Online-Banking und rief Gmail auf.

Sein gesamter Posteingang war gelöscht worden.

Carl stöhnte auf. Mehrere Köpfe drehten sich zu ihm herum. Er war übertölpelt worden. So einfach war das. Er hatte gedacht, er wäre schlau vorgegangen, aber das BLLNET-Team hatte ihn ausgetrickst. Mühelos. Er wusste immer noch nichts über not-elliex und den Rest ihrer Mannschaft, aber auf einmal wussten sie alles über ihn.

Ein Ping machte ihn darauf aufmerksam, dass er gerade eine Mail erhalten hatte.

Er schaute auf den Bildschirm.

Draußen vor der Tür wartet ein dunkelblauer Ford Explorer auf dich.
Mach dich sofort auf den Weg.
In neunzig Sekunden wird das Auto verschwunden sein.

Er machte sich auf den Weg.

Sofort.

Der Explorer wartete an der Bordsteinkante.

Carraway schaute sich auf dem Parkplatz um, konnte aber niemanden entdecken, der ihm besondere Aufmerksamkeit zu schenken schien. Keine Spur von Fuentes. Die Hintertür auf der Fahrerseite stand offen. Carl stieg ein und der Wagen raste los, fast noch bevor er die Tür zumachen konnte.

Außer ihm befand sich nur der Fahrer im Auto. Carraway schätzte ihn auf ungefähr Mitte bis Ende vierzig. Er hatte einen struppigen, roten Bart, der grau durchzogen war, und trug eine dunkle Beanie-Mütze. Er rauchte eine Pfeife, und der Geruch schien aus allen Ecken des Autos gleichzeitig zu dringen, also nahm Carl an, dass er der Halter des Wagens war.

»Wohin fahren wir?«

Im Rückspiegel richteten sich die dunklen, verquollenen Augen des Fahrers kurz auf ihn, dann wieder auf die Straße. Carl trug weder Handschellen noch eine Augenbinde. Man hatte ihn nicht auf Waffen durchsucht. Er konnte jederzeit die Kontrolle übernehmen, aber natürlich würde ihn das seinem Ziel keinen Schritt näher bringen.

»Sie können jederzeit aussteigen«, sagte der Fahrer schließlich.

»Wie soll ich Sie nennen?«

»Mackerel.«

»Wie die englische Makrele?«

»Das ist mein echter Name. Dennis Mackerel. Das können Sie später gern überprüfen. Beim FBI bin ich bereits aktenkundig. Sie hatten nicht genug gegen mich in der Hand, um mich vor Gericht zu stellen, aber auf jeden Fall genug, dass ich meinen Job verloren habe.«

»Welchen Job?«

Ein kurzes Zögern. Im Rückspiegel beobachtete Carl, wie tiefe Gefühle über das nichtssagende Gesicht wanderten.

»Ich habe an der Highschool Mathematik unterrichtet«, erklärte Mackerel schließlich. »Ihre Leute haben dafür gesorgt, dass ich gefeuert wurde.«

»Und was machen Sie jetzt, Dennis?«

»Dies und das.«

»Verstehe.«

»Das tun Sie nicht. Aber das werden Sie noch.«

Dennis fuhr in gemächlichem Tempo die Straßen entlang. Sie kamen an der Washington National Cathedral vorbei, die in ein gewaltiges Baugerüst eingekleidet war. Der Wagen bog rechts auf die geraden, aber meist schmalen Seitenstraßen von Cleveland Park ab, einer der etwas vornehmeren Gegenden der Stadt. In der Dunkelheit schien ihnen niemand zu folgen. Sie bogen zweimal abrupt links ab und fuhren nun wieder in die Richtung, aus der sie gekommen waren.

Der Explorer kam langsam zum Stehen.

In der Entfernung leuchtete ein Licht auf.

»Gehen Sie auf das Licht zu. Ihre Hände halten Sie vor dem Körper. Dort drüben steht ein anderer Wagen. Steigen Sie ein und sagen Sie kein Wort.« Wieder trafen sich ihre Blicke im Spiegel. »Ich bin mir sicher, dass Ihnen diese Nummer sehr altmodisch und überholt vorkommen muss, Mr Carraway, aber wir verfügen nicht über Ihre Fachkenntnisse. Dennoch wissen wir uns zu schützen.«

»Und jetzt warnen Sie mich wohl noch, dass Sie wissen, wo meine Mutter wohnt.«

»So arbeiten wir nicht. Wir sind keine gewalttätigen Menschen. Deswegen haben wir Sie auch nicht durchsucht. Was würde das bringen? Ich bin mir sicher, dass Sie auch unbewaffnet keine Mühe hätten, es mit uns allen aufzunehmen. Alles, was ich damit sagen wollte, war, dass wir so vorsichtig sind, wie wir nur sein können. Wir müssen uns absichern.« Das Licht flackerte erneut auf. »Keine Zeit mehr. Gehen Sie.«

Er wurde mit zwei weiteren Wagen und zwei weiteren Fahrern und so viele Abbiegungen gefahren, dass es niemand gelingen würde, ihnen zu folgen. Die Fahrt endete am College Park, wo man ihn in ein Reihenhaus führte, nicht weit entfernt vom Campus. Sie setzten ihn in einem winzigen Esszimmer ab, wo ihm eine Frau und ein Mann Gesellschaft leisteten. Der Mann war schwarz und gut aussehend, vielleicht um die zwanzig. Die untersetzte Frau, die Carl ganz offen misstrauisch mustert, war weiß und in ihren Dreißigern.

»Not-elliex, wie ich annehme?«

Bevor er wusste wie ihm geschieht, war sie bereits mitten in einer Predigt. Darüber, dass sie Zensur und auch Online-Urheberrechte ablehnten und dass sie an die Freiheit glaubt und dabei geholfen hatten, die Demonstranten während des Arabischen Frühlings zu vernetzen. Sie wurden vom FBI verfolgt, sagte sie und von mehr als einer ausländischen Regierung, aber sie würden nicht damit aufhören. Niemals.

»Und wissen Sie auch warum?«

»Warum?«

»Weil uns die Technik eigentlich befreien soll. Aber Leute wie Sie – Sie setzen sie ein, um uns zu unterdrücken. Um uns zu kontrollieren. Und das ist einfach Unrecht.«

Carl ließ das alles über sich ergehen. Noch immer hatte niemand eine Waffe gezückt und es beruhigte ihn zu sehen, dass sie anscheinend wirklich so gewaltlos waren, wie sie behaupteten.

»Ich will einfach nur über Janice Stafford reden«, erklärte er.

»Das glaube ich gern«, erwiderte sie.

Der jüngere Mann war aalglatt. Mit einem traurigen Lächeln klärte er Carl über die einfachen Tatsachen des Lebens auf.

»Sehen Sie mal, Carl. Darf ich Sie Carl nennen? Schauen Sie, es ist so. Wir können jederzeit auf Ihre Daten zugreifen. Wir haben in den Bereichen des Webs, die Sie häufig nutzen, alle möglichen kleinen Apps installiert. Okay? Wir können großen Schaden anrichten. Wir können Ihnen schwere Verbrechen anhängen. Was auch immer. Und ja, sie würden es schaffen, da wieder rauszukommen, aber wir können Ihnen eine Menge Ärger machen. Okay?«

»Okay.«

»Ich nehme an, dass Sie sich solchen Ärger ersparen wollen.«

»Ich will überhaupt keinen Ärger haben.« Carl breitete die Hände aus. »Wenn Sie mich überprüft haben, werden Sie wissen, dass ich vom Dienst suspendiert bin. Ich bin also nicht in offizieller Funktion hier. Ich bin nicht befugt, Sie festzunehmen.«

»Das könnte ein Trick sein«, meinte not-elliex. »Damit wir uns in Sicherheit wiegen.«

Carl seufzte, ihm kam ein Schiller-Zitat in den Sinn: *Gegen Dummheit* ... und so weiter. Aber nein. Das war zu einfach gedacht. Ihre Vorsicht war sinnvoll und entstammte dem jahrelangen Bestreben, nicht entdeckt zu werden.

Das Esszimmer war mit einem Tisch und Stühlen ausgestattet und einer niedrigen Anrichte, alles extrem billige Ware. Kein einziges digitales Gerät weit und breit. Er sollte nicht sehen, was auf ihren Bildschirmen vor sich ging.

»Ich bin nur aus einem Grund hier. Um Janice zu finden. Sie wird gegen ihren Willen festgehalten.«

»Hey, Sie sind vom FBI«, sagte die Frau. »Ist das nicht Ihr Job? Entführer aufzuspüren und so was eben?«

»Ich habe es Ihnen bereits gesagt. Ich bin nicht offiziell hier. Und – na ja, wir können die Sache auch nicht offiziell machen. Die Wahrheit ist, dass ich nicht weiß, wem ich in dem Laden noch trauen kann.«

Er bemerkte ihre misstrauischen Blicke. Die Leier hörten sie nicht zum ersten Mal. »Wenn Sie wirklich glauben würden, dass an meiner Geschichte absolut nichts Wahres dran wäre, hätten Sie mich nicht hergebracht. Sie hätten mich einfach ignoriert. Aber Sie sind genauso besorgt um Janice wie ich. Bitte. Lassen Sie mich Ihnen helfen, sie zurückzuholen.«

Die beiden tauschten einen Blick aus. Die Frau ergriff erneut das Wort und ihr nüchterner Tonfall verriet ihm, dass alles davor nur Theater gewesen war.

»Na schön. Dann mal im Ernst. Gehen wir also davon aus, dass Sie die Wahrheit sagen. Warum kommen Sie damit zu uns? Warum glauben Sie, dass wir Ihnen helfen könnten?«

»Ich habe keine Ahnung, ob Sie mir helfen können. Es ist Ausdruck reinster Verzweiflung. Aber wie ich unterrichtet wurde, weiß Janice Stafford so viel über das Internet wie fünf Experten zusammen. Wenn sich ihr nur die kleinste Gelegenheit geboten hat, wird sie versucht haben, Ihnen eine Botschaft zu schicken.«

Darauf reagierten sie. Ganz eindeutig.

Dieses Mal meldete sich der Mann zu Wort. »Vielleicht haben Sie recht. Vielleicht wissen wir, wo sie ist. Mehr oder weniger.«

»Wissen Sie es oder nicht?«

»Ich sagte es bereits. Mehr oder weniger.«

»Wo ist sie?«

»Dazu kommen wir gleich.« Jetzt übernahm not-elliex wieder – oder Ellie, wie Carl sie insgeheim nannte, auch wenn sie wahrscheinlich anders hieß. »Aber wollen Sie nicht wissen, *woher* wir das wissen?«

Tatsächlich hatte sich Carl diese Frage schon gestellt. Und sein echtes Interesse war an dieser Stelle von Vorteil, da Ellie offensichtlich darauf aus war, ein wenig anzugeben.

»Eigentlich würde ich es sogar liebend gern wissen«, erwiderte er.

»Weil sie uns eine Nachricht geschickt hat«, erklärte Ellie nun glaubhaft fröhlich. Carl erkannte, dass er sich in ihr getäuscht hatte. Das sah er in ihren Augen. Nicht auf sich selbst war sie stolz, sondern auf Janice. »Genau wie Sie sagten: Sie wurde entführt und wird als Geisel oder so was in der Art festgehalten, und trotzdem hat sie es geschafft, uns eine Botschaft zu schicken. Sie ist so was von brillant.«

»Sicherlich würden die sie nie in die Nähe eines Computers lassen.«

»Natürlich nicht. Aber unsere kranjan97 ist ein Genie.«

»Das weiß ich.«

»Nein, das wissen Sie nicht. Sie glauben es zu wissen, tun es aber nicht. Ich meine damit nicht so was wie einen IQ von 170. Ich meine, dass es für Leute wie sie keine Tests gibt. Sie kann bestimmte Dinge einfach machen. Sie erkennt Muster. Sie erkennt Fehler. Als sie noch bei uns war, hat sie mal gesagt, dass jedes System allein schon aufgrund des Unvollständigkeitssatzes ein Loch haben muss. Wenn es ein Algorithmus ist, kann es bezwungen werden. Und die Sache ist die: Selbst ein Gefängnis – ich meine, sie sitzt nicht in einem Gefängnis, aber darum geht es nicht –, der Punkt ist, dass ein Gefängnis oder jeder Ort, an dem man jemanden einsperren kann, für sie nur einen Algorithmus darstellt, dessen Schwachpunkt sie finden muss. Er kann bezwungen werden. Sie hat uns eine Nachricht übermittelt. Im Moment ist das alles, was Sie wissen müssen.«

Carl starrte sie an. »Ich habe nicht den weiten Weg auf mich genommen, um das zu hören.« Sein Blick wanderte von einem wachsamen Augenpaar zum anderen. »Hören Sie. Ich werde Sie nicht an die Behörden ausliefern. Nicht, wenn Sie mir geben, was ich will. Aber eines sollten Sie nicht vergessen: Ich weiß jetzt, wer Sie sind. Wenn Sie glauben, ich könnte Sie nicht ausfindig machen, dann haben Sie nicht richtig nachgedacht.«

»Es wird Zeit, dass Sie gehen.«

Er konnte es nicht fassen. Das durfte nicht passieren. Aber das tat es. Zwei oder drei von ihnen führten ihn den Flur hinunter. Als sie die Tür öffneten, trat Raymond Fuentes ein, sein schroffes Gesicht voller Groll.

»Ich nehme an, es ist Zeit, dass der böse Cop seine Chance bekommt«, sagte er.

Mit Esszimmern gab sich Fuentes nicht ab. Er versammelte alle im Keller, wo mehrere Monitore, Desktops und Laptops aufgestellt waren und sogar ein paar Server. Oben hatte jemand tatsächlich versucht, ihn mit einer halbautomatischen Pistole zu bedrohen, einer sehr alten Ruger, die obendrein noch schlecht gewartet war. Wie sich herausstellte, war der Mann nur ein Mitläufer, kein echtes Mitglied der Gruppe. Fuentes hatte das Magazin geleert, bevor er ihm seine Waffe wieder überreichen wollte. Doch der junge Mann hatte sich nur sein verletztes Handgelenk gehalten und mit dem Kopf geschüttelt. »Behalten Sie sie«, hatte er gesagt.

Jetzt saß die Gruppe von sechs Personen mit mürrischen Gesichtern vor ihnen, und auch wenn Fuentes das nicht zu erkennen schien, wurde Carl klar, dass seine Taktik vielleicht kurzfristig die gewünschten Informationen produzierte, langfristig aber zu Problemen führen konnte, wenn die Hacker sich erst einmal von ihrem Schreck erholt hatten.

Doch als Fuentes redete, war seine Stimme sanft und überzeugend.

»Ich weiß, dass Sie mir nicht glauben, aber wir sitzen bei dieser Sache im selben Boot. Uns läuft die Zeit davon. Janice ist nicht einfach nur eine Geisel. Sie wurde als Geisel genommen, um jemand anderen dazu zu zwingen, das zu tun, was diese Leute verlangen. Und es gibt eine Frist. Sollte die Frist verstreichen, ohne dass die Person ihren Auftrag erfüllt hat, ist Janice tot. Sollte diese andere Person einen Unfall haben, ist Janice tot. Verstehen Sie das? Hier geht es nicht darum, ob Janice in einem Staatsgefängnis landet und Sie sie besuchen können, während sie auf ihre Anhörung wartet. Bei diesen Leuten, die sie in ihrer Gewalt haben, wird es nicht mal ein Grab geben. Habe ich mich jetzt verständlich ausgedrückt?«

Unruhe machte sich im Raum breit. Die Kombination der sanften Stimme mit harten Fakten zeigte Wirkung.

»Sie vertrauen uns nicht. Dazu können wir Sie nicht zwingen. Alles, was ich sage, ist, dass Sie nur etwas Glauben haben müssen. Schaffen Sie das? Selbst ein Glaube so groß wie ein Senfkorn reicht aus, um Berge zu versetzen.« Ihre ausdruckslosen Gesichter verrieten ihm, dass sie die Anspielung nicht verstanden. Die Jugend von heute. »Hören Sie. Sie wollen Janice retten. Na schön. Sie alle verfügen über erstaunliche Fähigkeiten auf Ihrem Gebiet, aber selbst das wird am Ende nicht ausreichen. Mag ja sein, dass Sie wissen, wie man sich in den Server eines Unternehmens oder einer Regierung hackt, aber wenn Sie Janice befreien wollen, brauchen Sie richtige Menschen, die in der Welt da draußen handeln können. Richtige Menschen.

Bei BLLNET haben Sie eine Tradition. Sie verraten niemals die Geheimnisse der anderen Mitglieder. Bei meinem früheren Arbeitgeber haben wir es ähnlich gehalten. Und wissen Sie was? Manchmal hat man keine Wahl. Das ist die Realität.«

Jetzt lächelte er sogar, und einige der jungen Leute lächelten zurück.

»Natürlich können Sie an dieser Sitte festhalten. Sie können das Geheimnis von Janice' Aufenthaltsort für sich behalten. Aber das wird Ihnen nicht helfen, sie freizubekommen. Seit Sie Janice' Botschaft erhalten haben, zerbrechen Sie sich den Kopf, wie Sie sie retten können. Ihr einziger Ausweg sind Leute wie wir. Sollten Sie also nicht noch andere Leute kennen, die über Carls und meine Fähigkeiten verfügen, bleiben Ihnen nur zwei Optionen. Entweder verraten Sie uns, wo Janice festgehalten wird, oder Sie halten sich weiter an Ihren jetzigen Plan und bleiben tatenlos.«

Die Hacker tauschten einen Blick aus, kamen ohne Worte zu einer Übereinstimmung. Dann nickt Ellie und lächelt sogar ein wenig dabei. »Sie ist in Virginia. In einer Stadt namens Warrenton.«

Carl war fassungslos. »Sie machen Witze.«

»Warrenton liegt etwa nur eineinhalb Stunden von Langley entfernt.

Deswegen sind wir davon ausgegangen, dass die Bundesbehörden sie geschnappt haben.«

»Das haben sie nicht«, sagte Fuentes. Selbst Carl schien über den überzeugten Ton in seiner Stimme überrascht zu sein. »Das weiß ich«, meinte er ohne weitere Erklärung.

»Wo in Warrenton?«, fragte Carl.

»Das wissen wir nicht. Wir haben die IP-Adresse des Rechners, von dem sie die Nachricht geschickt hat, das ist alles.«

Carraway dachte jetzt glasklar. Sobald ein Zeuge beschlossen hatte zu kooperieren, war niemand besser geeignet als Carl, um die Fakten ans Licht zu bringen. Und Fuentes, der das zu spüren schien, hielt sich raus.

»Auf welche Weise hat sie mit Ihnen Kontakt aufgenommen?«

Die Frage löste sichtbares Unbehagen aus. Geheimnisse mit einem Außenseiter zu teilen, war offensichtlich eine ganz neue Erfahrung für not-elliex.

»Sie hat einen Kommentar in einem Thread gepostet«, erklärte jemand.

»Online?«

»Natürlich.«

»In einem Thread, von dem sie wusste, dass Sie ihn sich ansehen würden?«

»Die Methode benutzen wir manchmal, um die Überwachung der Polizei zu umgehen.« Wieder der gequälte Tonfall: Ellie hasste es, so viel preisgeben zu müssen. »Dafür nutzen wir einige der verrückteren Hollywood-Klatschblogs. Wir alle haben uns einzigartige Nutznamen ausgedacht, damit selbst bei Posts, die scheinbar die Kardashian-Familie oder so was kommentieren, klar ist, dass sie an uns gerichtet sind. An BLLNET. Daher wissen wir auch, dass die Botschaft wirklich von Janice ist. Und wenn die sie zwingen sollten, ihnen zu verraten, wie wir miteinander in Kontakt treten? Nun, dann gibt es genügend andere Methoden, die sie ihnen verraten kann, damit sie aufhören ... mit was auch immer sie ihr antun, meine ich. Und die würden sogar alle funktionieren. Das könnten die überprüfen.«

»Keine Sorge«, meinte Carl, »Ich bin mir sicher, dass sie sich gut um sie kümmern.«

»Das können Sie nicht wissen.«

»Sie ist ihre Versicherung. Sie werden ihr nichts antun.«

»Bis zum Ablauf der Frist«, sagte jemand anderes.

»Deswegen müssen wir sie so schnell wie möglich finden. Hat sie Ihnen sonst noch etwas verraten?«

Ellie nickte, geschlagen, aber offensichtlich erleichtert. »Ihr Zimmer hat ein Fenster. Sie kann auf der anderen Straßenseite ein weißes Haus sehen. Im Vorgarten steht ein Truck. Ich weiß nicht, was sie genau meint. Vielleicht in der Auffahrt. Vielleicht ist er auch aufgebockt. Oh, und noch etwas.« Jetzt grinst sie. »Das Haus, in dem sie gefangen gehalten wird, ist keine fünf Minuten von einem McDonald's entfernt.«

Fuentes war bereits oben durch die Haustür verschwunden. Carl blieb zurück.

Er nahm Ellie beiseite. »Wir bringen sie zurück.«

Sie schaute ihn mit großen Augen an. »Der Typ da bestimmt«, meinte sie.

»Na ja, eigentlich arbeiten wir zusammen.«

»Okay.«

An der Tür wandte sie sich noch einmal an ihn. »Mr Carraway? Carl?«

»Ja, Ellie?«

»Wenn sich Ihnen die Gelegenheit bietet, würden Sie mir dann einen Gefallen tun?«

»Was denn?«

»Tun Sie diesen Leuten weh. Richtig weh.«

30

Das Haus stand in einer Straße ohne Bezeichnung außerhalb einer walisischen Stadt mit unaussprechbarem Namen. Es war alt und riesengroß und wurde von etwas umgeben, das von ihrem Flügelfenster aus wie mehrere Hundert Morgen schlecht gepflegtes Land aussah. Das Haus zierten Türmchen, detailreiche Steinmetzarbeiten und aus kleinen bunten Scheiben gefertigte Bleiglasfenster, die die Triumphe der Vorfahren darstellten. Es gab ein Gebäude für Autos und ein Haus für Bedienstete und dann noch eine ganze Reihe weiterer Bauten.

Selbst auf den leeren Straßen hatte die Fahrt beinahe vier Stunden gedauert, die Bethany in ihrer angeschlagenen Verfassung nutzte, um ein wenig Schlaf nachzuholen, nachdem sie festgestellt hatte, dass sich ihr keine Möglichkeit zur Flucht bot. Was auch immer man ihr gegen die Schmerzen verabreicht hatte, bevor man ihr das Handgelenk richtete, zeigte Wirkung. Sie war zu schlau, oder vielleicht auch einfach nur zu müde, um sich zu wehren. Als der Wagen in den geschotterten Vorhof fuhr, blieb die Frau neben ihr einfach sitzen, aber ein höflicher junger Mann in einem eng geschneiderten Anzug trat auf den Wagen zu, öffnete ihre Tür und hielt ihr, wie ein Bild von Etikette, die Hand hin, um ihr beim Aussteigen behilflich zu sein. Alle waren sehr nett zu ihr. Niemand hatte sie mit einer Waffe bedroht oder, was das betraf, einer Marke. Die gewaltigen Eichentüren waren mit schmiedeeisernen Verzierungen beschlagen. Ein anderer Mann schob sie hinter ihnen zu, nachdem die Gruppe eingetreten war. Es war spät, sie war verletzt und stand unter starken Beruhigungsmitteln und den Leuten kam es gelegen, dass sie so erschöpft war. Bethany hingegen war sich nie bewusst gewesen, wie schwer es sein konnte, einen Fuß vor den anderen zu setzen, oder wie urkomisch. Während ihres ersten Jahres am Barnard-College hatte sie eine Gitarre spielende Zimmergenossin gehabt, die unentwegt »The Mandolin Man and His Secret« sang, aber erst in diesem Moment verstand sie, worum es bei dem Lied ging. In den sanft wirbelnden Strömen ihres unter Drogen gesetzten Verstandes machten die Worte plötzlich, wenn auch nur kurz, absolut Sinn.

Vorsichtig hielt man Bethany zu beiden Seiten am Ellenbogen und führte sie in einen beklemmend engen Aufzug, der sie ruckelnd in die erste Etage beförderte, wo sie in einem weitläufigen Zimmer von zwei Frauen in einen frischen, perfekt passenden Pyjama gekleidet wurde, da sie außer Stande war, sich alleine umzuziehen. Bethany leistete keinerlei Widerstand. Sie schaffte es nicht einmal, den Vorsatz in ihrem Kopf zu formulieren, was sie vermuten ließ, dass es sich bei dem Beruhigungsmittel um Amobarbital oder Fentanyl handeln musste, aber selbst diese Erkenntnis weckte sie nicht auf.

Die zwei Frauen halfen ihr ins Bett. Bevor sie die Augen schloss, blieb ihr gerade noch genug Zeit zu bemerken, dass sich eine von ihnen in einem Sessel neben der Tür niederließ, als erwarte sie, dass Bethany selbst in ihrem benommenen Zustand einen Fluchtversuch unternehmen würde. Amüsiert über solch törichtes Verhalten glucksend, entschwebte sie glückselig ins Land der Träume.

Am nächsten Morgen standen zwei andere Frauen an ihrem Bett oder vielleicht waren es auch dieselben. Auf jeden Fall besaßen sie ebenfalls diese nüchterne englische Schönheit und den gleichen entschlossenen Blick aus zerknitterten Augen. Bethany beteuerte hartnäckig, sich selbstständig anziehen zu können, und scheuchte die beiden hinaus. Zu ihrer Erleichterung gingen sie tatsächlich.

Die breiten Fenster waren weder vergittert noch verriegelt. Sie zog sie auf. Ein einsamer Wachmann stand im Vorhof und scharrte mit der Ferse seines Schuhs im Schotter. Die Morgensonne bahnte sich mühsam den Weg durch den grau verhangenen Himmel. Bethany schätzte, dass es knapp vierhundert Meter über die gewundene Auffahrt bis zur Straße waren. Ihr Handgelenk pochte schmerzhaft unter dem Gips. Ihr Knie tat einfach weh. Sie gab sich nicht die Mühe, das Wegwerfhandy anzuschalten, das vollkommen unversehrt auf dem Schreibtisch lag. Ihren Rucksack hatte man über die Lehne des Stuhls gehängt. So weit sie es beurteilen konnte, waren all ihre Habseligkeiten noch da. Selbst bei einer genaueren Untersuchung konnte sie keinen der Peilsender entdecken, die man sicherlich in ihren Sachen versteckt hatte, aber Technik war noch nie ihre Stärke gewesen. Sie war froh, dass sie das Foto nicht dabeigehabt hatte.

Erneut trat sie ans Fenster und fragte sich, wer diese Leute waren, die sie hier festhielten und was wohl bei einem Fluchtversuch passieren würde.

»Denk nicht daran«, ermahnte sie sich laut, auch wenn ihre Entführer zweifelsohne mithörten. »Du bist hier. Du bist am Leben.«

Und das war der Punkt: Sie hatten ihr das Leben gerettet, wer auch immer sie waren. Vielleicht gehörten sie ja sogar zu den Guten. Ihren Fragen begegnete man allerdings bisher nur mit einem höflichen Lächeln.

Das Frühstück wurde in dem saalähnlichen Esszimmer serviert, wo Bethany alleine vor einem Teller mit blutigem Steak und weichen Eiern saß, die von einem schweigsamen muskulösen Mann serviert wurden, während ihre beiden weiblichen Wachen ihren Posten zu beiden Seiten der Tür bezogen. Es gab nichts zu lesen, also ließ Bethany den Blick über die verlassene Steinterrasse hinter dem Haus schweifen und über die weitläufigen, nebligen Gärten, die sich dahinter erstreckten. In der Entfernung meinte sie, die Umrisse einer dunklen, grünen Hügelkette mehr zu erahnen, als zu sehen, aber vielleicht spielte ihr ihre Einbildung auch nur einen Streich. Sie trank eine Menge Orangensaft und betrachtete eingehend den Gips an ihrem gebrochenen Handgelenk.

Bisher hatte niemand darauf unterschrieben.

Als sie mit dem Essen fertig war, fragten die beiden Frauen, ob sie bereit sei, woraufhin Bethany wissen wollte, ob sie denn eine Wahl habe. Sie informierten sie, dass ihr der Arzt Ruhe verordnet habe, wann immer sie diese benötigte. Also stand es ihr frei, sich wieder ins Bett zu legen, allerdings sollte sie wissen, dass ihnen kaum noch Zeit blieb.

»Für was?«, fragte sie die zwei nüchternen Augenpaare.

»Klingt so, als wären Sie bereit«, erwiderte die jüngere der beiden.

Sie folgten einem dicken verblassten Läufer den marmornen Flur hinunter, an kalten Marmorbüsten und alten Ölgemälden vorbei. Verstorbene Erbauer des britischen Weltreichs starrten mit unzufriedenen Blicken auf ihre Erben hinab. Zwei Männer schlossen sich der Gruppe an. Alle blieben auf dem Läufer, also tat Bethany es ihnen gleich. Wahrscheinlich würde nichts weiter passieren, wenn sie danebentrat, aber wozu das Risiko eingehen? Auf ihrem Marsch prägte sie sich den Grundriss des Hauses ein, auch wenn sie ahnte, dass jeder Fluchtversuch zwecklos war. Ihre extrem höfliche Eskorte hatte anscheinend alles unter Kontrolle, auch wenn keiner von ihnen eine Waffe zu tragen schien. Davon abgesehen, führten die verschiedenen Gänge, die den Flur kreuzten, höchstwahrscheinlich zu Zimmern voller Wachleute, die im Falle eines Tumults sofort angerannt kommen würden.

Bethany dachte daran, dass wer auch immer sie vor Teddy Bratt gerettet hatte, über eine äußerst beeindruckende Menge von Ressourcen verfügte. Sie dachte an Elliott St. Johns wirres Gerede auf der Embankment und unterdrückte ein Schaudern.

Bethany riss sich zusammen, konnte aber dennoch nicht verhindern, dass sich ihre unverletzte Hand immer wieder unwillkürlich zusammenballte. Das war erst das zweite Mal, dass man sie erwischte hatte, seit sie vor einem Monat in den Untergrund gegangen war, und sie hasste es genauso wie beim ersten Mal.

Sie fragte sich, welches Schicksal Bratt wohl ereilt haben mochte.

Endlich machten sie vor einer weiteren schweren Holzflügeltür halt, die nicht größer als die in der Eingangshalle war, aber dennoch beeindruckend. Einer ihrer Gefolgsleute klopfte entschlossen an, worauf eine Stimme aus dem Inneren rief: »Kommen Sie herein.« Einer der Männer schob die Tür auf und trat dann einen Schritt beiseite.

Bethany ging alleine hinein.

Die Tür schlug hinter ihr zu.

Der Raum war lang und schmal, eine Bibliothek. Die Bücherregale waren zwei Stockwerke hoch, und es gab eine an Schienen befestigte Leiter, die an den Wänden entlanggeschoben werden konnte. An den wenigen freien Stellen hingen Jagdszenen an der Wand, außer über dem Kamin, wo ein ausgestopfter Löwenkopf auf sie herabblickte. Dieser hatte schon bessere Tage gesehen und früher wahrscheinlich auch besser gerochen, aber im Moment schien ihre Fantasie mit ihr durchzugehen. Sie dachte, dass an den Wänden eines solch prachtvollen Anwesens eigentlich teurere Gemälde hängen sollten. Im offenen Kamin brannte ein Feuer, das allerdings viel zu klein für die Feuerstelle wirkte und somit mehr Dekoration als Wärmequelle darstellte. Die kunstvoll bemalte Gipsdecke hätte eine Restauration dringend nötig gehabt. Das ganze Haus wirkte wie ein Museumsstück, das die meiste Zeit verriegelt und leer stand und nicht besonders gepflegt wurde, aber hin und wieder für besondere Gäste von seiner Staubschicht befreit wurde. Der Boden war aus Holz. Die alten Möbel hatte man in zwei getrennten Gruppen aufgestellt: Etwa in der Mitte des Raumes standen zwei Sofas und alte, aber komfortable Sessel mit hohen Lehnen, die zum Lesen oder zur Unterhaltung einluden, mit einem Tisch in der Mitte, auf dem sich Getränke abstellen ließen. Am anderen Ende des Zimmers vor den Fenstern, die ebenfalls zwei Stockwerke hoch waren, stand ein gewaltiger, sehr aufgeräumter Schreibtisch. Bethany schaute sich erst in Ruhe im Zimmer um, bevor sie zu dem strohblonden Mann blickte, der hinter dem Schreibtisch stand und ohne jedes sichtbare Anzeichen der Ungeduld darauf wartete, dass sie ihm ihre Aufmerksamkeit schenkte. Die beiden waren allein im Raum, abgesehen von den Kameras und den Mikrofonen natürlich, die hier irgendwo installiert waren, davon ging sie aus.

Endlich wandte sie sich ihrem Gastgeber zu. Er mochte um die sechzig Jahre alt sein, ein großer Mann, dessen Haut so blass war, dass sie fast durchsichtig wirkte. Dank seines schmalen, ernsten Gesichtes, das um die Wangen ein wenig eingefallen war, sah er wie ein Mann aus, der angestrengt versuchte zu pfeifen, ohne einen Ton rauszubekommen. Sein Anzug, der weder neu noch alt war, hatte den klassisch-schäbigen Look, den man mit einer bestimmten Gruppe der britischen Oberklasse assoziierte. Als er sprach, klang sein Akzent nach Eton-Internat und Eliteuniversität.

»Nun, Sie haben ja wirklich einiges hinter sich, Miss Barclay. Willkommen. Ist alles zu Ihrer Zufriedenheit? Ihr Zimmer und das alles? Kein Grund zur Beschwerde, wie ich hoffe?«

Er lächelte beim Sprechen, jedoch erreichte dieses Lächeln niemals seine blassen Augen, die ständig zwischen ihrem Gesicht und ihren Händen hin und her wanderten, als erwarte er, dass sie ein Päckchen bei sich trug oder vorhatte, ihn anzugreifen.

»Mein Name ist Elaine McMullen ...«

»Können wir das alles nicht einfach überspringen? Wir wissen genau, wer Sie sind, und wir haben beachtliche Mühen auf uns genommen, um

Sie hierher zu bringen. Sie stehen nicht unter Arrest. Wir haben nicht vor, Sie zurück nach Hause zu schicken, denn sonst säßen Sie jetzt schon im Flugzeug. Aber die Lügen können wir uns sparen, in Ordnung?«

Bethany schaute sich erneut in dem prachtvollen Raum um. »Wo bin ich hier?«, fragte sie so gelassen wie möglich, was nicht wirklich gelassen klang. »Wer sind Sie?«

»Sie befinden sich in einem Durchgangshaus, wie wir es bezeichnen. Einem unserer schöneren, wie ich hinzufügen möchte. Wir unterhalten es als vorübergehende Unterkunft für Überläufer und dergleichen. Hier können sie einen zauberhaften Aufenthalt auf dem Land verbringen, während sie eingehend befragt werden und wir entscheiden, wohin wir sie umsiedeln wollen.« All dies erzählte er ihr in einem vertraulichen Tonfall, der signalisieren sollte, dass sie jetzt gute Freunde waren. »Und was uns angeht, sind wir genau die, für die Sie uns halten. Mein Name ist Paramay. Wir sind der Geheime Nachrichtendienst Ihrer Majestät, Miss Barclay, und ich fürchte, dass wir äußerst dringend auf Ihre Hilfe angewiesen sind.«

31

Der Lord Schutzherr ist außer sich vor Wut.

»Verschwunden? Wie meinen Sie das, sie ist verschwunden?«

»Wir sind uns nicht ganz sicher«, erklärt Kenny nervös. Er hasst es, der Überbringer schlechter Nachrichten zu sein. »Morgan hat uns seinen Bericht geschickt, aber der ist unvollständig. WACHSAM hat sich nie mit Miss Sunderland getroffen, wie Sie wissen, und wir haben keine Aufzeichnung von ihrem Gespräch mit dem verstorbenen Mr St. John. Sie scheint in Sicherheit zu sein. So viel wissen wir zumindest.«

Sie sind in ihrem Arbeitszimmer. Lillian sitzt hinter ihrem breiten, hochglanzpolierten Schreibtisch. Zu einer Seite sind drei Computermonitore so aufgestellt, dass sie den Blick auf den Fenstererker nicht behindern.

»Wie kann jemand scheinbar in Sicherheit sein, Kenny?«, fragt sie wieder mit dieser seidigen Stimme, die bei Weitem ihre gefährlichste ist. »Entweder ist sie in Sicherheit, oder nicht.«

»Ja, Ma'am. Anscheinend kam es im Büro dieses idiotischen Privatdetektivs, den wir letztes Jahr bestochen haben, zu einer heftigen Auseinandersetzung.« Ohne nachzudenken, schlägt er den Tonfall seiner Chefin an. »Bevor Morgan dort ankam, ist jemand anderes eingeschritten. Wir sind uns nicht ganz sicher, wer das war, aber Morgans Meinung nach handelt es sich um die britische Regierung.«

»Die Briten? Was um alles in der Welt sollten die mit ihr anfangen?« Ein erschreckender Gedanke. »Sie ist doch nicht etwa verhaftet worden, oder? Sie schicken sie doch nicht nach Hause?«

»Ma'am, unseren Quellen zufolge deutet nichts darauf hin, dass Washington von den Geschehnissen weiß. Morgan glaubt, dass man sie höchstwahrscheinlich in eine ihrer konspirativen Wohnungen gebracht hat.«

»Um sie zu verhören?«

»Nein, Ma'am. Um sie zu rekrutieren.«

»Zu welchem Zweck denn? Nein, vergessen Sie's.« Auf einmal durchschaut der Schutzherr den gesamten raffinierten Plan. Sie verwendet einen kurzen Augenblick darauf, sich innerlich zu schelten, dass sie ihn nicht früher durchschaut hat. Dann schürzt sie die Lippen. »Ihnen ist wohl klar, dass Findrake hinter diesen Geschehnissen steckt.«

»Das ist eine Möglichkeit, Ma'am. Aber es gibt noch eine weitere.«

»Spannen Sie mich nicht auf die Folter, junger Mann.«

»Ma'am, Harry Stean hält sich in London auf.«

»Und warum erfahre ich das erst jetzt?«

»Wir ... wir glaubten, er sei rein geschäftlich ...«

»Und dieser seltsame Zufall ist Ihnen dabei nicht aufgestoßen. Ach, Sie sind so ein Dummkopf, Kenny. Das sind Sie wirklich.« Sie wirft ihm einen Blick zu. Ihr wacher Verstand eilt bereits mehrere Schritte voraus. »Ich will, dass Sie die Wachen des Stafford-Mädchens verdoppeln.«

»Wie soll das ...« Er hält inne, als er sich an seinen letzten Einwand erinnert. »Ja, Ma'am.«

»Guter Mann. Sie lernen schnell.«

»Danke, Ma'am.«

»Oh, und da wäre noch etwas.«

»Ja, Ma'am.«

»Ich habe neue Anweisungen für Morgan.«

Die nächsten fünf Minuten spricht sie ohne Unterbrechung.

Sie saßen sich schräg gegenüber in einer der Sitzgruppen und Bethany hatte das Angebot von Kaffee oder Tee abgelehnt. Paramay schickte den Butler, den sie nicht hatte eintreten hören, wieder fort und bereitete sich selbst eine Tasse Tee zu, während er wie ein kleiner Streber über das ganze Gesicht strahlte.

»Niemand weiß, dass Sie sich zurzeit bei uns aufhalten, Miss Barclay. Bitte machen Sie sich keine Sorgen. Wir haben Ihrer Regierung nichts verraten. Und auch nicht diesen furchtbaren Leuten, die Sie nach England geschickt haben und zu glauben scheinen, Sie würden ihnen gehören. Wie ich schon sagte, sind wir auf Ihre Hilfe angewiesen. Unglücklicherweise ist das, was uns dabei vorschwebt, nicht gerade legal. Werden Sie mich trotzdem anhören?«

»Habe ich denn eine Wahl?«

»Natürlich haben Sie die. Sie sind keine Gefangene. Wenn Sie müde sind, dürfen Sie sich gerne wieder auf Ihr Zimmer zurückziehen. Oder die jungen Leute, die Sie hergebracht haben, setzen Sie wieder an Ihrem Hotel in Kensington ab und lassen Sie Ihrer Wege ziehen, wann immer Sie wünschen. Die Entscheidung liegt bei Ihnen.«

»Wo ist Teddy Bratt?«, fragte sie, weil sie weiter angreifen musste, um nicht zu verlieren.

»Ich fürchte, der ist uns fürs Erste entwischt. Mehr darf ich leider nicht verraten. Nicht solange Sie nicht bereit sind, sich mein Angebot anzuhören.«

»Wie haben Sie mich gefunden?«, fragte sie hartnäckig. »Wer hat mich verraten?« Sofort gingen ihr Gehringer, Dorothea und dieser Einreisebeamte durch den Kopf. Und der alte Mann mit der Waffe in der Gruft. Ihr kam in den Sinn, dass diese Leute sie vielleicht schon die ganze Zeit beobachtet hatten.

Paramay - wenn das sein echter Name war - ließ sie nicht aus den Augen. »Sind Sie bereit, mir zuzuhören?«

Bethany ließ sich Zeit. Ihr Anwaltsinstinkt befahl ihr, ihn zappeln zu lassen. Paramay mochte zwar die Zügel in der Hand halten und ein Dutzend Männer an der Hand haben, aber er und nicht sie war hier der Bittsteller.

»Ich habe im Laufe der vergangenen Wochen eine Menge Angebote erhalten«, sagte sie schließlich. »Jedes Einzelne davon war eine Lüge.«

»Sie müssen mir nur zuhören. Sie verpflichten sich damit zu gar nichts.« Er rührte in seinem Tee. »Allein dafür, dass Sie uns zuhören, werden wir Sie mit einem neuen Pass ausstatten. Einem britischen Pass, der Sie problemlos über jede Landesgrenze Ihrer Wahl bringt.«

»Nur dass Sie dann in der Lage sein werden, jeden meiner Schritte zu verfolgen.«

»Oh, ich fürchte, das wird sowieso geschehen, Miss Barclay. Das ist Schnee von gestern. Ihre Anonymität können Sie sich abschminken. Also warum versuchen wir beide nicht, uns wie Erwachsene zu benehmen? Hören Sie sich unseren Vorschlag an. Sie können immer noch Nein sagen.«

Sie willigte ein, ihm zuzuhören. Und fügte nach nochmaliger Überlegung hinzu, dass sie jetzt vielleicht doch gerne eine Tasse Kaffee hätte. Der Butler kehrte zurück und bot ihr »Digestives« an, obwohl sie schon damals in Oxford immer hatte kichern müssen, wenn jemand diese Bezeichnung für überzuckerte Mürbekekse benutzte.

Zwei Minuten später waren sie wieder allein: nur Bethany, Paramay und die Mikrofone.

Paramay begann sofort mit seinen Ausführungen, während sie genau zuhörte, um die Halbwahrheiten aufzuspüren, die er ihr ihrer Überzeugung nach auftischen würde.

»Als Erstes möchte ich gern sagen, dass, obwohl weiter nach Ihnen gefahndet wird, ihre Regierung nicht weiß, dass Sie bei uns sind. Natürlich wissen die, dass Sie sich im Vereinigten Königreich aufhalten. Aber nicht, dass Sie hier sind. Wir haben uns entschieden, Sie nach Wales zu bringen, anstatt Sie weiterhin durch London und Oxford stolpern zu lassen und immer mehr Aufmerksamkeit auf sich zu ziehen. So konnten wir Sie von deren Fängen fernhalten. Sollten Sie sich also sorgen, dass wir Sie nach Hause schicken könnten, kann ich Sie beruhigen. Dafür haben wir nicht all diese Mühe auf uns genommen.«

Er hielt inne, nippte an seinem Tee und wartete darauf, dass sie ihm eine Frage stellte, doch sie war schlau genug zu schweigen.

»Wir wissen, dass Sie unschuldig sind, Miss Barclay. Wir wissen, dass Sie weder die Bombenanschläge auf diese Labors verübt noch diesen dummen Jungen in Virginia ermordet haben. Wir wissen, dass jemand Ihnen alles angehängt hat und haben auch schon einen konkreten Verdacht, wer das sein könnte. Und wenn die Ermittler Ihrer Regierung auch nur ein bisschen Verstand im Kopf haben – wovon man nicht immer ausgehen kann, gebe ich zu –, werden sie es mittlerweile ebenfalls wissen. Sie wurden von Leuten reingelegt, die wollen, dass Sie weitermachen. Sie wollen Ihre Optionen so weit einschränken, bis Ihnen keine andere Wahl bleibt, als das zu tun, was die von Ihnen verlangen. Und bisher scheint ihr Plan perfekt aufgegangen zu sein.«

Bis auf die kleine Tatsache, dass ich vorgestern Abend beinahe umgekommen wäre, dachte Bethany bei sich. Doch zu ihm sagte sie nur: »Es wäre doch durchaus möglich, dass ich die Verbrechen wirklich begangen habe, die man mir vorwirft. Was macht Sie so sicher, dass ich unschuldig bin?«

»Lassen Sie uns einfach feststellen, dass wir ziemlich gut in unserem Job sind, und es dabei belassen, in Ordnung?«

Doch sie blieb stur. »Mal abgesehen was Sie glauben, müssten Sie mich eigentlich trotzdem zurückschicken. Sind Sie nicht an irgend so ein Auslieferungsabkommen gebunden?«

Paramays Lächeln wurde so breit, dass es beinahe echt wirkte. »Ich nehme an, wir handeln in diesem Fall gegen unser eigenes Interesse, wie ihr Anwälte es bezeichnet, nicht wahr? Was Sie sagen stimmt. Nach unseren Berechnungen ist die Belohnung das kleine Risiko wert, das wir eingehen müssten. Aber sollten Sie sich nicht Gedanken über Ihr eigenes Risiko machen? Wir können schon auf uns aufpassen, das versichere ich Ihnen.«

Bethany nahm sich einen zweiten Keks, aber er schmeckte ihr nicht mehr.

»Das kann ich auch«, erwiderte sie.

»Stimmt. Das können Sie. Die hatten Sie in Chicago, aber Sie sind entwischt. Man hat Sie in New Hampshire in die Enge getrieben, aber Sie sind entwischt. In Oxford hätten Sie eigentlich sterben sollen, aber Sie sind entwischt. Gestern hatte Mr Bratt Sie in London in seiner Gewalt, aber Sie sind entwischt. Mag sein, dass Sie im Kampf Mann gegen Mann keine Chance gegen ihn hatten, aber das lag nicht an Ihrer Cleverness. Nur an Ihren körperlichen Fähigkeiten.«

Unsicher, was sie davon halten sollte – ob sie gerade überschwänglich gelobt wurde oder unterschwellig beleidigt –, entschied sich Bethany, das Thema zu wechseln.

»Was genau wollen Sie von mir?«

»Wir wollen, dass Sie mit dem weitermachen, was Sie schon tun. Nur ab sofort mit unserer Hilfe.«

»Und was tue ich Ihrer Meinung nach?«

»Lassen Sie mich die Frage ein wenig umkehren, Miss Barclay. Ich möchte Ihnen etwas mehr über uns verraten, wer genau wir sind. Danach können wir die Einzelheiten Ihrer Mission besprechen.«

»Sie sagten schon, Sie gehören zum britischen Geheimdienst.«

»Das sagte ich. Und so ist es auch. Aber wir sind mehr als das.« Er wies auf die Wände. »In diesem Raum sind Mikrofone installiert, die momentan aber nicht eingeschaltet sind. Was ich im Begriff bin, Ihnen mitzuteilen, sollte nicht mitgehört werden.«

»Nicht mal von Ihren eigenen Leuten?«

»Ich fürchte nein. Nur sehr wenige Menschen sind befugt, Informationen dieser Geheimhaltungsstufe zu hören, wissen Sie.«

Bethany rieb sich die verbundende Stirn. Die Nähte juckten. Und irgendetwas an diesem Vortrag stimmte nicht. Vielleicht wirkten die Betäubungsmittel noch immer ein wenig nach.

»In diesem Haus halten sich sehr viele Leute auf«, bemerkte sie. »Und Sie brauchten sogar noch mehr, um mich durch das halbe Land verfolgen, in London aufspüren und hierher bringen zu lassen.«

»Ganz recht«, gestand Paramay ein, dessen Lächeln jetzt sogar noch verkrampfter wirkte. »Diese Mitarbeiter haben keine Freigabe für das, was ich Ihnen gleich erzählen werde. Sie dürfen mit ihnen nicht darüber reden. Sollten Sie es dennoch versuchen, werden meine Leute vermutlich ihr Bestes geben, um nicht hinzuhören.«

»Ich verstehe«, sagte sie und meinte damit eigentlich das Gegenteil.

»Wir sind im Grunde, Miss Barclay, eine Gruppe von unabhängigen Freigeistern, die das gemeinsame Interesse verbindet, gegen jede Form von Fanatismus vorzugehen. Unsere Mitglieder gehören verschiedenen Nationen an – einige davon würden Sie vermutlich sehr überraschen – aber dieses besondere Bestreben eint uns.

»Welches Bestreben wäre das genau?«

»Wir wissen, dass Sie auf der Suche nach der Pilatus-Inschrift sind.«

»Was ist die Pilatus-Inschrift?«, fragte sie, ohne mit der Wimper zu zucken.

»Ich bitte Sie, Miss Barclay. Keine Spielchen. Ich hab's Ihnen doch schon gesagt. Wir sind sehr gut in dem, was wir tun. Wir wissen, wonach Sie suchen. Wir wissen außerdem, dass man wahrscheinlich sehr überzeugende Druckmittel angewandt hat, um Sie dazu zu bringen, diese Aufgabe auf sich zu nehmen. Wir würden Ihnen gerne helfen.«

»Mir wobei helfen?«

»Na, das zu finden, wonach Sie suchen, meine Liebe, natürlich.«

32

Hinter dem Arbeitszimmer lag ein ummauerter Garten und hinter der Mauer standen hohe Hecken. Sie wusste nicht, was hinter den Hecken war, weil Paramay sie davor gewarnt hatte, sich weiter vorzuwagen. Bethany ahnte, dass die stille junge Frau an ihrer Seite dafür Sorge tragen sollte, dass sie sich auch daran hielt.

Der Garten musste einst wunderschön gewesen sein, aber mittlerweile waren die Beete von Unkraut überwuchert und überall drückten sich Grasbüschel zwischen den schweren Steinen durch, mit denen der Hof gepflastert war. Die Hecken hätten eigentlich gestutzt werden müssen, aber vielleicht waren sie auch zweieinhalb Meter hoch, um das Haus vor neugierigen Blicken zu schützen. Bethany ließ sich auf einer gesprungenen Steinbank nieder, schlug die Hände vors Gesicht und versuchte zu verstehen, was hier eigentlich vor sich ging.

Wir würden Ihnen gerne helfen.

Das nahm sie ihm nicht wirklich ab – das Angebot kam einfach zu gelegen und viel zu freimütig –, aber sie konnte nicht leugnen, wie verlockend der Gedanke war, nicht mehr alles alleine bewältigen zu müssen. Sie musste nur Ja sagen, und schon würde sie mit dem britischen Geheimdienst zusammenarbeiten. Oder sie sagte Nein und kehrte in ihr Hotel in London zurück, um danach nie wieder von diesen Leuten behelligt zu werden.

Auch daran hatte Bethany ihre Zweifel.

Dass Paramay hinter der Pilatus-Inschrift her war, glaubte sie jedoch sofort. Nur war ihr nicht klar, zu welchem Zweck.

Neben der Steinbank hatten sich ein paar mickrige Blumen durch die harte, festgestampfte Erde gekämpft. Bethany nahm an, dass dieses Haus einst sehr prunkvoll gewesen war, mit einem ganzen Heer von Gärtnern, die dafür sorgten, dass alles frisch und farbenfroh aussah.

Die vernachlässigten Blumenbeete weckten ihre Sehnsucht nach dem Blick über das ländliche Virginia, den sie aus dem Fenster ihres Schlafzimmers genossen hatte. Und das sie vielleicht nie wieder betreten würde.

Sie versuchte sich mit einer von Tante Claudias Weisheiten zu trösten, doch ihr wollte einfach keine passende einfallen.

Bethany sprang auf die Füße. Paramays Regeln waren ihr egal. Sie trat durch eine Lücke in der Hecke und fand sich auf einer grünen Wiese wieder. Wenn diese Leute ihre Kooperation wollten, dann nur zu Bethanys Konditionen. Sie marschierte los. Niemand hielt sie auf, nicht einmal die zierliche Frau, die entspannt neben ihr herspazierte. Ein einsamer Wachmann folgte ihnen mit gebührendem Abstand.

Das klare Licht der Nachmittagssonne verlieh den entfernten Hügeln scharfe Umrisse. In den Jahren, die seit ihrer Zeit in Oxford vergangen waren, hatte sie ganz vergessen, wie herrlich grün und größtenteils unberührt Wales war. Selbst die Kühe, die sie mit gleichgültigen Blicken von den endlosen, sanften Weiden hinter dem Zaun beobachteten, schienen einem bäuerlichen Traum vom perfekten Rind entsprungen zu sein.

Bethany warf ihrer Begleiterin einen Blick zu, doch das Gesicht unter dem pechschwarzen Haar war undurchdringlich. Aufgrund ihrer Hautfarbe vermutete Bethany, dass die Frau gemischter Herkunft war, halb weiß, halb Inderin oder Pakistani. Paramay hatte Bethany erzählt, dass sie es gewesen war, die ihr zu Bratts Büro gefolgt war, Bratt selbst vertrieben und Hilfe herbeigerufen hatte. Bethany nahm an, dass dieser Teil vielleicht wahr sein könnte. Die Frau hatte sich ihr als Felicia vorgestellt, was hingegen wahrscheinlich gelogen war.

Schließlich sprach Bethany sie an. »Wie man mir sagte, verdanke ich Ihnen mein Leben.«

»Wäre möglich.« Felicias Stimme war flach und emotionslos. »Mir ist unklar, ob Mr Bratt darauf aus war, Sie umzubringen oder nicht.«

»Laut Mr Paramay haben Sie auf ihn geschossen.«

»Wenn ich ihn hätte erschießen wollen, hätte ich ihn erwischt. Er ist davongekommen. Und es heißt Paramay.«

»Wie bitte?«

»Nicht Mr Paramay. Einfach nur Paramay.«

»Na wie auch immer, ich wollte Ihnen danken. Dafür, dass Sie mir das Leben gerettet haben.«

»Oh, gern geschehen. Wie ich höre, werde ich das wahrscheinlich noch ein- oder zweimal für Sie tun müssen.«

»Noch habe ich mich zu nichts verpflichtet.«

Felicia ignorierte diesen Einwand. »Hat er ihnen erzählt, wie unsere Legende lautet?«

»Nein.«

»Wir sind zwei Engländerinnen auf Männerfang.« Ihre Stimme blieb emotionslos. »Auf dem Weg zum Festland, um uns Männer zu angeln.«

»Verstehe«, erwiderte Bethany steif.

»Sie empfinden das als beleidigend, denn ein solches Verhalten passt nicht zu Ihnen. Aber die Geschichte ist perfekt, müssen Sie verstehen. Selbst wenn die Papiere, die Sie bei sich tragen, akzeptiert werden sollten, hat diese Elaine McMullen kein Leben. Keine Hintergrundgeschichte. Sie ist wie Sie. Eine Einzelgängerin. Wenn Sie durch das Netz schlüpfen wollen, müssen wir Sie in eine andere Person verwandeln. Geselliger. Nicht so ernst. Die außerdem nicht alleine reist. Das ist wichtig. Die gehen davon aus, dass Sie allein unterwegs sind. Das ist die Erwartung, der Sie und ich uns entgegensetzen werden.«

»Sie werden meine Aufpasserin sein.«

»Ich bevorzuge den Begriff Begleiterin.«

»Ich habe keinen britischen Akzent.«

»Sie haben auch keinen schottischen Akzent, Mrs McMullen. Und darüber würde ich mir nicht zu viele Gedanken machen. Der britische Akzent, wie Sie es nennen, ist sowieso im Begriff auszusterben. Der unaufhaltsame Vormarsch des amerikanischen Englisch – durch Ihre Filme, Ihre Musik und Ihr Fernsehen angetrieben – verändert unsere Sprechgewohnheiten. Es ist natürlich tragisch, unfreiwillig Zeuge des linguistischen Verfalls zu werden, aber was soll's.«

»Ich verstehe.«

»Ich weiß, dass es Ihnen schwerfallen wird. Aber Sie müssen versuchen, sich damit anzufreunden. Eine Legende entscheidet über Leben und Tod, Bethany.« Ihr Tonfall war dabei so trocken, als würde sie gerade den Wetterbericht vorlesen. »Sie und ich sind beste Freunde. Das müssen Sie in Ihren Kopf kriegen. Sie werden es leben müssen, jeden einzelnen Tag.«

»Ich weiß nicht, ob ich das kann.«

»Warum nicht?«

Weil es den meisten nicht gut bekommt, in meiner Gesellschaft zu reisen. Und weil ich dir nicht vertraue und dich außerdem nicht besonders gut leiden kann. Aber hauptsächlich, weil ich nicht will, dass du mir ständig über die Schulter schaust, und deswegen werde ich dich auch bei der ersten Gelegenheit, die sich mir bietet, loswerden.

»Vergessen Sie's«, meinte Bethany. Ihr Handgelenk pochte wieder, aber sie wollte keine Medikamente mehr. »Ich werde mein Bestes geben.« Ihr kam ein weiterer Gedanke in den Sinn, eine Frage, die sie sich nicht getraut hatte, Paramay zu stellen. »Wer war das in Oxford da unten in der Gruft? Wer waren diese Schützen?«

»Die Spuren deuten auf drei Personen hin. Zwei hatten sich am anderen Ende der Gruft positioniert und einer näher am Eingang.«

»Ich fragte, wer sie waren.«

»Das wissen wir nicht.«

»Die Person, die sich in der Nähe des Eingangs aufhielt, war ein älterer Mann. Er muss so um die siebzig gewesen sein.«

Felicia blieb stehen. Wandte sich ihr zu. Als sie sprach, klang ihre Stimme zum ersten Mal lebhaft. »Siebzig?«

»Ist das wichtig?«

»Laut Spurensicherung hat er einen der beiden anderen verwundet, bevor er entkommen ist. Um einen solchen Treffer im Dunkeln zu landen, besonders in diesem Alter, muss man sehr viel Glück haben – oder ein verdammt guter Schütze sein.« Sie dachte nach. »Das verändert einiges.«

»Inwiefern?«

»Wir müssen zurück ins Haus.«

Im Flur war es Bethany, die erstaunt stehen blieb. Sie legte eine Hand auf den Arm ihrer Aufpasserin. Eines der Porträts, das an der Wand hing, war ihr ins Auge gefallen – ein sehr vertrautes Gesicht.

»Felicia.«

»Ja, Bethany?«

»Wissen Sie zufällig, wer das ist? Auf dem Bild, meine ich?«

Die Aufpasserin stemmte die Hände in die Hüften und kippte den Kopf nach hinten, während sie das Bild studierte. »Keine Ahnung. Ich könnte es rausfinden, wenn Sie wollen.«

»Das wird nicht nötig sein«, erwiderte Bethany, tief in Gedanken versunken.

»Damit ist es bestätigt, fürchte ich«, erklärte Mark Satterwhite. »Die Spione haben sie.«

Der Kirchenbaumeister stand wieder einmal am Fenster seiner Suite und blickte auf den Hyde Park hinaus. Er ließ die Schultern hängen. Sein Gemüt wurde doppelt belastet, durch die Suche nach Bethany und den Kampf gegen seine Krankheit.

»Was kannst du dagegen tun?«, fragte er.

»Gar nichts. Mit diesen Leuten legt man sich nicht an.«

»Das kann ich nicht akzeptieren.«

»Das musst du aber, Harry. Ich habe die Sache nicht mehr in der Hand. Ich arbeite für das Außenministerium und habe einigen Einfluss, aber der Secret Intelligence Service ist eine Welt für sich. Wir können uns nicht einmischen. Nicht ohne eine Spur zu legen, die sie in fünf Minuten auf deine Fährte bringt.«

»Was willst du mir damit sagen, Mark? Dass ich einfach nach Hause gehen soll?«

»Genau das ist es, was ich dir zu sagen versuche. Du kannst nichts tun. Ab sofort wird sie rund um die Uhr streng überwacht und geschützt. Es wird dir nicht einmal gelingen, in ihre Nähe zu kommen.«

»Und die Pilatus-Inschrift?«

»Ich nehme an, die Geheimdienstleute haben ihre ganz eigenen Pläne damit.«

»Ich wiederhole: Das kann ich nicht hinnehmen.«

»Akzeptier es einfach. Dir bleibt keine andere Wahl.«

»Ich werde darüber nachdenken müssen.«

»Ich würde nicht zu viel Zeit darauf verschwenden. Meinen Quellen zufolge sind sie bereits hinter dir her.«

»Wie bitte?«

»Das ist der andere Grund, warum ich dich angerufen habe. Wenn du nicht bald das Land verlässt, könnte es gut sein, dass du eine ganze

Weile hierbleiben musst. Sie glauben, du seist mit irgend so einer Gruppe religiöser Fanatiker im Bunde.«

»Das ist die absurdeste ...«

»Mir ist das so oder so egal, Harry. Wir beide kennen uns nun schon eine sehr lange Zeit und ich weiß, dass ich dir was schulde. Deswegen spreche ich diese Warnung aus. Verlass das Land. Kehre in die Vereinigten Staaten zurück, solange du noch kannst.«

»Und die Suche nach der Inschrift?«

»Ich fürchte, du wirst dich auf die Suche nach etwas anderem begeben müssen.«

Verwirrt und besorgt legte der Kirchenbaumeister den Hörer auf. Ihm schien keine andere Wahl zu bleiben.

Etwas mehr als dreihundert Kilometer entfernt, in einem weitläufigen Haus, das kurz vor einem kleinen Ort in Wales lag, legte auch Mark Satterwhite den Hörer auf.

»Ich denke, das sollte reichen«, meinte er.

Paramay nickte: »Das glaube ich auch.«

Bethany kehrte in die Bibliothek zurück. Paramay stand neben einem der Regale, ein altes Buch in der Hand.

»Ah, da sind Sie ja wieder.« Er musterte sie über den Rand seiner Lesebrille hinweg. Er wog das Buch prüfend in seiner Hand, als wolle er es ihr anbieten, und als er weitersprach, war sein Tonfall steif und unbestimmt. »Sind Sie zufällig mit den Werken von Thomas Reid vertraut? Adam Smiths Nachfolger als Professor für Ethik an der Glasgow-University? Nein?«

»Ich fürchte nicht.«

»Jammerschade. Dies ist eine Erstausgabe seiner bedeutendsten Arbeit, *Untersuchung über den menschlichen Geist, nach den Grundsätzen des gemeinen Menschenverstandes.* Sie sollten sich einmal die Zeit dafür nehmen. Reid postuliert, dass der Schöpfer uns mit zwei Fähigkeiten ausgestattet hat, die er als Grundsätze bezeichnet. Der erste ist der Grundsatz der Aufrichtigkeit, der uns zu geborenen Wahrheitszeugen macht. Laut Reid würde selbst der Lügner lieber die Wahrheit sprechen. Sehen Sie, alle Sinne des Lügners rebellieren gegen die Lüge. Wenn wir lügen, müssen wir gegen unsere eigene Natur ankämpfen.«

»Nicht meiner Erfahrung nach.«

Wieder zeigt sich das dünne Lächeln. »Dem gegenübergestellt ist der Grundsatz der Leichtgläubigkeit. Wir sind geschaffen, um zu glauben, nicht zu zweifeln. Zu zweifeln fällt uns schwer. Wir fühlen uns wohler, wenn wir etwas glauben können. Deswegen fällt es uns oft so schwer, die Lügner unter uns zu erkennen. Obwohl sie sich abmühen und abrackern müssen, um uns ihre Unwahrheiten aufzutischen, übersehen wir oft die Anzeichen dieser Anstrengungen, weil wir so verzweifelt daran glauben wollen, dass wahr ist, was immer uns jemand erzählt.«

Bethanys Hand ruhte auf einer fein bestickten Zierdecke, die über der Rückenlehne des Sofas ausgebreitet war. Alles an Paramay schien darauf ausgerichtet zu sein, in die Irre zu führen.

»Warum erzählen Sie mir das?«, fragte sie.

»Weil ich weiß, dass Sie an meinen Worten zweifeln.« Er klappte das Buch zu und schob es liebevoll zurück ins Regal. »Und keine Beteuerungen meinerseits könnten Sie dazu bringen, mir Glauben zu schenken.«

»Da haben Sie wohl recht, denke ich.«

»Gut. Dann lege ich jetzt die Karten auf den Tisch.«

»Bitte.«

»Dieser Mr Bratt. Der Kerl, der entkommen konnte. Wie viel weiß er?«

»Ich habe keine Ahnung.«

»Ich vermute, Sie haben eine sehr genaue Ahnung. Nur trauen Sie mir einfach nicht.« Er wartete keine Antwort ab. »Dann schauen Sie sich das an. Das haben wir in seinem Safe gefunden.« Er zog ein Stück Papier aus einem Ordner, das in einer Klarsichthülle steckte. Das Papier war an beiden Rändern abgerissen, und auf dem übrig gebliebenen Fetzen standen drei Großbuchstaben geschrieben:

ESS

»Eine Ahnung, was das bedeuten könnte?

»Nein«, antwortete sie wahrheitsgetreu.

»Aber wir beide wissen, dass es etwas zu bedeuten hat. Eine Abkürzung vielleicht. Electronic Switching System. Earth and Space Sciences. Es könnte aber auch Teil eines Wortes sein. Chess. Essence. Largess. Stress. Essential. Messy – englisch für Schach, Essenz, Freizügigkeit, Stress, wesentlich und unordentlich. Unseren Leuten zufolge gibt es im wahrsten Sinne des Wortes Tausende von Möglichkeiten.« Er steckte das Papier zurück in den Ordner. »Ich habe eine Theorie, Miss Barclay. Dürfte ich sie mit Ihnen teilen?«

»Bitte.«

»Adrian Wisdom war auf der Suche nach der Pilatus-Inschrift. Jemand ist ganz offensichtlich davon überzeugt, dass er sie auch gefunden hat. Dieses Stück Papier« – er tippte auf den Ordner – »könnte möglicherweise der entscheidende Hinweis sein. Ich glaube, Adrian hat es in mehrere Stücke gerissen, die er an verschiedene Personen verteilt hat. Man braucht alle drei Teile, um das Rätsel zu entschlüsseln. Dieses Stück gehörte Ihrer Freundin Miss Seaver und ist über den unglückseligen Mr Bratt in unseren Besitz gelangt. Die Frage ist nur, was aus den anderen beiden Teilen geworden ist.«

»Selbst wenn Sie mit dieser Theorie richtig liegen sollten, hätte ich immer noch keine Ahnung, wo sie sein könnten.« Sie wurde sich bewusst, dass sie sich das verletzte Handgelenk rieb, und zwang sich damit aufzuhören.

»Das glaube ich schon. Ich glaube auch, dass Bratt es wissen könnte. Sie haben Felicia getroffen. Ihre Retterin, sozusagen. Laut ihrer Aussage gelang es Bratt, ihr einen Schlag gegen den Kiefer zu verpassen, nachdem sie auf ihn geschossen hatte. Und das mit einer Kugel in der Seite. Dann hat er sich eine Mappe vom Boden geschnappt und ist geflüchtet. Wieso war diese Mappe so wichtig, dass er eine extra Sekunde dafür riskierte? Ich denke, dass sich darin entweder das zweite Stück von Adrian Wisdoms Hinweis befand, oder aber etwas, das ihn dorthin führen wird. Aber ich nehme an, Sie werden jetzt sagen, dass Sie keine Ahnung haben, was in der Mappe war.«

»Ich kann Ihnen wirklich nicht helfen«, sagte sie und fragte sich dabei, ob er wohl vorhatte, die Informationen mit Gewalt aus ihr zu pressen.

Doch Paramay nickte nur, als wäre das nicht weiter schlimm. »Nun, dann lassen Sie uns jetzt über die Pilatus-Inschrift selbst sprechen. Mal angenommen, Sie sind erfolgreich. Was genau haben Sie vor, wenn Sie die Pilatus-Inschrift erst einmal gefunden haben?«

»Soweit habe ich noch gar nicht gedacht.«

»Eins dürfen Sie mir glauben, Miss Barclay. Die Leute, die Ihnen diese Mission aufgezwungen haben, haben mit absoluter Sicherheit so weit gedacht. Und ich hege keinen Zweifel, dass beide Seiten ihre ganz eigenen Pläne verfolgen. Daher sollte ich vielleicht unsere eigene Position etwas verdeutlichen.« Er hob den Finger, als würde er zu einer wichtigen Bekanntmachung ansetzen. »Die Regierung Ihrer Majestät ist fest entschlossen zu verhindern, dass die Pilatus-Inschrift in die Hände von Fanatikern gerät, egal, ob diese der religiösen oder anti-religiösen Fraktion angehören. Punkt.«

»Also ist meine Aufpasserin nicht zu meinem Schutz abbestellt, sondern um sicherzugehen, dass ich die Tafel nicht den falschen Leuten aushändige.«

»Sie wird beiden Aufgaben gerecht werden, Miss Barclay. Sie wird Sie auf Ihrer Suche beschützen und dafür Sorge tragen, dass die Tafel in die richtigen Hände gerät.«

»Was kümmert Sie die Tafel überhaupt?«

Die Frage ließ ihn stutzen. »Wie bitte?«

»Was für einen Unterschied macht sie? Für Sie, meine ich? Für den britischen Geheimdienst, für die Regierung ihrer Majestät, für Ihre Gruppe gleichgesinnter Denker – für überhaupt irgendwen? Ich dachte, wir leben in säkularisierten Zeiten. Wen interessiert ein antikes Relikt, das möglicherweise nicht einmal existiert?«

Zum ersten Mal schien er enttäuscht. Das Lächeln verschwand. »Ich bitte Sie, Miss Barclay. So naiv können Sie wirklich nicht sein.«

»Oh, das bin ich nicht. Dieser Tage bin ich das genaue Gegenteil von naiv.«

»Dann spricht der aufgestaute Zynismus aus Ihnen, den sie sich während ihrer ereignisreichen Flucht angeeignet haben, was auch verständlich ist. Aber Sie wissen, dass ich nicht davon gesprochen habe.« Er ging auf sie zu. »Ich spreche von der Inschrift, Miss Barclay. Und glauben Sie bloß nicht, unsere Zeit sei vollkommen säkularisiert. Ganz im Gegenteil. Wenn überhaupt, sind Glaubenssysteme heute noch fester verwurzelt. Die Welt ist zu einem gefährlichen Ort geworden. Es ist kein guter Zeitpunkt für die westlichen Zivilisationen, sich untereinander uneins zu sein. Sollte die Tafel existieren, wird sie zu Konflikten führen, wenn wir Eintracht brauchen. Und, glauben Sie mir, kein Mensch, der bei gesundem Verstand ist, kann die Gefechte wünschen, die um sie herum entbrennen werden.«

»Also will die britische Regierung die Tafel in ihre Obhut nehmen, um sie von der Öffentlichkeit fernzuhalten.«

»Wir werden sie intensiv studieren. Die klügsten Köpfe werden ihre Bedeutung erforschen. Natürlich gehört die Inschrift schlussendlich der Geschichte und damit der öffentlichen Hand. Wir werden sie veröffentlichen. Wir werden sie sogar ausstellen. Aber erst nachdem wir die Gelegenheit hatten, ihr den Weg zu bereiten, wenn man so sagen will.«

Die biblische Anspielung entging ihr nicht; und das war Absicht, wie Bethany vermutete. »Wenn ich Ihnen helfen soll, dann müssen Sie auch etwas für mich tun.«

»Bitte, Miss Barclay. Sagen Sie mir, wie ich Ihnen unser Angebot versüßen kann.«

»Es geht mir nicht um Geld. Ich brauche Informationen.«

»Wenn ich mit ihnen dienen kann.«

»Als Erstes würde ich gern wissen, wer der alte Mann in der Gruft war. Der Mann, der mir das Leben gerettet hat.«

»Sein Name ist Morgan und es ist äußerst unwahrscheinlich, dass er dort war, um Ihnen das Leben zu retten«, erklärte Paramay nüchtern. »Er ist ein unabhängiger Söldner mit einer zwielichtigen Kundenliste. Wahrscheinlich wurde er darauf angesetzt, Sie zu beschatten.«

»Weiß er, dass ich hier bin?«

»Das ist völlig unmöglich.«

Bethany ließ das Thema fallen. »Zweitens will ich wissen, warum dort draußen im Flur ein Porträt von Lord Findrake, dem neunten Earl von Clougham, an der Wand hängt.«

Sie hatte es geschafft, ihn zu überraschen. Das konnte sie ihm ansehen. Doch seine Antwort erfolgte schnell und wahrscheinlich auch wahrheitsgetreu. »Weil wir uns hier in Clougham Hall befinden. Bis die Familie in Geldnot geriet, war dies ihr Stammhaus.«

Drei Tage später verließ sie Großbritannien, in der Economyclass eines Linienflugs, mit einem neuen Pass in der Tasche und Felicia an ihrer Seite auf dem Gangplatz. Ihre Aufpasserin plapperte ohne Unterlass über die Männer, die sie in Europa aufreißen würden. Die Begeisterung war nur Show, wie Bethany wusste, aber Felicia spielte ihre Rolle wirklich überzeugend.

»Wir werden keine zweite Person zu Ihrem Schutz abstellen können«, hatte Paramay sie gewarnt. »Wir können keine weiteren Ressourcen abzweigen. Die meiste Zeit über werden Sie und Felicia also auf sich gestellt sein.«

Wie sich herausstellte, konnte Felicia charmant, faszinierend und lustig sein. Dennoch blendete Bethany sie aus, während sie ihrem Ziel immer näher kamen. Die ganze Reise nach Berlin über dachte sie nur an Janice.

»Ich werde dich in Sicherheit bringen«, flüsterte sie, das Gesicht gegen das kalte Fenster gepresst. »Das verspreche ich.«

DRITTER TEIL

LATEIN UND GRIECHISCH

33

Edna Harrigan machte Besorgungen. Ein Besuch bei einem kranken Freund im Hospiz, eine kleinere Transaktion mit dem Filialleiter ihrer Bank und der Versand eines Geburtstagsgeschenks für ihre Großnichte in Florida. Das Geschenkeshopping hatte sie sich für den Schluss aufgehoben, weil sie es genießen wollte. Die Freude, die einem neunten Geburtstag innewohnte, sollte sie ihre anderen Sorgen vergessen lassen. Den sterbenden Freund zum Beispiel. Oder die Misere, in der sich Bethany Barclay befand. Sie fuhr zum Spielzeugladen im nahe gelegenen Örtchen Little Washington, wo man ihr das Geschenk in braunes Packpapier einwickelte. Die Postfiliale war kaum einen Steinwurf von ihrem Haus entfernt, nur ein Stück weiter die Route 522 entlang, der Hauptverkehrsstraße von Flint Hill, die von ihr aus in etwa einer Minute mit dem Auto zu erreichen war.

»Hallo, Richterin«, wurde sie von der Postangestellten Sandy, die heute alleine Dienst hatte, begrüßt. »Wie kann ich Ihnen helfen?«

Edna reichte Sandy das Paket, um es wiegen zu lassen.

»Gibt es irgendwelche Neuigkeiten?«, erkundigte sich die Richterin. Sie war neugierig, ob sich Raymond Fuentes hatte blicken lassen.

»Nicht wirklich«, meinte Sandy und tippt eifrig auf ihrem Computer. Sie war ein liebes Kind, das ohne Ednas geduldige Nachhilfestunden wahrscheinlich niemals den Collegezulassungstest bestanden hätte. In der kleinen Stadt wimmelte es nur so von Leuten, die Edna einen kleinen Gefallen schuldeten. Sie lebte alleine, aber die Stadtbevölkerung diente ihr als Frühwarnsystem. Als Sandy also »nicht wirklich« sagte, war Edna beruhigt. Wären Fremde in der Stadt aufgetaucht und hätten Fragen gestellt, hätte das Kind davon gehört und würde es ihr erzählen.

»Kann ich sonst noch etwas für Sie tun?«, fragte Sandy mit einem strahlenden Lächeln, als das Paket bezahlt und adressiert war.

»Nein, vielen Dank, meine Liebe.«

Edna hatte sich bereits umgedreht, als sie Sandy sagen hörte: »Ach, Richterin, warten Sie kurz. Tut mir leid. Das hätte ich fast vergessen. Hier ist noch ein Brief für Sie.«

»Er ist nicht in meinem Schließfach? Muss ich dafür unterschreiben, oder so was in der Art?«

Die Postbeamtin wirkte peinlich berührt. »Es ist ein wenig seltsam. Der Umschlag war an den alten Ben Coates adressiert - Sie wissen doch, der immer mit Sam DeMarco und Bethany auf die Jagd gegangen ist? -, und Ben hat ihn hergebracht, weil darin wohl ein weiterer Brief war, in dem er aufgefordert wurde, ihn an sie auszuhändigen und, nun ja, ich dachte, Sie hätten diesen Brief vielleicht nicht so gern in Ihrem Postfach liegen.«

Wo ihn jeder finden kann, der Sie beobachtet, wollte sie damit sagen.

Edna betrachtete den kleinen Umschlag. Der Name und die Adresse des Absenders waren so unleserlich hingeschmiert, dass sie nicht zu entziffern waren, aber der Poststempel war aus London.

Edna gefror das Blut in den Adern.

Sie saß an dem Tisch mit der schweren Holzplatte in ihrer Küche, nippte an ihrer dritten Tasse Darjeeling und laß sich Bethanys nicht unterschriebenen Brief zum dritten Mal durch. Es war riskant, ihr einen Brief und ein Foto zu schicken, aber Edna kam zu dem Schluss, dass ihr Schützling wohlüberlegt gehandelt hatte. Man überwachte inzwischen Telefone, E-Mails und das Internet. Postsendungen hingegen waren eine veraltete Technik, und sie zu verfolgen ein viel zu arbeitsintensiver Aufwand. Briefe mithilfe von Wasserdampf zu öffnen, so wie früher üblich, wird mittlerweile als Verschwendung von Arbeitskraft gesehen.

Erneut betrachtete Edna das zerschnittene Foto, das ernste Gesicht des Mannes mit der Sonnenbrille, um dessen Schulter der besitzergreifende Arm der fehlenden Frau geschlungen war. Dann laß sie sich zum wiederholten Male die beigelegte Notiz durch:

Tut mir leid, dass ich mich so lange nicht gemeldet habe. Das nächste Mal, wenn ich in der Stadt bin, komme ich auf einen Sprung vorbei. Bis dahin bewahre bitte das beiliegende Bild für mich auf. Oder könntest du es meinem Freund Carl geben, falls ich es in den nächsten paar Wochen nicht schaffen sollte vorbeizuschauen? Vielen Dank. Bis bald, hoffe ich.

PS – Bitte erzähl deinen Freunden nichts davon.

Kein Gruß. Keine Unterschrift. Aber sie kannte Bethanys Handschrift. Und sie wusste auch, wer mit Carl gemeint war: Carl Carraway, der FBI-Agent, der früher die Sonderkommission zur Ergreifung des Laborbombers geleitet und auch Edna einige Male befragt hatte. Der Senatorin zufolge war Carl vom Dienst suspendiert worden und würde höchstwahrscheinlich seinen Job verlieren. Bis zu diesem Moment hatte Edna nicht gewusst, dass Bethany und Carl sich überhaupt jemals begegnet waren. Doch der Bericht der Senatorin über Carraways missliche Lage und die Worte »mein Freund« ließen darauf schließen, dass die beiden sich nicht nur begegnet waren, sondern sich auch im Guten getrennt hatten.

Falls ich es in den nächsten paar Wochen nicht schaffen sollte vorbeizuschauen …

Was nur die schonende Art war zu sagen: *Falls ich hier draußen sterben sollte.*

Und dann das Postskriptum. *Bitte erzähl deinen Freunden nichts davon.* Damit meinte Bethany nicht Ednas lokale Freunde wie Sandy und Lillian: Sie wusste, dass Edna keine Klatschtante war und niemals Geheimnisse auf solche Weise preisgeben würde. Die versteckte Botschaft in der Botschaft lautete, dass Bethany wusste, oder zumindest vermutete, dass Richterin Edna Harrigan die ganze Zeit über im Auftrag des Gartens gehandelt hatte.

Sie wollte ihr sagen, dass der Garten nichts davon erfahren sollte.

Edna war sich über Bethanys Beweggründe nicht im Klaren, aber sie hatte vor, ihre Bitte zu achten. Sie schloß den Brief in ihrem Schlafzimmersafe ein, der in ihrem Kleiderschrank eingebaut war. Dann nahm sie sich vor, möglichst unauffällig herauszufinden, wie sie mit Agent Carraway in Kontakt treten konnte. Nur zur Sicherheit.

Wie es der Zufall wollte, dachte auch Agent Carraway gerade über Bethany nach, allerdings aus ganz anderen Gründen.

»Wir sollten das gemeinsam durchziehen«, sagte er zu Fuentes.

»Nein.«

»Wahrscheinlich werden wir es nur zu zweit schaffen, Janice aus dem Haus zu befreien, wenn wir nicht sogar ein größeres Einsatzteam brauchen, je nachdem, wie die dort aufgestellt sind.«

Fuentes schüttelte den Kopf. Sie saßen in seinem Auto auf einer der oberen Ebenen der White-Flint-Shoppingmall. »Janice kennt mich. Ich bin ein vertrautes Gesicht. Sie hat mich zum letzten Mal im Keller des Village House gesehen, in der Nacht, in der dein Team den Laden gestürmt hat. Ich habe dafür gesorgt, dass sie und Bethany unbeschadet aus dem Gebäude entkommen konnten, bevor die Razzia losging. Also wird sie mir vertrauen. Das ist Punkt Nummer eins. Punkt Nummer zwei: Du bist das FBI, und das FBI ist ihr nun schon seit anderthalb Jahren auf den Fersen. Sie wird vielleicht abhauen, wenn sie meint, du wolltest sie verhaften.«

»Das ist doch lächerlich ...«

»Punkt Nummer drei. Du musst dich demnächst einer disziplinarischen Untersuchung stellen. Ich hingegen habe keine offiziellen Posten mehr. Wenn die Sache schiefläuft, können die mich komplett verleugnen. Du hingegen würdest Probleme bereiten. Wenn den Leuten der Wildnis erst mal klar wird, dass du auf ihrer Fährte bist, könnten sie beschließen, Janice eine Kugel in den Kopf zu jagen, um weitere Komplikationen zu vermeiden.«

Carraways Stolz konnte diese Predigt nicht unkommentiert lassen. »Du kannst mich nicht zwingen, mich rauszuhalten.«

»Natürlich kann ich das«, erwiderte Fuentes vollkommen ruhig. »Mit diesen Macho-Spielchen fangen wir gar nicht erst an.«

Carl versuchte es anders. »Mal angenommen, du gehst allein. Angenommen, du kundschaftest das Haus aus, beschließt, dass die Sache machbar ist, und befreist Janice. Was wäre dann dein nächster Schritt?«

»Das möchte ich lieber für mich behalten.«

»Mit anderen Worten, du hast keinen Plan.«

»Du vielleicht?«

»Den habe ich tatsächlich.«

Damit lehnte Carl den Kopf an die Kopfstütze und wartet, dass Fuentes nachfragt.

34

Berlins größte Privatsammlung christlicher Kunst gehörte den Brüdern Kupfenberg, Immobilieninvestoren, deren Stadtresidenz eine elegante alte Villa in Charlottenburg war. Auf wundersame Weise hatte sie die Bombardierungen der Alliierten überlebt. Sie war im frühen achtzehnten Jahrhundert im Barockstil errichtet worden und ist nicht weit vom berühmten Schloss Charlottenburg entfernt, nur durch einige vornehme Einkaufsstraßen und ein teures Wohnviertel für aufstrebende Unternehmer getrennt.

Um fünf Minuten vor neun an einem schrecklich nebligen Montagmorgen meldeten sich Felicia und Bethany am Torhaus an. Während der uniformierte Wachmann die Terminliste studierte, flirtete Felicia ihn in halbwegs fließendem Deutsch an.

Er flirtete nicht zurück.

»Manchmal funktioniert es, manchmal nicht«, erklärte sie, während sie im Innenhof unter der Anweisung eines livrierten Dieners parkte, der sie mit seinen behandschuhten Händen heranwinkte und ihr einen Platz zuwies. Sie warf Bethany einen Blick zu. »Ein bisschen mehr Unterstützung deinerseits wäre nicht verkehrt.«

»Wobei?«

»Beim Flirten. Schließlich stellen wir ...«

»Liebestolle Engländerinnen dar«, grollte Bethany. »Ich hab's nicht vergessen.«

Felicia runzelte die Stirn. »Vielleicht sollte ich dich ab sofort als meine schüchterne Cousine vorstellen.«

Der Diener führte sie ins Haus. Die Decken waren sehr hoch und größtenteils mit Fresken bemalt. Das Mobiliar war modern, aber elegant, mit einem leicht skandinavischen Einschlag, von dem Bethany geglaubt hatte, er sei schon vor Beginn ihres Studiums aus der Mode gekommen. Man trug ihnen auf, in einem Zimmer mit surrealistischer Kunst an den Wänden zu warten, darunter auch ein Miró, der eine Kakophonie körperloser Köpfe zeigte.

»Reizend«, sagte Bethany.

»Man muss die Liebe dafür einüben«, erwiderte Felicia trocken.

Die schweren Flügeltüren öffneten sich. Der Mann, der nun den Raum betrat, war um die fünfzig, mit einer silbernen Haartolle und einem ausgeprägten Bierbauch, der von einem maßgeschneiderten Anzug gut kaschiert wurde.

»Miss Faraday«, begrüßte er Felicia mit dem Namen aus ihrem gefälschten Pass und schüttelte ihr die Hand. »Miss Beale.« Weiteres Händeschütteln. Sein Englisch wies nur einen leichten Akzent auf. »Schön, dass Sie es einrichten konnten«, sagte er, als wäre ihr Besuch seine Idee gewesen. »Ich bin Ernst Kupfenberg.« Ein rundlicher, vorzeitig kahl werdender Kerl drückte sich im Schatten des großen Mannes herum. »Darf ich vorstellen: Mein Kurator, Mr Wallace.«

»Ich bin Amerikaner«, erklärte der Kurator und reichte ihnen ebenfalls die Hand. »Ich habe an der Northwestern promoviert.«

»Die Damen interessieren sich nicht für Ihren Lebenslauf«, fuhr Kupfenberg scharf dazwischen, und sofort verstummte Wallace. Der Deutsche wandte sich wieder an seine Gäste: »Sie kommen von der Oxford-Universität. Sie interessieren sich für meine Schriftrollen.«

»So ist es«, erklärte Felicia mit ihrem vergnügten Lächeln. »Unser Projekt beschäftigt sich mit ...«

»Meine Assistentin hat mich bereits informiert. Ich bin im Bilde.« Er schüttelte ihnen wieder die Hände und verneigte sich leicht. »Leider rufen mich meine Verpflichtungen. Ich fürchte, ich muss Sie der Obhut von Mr Wallace überlassen.«

»Eigentlich ist er ein ganz netter Kerl«, erklärte der Kurator. »Wenn man ihn erst einmal besser kennengelernt hat.«

Bethany konnte sich ein wenig Kessheit nicht verkneifen. »Haben Sie ihn denn schon besser kennengelernt?«

Ein verlegenes Grinsen. »Noch nicht.«

Felicia zwinkerte ihr zu. *Na bitte,* formten ihre Lippen tonlos.

Die Sammlung war in einer Bibliothek untergebracht, die sich hinter dem Hauptgebäude erstreckte. Sie stießen auf verschlossene Türen, aber kein Wachpersonal. Das Licht im Inneren war gedämpft. Es gab keine Fenster, doch dank der dünnen Marmorvertäfelung hoch oben an den Wänden konnte man zwischen Tag und Nacht unterscheiden. Unterhalb der Vertäfelung waren Ständer und Regale aus poliertem Holz aufgebaut. Der Raum wurde zu beiden Seiten von druckdichten Glasschaukästen gesäumt.

»Wie sind Sie hier gelandet?«, fragte Bethany Wallace' kahlen rosafarbenen Hinterkopf, während er sie eine Wendeltreppe hinabführte. »Ein Amerikaner, der eine Privatsammlung christlicher Artefakte in Berlin kuratiert?«

»Ich habe vorher am Pergamonmuseum gearbeitet. Die Kupfenbergs zahlen besser.«

»Aber was hat Sie überhaupt nach Deutschland verschlagen?«

»Ach so, verstehe.« Sie liefen nun an den Schaukästen vorbei, wobei der dichte Teppich unter ihren Sohlen leise raschelte. »Diese alten Artefakte und Schriftrollen sind meine Passion. Es gibt nicht viele amerikanische Sammler, die sich dafür interessieren.«

»Es gab doch Elliot St. John«, platzte es ihr heraus, bevor sie sich zurückhalten konnte.

»Und eine Handvoll anderer.« Ein wehmütiges Lächeln. »Er war ein paar Mal hier. Hat mit den Brüdern einige Geschäfte getätigt. Ah. Gut. Da sind sie ja.«

Die folgenden vierzig Minuten lang untersuchten sie eine Reihe von Schriftrollen, einige waren lang und aufwendig verziert, von anderen waren kaum mehr als Fetzen übrig. Zwei intakte Seiten, die angeblich Geoffrey von Monmouths *Historia Regum Britanniae* entstammten. Ein Palimpsest aus dem dreizehnten Jahrhundert, das dank der Röntgenfluoreszenzaufnahme einer Inschrift datiert werden konnte. Eine äußerst seltene, fast unversehrte Ausgabe der *Compendium historiae in genealogia Christi* von Petrus Pictaviensis. Das Fragment einer Predigt von 1450 über die *Lachrimae Christi* komplett mit Nadeleinstichen, die dem Redner die Pausen anzeigten. Wie zuvor abgesprochen, übernahm Felicia das Reden, während Bethany alles mitschrieb und in ein ledergebundenes Notizbuch eintrug. Sie achteten darauf, sich nicht für eine bestimmte Schriftrolle zu interessieren. Ihrer Geschichte zufolge hatten sie vor, eventuell eine Ausstellung im Ashmolean-Museum auf die Beine zu stellen, und suchten daher eine Reihe privater Sammlungen auf dem Kontinent auf, was eine Vielzahl fast authentischer E-Mails, Telefonate und Empfehlungsschreiben auch belegte.

»Also, die wollen Sie bestimmt nicht«, sagte Mr Wallace, als sie endlich zu der Schriftrolle kamen, die Grant Apples und Adrian Wisdoms Aufmerksamkeit erregt hatte. »Sie ist in einem schlechten Zustand. Um ehrlich zu sein, bin ich mir nicht sicher, ob die Brüder ihren Transport gestatten würden.«

Schlechter Zustand war eine maßlose Untertreibung. Die Schriftrolle bestand nur noch aus sorgsam restaurierten Fragmenten, und Wallace, der sich nervös die Hände rieb, erklärte, dass die Zusammenstellung streckenweise auf Mutmaßungen beruhte.

Bethany nickte geistesabwesend. Ihr war der lateinische Satz ins Auge gefallen, der Adrian Wisdom hatte aufmerken lassen. Die Worte waren ausgeblichen, aber durchaus lesbar: *Sed unus homo potest*, wobei das erste S prachtvoll verziert und mit dem Kopf und Schwanz einer Schlange versehen worden war. »Aber ein Mensch kann es tun«, hatte Grants Übersetzung gelautet. Oder: »Aber nur ein Mensch kann es tun.«

Diese Worte nun auf dem uralten Pergament niedergeschrieben zu sehen, sozusagen als physische Bestätigung der Geschichte des armen Grants, verschlug ihr kurzzeitig den Atem. Objektiv betrachtet war sie jedoch keinen Schritt weitergekommen. Noch immer hatte sie nicht die leiseste Ahnung, was der Satz bedeuten könnte. Aber nun war es an Felicia, ihrer Aufpasserin, sie zu überraschen.

»So weit ich informiert bin, Mr Wallace, haben Sie vor Kurzem ein weiteres mögliches Fragment dieser Schriftrolle erworben.«

Bethany warf ihr einen Blick zu, woraufhin Felicia ihr erneut zuzwinkerte, als sage sie: *Auch ich habe meine Geheimnisse.*

»Wie haben Sie davon erfahren?«, fragte Wallace erstaunt.

»Dann stimmt es also?«

»Oh ja, tatsächlich haben wir ein weiteres Stück erworben. Das heißt, die Brüder natürlich. Von einer Ordensgemeinschaft in Kurdistan, die leider gezwungen war, ihr Vermächtnis zu veräußern, um über die Runden zu kommen, wie ich fürchte. Es ist noch nicht ausgestellt – es wird im Moment gereinigt und gepresst, und so werden noch einige Monate vergehen, bis es hier in der Bibliothek zu sehen ist - aber wenn Sie wollen, könnte ich Ihnen eine Aufnahme davon zeigen.«

Auf seinem Schreibtisch in der Ecke des Raums stand ein übergroßer Computermonitor. Er brauchte nur wenige Sekunden, um das Bild aufzurufen. »Früher stritten die Gelehrten oft jahrelang darüber, welche Teile zu welchen passten. Heutzutage benutzen wir einfach eine Gesichtserkennungssoftware. Genau wie die am Flughafen. So kommt man zwar nicht in allen Fällen zum richtigen Ergebnis, aber das erspart einem viele Fehlversuche.«

»Wirklich faszinierend«, schwärmte Felicia begeistert.

Der Kurator lächelte sie an. »Hier«, sagte er und berührte den Bildschirm. Die Buchstaben wurden mit einem Satz größer. »Wir glauben, dass dieser Satz an jenen anschließt, den Sie sich eben auf dem Fragment angesehen haben.«

Et impium judicabit ceciderit, las Bethany.

»Was hat das zu ...«, setzte sie an, doch Felicia warf einen Blick auf die Uhr und erklärte erschrocken, dass sie schon viel zu spät für ihren nächsten Termin dran seien. Sie bat Mr Wallace, sie zu entschuldigen, und hoffte, er würde bei ihnen vorbeischauen, wenn er das nächste Mal in England war, wo er ihr unbedingt gestatten musste, ihn zum Essen einzuladen, wobei sie es bei all der Verwirrung irgendwie schaffte, die kleine Gruppe zurück zu den Treppen zu lotsen, sodass sie am Ende ihres Wortschwalls wieder in der Empfangshalle standen.

»Bitte richten Sie Mr Kupfenberg unseren Dank aus«, sagte sie.

Dann schüttelten sich alle die Hände.

Sie saßen im Auto und waren schon durch das Tor, als Bethany explodierte. »Was sollte das da drinnen? Warum hast du ihn den Satz nicht für uns übersetzen lassen?«

»Weil wir seine Aufmerksamkeit ablenken wollen. Wir dürfen nicht riskieren, dass er glaubt, diese spezielle Schriftrolle sei von besonderem Interesse für uns.«

Bethany warf einen Blick auf ihre Notizen. *Et impium judicabit ceciderit.* »Und was machen wir jetzt?«, fragte sie spitz. »Besorgen wir uns irgendwo ein Lateinwörterbuch?«

»Das wird nicht nötig sein«, erklärte Felicia, während sie durch den spätmorgendlichen Verkehr glitten.

Mittlerweile war der Nebel noch dichter als bei ihrer Ankunft. Die schwach aufleuchtenden Scheinwerfer der entgegenkommenden Autos blieben unsichtbar, bis sie so nah waren, dass ein Ausweichen nicht mehr möglich war, aber wie es schien, gingen die Deutschen für nichts und niemand vom Gaspedal. »Mein Latein ist ein wenig eingerostet, aber ich glaube es bedeutet ›Und die Frevelhaften sollen fallen‹. Oder ›die Ruchlosen‹ oder ›die Gottlosen‹ oder ›die Sündhaften‹. *Impium* kann all diese Dinge bedeuten.«

Bethany schaute sie an. »Für mich klingt es überhaupt nicht so, als sei dein Latein eingerostet«, sagte sie.

»Vielleicht nicht.«

»Und vielleicht ist das auch der Grund, warum Paramay dir diesen Auftrag gegeben hat.«

»Nun, er sagte doch, dass ich da bin, um zu helfen.«

»Ich dachte, du solltest mich beschützen.« Doch ihr Verstand hatte schon ein paar Schritte weiter gedacht. »Wenn Wallace recht hat und die Sätze zusammengehören, dann haben wir ›Aber nur ein Mensch kann es tun, und die Frevelhaften sollen fallen.‹ Ergibt das irgendeinen Sinn?«

Felicia erwiderte nichts. »Vielleicht ist es eine Beschreibung. Eine physikalische Beschreibung des Ortes, nach dem wir suchen. Schmal. Man kann herunterfallen. Eine Brücke möglicherweise.« Sie trommelte mit den Fingern auf dem Armaturenbrett. »Oder es handelt sich um eine Art spirituelle Warnung. Vielleicht ist es ein Hinweis auf einen bestimmten Mann. Aber ich schätze, der wäre mittlerweile schon sehr lange Zeit tot und ...«

»Sei still«, sagte Felicia.

»Das war ein Witz ...«

»Ich meine es ernst. Still jetzt.« Sie ging vom Gas. »Könnte sein, dass wir Probleme bekommen.«

Bethany versuchte durch den Nebel zu starren und sah ein winkendes Licht. »Da blockiert bloß ein liegen gebliebener Wagen die Straße. Das ist alles.«

Felicia reckte das Kinn zum Rückspiegel. »Das ist nicht alles.«

Hinter ihnen raste ein Lastwagen mit sehr hoher Geschwindigkeit heran.

Wie die Landespolizei und das Bundeskriminalamt später die Geschehnisse rekonstruierten, sowohl mithilfe der Spurensicherung als auch durch Befragung der Augenzeugen, schien Folgendes passiert zu sein: Nicht weit vom Brandenburger Tor entfernt wurden die zwei Engländerinnen in dem gemieteten Nissan Versa von einem Mann angehalten, der vorgab, eine Panne zu haben. Sobald sie langsamer wurden, wurde der Versa hinten links von einem Lkw gerammt und auf den Bürgersteig geschoben. Zwei bewaffnete Männer näherten sich dem Wagen, einer auf jeder Seite. Die Fahrerin streckte die Arme aus dem Seitenfenster und kämpfte mit einem der Männer. Der andere Angreifer wurde hinterrücks erschossen, wobei die Identität des Schützen nach wie vor unbekannt ist. Der Mann auf der Fahrerseite floh daraufhin zu Fuß vom Tatort. Auch wenn es im Nebel schwer zu erkennen war, sagten die Zeugen aus, sein Gesicht sei blutüberströmt gewesen. Der Tote konnte bisher nicht identifiziert werden. Sowohl das Pannenauto als auch der Lkw waren gestohlen und wiesen keinerlei Fingerabdrücke auf. Mittlerweile gehen die Behörden davon aus, dass die Tat von einer lokalen Bande begangen wurde, die die Frauen entweder ausrauben oder entführen wollte. Zwei Kommissare, die darauf hinwiesen, dass das Vorgehen für ein so einfaches Motiv viel zu ausgeklügelt gewesen sei, wurden in andere Abteilungen versetzt. Die besagten Frauen haben das Land verlassen. Die Untersuchungen laufen weiter ...

35

Als der Bericht ankommt, liest der Lord Schutzherr gerade eine Empfehlung an den Rat, die finanzielle Unterstützung für eine bestimmte umstrittene Stiftung zu verdoppeln, die Kirchen in der dritten Welt mit Broschüren ausstattet. Darin wird der Beweis geführt, dass HIV bei Menschen nicht die Ursache für Aids ist. Alles, was es braucht, ist eine Handvoll ungebildeter Pastoren, die diesen Unsinn als Wahrheit propagieren, um dem Christentum einen weiteren schweren Schlag zu verpassen. Während ihrer Regentschaft als Schutzherr hat Lillian immer einen Schwerpunkt darauf gelegt, den Fokus des Rats von der westlichen Welt wegzulenken, wo sich Religion sowieso auf dem absteigenden Ast zu befinden scheint, hin zu den Entwicklungsländern, in denen die geradezu gespenstische Widerstandsfähigkeit des Glaubens oft einen Schubs in die entgegengesetzte Richtung benötigt. Die nicht westliche Elite dazu zu bewegen, den reflexiven Säkularismus des europäischen und amerikanischen Bildungsbürgertums anzunehmen, scheint ihr dafür ein hervorragender Ansatzpunkt zu sein ...

Der Türsummer ertönt und Kenny tritt ein. Mit einer Akte im Arm darf er sie bei ihrer Arbeit unterbrechen. Sie schiebt den Bericht beiseite und hebt erwartungsvoll das Kinn, ohne etwas zu sagen. Sie hält nichts davon, Zeit mit dem Austausch von Höflichkeiten zu verschwenden.

»Ma'am, vor einer Stunde wurde ein Anschlag auf Bethany Barclay verübt, den sie überlebt hat. Morgan berichtet, einen der Angreifer getötet zu haben. Es scheint, dass Bethanys Reisegefährtin den anderen verletzt hat, der daraufhin vom Schauplatz floh.«

»Das hat sich in Berlin zugetragen?«

»Ja, Ma'am.«

»Sie war in dieser grässlichen Kupfenberg-Villa?«

»Ja, Ma'am.«

»Wissen wir auch warum?«

»Noch nicht, aber das werden wir bald.«

Der Schutzherr nickt. »Nun gut. Richten Sie Morgan aus, dass er gute Arbeit geleistet hat. Wo halten sie sich im Moment auf?«

»Vor zehn Minuten haben sie ihr Hotel verlassen und sind auf dem Weg zum Flughafen.«

»Es muss Findrake gewesen sein«, sagt sie nachdenklich. »Er scheint uns nicht einmal in die Nähe der Pilatus-Inschrift lassen zu wollen.«

»Nein, Ma'am.«

»Diese Leibwächterin oder Chauffeurin oder was immer sie auch war. Was wissen wir über sie?«

»Wahrscheinlich ist sie vom britischen Geheimdienst.«

»So weit war ich auch schon.«

Kenny wird rot. »Ma'am, Morgan meint, sie wollen nicht mit einem ganzen Team die Aufmerksamkeit der ortsansässigen Bevölkerung erregen. Und wenn man davon ausgeht, dass sie nicht wissen, wem sie trauen können - wer die Tafel für sich selbst will, wer mit uns unter einer Decke steckt - nun, Morgan meint, dass diese Leibwächterin alles ist, was sie ihr zur Seite gestellt haben.«

»Und?«

»Ma'am, das könnte ein Vorteil für uns sein, aber auch ein Nachteil.«

»Kenny, mein Lieber, Sie müssen sich wirklich abgewöhnen, mir offensichtliche Tatsachen zu berichten. Sonst stellt sich mir die Frage, ob Sie ein Schwachkopf sind, oder ob Sie mich für einen solchen halten.« Sie unterbindet seine gestotterte Erwiderung mit einer Bewegung ihrer Hand und reicht ihm dann das Dokument, mit dem sie sich zuvor beschäftigt hat. »Dieses Projekt ist genehmigt. Sorgen Sie dafür, das alles in die Wege geleitet wird.«

»Ja, Ma'am.«

»Außerdem will ich, dass unser Gast an einen etwas sichereren Ort verlegt wird.«

»Ich verstehe nicht. Ich dachte, Sie wollten sie dort verstecken, wo niemand nach ihr suchen würde. Sie sagten, dass kein Ort sicherer sei.«

Ihre Züge werden scharf. »Nennen Sie es weibliche Intuition, oder meinetwegen auch ein übertriebenes Maß an Vorsicht. Ich glaube nicht, dass Bethany Barclay in Begleitung einer Beamtin des britischen Geheimdienstes durch Europa stolpern würde, wenn ihr Abkommen nicht auch die Suche nach dem Aufenthaltsort unseres Gastes einschließen würde. Also kümmern Sie sich darum, Kenny. Finden Sie einen sichereren Ort. Vielleicht die Adirondack-Strafanstalt. Mexiko wäre sogar noch besser. Sie finden schon eine Lösung. Aber ich will, dass sie schnellstmöglich verlegt wird.«

»Ja, Ma'am.«

»Oh, und Melody Sunderland. Ist sie immer noch in Großbritannien?«

»Immer noch im Savoy. Ja, Ma'am.«

»Haben wir Maßnahmen zu ihrem Schutz ergriffen und so weiter?«

»Ja, Ma'am.« Er zögert. »Ma'am, unsere Leute sagen, dass sie eine schwere Zeit durchmacht.«

»Sagen Sie ihr, sie soll bleiben, wo sie ist. Ich werde ihr weitere Anweisungen per Kurier zukommen lassen.«

»Ich glaube, sie will nach Hause kommen.«

Der Schutzherr wirft ihm einen Blick zu.

»Ja, Ma'am. Ich kümmere mich darum.«

In der Welt des Baumeisters verbreiteten sich Nachrichten etwas langsamer. Er misstraute den modernen Kommunikationswegen und wollte mit E-Mails, Handys und dem Internet am liebsten nichts zu schaffen haben. Also brauchte die Senatorin einige Anläufe, um ihn ans Handy zu bekommen.

»Es war Bethany«, sagte sie, sobald Harry dranging. »Das FBI ist sich ganz sicher.«

»Entschuldige bitte. Was war Bethany? Wo?«

»In Berlin. Die Schießerei.«

Harry rieb sich die Augen. »Ich habe gerade ein Nickerchen gemacht. Welche Schießerei?«

Kurz und bündig klärte sie ihn auf.

»Ich sollte mich wohl auf den Weg dorthin machen. Ich bin noch immer im Dorchester-Hotel. Ich könnte heute Abend fliegen.«

»Nein, Harry. Lass das lieber sein. Du kannst nichts tun. Sie hat das Land verlassen. Das ist nicht dein Problem und du wirst sie niemals einholen. Du musst nach Hause kommen. Wir brauchen dich hier.«

»Du verstehst das nicht ...«

»Glaubst du wirklich, du wärst der Einzige, der andere Menschen hat leiden sehen wegen eines Fehlers? Ich bin ein Mitglied des Senats der Vereinigten Staaten, Harry. So selbstsicher ich auch in der Öffentlichkeit auftreten mag, gehe ich doch jeden Abend mit dieser Angst zu Bett. Meine falschen Entscheidungen - meine falschen Stimmabgaben - können die Ursache für unsägliches Leid sein.«

»Ich muss ihr sagen ...«

»Du musst ihr überhaupt nichts sagen. Wenn sie findet, wonach sie sucht, wirst du noch genügend Zeit haben, dich bei ihr zu entschuldigen. Wenn die Sache schiefläuft, kannst du nichts dagegen tun.«

»Gillian.« Er hielt inne. Schließlich telefonierten sie über eine offene Leitung. Aber es musste gesagt werden. »Gillian, sie arbeitet jetzt mit den Briten zusammen.«

»Gut. Die können sie beschützen.«

»Irgendwie bezweifle ich das. Deswegen muss ich sie finden.«

»Warum das?«

»Weil es bei den Führungskräften des Secret Intelligence Service eine ganze Heerschar von Anhängern gibt, die ihrem legendären Vorgesetzten aus den 1970er-Jahren treu ergeben sind. Damit meine ich Lord Findrake.«

36

In Warrenton in Virginia gab es zwei McDonald's. Einen auf dem Lee-Highway und einen auf dem James-Madison-Highway. Raymond Fuentes verbrachte ein wenig Zeit in beiden, knabberte an einem Burger, nippte an einer Cola und beobachtete, wer so ein- und ausging.

Natürlich erwartete er nicht, dass die Leute, die er suchte, mit einem T-Shirt hereinspaziert kamen, auf dem *›Ich habe Janice Stafford entführt!‹* stand. Er versuchte bloß ein Gefühl für den Flow der Stadt zu bekommen, um später ungewöhnliche Abweichungen besser erkennen zu können.

Beide Restaurants lagen an stark befahrenen Straßen. Aus beiden drängten sich die Massen. In der ganzen Stadt drängten sie sich. Warrenton bestand eigentlich aus zwei, wenn nicht drei zusammengefügten Ortschaften: die Haupteinkaufsmeile, dann zentral gelegene Wohnsiedlungen und niedrige Büroviertel, und die älteren Häuser und bewirtschafteten Farmen weiter draußen. Aufgrund von Janice' Beschreibung würde Fuentes jede Wette eingehen, dass man sie ganz in der Nähe der Hauptverkehrsstraßen gefangen hielt.

Ein weißes Haus also, dessen gegenüberliegender Nachbar in seinem Vorgarten einen Pick-up zum Verkauf anbot.

Er musste bei seiner Suche äußerst vorsichtig vorgehen, um bei einem zufällig vorbeifahrenden Gesetzeshüter nicht den Eindruck zu erwecken, er würde die Nachbarschaft auskundschaften, was er tatsächlich aber tat. Denn sollte er das Haus finden, lautete sein Plan, dort einzubrechen und Janice mit Gewalt zu befreien.

Carraway wollte noch immer bei der Operation mitmischen. Aber Fuentes hatte ihm nichts von dem kleinen Ausflug erzählt, den er an diesem Abend plante. Er war sich noch nicht sicher, was er von dem FBI-Mann halten sollte. Mochte sein, dass er vertrauenswürdig war, aber das bedeutete nicht automatisch, dass man sich auf ihn verlassen konnte.

Fuentes fuhr los. Es war halb sechs, die Leute fuhren von der Arbeit nach Hause und die Masse von Fahrzeugen auf der Straße kam ihm gerade gelegen. Anstatt eine Straße nach der anderen abzufahren, folgte er einem zufälligen Muster. Auf keinen Fall wollte er, dass man auf ihn aufmerksam wurde. Und Regelmäßigkeit erregte Aufmerksamkeit.

Schneller als erwartet fand er es. In nur etwas über einer Stunde stieß er auf das Haus, ein Haus im Ranch-Stil auf der Sycamore Street, einen halben Block von der East Shirley Avenue entfernt. Das Haus war alt, aber die Aluminiumverkleidung war frisch gestrichen. Vor dem Haus auf der anderen Straßenseite war tatsächlich ein verrosteter Pick-up auf Betonblöcken aufgebockt, neben dem der Nachbar ein Schild aufgestellt hatte: ZU VERKAUFEN. PREIS VHB. Er fragte sich, ob Janice wohl noch im Haus war. Sollten ihre Entführer den Verdacht gehegt haben, dass sie im Internet irgendwelche Hinweise hinterlegt hatte, würden sie sie mit Sicherheit woanders untergebracht haben.

Fuentes beschloss, das Risiko einzugehen.

Er hielt an und stieg aus dem Wagen, unter dem Vorwand, sich den Pick-up näher ansehen zu wollen, während er aus dem Augenwinkel sein Zielobjekt aus etwa fünfzig Meter Entfernung inspizierte. Ein älterer Mann trat aus dem Haus und wischte sich die Hände an einer Serviette ab, was Fuentes vermuten ließ, dass er ihn beim Abendessen gestört hatte. Sie schüttelten sich die Hände, plauderten ein wenig. Nur zwei Minuten später lachten sie gemeinsam, denn Fuentes' größtes Talent bestand darin, sympathisch auf andere Menschen zu wirken. Dabei war die Herzlichkeit keineswegs vorgetäuscht. Bis auf ein paar wenige Ausnahmen waren ihm die Leute ebenfalls sympathisch.

»Nein, ich denke nicht, dass ich ihn fahren oder restaurieren werde«, sagte Fuentes gerade. »Mir schwebt eher vor, ihn auseinanderzunehmen und die Einzelteile weiterzuverkaufen. Vielleicht kann ich selbst ein paar verwenden.«

Der Besitzer quittierte diesen Plan mit einem anerkennenden Lächeln und bemerkte, wenn er nur etwas jünger wäre, würde er es wahrscheinlich nicht anders machen. Gerade als er Fuentes ein Bier anbot, fuhr gegenüber eine himmelblaue Volvo-Limousine die Auffahrt hoch. Ein schlanker, etwa dreißigjähriger Mann in einem schicken Anzug sprang aus dem Wagen und eilte zur Tür. Fuentes war sich sicher, dass es sich nicht um einen Wachmann, sondern um den Assistenten von jemandem handeln musste.

Der alte Mann folgte seinem Blick.

»Ich habe keine Ahnung, was die da drüben treiben«, erklärte er mit heruntergezogenen Mundwinkeln. »Männer und Frauen, die die ganze Nacht ein und aus gehen.«

Fuentes meinte zustimmend, dass auch er nicht wisse, wo das noch alles hinführen sollte. Wieder lachten sie und Ray erklärte, dass er gerade ein wenig unter Zeitdruck stehe, aber hoffe, später am Abend erneut vorbeischauen zu können, vielleicht in Begleitung eines Freundes, um sich den Wagen nochmal anzusehen. Der alte Mann wurde misstrauisch, also drückt Fuentes ihm hundert Dollar in die Hand, die er als Anzahlung behalten sollte.

»Ich mache Ihnen ein faires Angebot«, sagte er und meinte es wirklich auch so. »Ich will nur, dass Sie sich nicht wundern, wer sich hier draußen herumtreibt, wenn ich später mit meinem Kumpel wiederkomme.«

»Sie sind wohl eine echte Nachteule, was?«

»Schätze schon.«

Janice beobachtete, wie der Mann namens Kenny aus seinem Auto stieg. Das Summen-Piepen-Summen sagte ihr, dass die Eingangstür aufging. Gestern hatte sie den halben Tag lang darüber nachgedacht, ob sie irgendwie eine Rückkoppelungsschleife in den Alarmsensoren an ihrem Fenster erzeugen und so die Sicherung auslösen konnte. Schlussendlich verwarf sie den Gedanken aber, da ein Kurzschluss ihr nicht dabei helfen würde, durch die Gitterstäbe zu kommen. Heute hatte sie den ganzen Tag in ein paar alten Schachbüchern geschmökert, die der Wachmann, den sie Stettin nannte, irgendwo aufgetrieben hatte. Außerdem hatte er ihr heimlich noch einen Hamburger Royal besorgt. Sie war noch immer damit beschäftigt, diese Delikatesse zu genießen, als sie Schritte auf der Treppe hörte.

Nur ein einzelner Besucher. Kenny musste die Wachen angewiesen haben sich fernzuhalten. Mit anderen Worten, er war hier, um etwas Wichtiges zu besprechen.

Die Tür öffnete sich und Kenny trat ein. Sie lächelte, aber nur, weil sie spürte, dass er nur der Vertreter war. Wahrscheinlich würde er der Person, die all das hier zu verantworten hatte, später genauestens Bericht erstatten.

»Bevor Sie fragen«, sagte sie. »Man behandelt mich sehr zuvorkommend. Ich habe genug zu essen, aber es wäre wirklich toll, wenn jemand meine Eltern anrufen würde, um ihnen zu sagen, dass es mir gut geht.«

Janice saß am Schreibtisch. Kenny stand neben der Tür und ließ seinen Schlüssel an einem dicken Metallring herumwirbeln.

»Du hast mit jemandem Kontakt aufgenommen«, sagte er tonlos.

»Wann sollte ich das gemacht haben?«

»Als dieser Idiot da unten dich an seinen Computer gelassen hat. Du hast eine Nachricht abgeschickt.«

»Beweisen Sie's.«

»Wir stehen nicht vor Gericht. Ich weiß, was du getan hast. Du weißt, was du getan hast. Hast du überhaupt eine Ahnung, wie viel Ärger du damit verursacht hast?«

Janice streifte sich einen ihrer geflochtenen Zöpfe aus dem Gesicht. »Ich muss mir unbedingt die Haare machen lassen«, sagte sie. »Es ist Wochen her, dass ich beim Frisör war. Ich sehe wie eine Vogelscheuche aus.«

»Für wem hast du eine Nachricht hinterlassen, Janice?«

»Wen. Akkusativ.«

»Du hältst dich für ziemlich schlau, was?«

Sie zuckte mit den Schultern. Sie gab sich sehr viel unerschrockener, als sie eigentlich war und vermutete, dass er das auch wusste. »Ich wünschte, ich könnte euch Ärger bereiten«, sagte sie. »Ich würde es tun, wenn ich es könnte. Aber ich habe keine Nachricht für irgendwen hinterlassen.«

»Nun, wie auch immer. Ich habe ein paar Neuigkeiten für dich.«

»Die wären?«

»Die gute Nachricht ist, dass deine Freundin Bethany noch immer am Leben ist. Jemand hat zweimal versucht, sie auszuschalten, aber sie hat beide Anschläge überlebt.«

Eine Woge der Erleichterung erfasste die junge Frau, die sich selbst nicht eingestehen wollte, wie besorgt sie in Wirklichkeit war. »Wo? Wo ist sie?«

»Das darf ich dir nicht verraten, tut mir leid.«

»Wissen Sie überhaupt, wo sie sich aufhält?«

»Auch dazu darf ich nichts sagen.«

Seine Augen waren eiskalt und mitleidslos. Janice wurde schlagartig klar, dass er überhaupt nicht darauf aus war, sie zu beruhigen. Er spielte mit ihren Emotionen. Und sie überkam das seltsame Gefühl, dass Kenny vielleicht gar nicht mit ihr sprechen sollte, das diese kleine Unterredung seiner eigenen Initiative entstammte, weil er einfach gerne sah, wie andere leiden.

»Wenn das also die gute Nachricht war, was ist dann die schlechte?«

»Du wirst woanders untergebracht.«

»Sie meinen, ich komme aus diesem Haus raus? Das wurde aber auch Zeit.«

»Ich gehe nicht davon aus, dass du lange brauchst, um zu packen.«

»Ich besitze ganze vier Outfits, wie Sie wohl wissen, und hätte sehr gerne einen Koffer für sie.«

»Ich werde dafür sorgen, dass dir jemand eine Mülltüte bringt.«

»Vielen Dank auch«, erwiderte sie halb verärgert, halb verängstigt. »Wann soll der große Umzug denn stattfinden?«

»Vielleicht noch heute Abend. Spätestens morgen. Ich fürchte, deine neue Unterkunft wird nicht ganz so komfortabel sein.« Er wollte schon gehen, überlegte es sich aber anders und blickte sie nochmals an. »Und die Wachen sind um einiges schlauer.«

Er verließ den Raum und schloss die Tür hinter sich ab.

Ray Fuentes lag im Garten im Gras, sechs Meter von dem Haus entfernt. Die Betriebsamkeit, die dort ausgebrochen war, gefiel ihm nicht – das Auto, das vorfuhr und wieder verschwand, die Art, wie die Wachen umhereilten. Irgendetwas braute sich zusammen, und es wurde Zeit zu handeln.

Dass sich jemand von hinten an ihn heranpirschte, spürte er eher, als dass er es hörte. Sofort rollte er sich auf den Rücken und schlug mit den Beinen aus.

Der Mann ging zu Boden und schon lag Fuentes auf ihm drauf, einen Arm gegen dessen Kehle und seine Waffe an dessen Schläfe gedrückt.

»Ich dachte, du könntest vielleicht etwas Hilfe gebrauchen«, erklärte Carl Carraway. »Was denn? Meinst du, du wärst der Einzige, der weiß, wie man jemanden beschattet?«

Der Wachmann, den sie Stettin nannte, machte Feierabend.

»Brauchst du noch was?«, fragte er sie.

»Nein, vielen Dank.«

An dieser Stelle verschloss er normalerweise die Tür. Dann übernahm die Nachtschicht – Leute, die sie so gut wie nie zu Gesicht bekommen hatte – bis Stettin und Noys morgens wieder zum Dienst antraten. Doch er blieb im Türrahmen stehen.

»Janice, sie werden dich verlegen, weißt du das?«

»Darüber haben sie mich schon informiert.«

»Tut mir leid. Ich wollte nur, dass du es weißt. Du scheinst echt in Ordnung zu sein.«

Sie warf ihm einen Blick zu. »Das ist jetzt die Stelle, an der ich rufe: ›Bitte, Mister, lassen Sie nicht zu, dass sie mich wegbringen‹, und dann sagen Sie, dass Sie nur ihre Arbeit machen und die Tür zuschlagen.«

Das brachte ihn zum Lächeln wie beabsichtigt. »Ich meinte damit nur, dass es mir leidtut, dass du da hineingeraten bist, was auch immer vor sich geht.« Wie schon Kenny zuvor, machte er einen Schritt auf sie zu. »Ich wollte nur, dass du weißt ...«

Weiter kam er nicht. Sie hatte die Falle schon vor Tagen ausgelegt, und endlich bot sich ihr die Gelegenheit, sie auszulösen. Der Wachmann stand auf dem rechteckigen Läufer. Janice hatte sich gegen den Rücken ihres Stuhls gelehnt. Mit einer plötzlichen Bewegung riss sie den Stuhl um. Die Schnur, die sie mit endloser Geduld aus der Unterseite des Läufers geribbelt hatte, war an den Stuhlbeinen befestigt. Der Stuhl fiel um, riss dem Mann den Läufer unter den Füßen weg und er ging zu

Boden. Zwar fiel er nicht der Länge nach hin, aber das war nicht nötig. Seine freie Hand ruderte instinktiv durch die Luft und griff nach der Kommode. Janice zog an einer weiteren versteckten Schnur und der schwere Schminkspiegel, dessen Schrauben sie gelöst hatte, knallte ihm auf die Finger.

Stettin jaulte auf und riss seine Hand zu sich.

Weder war er bewusstlos noch schien seine Hand ernsthaft verletzt zu sein, aber in seiner Überraschung war er auf ein Knie gesunken und rieb sich die Hand. Janice machte behände einen Satz um ihn herum, hob den schweren Schlüsselbund, den er fallengelassen hatte, vom Boden auf und war zur Tür hinaus, bevor er sich auch nur umdrehen konnte.

Sie knallte den Riegel vor, drückte das Vorhängeschloss zu und rannte auf die Treppen zu.

Carraway und Fuentes schlichen auf die Hintertür zu, immer im Neunzig-Grad-Winkel zueinander. Beide hatten Waffen gezogen, die sie gar nicht besitzen durften.

Fuentes stellte sich neben den Eingangsstufen auf, Carraway griff nach dem Türknauf. Fuentes nickte.

Bevor Carraway die Tür öffnen konnte, wurde sie aufgerissen.

Janice Stafford kam herausgestolpert. Sie brach auf dem Gras zusammen und blieb regungslos liegen.

Carl beugte sich über sie. Er gab Fuentes ein Zeichen, zeigte auf das Haus. »Los!«

Fuentes stürmte in die Küche. Dort traf er auf eine Frau mit aufgerissenen Augen, die eine Spritze in der Hand hielt.

»Sie hat versucht zu entkommen«, erklärte sie, da ihr offensichtlich entging, zu welcher Seite er gehörte. »Ich weiß, dass ich sie ihr erst später geben sollte, aber ...«

In der Zwischenzeit hatte Fuentes bereits einen Arm um sie gelegt und drückte ihr seine Waffe in den Rücken. Ihre eigene Waffe entfernte er aus der Innenseite ihrer Jacke.

»Wer hält sich sonst noch im Haus auf?«

»Ein Mann. Er ist - ich weiß nicht, wo er ist. Er war mit ihr oben, aber sie ist alleine runtergekommen.«

Er wies sie an, sich auf den Boden zu setzen, und fesselte sie mit Handschellen an den Kühlschrank. Dann rannte er die Treppe hoch.

Auch wenn Janice ihn Stettin nannte, hieß der Wachmann eigentlich Steven Willoughby. Er war sowohl bei der Army als auch bei der Polizei rausgeflogen, hatte dann aber schließlich im unteren Segment der privaten Sicherheitsbranche Fuß gefasst. Er hatte immer zufriedenstellende Arbeit geleistet, aber dank seiner Akte war es ihm nicht vergönnt gewesen, besonders weit aufzusteigen. Schnell war er auf die illegale Seite der Branche gewechselt, wo die Bezahlung sowieso viel besser war.

Er hatte Drogenlieferungen, Drogenbosse und selbst die Gefangenen von Drogenbossen bewacht. Er machte diese Art von Arbeit ziemlich gut, was er auch gerne von sich selbst behauptete. Doch nie zuvor hatte er ein Kind bewacht, und war ganz sicher auch noch nie von einem übertölpelt worden.

Als er feststellte, dass sie ihn eingesperrt hatte, schoss er die Tür rund um das Schloss auf. Der vierte Schuss saß, auch wenn sein Schalldämpfer jetzt vollkommen überhitzt war. Er trat die Tür auf und hörte den Tumult in der Küche.

»Wer hält sich sonst noch im Haus auf?«

»Ein Mann.«

Steven hatte genug gehört. Er bezweifelte, dass sie es mit dem FBI zu tun hatten - denn dann wären Rammböcke und SWAT-Teams aufgetaucht -, aber ihm war klar, dass ihm der Eindringling nicht wohlgesonnen war.

Er verschwand in einem der anderen Schlafzimmer, kurz bevor der Fremde die Treppe hinaufrannte. Im Zimmer gab es ein Fenster, über das man auf das Vordach der Veranda hinter dem Haus gelangte. Er kletterte auf das Dach und hangelte sich an einer Seite hinunter. Er stand im Gras, als er den zweiten Mann bemerkte, der sich von Janice' ausgestrecktem Körper aufrichtete und dabei seine Waffe anlegte.

Beide schossen gleichzeitig.

Als Fuentes die Schüsse hörte, wusste er, dass er reingelegt worden war. Schnell eilte er die Treppen wieder hinunter. Um die Frau, die mit ihren Handschellen kämpfte, konnte er sich später noch kümmern. Draußen sah er Janice regungslos auf dem Boden liegen und einen Mann, der über den Rasen hechtete.

Er hob seine Waffe, überlegte es sich dann aber anders. Wenn er sein Ziel verfehlte, könnte die Kugel einen Nachbarn verletzen.

Carl konnte er nirgendwo entdecken.

Seltsam.

Er hockte sich hin und griff nach Janice' Handgelenk. Ihr Puls war stark und gleichmäßig. Was auch immer sie ihr verabreicht hatten, schien wohldosiert gewesen zu sein. Gerade genug, um sie ein wenig schlafen zu lassen.

»Carraway?«, flüsterte er.

Dann fiel sein Blick auf das blutige Durcheinander, das ein paar Schritte weiter im Gras lag.

»Carl!«

37

Diese Nacht würde FBI-Special-Agent Jake Pulu sein Lebtag nicht mehr vergessen. Beide Kinder hatten sich einen Virus eingefangen, und sie zwischen Fieberanfällen und den kalten Schweißausbrüchen zum Schlafen zu bringen, war alles andere als einfach gewesen. Jetzt versuchten Jake und seine Frau Joey, sich ein wenig zu entspannen. Sie lagen aneinandergekuschelt auf dem Sofa, aßen Popcorn und schauten sich eine dieser romantischen Komödien an, die Joey so liebte, während sie unbeschwert über den neuesten kleinen Skandal plauderten, der sich im Regierungsviertel zugetragen hatte. Sie hatten gerade Joeys Lieblingsszene im Film erreicht – in der der Exfreund erkennt, welch großen Fehler er gemacht hat, und das nächste Flugzeug nimmt, um die Hochzeit zu verhindern –, als es an der Tür klingelte.

»Es ist elf Uhr abends«, sagte Joey empört.

»Elf Uhr dreißig«, antwortete ihr Ehemann, der bereits aufgestanden war. Er erwog kurz, seine Waffe mitzunehmen, aber sie lebten in Falls Church, einer der sichersten Gemeinden in den gesamten Vereinigten Staaten. Außerdem konnte Jake Pulu sich kaum einen Eindringling vorstellen, der sich nicht durch seine Statur und seinen finsteren Blick abschrecken ließ.

Als er die Tür öffnete, erkannte er sofort, dass er sich in diesem Punkt gewaltig geirrt hatte. Auf der Stufe stand Raymond Fuentes, das hochrangigste Mitglied der Village-House-Führungsriege, das noch auf freiem Fuß war – und mit Abstand das gefährlichste. Pulu hätte eigentlich sofort die Tür zugeknallt und gleichzeitig nach seiner Waffe und dem Telefon gegriffen, wenn da nicht eine Sache gewesen wäre.

Fuentes trug den halb bewusstlosen Carl Carraway in seinen Armen. Der Pullover des Agenten war voller Blut.

»Er hat zwei Schüsse in den Bauch abbekommen«, erklärte Fuentes steif. »Ich habe getan, was ich konnte, um die Blutung zu stoppen.«

»Bleiben Sie, wo Sie sind«, sagte Pulu. »Keine Bewegung.«

»Er muss in ein Krankenhaus.«

»Ich habe gesagt: keine Bewegung.«

Doch der Befehl kam zu spät. Fuentes näherte sich und Pulu half ihm, denn der Flüchtige hob Carl in seine Arme.

»Er ist ein tapferer Mann«, sagte Fuentes, der jetzt wieder zurückwich. »Wenn er die Operation überstanden hat, sagen Sie ihm bitte, dass wir sie befreit haben. Sie ist in Sicherheit.«

»Wen befreit?«, verlangte Pulu zu wissen. »Wer ist in Sicherheit?«

»Kümmern Sie sich einfach um ihn«, erwiderte Fuentes und eilte auf ein wartendes Auto zu.

Edna Harrigans Nacht war gleichermaßen unvergesslich. Sie las sich selbst laut Shakespeare vor, als sie das Auto im Hof hörte. Es war schon lange nach Mitternacht, aber sie war im ganzen Landkreis als Nachteule bekannt. Die Leute wendeten sich zu jeder Tages- und Nachtzeit mit Problemen an sie. Nichtsdestotrotz nahm sie die Schrotflinte vom Kamin, bevor sie barfuß zur Tür stapfte.

Sie sah einen Wagen, aber keinen Fahrer.

Seltsam.

»Legen Sie die Waffe ab«, befahl eine Stimme hinter ihr. »Drehen Sie sich langsam um.«

Sie befolgte beide Anweisungen und sah sich einem großen, breitschultrigen Mann gegenüberstehen, der furchtbar erschöpft und furchtbar traurig aussah.

Auf seiner Jacke war Blut und nicht gerade wenig. Sie konnte keine Waffe entdecken.

»Wer sind Sie?«

»Richterin Harrigan, Carl Carraway verbürgt sich vorbehaltlos für Sie. Er sagt, man könne Ihnen trauen. Kann man das?«

Endlich erkannte sie die Verbindung zwischen dem Namen, dem Bild und der Akte. »Sie sind Fuentes. Sie sind Raymond Fuentes.«

»Bethanys Freundin Janice liegt im Auto. Man hat ihr Beruhigungsmittel verabreicht.«

»Ich ... Carl ... Agent Carraway sagte ...«

»Sie wurde entführt. Ja. Wir haben sie gerettet, Carl und ich, und nun brauche ich einen Ort, an dem ich sie eine Weile sicher unterbringen kann.«

Er hob die Flinte auf und reichte sie ihr, dann ging er hinaus zum Wagen. Einen kurzen Moment später kehrte er mit dem benommenen Teenager im Arm zurück. Er setzte sie auf der Couch ab. Sie blinzelte wie eine Eule ins Licht. Fuentes setzte sich neben sie und flüsterte ihr etwas zu, während Edna einen Kessel aufsetzte. Wofür, wusste sie später auch nicht mehr. Janice begann zu nicken. Gähnte. Nickte erneut.

Fuentes kam zu Edna. Zog sie beiseite.

»Richterin, hören Sie mir kurz zu. Hören Sie genau zu. Sie müssen sich persönlich um sie kümmern.«

»Wie bitte?«

»Ihre Entführer waren im Begriff, sie an einen anderen Ort zu bringen, als wir eintrafen. Sie floh auf eigene Faust, doch einer von ihnen schnappte sie und schaffte es, ihr irgendein Mittel zu spritzen. Die Wirkung lässt bereits nach, und ich glaube nicht, dass sie ärztliche Hilfe braucht. Aber wenn irgendetwas passiert – wenn Sie denken, dass sie doch einen Arzt oder ein Krankenhaus braucht –, dann müssen Sie sich selbst darum kümmern. Verstehen Sie, was ich sage, Richterin? Sie dürfen sich nicht an Ihre Freunde wenden.«

»Welche Freunde meinen Sie?«

»Sie wissen genau, welche Freunde ich meine. Und ich bin mir sicher, dass auch Agent Carraway das weiß.«

»Ich habe keine Ahnung, wovon Sie sprechen.«

»Na schön. Bethany Barclay befindet sich also nicht auf einer Mission in Europa, in die Sie sie hineinmanövriert haben, sie setzt ihr Leben nicht für Ihre Zwecke aufs Spiel. Ich mache also einen Fehler, wenn ich Janice Ihrer Obhut überlasse, anstatt mit ihr zur Polizei zu gehen. Das Mädchen wurde schließlich entführt. Das macht es doch zu einer Polizeiangelegenheit, oder nicht?« Sein stahlharter Blick war zu viel für sie und sie schaute weg. Aber Fuentes ließ nicht locker. »Ist es das, was Sie wollen, Richterin? Soll ich mit ihr zur Polizei gehen? Oder zum FBI?«

»Nein, nein. Lassen Sie sie bei mir.«

»Dann müssen Sie Janice beschützen.«

»Mir käme gar nichts anderes in den Sinn, Mr Fuentes.«

»Auch vor Ihren eigenen Freunden.«

»Ich habe die Regeln verstanden«, erwiderte die alte Frau kalt. »Und jetzt will ich Ihnen eine Frage stellen.«

»Ach ja?«

»All den Ärger, den Sie mir hier draußen und in der Stadt gemacht haben, indem Sie Fragen gestellt und das Misstrauen gegen mich geschürt haben. Wozu das alles?«

Fuentes warf ihr einen langen, abschätzenden Blick zu. »Ich musste Sie ruhigstellen. Ich hätte mir auch die anderen Anführer des Gartens vorgeknöpft, aber deren Identität war mir nicht bekannt. Ich kannte nur Sie. Bethanys Freundin und Mentorin. Diejenige, die Bethany in diesen ganzen Schlamassel verwickelt hat. Diejenige, die sie verraten hat.«

»Diese Entscheidung bereue ich jeden Tag aufs Neue, Mr Fuentes.«

Doch er war unerbittlich. »Bei allem Respekt, Richterin Harrigan, Sie und Ihre Freunde sind Amateure. Jedes Mal, wenn Sie etwas unternehmen, verschlimmert sich Bethanys Lage. Sie sollten sich einfach raushalten.« Seine Stimme wurde nachdenklich. »Ich habe den größten Teil meines Lebens im Untergrund verbracht, und wenn ich eins gelernt habe, dann dass die Akteure hinter den Kulissen der strengsten Kontrolle jener Organe unterstehen müssen, die sich vor der Öffentlichkeit zu verantworten haben. Sie und Ihre Freunde stehen niemandem Rede und Antwort, außer sich selbst. Das macht Sie gefährlich.«

Fuentes schien noch etwas hinzufügen zu wollen. Stattdessen nickte er nur mit seinem langen Kopf und ging zur anderen Seite des Zimmers, wo Janice noch immer in die Decke gehüllt auf dem Sofa saß. Er setzte sich neben sie und flüsterte ihr wieder etwas zu. Einen Moment später flüsterte sie etwas zurück. Er stellte ihr eine Frage. Erst schien sie zu zögern, dann zuckte sie mit den Schultern. Er fragte sie wieder etwas. Sie antwortete im Flüsterton.

Er sprang auf und kehrte zu Edna zurück.

»Ich rufe Sie morgen an«, sagte er.

»Wann?«

»Wenn ich anrufe.« Sein Gesicht wurde weich. »Tut mir leid, Richterin. Ich will nicht unhöflich sein. Aber Sie verstehen, warum ich mich nicht festlegen will.«

»Das tue ich. Aber Sie müssen wissen, dass wir vielleicht schlafen, wenn Sie anrufen. Oder auf dem Grundstück spazieren gehen. Das kommt ganz darauf an, wie es dem Mädchen geht.«

»Und ich nehme an, dass Handys hier draußen nicht funktionieren.«

»Nicht wirklich. Nein.«

Er lächelte. »Na schön. Wenn Sie nicht drangehen, ruf ich noch einmal an. Und ich werde mich bemühen, Ihren Schlaf nicht zu stören.«

»Das wäre sehr aufmerksam von Ihnen, Mr Fuentes.«

Einen Moment später war er fort.

Die zwei Frauen starrten sich gegenseitig an, gleichermaßen unschlüssig, wie es jetzt weitergehen sollte. Schließlich brach Edna das unbequeme Schweigen.

»Ich bin Edna Harrigan. Eine Freundin von Bethany. Du bist hier in Sicherheit.«

Janice rieb sich die Augen. Die Wirkung des Betäubungsmittels ließ nach. Sie schwieg.

»Kann ich dir irgendetwas anbieten, meine Liebe? Eine Tasse Kakao? Eine schöne warme Suppe? Oder möchtest du lieber direkt ins Bett gehen? Es ist schon ziemlich spät, und so wie ich das verstanden habe, solltest du dich besser etwas ausruhen.«

Janice gähnte. »Haben Sie einen Computer?«

»Natürlich, meine Liebe.«

»Haben Sie auch Internet?«

»Das weiß ich ehrlich gesagt nicht.«

Der Teenager grinste. »Könnten wir es herausfinden?«

Irgendwann schlief Janice ein und Edna hatte ein wenig Zeit zum Nachdenken.

Wenn Janice Schutz brauchte, dann brauchte sie besseren Schutz, als die Richterin ihr alleine bieten konnte. An die Behörden konnte sie sich nicht wenden, das stand außer Frage. Fuentes hatte ihr verboten, ihre Freunde einzuschalten. Offensichtlich wusste er, dass Edna ein Mitglied des Gartens war. Wahrscheinlich hatte er es von Carl Carraway erfahren.

Sie fragte sich, ob Fuentes auch Bethany davon erzählt hatte; ein Verdacht, der in Edna großes Bedauern hervorrief.

Dennoch war Edna auf Hilfe angewiesen. Und wenn sie sich schon nicht an die Senatorin oder den Mathematiker wenden konnte, dann doch zumindest an ihre Nachbarin. Und so griff sie trotz der späten Stunde zum Hörer, um Lillian Hartshorne anzurufen.

Wie immer wurde schon nach dem ersten Wählton abgehoben.

»Hier spricht Edna Harrigan. Ich muss mit Mrs Hartshorne sprechen. Es ist leider dringend.«

»Bedaure, Richterin Harrigan«, erwiderte der Butler. »Ich fürchte, das wird nicht möglich sein.«

»Ich weiß, dass sie schläft, Mr Fellows. Aber es handelt sich um einen Notfall.«

»Sie schläft nicht, Ma'am. Sie ist nicht zu Hause.«

»Wo ist sie denn?«

»Ma'am, der Helikopter ist vor nicht einmal zehn Minuten gestartet, um Mrs Hartshorne zum Flugplatz zu bringen. Soweit ich informiert wurde, ist sie auf dem Weg nach Europa.«

38

»Jetzt weißt du, warum jeder von uns drei Pässe dabeihat«, sagte Felicia. Bethany, die am Schminktisch saß, warf ihr einen Blick zu. Sie hatten sich eine Suite in einem kleinen und sehr barocken Hotel mit Aussicht über die Villa Borghese genommen. Die Terrassentüren standen offen und mit der milden Nachtbrise wehte der wütende Lärm des nie abreißenden römischen Straßenverkehrs herein. »Eigentlich hast du alle Pässe dabei«, meinte Bethany. »Anscheinend findest du es zu riskant, mir meine eigenen anzuvertrauen.«

»Ich meinte das im übertragenen Sinn.«

»Ich nicht.«

Felicia hatte sich ihrer eigenen seltsam altmodischen Ausdrucksweise nach »aufgehübscht« und wartete jetzt darauf, dass Bethany fertig wurde, damit sie in den Klub auf der anderen Seite der Straße gehen konnten. Felicia hatte erklärt, dass das nur ihrer Tarnung diente – schließlich mussten sie vorgeben, auf Männerjagd zu sein, wie sie immer wieder betonte –, aber Bethany vermutete, dass ihre Aufpasserin wirklich tanzen gehen wollte.

»Ich halte es immer noch nicht für eine gute Idee, heute Abend auszugehen.«

Felicia warf einen prüfenden Blick in den Himmel, um nach Regenwolken Ausschau zu halten. »Warum nicht?«

»Weil wir heute Morgen fast ermordet worden wären.«

»Erstens sind wir nicht fast ermordet worden. Zweitens wird jeder, der auf der Suche nach uns ist, mit Sicherheit annehmen, dass wir uns heute Abend irgendwo verkriechen. Zwei Mädels, die einen draufmachen – wer käme da auf die Idee, uns zu verdächtigen?«

Bethany konnte sich nicht für ein Paar Ohrringe entscheiden: diese oder die anderen.

»Können wir wenigstens den Plan für Morgen durchgehen?«

»Um zehn Uhr treffen wir uns mit Professor Fabiana Cialdini an der Universität La Sapienza. Mittags statten wir dann Giuseppe Amendola einen Besuch in seinem Loft ab. Jetzt zufrieden?«

»Nicht wirklich.« Mittlerweile arbeitete Bethany an ihrem Make-up, wobei sie sich sehr bewusst war, dass sie während der Wochen ihrer Flucht ihrem Erscheinungsbild kaum Beachtung geschenkt hatte, außer um sich möglichst unauffällig zu machen. »Ich würde mich lieber mit ihnen alleine treffen.«

»Ich weiß.«

»Diese Leute waren Professor Wisdoms Kontaktpersonen hier in Rom, und die Chancen stehen besser, dass sie mit mir reden, wenn ich allein ...«

»Das wird nicht so laufen, Bethany. Vergiss es.«

Felicia suchte sich ein Paar Schuhe aus. Bei ihrer Ankunft war die Suite bereits mit einer beachtlichen Garderobe in ihrer Größe ausgestattet gewesen. Felicias Erklärung zufolge hatte der Secret Intelligence Service (SIS) zwei Frauen, die ihrer Beschreibung entsprachen und mit den gleichen Pässen ausgestattet waren, hier zwei Tage lang untergebracht und auf eine ausgiebige Shoppingtour geschickt. Jeder, der zwei Frauen suchte, die von Berlin nach Rom geflohen waren, würde seine Suche auf Touristinnen beschränken, die am heutigen Tag eingetroffen waren.

»Und du willst mir immer noch nicht verraten, wer der alte Mann war? Der Mann, der den Kerl umgelegt hat, der mich beinahe getötet hätte?«

»Paramay meint, dass du das nicht wissen musst.«

»Ich muss wissen, wem ich zu danken habe, wenn ihr das nächste Mal jemanden so nah an mich herankommen lasst.«

Ihre Aufpasserin drehte sich herum, das dunkle Gesicht wurde ernst. »Hör zu, Bethany. Dieser alte Mann – er ist nicht dein Freund. Ich weiß nicht, was er im Schilde führt, aber er ist nicht in deiner Nähe, um dich zu beschützen. Er verfolgt seine ganz eigenen Ziele. Am wahrscheinlichsten ist, dass er dich verfolgt, bis du die Pilatus-Inschrift gefunden hast. Dann wird er sie dir abnehmen, und zwar mit allen nötigen Mitteln.«

»Also unterscheidet sich sein Auftrag nicht groß von deinem.«

Felicia verschränkte die Arme und lehnte sich gegen den Türrahmen. »Du magst mich nicht besonders, oder, Bethany?«

»Ich mag es nicht, eine Gefangene zu sein.« Sie runzelte die Stirn. Die neuen Schuhe drückten. »Ich treffe gerne meine eigenen Entscheidungen. Ich gehe gerne hin, wohin ich will und wann ich will.«

»Du bist es einfach nur gewohnt, auf dich allein gestellt zu sein.«

»Eigentlich hatte ich ein paar Wochen lang eine Begleiterin.«

»Deine Freundin Janice. Die Hackerin. Ich weiß alles über sie.« Felicia musterte Bethanys Outfit. »Du siehst bezaubernd aus. Die Kerle werden sich um dich reißen.«

»Darum sind wir nicht hier.«

»Das ist doch bloß Tarnung, Bethany. Entspann dich mal.«

»Ich werde mich entspannen, sobald Janice in Sicherheit ist.«

»Ach ja, richtig. Das hätte ich fast vergessen, dir zu erzählen.«

»Mir was zu erzählen?«

Auf Felicias Gesicht macht sich ein listiger, triumphaler Ausdruck breit. »Es scheint so, als ob sie frei ist.«

Melody Sunderland war Angst nicht gewohnt. Anspannung war natürlich etwas anderes. Anspannung beispielsweise vor einem Vortrag an der Uni, wenn sie wusste, dass das Publikum mit Buh-Rufern gespickt sein würde. Und ganz banale Nervosität, wenn sie nach einer Untersuchung auf die Testergebnisse ihrer Mutter wartete. Doch Todesangst war eine vollkommen neue Erfahrung für sie.

Und mit dieser setzte sie sich nun schon zum zweiten Mal in drei Tagen auseinander.

Das erste Mal war, als sie von Elliott St. Johns Tod erfuhr und sich – anders als nach Ralph Kevins Ermordung, als ihr das seltsamerweise nicht gelungen war – endlich eingestehen musste, dass ihr Leben möglicherweise in Gefahr war und dass sie ihren vierzigsten Geburtstag vielleicht nicht mehr erleben würde.

Das zweite Mal war an diesem Abend.

Gemäß den Anweisungen des Schutzherrn saß sie an diesem Abend im Restaurant des Savoy-Hotels. Melody blickte immer wieder auf die Uhr, aber sie war früh dran. Ihr war befohlen worden, überpünktlich zu sein.

Um viertel nach neun würde ein Gesandter Findrakes eintreffen.

Lord Findrake, ehemaliger Direktor des Secret Intelligence Service Ihrer Majestät.

Lord Findrake, ehemaliger Lord Schutzherr.

Lord Findrake, der ganz bequem aus dem Ruhestand in Bath die Fäden gezogen und ohne jegliche Mühe zwei der einflussreichsten Mitglieder des Rats ausgeschaltet hatte.

Melodys Aufgabe war, herauszufinden warum.

Um zwanzig nach neun saß sie bereits vor ihrem dritten Glas Wein und hatte nichts außer einer Handvoll Nüsse geknabbert. Niemand war aufgetaucht. Vor Erleichterung sackte sie in sich zusammen. Die zwei Leibwächter, die mit ihrem Schutz beauftragt waren, saßen gemeinsam an einem anderen Tisch und schienen offensichtlich nichts Beunruhigendes bemerkt zu haben.

Halb zehn. Ein weiteres Glas Wein. Sie hatte keinerlei Instruktionen erhalten, was zu tun war, sollte niemand erscheinen. Um viertel vor zehn ließ sich Melody die Rechnung bringen. Als sie das Restaurant verließ, ging ein Leibwächter voraus, der andere folgte ihr. Ihr Zimmer befand sich auf der dritten Etage. Einer der Bodyguards nahm den Aufzug, während der andere sie das Treppenhaus hinaufbegleitete. Im Treppenhaus geschah es dann, dass sie auf zwei tüchtige junge Männer mit bereits gezückten Waffen trafen, die dem Leibwächter befahlen, sich auf den Boden zu legen, ihm die Handgelenke hinter dem Rücken fesselten und Melody durch den Seitenausgang hinausbugsierten. Das alles innerhalb von dreißig Sekunden. Draußen wartete ein klappriger Van mit offener Seitentür auf sie. Die Männer warfen Melody hinein und kletterten ihr nach.

Ein paar Blocks weiter zerrten sie sie an einer roten Ampel aus dem alten Wagen in eine bereitstehende Limousine. Der Van brauste davon, über die rote Ampel, und Melody musste entmutigt feststellen, dass ihm ein Auto folgte, dessen Fahrer eine auffallende Ähnlichkeit mit ihrem Leibwächter aufwies.

»Wir werden Ihnen nichts tun«, erklärte einer ihrer Kidnapper. Sie glaubte ihm kein Wort. »Wir bringen Sie nur zu einem Treffpunkt.«

Sie fuhren am Buckingham Palace vorbei und machten schließlich vor einem weißen, stuckverzierten Haus im Stadtteil Belgravia halt, wo ihr ein Butler respektvoll die Tür öffnete und sie in den Salon führte. Melody war verwirrt. Vielleicht hatten sie doch nicht vor, sie umzubringen.

»Miss Sunderland. Es ist mir ein Vergnügen. Mein Name ist Paramay. Ich entschuldige mich für den dramatischen Auftritt, aber ich fürchte, wir benötigen dringend Ihre Hilfe.«

»Wen meinen Sie mit wir?«

Er lächelte.

Die Frauen waren wieder in ihrer Suite. Felicia saß mit ihrem Tablet am Schreibtisch und schrieb Textmitteilungen oder E-Mails oder einen offiziellen Bericht. Bethany war sich nicht sicher, weil ihre Aufpasserin jedes Mal den Bildschirm sperrte, wenn sie sich ihr näherte.

»Du scheinst dich amüsiert zu haben«, sagte Felicia, ohne aufzusehen.

»Ich bin immer noch der Meinung, dass es eine wirklich schlechte Idee war, heute Abend auszugehen.«

»Wir müssen unsere Legende aufrechterhalten.«

»Ich weiß, aber ...«

»Und ich musste etwas beobachten.«

»Was denn beobachten?«

Felicia war mit ihrem I-Pad fertig. Sie klappte es zu und schob es in ihre Aktentasche, die sie abschloss. Dann zog sie das verschlüsselte Handy aus der Handtasche und begann, durch die eingegangenen SMS zu scrollen.

»Die Männer, die dich angesprochen haben«, sagte sie, während sie tippte. »Die, die es nicht getan haben. Die, die mit dir getanzt haben. Die, die anderen Männern dabei zugesehen haben, wie sie mit dir tanzten. Jemanden in einem Klub zu beschatten, ist nicht leicht, wenn man nicht selbst dabei auffallen will, Bethany. Ich weiß, dass widerspricht jeder

Intuition, aber in einer Menschenmenge, die einer gemeinsamen Aktivität nachgeht – ah! Da haben wir sie ja!«

Bethany saß barfuß auf der Couch und versuchte, aus der Fernbedienung schlau zu werden.

»Da haben wir ja was?«

»Die Akte über diesen Amendola.«

»Der Kunsthändler, den wir morgen aufsuchen.«

»Richtig. Na sieh mal einer an. Das ist gar nicht sein echter Name. Das wussten wir bereits. Er hat dem Komponisten den Namen geklaut – oder besser gesagt kopiert. Es besteht kein Verwandtschaftsverhältnis, aber die Bekanntheit des Namens ist zweifelsohne gut für sein Geschäft. Hmmm. Viele der Kunstgegenstände, die er verkauft, sind Fälschungen. Zumindest glauben das die italienischen Behörden. Bisher konnte man ihm nichts nachweisen. Er scheint immer zu wissen, wann sie eine unangekündigte Inspektion planen oder einen Scheinkäufer auf ihn ansetzen, aber das ist hier drüben auch nicht anders zu erwarten. Hmmm. Wahrscheinlich hat er Verbindungen zum organisierten Verbrechen. Die Helden von der Drogenfahndung haben sich ihn vor ein paar Jahren im Zusammenhang mit Buddha-Statuen vorgeknöpft, die mit Heroin gefüllt waren. Dein Adrian Wisdom hatte ein paar wirklich schräge Busenfreunde.«

»Für seine Mission tat er eben alles.«

»Du sagst es.«

Bethany stand auf. »Ich gehe ins Bett.«

Felicia nickte. »Dein Zimmer ist sauber. Ich habe es zweimal abgesucht.«

»Kann ich dich was fragen?«

»Aber sicher.«

»Tust du für deine Mission auch alles?«

Felicia wurde ernst. »Fragst du mich gerade, was ich tun würde, wenn ich mich zwischen der Rettung der Mission oder der Rettung deines Lebens entscheiden müsste?«

»Ich denke schon«, sagte Bethany überrascht. Felicia hatte ihre Angst besser in Worte gefasst, als sie es selbst vermocht hätte.

Die Aufpasserin zuckte mit den Schultern. »Ich bin gut in dem, was ich tue, Bethany. Es gibt Leute, die sind besser, aber ich bin ziemlich gut. Ich wurde ausgebildet, die Mission immer an erste Stelle zu setzen. Erst die Mission, dann den Secret Service, dann das Vaterland.«

»Ich verstehe«, sagte Bethany entmutigt.

»Andererseits«, fuhr Felicia fort, »bin ich immer noch ein menschliches Wesen.«

»Was bedeutet?«

»Was bedeutet, dass ich nicht hoffe, jemals vor diese Wahl gestellt zu werden. Schlaf schön«, fügte sie hinzu, während sie sich schon wieder ihren SMS widmete.

Es war nach elf Uhr, als eine nachdenklich gestimmte Melody Sunderland ins Savoy zurückkehrt. Einer ihrer Bodyguards wartet in der Lobby und scheint wenig überrascht zu sein, sie zu sehen. Er fragt sie, ob es ihr gut gehe und sie antwortet schnippisch, dass alles in Ordnung sei, sie aber diesmal den Aufzug vorziehen würde. Auf ihrer Etage standen zwei fremde Bodyguards vor ihrer Suite. Ein dritter öffnet die Tür.

Von innen.

Lillian Hartshorne sitzt an einem niedrigen Tisch neben dem Fenster. Kenny, ihr Faktotum, hat es sich auf dem Sofa gemütlich gemacht und schreibt irgendetwas auf seinem Tablet.

»Da bist du ja endlich, meine Liebe«, sagt der Lord Schutzherr, ohne aufzustehen. Sie wirkt sehr erschöpft. »Wie lief es mit Findrake?«

Melody schaut sich im Zimmer um. Der Bodyguard, der sie hereingelassen hatte, ist in den Flur getreten.

»Ich habe Findrake nicht getroffen.«

»Dann also einen seiner Leute.«

»Können wir uns kurz unter vier Augen unterhalten?«

Ein Blick von Lillian genügt, damit Kenny aufsprang und ohne ein Wort zur Tür hinausschwebt. Vor der alten Frau liegen ein paar Notizen auf dem Tisch. Ohne eine Aufforderung abzuwarten, nimmt Melody ihr gegenüber Platz.

»Nun?«, fragt Lillian kalt.

»Sein Name ist Paramay. Er ist um die sechzig. Wir haben uns in Belgravia getroffen. Er sagte, er sei vom britischen Geheimdienst.«

»Und?«

»Und ich bin mir nicht sicher, ob er mit Findrake zusammenarbeitet oder nicht.«

»Etwas ausführlicher bitte.«

Melody atmet tief durch. Nach dem Schock der Entführung und der folgenden Erleichterung steht sie immer noch unter Adrenalin. Mit einer so seltsam unterkühlten Befragung hat sie nicht gerechnet.

»Er entschuldigte sich für den ganzen Ärger, den Findrake verursacht hat. Er sagt, er habe ihn jetzt wohl unter Kontrolle. Dann lachte er und meinte, dass er das auch schon früher gedacht habe.«

»Was meinte er mit Ärger?«

»Er schien über alles im Bilde zu sein, Lillian. Über den Garten. Den Rat. Uns nennt er die Wildnis. Die Pilatus-Inschrift. Er habe Vorkehrungen getroffen. Er sagte, wir sollen uns raushalten. Das war seine Botschaft. Dass er Vorkehrungen zur Sicherung der Tafel getroffen habe und wir uns raushalten sollen.«

Lillian notiert etwas. »Du hast natürlich keine seiner Aussagen bestätigt.«

Melody schluckt schwer. »Natürlich nicht.«

»Du hast nicht zugegeben, ein Mitglied des Rats zu sein, oder die Namen der anderen erwähnt.«

»Nein. Das würde ich nie tun.«

»Warum hat er dich dann laufen lassen?«

Die jüngere Frau richtet sich kerzengerade auf. »Wie bitte?«

»Er hat große Mühen auf sich genommen, um dich aus dem Hotel nach Belgravia zu verschleppen. Er hat alarmierende Anschuldigungen vorgebracht, die auf eine kriminelle Verschwörung hinweisen. Und du erwartest von mir zu glauben, dass er dich einfach gehen ließ, als du alles abgestritten hast?«

Melody blickt auf ihre Hände hinunter; sie ist der Inbegriff des verlogenen Zeugen. »Er meinte, ich bräuchte nichts zu sagen. Ich solle einfach nur die Botschaft überbringen. Und er sagte ... er sagte, er bräuchte meine Hilfe.«

»Bei was, meine Liebe?«

»Ich weiß es nicht. Er meinte, er würde mich in ein oder zwei Tagen wieder kontaktieren. Er sagte, dass er immer wisse, wo er mich finden könne.«

Lillian macht ein betrübtes Gesicht. »Ah. Ich verstehe. Äußerst schlau von ihm.«

»Inwiefern schlau?«

»Er liefert dich ans Messer, meine Liebe. Er will uns glauben machen, du hättest die Seiten gewechselt. Dass du jetzt für den britischen Geheimdienst arbeitest. Ist es so? Wenn dem so sein sollte, dann kannst du es genauso gut jetzt direkt sagen.«

»Nein. Natürlich nicht.«

»Du warst eine ganze Stunde fort.«

»Ich musste zurücklaufen. Und habe mich dabei verirrt.«

Lillian gluckst. »Oh, mein Schätzchen. Mein armes Schätzchen. Du verstehst es nicht, oder? So ein Dummköpfchen.«

»Ich verstehe was nicht?«

»Dein Mister Paramay. Er geht davon aus, dass wir dich töten werden.« Die offensichtliche Beunruhigung auf dem Gesicht der jüngeren Frau lässt sie lächeln. »Keine Sorge, meine Liebe. Wir werden nichts dergleichen tun. Das ist ein Test, musst du wissen. Wenn dir etwas zustößt, weiß er, dass er mit seinen Vermutungen richtig lag. Dann wird er deine Kontakte unter die Lupe nehmen und auf uns stoßen.«

»Lillian, ich habe ihm nichts gesagt. Wirklich nicht.«

Die alte Frau tätschelt ihre Hand. »Beruhige dich, meine Liebe. Wir haben einiges an Arbeit vor uns, du und ich.«

»Ich habe kein Wort gesagt. Ich schwöre es.«

»Das tut nichts zur Sache, Melody, Liebes. Paramay zeigt einfach nur, wie gerissen er ist. Angenommen er sagt die Wahrheit – dass er nicht auf irgendeine Art für Findrake arbeitet –, dann hat er überhaupt kein Interesse an der Pilatus-Inschrift. Er ist nur hinter dem Foto her.«

»Er ... er hat es nicht mal erwähnt ...«

»Entspann dich, meine Liebe. Paramays Anwesenheit verkompliziert die Sachlage nur ein wenig. Damit können wir umgehen. Es ist sowieso an der Zeit, dass du die dunkle Seite des Geschäfts kennenlernst.«

»Ich weiß nicht, was du meinst.«

»Was ich meine, Liebes, ist, dass du und ich Bethany Barclay und ihre Freunde aufspüren werden, um dann sowohl die Pilatus-Inschrift als auch das Foto in Besitz zu nehmen. Danach wirst du unwiderruflich an uns gebunden sein. Lebenslang. Willst du auch wissen warum?«

Zum dritten Mal macht sich in Melody Angst und Schrecken breit. Sie bekommt kein Wort heraus. Sie schüttelt den Kopf.

Der Lord Schutzherr packt ihre Hand mit erstaunlicher Kraft und drückt zu, bis ihr die Knochen schmerzen. In diesem Moment wird ihr Blick wild.

»Nachdem Bethany unsere Trophäen für uns gesichert hat, wird es deine Aufgabe sein, sie zu töten, meine Liebe.«

39

Es war Jahre her, seit sie das letzte Mal in Rom gewesen war. Kurz vor Beginn ihres dritten und letzten Studienjahres an der juristischen Fakultät hatte Bethany gemeinsam mit ein paar Freundinnen den Verdienst der Sommerpraktika benutzt, um eine Woche in einem der billigeren Hotels abzusteigen und vorgeblich etwas Kultur zu tanken. Bethany hatte eigentlich gehofft, mit ihrem Wissen angeben zu können, das sie sich während ihrer Zeit in Oxford angeeignet hatte - doch ihre Kommilitoninnen hatten lieber die trendigsten Klubs der Stadt erforscht, in der Hoffnung auf eine Romanze, vorzugsweise mit einem Adligen. Für diesen Lebensstil hatte Bethany noch nie etwas übriggehabt, und so verbrachte sie die meiste Zeit allein, besonders morgens, wenn ihre Freundinnen ausschliefen und sie ihr kulturelles Wissen in einer der historisch faszinierendsten Städte der westlichen Welt erweiterte.

Dieses Mal plante sie nicht viel Zeit für die Besichtigung von Museen, Kirchen und Ruinen. Sie war nur für ein Ziel hier - und dieses erforderte, dass sie irgendwie die allgegenwärtige Felicia loswerden musste.

Am Morgen nach ihrem Klubbesuch schlief die völlig erschöpfte Bethany länger als üblich und wurde erst wach, als ihre Aufpasserin um neun Uhr dreißig gegen ihre Tür hämmerte mit der Warnung, dass sie ihren Termin mit Professor Cialdini verpassen würden.

»Das hast du so geplant, oder?«, fragte Bethany, als sie eine halbe Stunde später die ausladende Treppe hinunterliefen.

»Was habe ich geplant?«

»Das Tanzen. Du wolltest mich so auslaugen, dass ich endlich mal schlafen würde. Nach der Sache in Berlin hast du dir Sorgen um mich gemacht.«

»Ich habe keine Ahnung, wovon du sprichst. Ich sagte dir doch, warum wir ausgegangen sind.«

»Du bist eine professionelle Lügnerin, Felicia, aber auch eine wirklich liebenswerte.«

Sie hielten an einem Kiosk, an dem sich Bethany ein neues Wegwerfhandy kaufte. Felicia stellte weder Fragen noch griff sie in irgendeiner

Weise ein. Das entsprach der getroffenen Vereinbarung: Bethany durfte die Suche ganz nach ihren eigenen Vorstellungen gestalten, solange Felicia an ihrer Seite war.

Ihr Besuch auf der ausgedehnten Anlage des *Città-Universitaria*-Campus, der zum gewaltigen Imperium der Sapienza-Universität gehörte, war schnell und effektiv. Die klotzigen Gebäude wirkten trister und funktionaler als die in Oxford, aber auf ihre eigene Weise nicht weniger Ehrfurcht gebietend. Professor Fabiana Cialdini hatte ein kleines Büro mit Blick auf den Bahnhof und die Gebäude im klassizistischen Stil dahinter.

Heute traten Felicia und Bethany wieder als Studentinnen auf, dieses Mal jedoch als Assistentinnen eines Dozenten, dessen Namen sie bei der Recherche für die Biografie des großen Adrian Wisdom nicht preisgeben durften.

»Adrian war ein seltsamer Mann«, meinte Cialdini.

»Kannten Sie ihn gut?«, fragte Felicia, die sich ganz unbefangen gab.

»Gut? Nein, nein, überhaupt nicht. Wir haben eigentlich nur per Schriftwechsel kommuniziert. Er arbeitete an einer Biografie über Pontius Pilatus. Ich habe mehrere Artikel über Pilatus verfasst, besonders theoretische Abhandlungen über die Erwähnung Pilatus bei Josephus. Er war kein beliebter Mann.«

Sie stellte nicht klar, ob mit dieser Bemerkung Pilatus oder Wisdom gemeint war.

Er habe ihr Abschnitte seines Manuskripts geschickt, erklärte Professor Cialdini, aber niemals das Ganze. In dem Text sei sie kaum auf Neues gestoßen. Sie habe versucht, ihn dazu zu bewegen, sich weniger auf Quellen nach circa 1000 n. Chr. zu stützen. »Um diese Zeit kam ein großes Interesse an der frühen Christenheit auf, sodass jeder Mönch, der Lesen und Schreiben konnte, eifrig damit beschäftigt war, Dokumente zu fälschen, die sich angeblich auf das erste Jahrhundert zurückdatieren ließen.«

Doch Adrian hielt eisern daran fest, erklärte sie. Er bestand darauf, dass seine Quellen ungewöhnlich seien. Besonders glaubwürdig. Und so weiter.

»Kurz vor seinem Tod erzählte er mir, er glaube, die Pilatus-Inschrift gefunden zu haben. Die zweite meinte er natürlich. Auf der angeblich Jesus erwähnt wird. Seiner Behauptung nach befand sie sich in einem Kloster. Er sei auf mehrere alte Schriftrollen gestoßen (was denn sonst?), die den Weg dorthin beschrieben. Ich sagte ihm, dass es nur eine Pilatus-Inschrift gebe, und zwar die im Museum in Jerusalem. Die andere sei nur ein Mythos. Doch davon wollte er nichts hören.«

Bethany konnte sich nicht länger zurückhalten. Sie ignorierte Felicias warnenden Blick und unterbrach die Professorin mit einer Frage: »Hat er Ihnen verraten, wo sich dieses Kloster befinden könnte?«

Die Professorin kniff amüsiert die Augen zusammen. »Ah. Sie haben wohl von denselben Gerüchten gehört. Dass die Tafel angeblich Millionen von Dollar wert sei. Dass Kirchen und Regierungen für sie töten würden. Dann verstehen Sie auch, wie die Geschichten im Laufe der Zeit immer verrückter wurden. Ein mittelalterlicher Bischof wollte eine Armee auf die Beine stellen, um in Konstantinopel einzufallen, also erzählt er seinem reichen Gönner von diesem Artefakt. Dessen Wert wird mit jedem Gerücht immer größer und größer und größer.« Ihr Gesicht verlor seinen lebhaften Ausdruck. »Dennoch besteht keinerlei Veranlassung zu glauben, die Inschrift würde wirklich existieren. Es gibt so viele Geschichten über alte Reliquien, besonders aus den Zeiten von Jesus. Aber abgesehen von den Evangelien sind uns keine zeitgenössischen Berichte über Jesus erhalten geblieben.«

Wieder konnte sich Bethany nicht zurückzuhalten. »Aber das bedeutet nicht, dass es keine Berichte gibt.«

»Natürlich nicht. Aber wir müssen weiter wissenschaftlich denken, nicht wahr? Wir können nicht aufgrund eines fehlenden Nachweises schlussfolgern, dass eine bestimmte Sache existiert.«

»Sie sagten, Sie seien im Besitz von Wisdoms Manuskript«, sagte Felicia.

»Nur von Auszügen. Die sind bestimmt noch irgendwo abgelegt.« Sie drückte den Knopf der Gegensprechanlage und erteilte ihrem Assistenten in schnellem Italienisch ein paar Anweisungen. Einen Moment später schlüpfte ein dürrer junger Mann mit einer Akte zur Tür herein.

Die Professorin blätterte schnell durch die Akte und zog zwei Seiten heraus. »Das sind die Stellen, die sie interessieren.«

»Wir würden uns gern das gesamte Dokument ansehen«, setzte Felicia an.

»Oh, das wage ich irgendwie zu bezweifeln. Die da« – damit reckte sie ihr Kinn in Richtung Bethany – »weiß ganz genau, was sie sucht.« Sie hielt die Seiten noch immer in der Hand. »Wie ich Ihnen bereits sagte, war Adrian ein seltsamer Mann. Höchstwahrscheinlich nicht ganz bei Verstand. In einer Nachricht schrieb er mir, er würde mit seiner Forschungsarbeit sein Leben riskieren. Daher eignete er sich den Schreibstil der Mönche an, deren Arbeit ihn so inspirierte. Aber das beherrschte er nicht wirklich und bat mich, ihm dabei zu helfen, die Qualität seiner Texte zu verbessern. Ich sagte ihm, dass das auf Englisch nicht funktioniere. Wenn er wie die Mönche schreiben wolle, müsse er es auf Latein tun.« Ein abschließendes Schulterzucken, ausladend und typisch mediterran. »Und natürlich wäre es hilfreich, wenn er die Wahrheit schriebe und nicht irgendwelche Fantasiegeschichten.«

Zwei Minuten später standen sie mit den Seiten in der Hand vor der Tür.

In einem Café vertrieben sich die beiden Frauen die Zeit bis zu ihrem Termin mit Amendola, dem betrügerischen Antiquitätenhändler, indem sie sich den Text durchlasen. Wisdoms Geschichte überschnitt sich größtenteils mit dem, was Grant Apple Bethany in der Gruft der St.-Edmund's-Universität erzählt hatte: Die Inschrift war vor der Plünderung Jerusalems im siebten Jahrhundert aus der Stadt geschafft worden, von einem Kloster zum nächsten weitergereicht worden, und im Laufe der Geschichte waren ausgedehnte und kostenintensive Expeditionen unternommen worden, um sie aufzuspüren.

Dann stießen sie auf etwas Neues:

Laut einer Schriftrolle, die sich im Besitz eines New Yorker Sammlers befindet, entschlossen sich die Hüter der Tafel im elften oder zwölften Jahrhundert, sie unter anderen relativ wertlosen Reliquien zu verstecken, in der Hoffnung, auf diese Weise jene, die auf der

Suche danach waren, hinters Licht führen zu können. Auch wenn es mich viel Zeit gekostet hat, habe ich die Inschrift dennoch gefunden. Ich habe die Pilatus-Inschrift gesehen. Ich weiß, was Pilatus geschrieben hat. Aber es ist nicht mein Privileg, dieses Geheimnis zu enthüllen.

Und daher, geschätzte Leser, werde ich im Stil der mittelalterlichen Schreiber die Schritte darlegen, denen Sie folgen müssen, wenn Sie Ihr Ziel erreichen möchten. Doch nur durch Studium und Reflexion werden Sie in der Lage sein, sie nachvollziehen zu können. Diese Schritte dürfen nur im Glauben begangen werden.

Die Tafel liegt in einer Gruft.

Sed unus homo potest.

Du musst im Sinne Tertullians hinabgehen.

Und halten Sie sich immer die Weisheit des 5. Buchs Mose 29,28 vor Augen, die ich hier gemäß der Lutherbibel wiedergebe: »Was verborgen ist, ist des Herrn, unseres Gottes; was aber offenbart ist, das gilt uns und unseren Kindern ewiglich, dass wir tun sollen alle Worte dieses Gesetzes.«

»Das sind nicht wirklich viele brauchbare Hinweise«, meinte Bethany.

Felicia beschäftigte sich noch immer mit dem Bibelzitat. »Was verborgen ist.«

»Will er damit andeuten, dass er mehr weiß, als er verrät?«

»Da bin ich mir ziemlich sicher. Deswegen auch die Zettel.«

»Welche Zettel?«

»Teddy Bratt hatte einen. Den, auf dem E S S stand. Ich vermute, dass ein zweiter im Besitz einer Person ist, die du zwar kennst, deren Identität du dich aber weigerst, preiszugeben. Was im Übrigen nicht besonders schlau ist.« Sie verstummte kurz. »Wie auch immer, wie Paramay dir schon erklärt hat, gehen wir – gemessen an der Größe des Fragments, das wir in Bratts Tresor gefunden haben, und der Art des Papiers, das benutzt wurde – davon aus, dass Wisdom die Botschaft in nicht mehr als drei Teile gerissen hat.«

»Und du glaubst, Giuseppe Amendola hat das dritte Stück?«

»Lass uns gehen und es herausfinden.«

Giuseppe Amendolas Studio befand sich im zweiten Stock eines frisch sanierten Gebäudes auf der *Via Diamiano Chiesa.* In dem Viertel mischten sich Gewerbeimmobilien, alte Mehrfamilienhäuser und moderne neue Apartments. Sie nahmen den Bus und stiegen eine Station vor ihrem Ziel aus, um Felicia die Gelegenheit zu geben, die Nase ein wenig in den Wind zu halten, wie sie es bezeichnete. Als sie sich vergewissert hatte, dass ihnen niemand folgte, gingen sie auf das Gebäude zu. Der Blick der Aufpasserin wanderte über Türeingänge, Fenster, Fußgänger und vorbeifahrende Autos. Irgendetwas irritierte sie, also war auch Bethany nervös.

»Was ist los?«, fragte sie.

»Bleib einfach hinter mir.«

»Warum?«

»Ich bin mir nicht sicher. Nennen wir es einfach eine böse Vorahnung.«

Sie erreichten das Gebäude ohne Zwischenfall. Es gab keinen Pförtner. An der Tür reihten sich mehrere Klingeln.

Felicia drückte Amendolas Knopf. Durch statische Störgeräusche ertönte italienisches Gejaule. Sie gab auf Englisch ihre Decknamen an.

»Kommen Sie rauf«, erwiderte er mit starkem Akzent.

Das war der Moment, in dem das Gebäude in die Luft flog.

Nicht das gesamte Gebäude. Wie die Ermittler später feststellen würden, befand sich die Bombe tatsächlich im Loft des Händlers, in einer Anrichte unter dem Bedienfeld der Alarmanlage, und war darauf programmiert, hochzugehen, sobald er den Türöffner drückte. Auf Bethany war zwar schon geschossen worden und sie hatte während ihrer Odyssee im Untergrund die Bombe im Keller des Village Houses mit entschärft, aber das war das erste Mal, dass sie einer Explosion so nahe kam. Für sie klang es, als würde die ganze Welt in tausend Stücke zerschmettert werden. Ihr Hirn wurde durchgeschüttelt und mit ihm ihre Gedanken.

Erstaunt stellte sie fest, dass sie flach ausgestreckt auf dem Bürgersteig lag. Felicia lag auf ihr, aus einem ihrer Ohren sickerte Blut.

»Beweg dich nicht!«

»Was ist passiert?«

»Du siehst doch, was passiert ist.« Langsam richtete sich Felicia auf. Überall um sie herum liefen schreiende Menschen.

Bethany setzte sich auf.

»Nicht«, sagte Felicia. »Wir wissen nicht, wer in der Nähe ist.«

»Wir sollten abhauen.«

»Warte noch«, sagte ihre Aufpasserin, die jetzt aufstand. »Versteck dich hinter diesen Autos. Bleib am Boden.«

»Wohin willst du?«

»Sehen, was übrig geblieben ist.«

»Nichts ist übrig.«

Aber Felicia war bereits in der Menschenmenge verschwunden und rannte auf das brennende Gebäude zu, während sie mit ihrem verschlüsselten Handy telefonierte.

Bethany hob den Kopf. Ihr ganzer Körper tat weh. Ihr verletztes Handgelenkt war zwar noch eingegipst, schmerzte aber immer noch und jetzt umso mehr. Ihr ging auf, dass sie ohne Felicia auf einmal sehr verwundbar war. Die Explosion konnte ein geplantes Ablenkungsmanöver sein, um sie von ihrer Leibwächterin zu trennen.

Dann erinnerte sie sich daran, dass Giuseppe Amendola in dem Loft gewesen war. Und sie dachte nur an ihre eigene Sicherheit. So wie Annabelle, die sich eigentlich ständig über nichts anderes Sorgen gemacht hatte als um ihre eigenen Bedürfnisse und Anliegen ...

Oh!

Bethany erkannte, dass dies ihre Gelegenheit war. Ob nun durch Zufall oder nicht, Felicias ständige Überwachung war sie für den Moment los.

Bethany trat hinter dem Wagen hervor und ließ sich vom Strom der panischen Menschen die Straße hinuntertragen. Sie hechtete in eine Gasse und war verschwunden.

40

»Der Anschlag galt ihnen«, sagt Melody Sunderland. »Es kann nicht anders sein.« Sie sitzen beim Mittagessen in Lillians prachtvoller Suite mit Blick auf die Themse. »Das würde bedeuten, dass sie sich in Rom aufhalten. Und dass Findrake das gewusst hat.«

Melody schneidet in ihr blutiges Steak. »Ich verstehe das nicht. Paramay sagte, er habe Findrake im Griff.«

»Vielleicht hat er gelogen. Vielleicht hat er sich geirrt. Vielleicht war die Aktion schon angelaufen und es gab keine Möglichkeit, sie zu stoppen.« Sie bemerkt den Ausdruck auf dem Gesicht der jungen Frau. »Wie ich schon sagte, meine Liebe. Das ist die dunkle Seite unseres Geschäfts. Wir sollten den Tod nicht auf die leichte Schulter nehmen, müssen aber dennoch akzeptieren, dass er sich hin und wieder ereignet. Und es gibt Zeiten, die Opfer erfordern. Der Punkt, in dem Lord Findrake und ich uns nie einig waren, war, mit welcher Regelmäßigkeit man dieses bestimmte – Mittel einsetzen sollte.«

»Mord ist kein Mittel!«

»Natürlich ist er das, Liebes. Die Polizei tötet Verbrecher. Soldaten töten den Feind. Und ich will jetzt keinen Vortrag darüber hören, dass Kriminelle und Feinde sich ihr Schicksal selbst ausgesucht haben. In jedem Krieg gibt es zivile Opfer. In manchen Kriegen sterben mehr Zivilisten als Soldaten.« Sie schiebt ihren Teller weg. »Und glaube ja nicht, dass unsere Feinde moralischer handeln als wir. Sogar ihre Bibel ist voller schrecklicher Morde. Als Mittel zum Zweck, meine Liebe. Gott schickt seinen eigenen Sohn auf die Erde, um auf grauenvolle Weise am Kreuz zu sterben. Ein Mittel zum Zweck! Abraham wird befohlen, seinen kleinen Jungen zu opfern. Ein Mittel zum Zweck!«

»Dieser kleine Junge hat überlebt, Lillian. Deswegen nennen die Juden diese Geschichte auch die Bindung Isaaks und nicht die Opferung Isaaks.«

»Und was ist mit dem Alten Testament und den endlosen Kriegen, die darin beschrieben werden? Das ganze Gemetzel?« Der Lord Schutzherr schüttelt den Kopf. »Nein, Melody. Ihr werdet eurem Schicksal nicht entrinnen. Weder du noch Bethany. Du wirst sie töten, und ihr Opfer wird das Mittel zum Zweck deiner Erlösung sein.«

Wieder einmal schafft Melody es nicht, dem durchdringenden Blick der alten Frau standzuhalten. Sie will mit dieser ganzen Sache nichts zu tun haben. Am liebsten würde sie die Zeit zurückdrehen und die ersten Annäherungsversuche Elliott St. Johns zurückweisen, der sie zum Medienstar machte und ihr den Rat als eine zurückhaltende Gruppe gleichgesinnter Atheisten verkaufte, die sich ab und an trafen, um gemeinsam die Zustände in dieser Welt zu beklagen. Vor allem aber will sie dieser Verrückten entkommen, die von ihr erwartet, dass sie Bethany Barclay tötet. Sie will zur Polizei rennen, zu ihrer Botschaft, irgendwohin, wo Lillian Hartshorne nicht ist. Allerdings musste sie schon schockiert feststellen, dass die Bodyguards, die sie beschützen, auch gleichzeitig ihre Wärter sind. Sie darf nicht mal unbeobachtet telefonieren.

»Heißt das also, dass wir nach Rom reisen?«, fragt sie schließlich.

Lillian widmet sich wieder den Eiern auf ihrem Teller. »Nein, meine Liebe.«

»Aber Bethany ist in Rom.«

»Mir ist egal, wo sie sich im Moment aufhält, Melody. Und dir sollte es auch egal sein. Sie hat die Tafel noch nicht gefunden, das versichere ich dir. Es kommt jetzt darauf an, wohin sie als Nächstes will.«

»Und wissen wir das?«

»Tatsächlich haben wir eine ziemlich genaue Vorstellung, meine Liebe.«

Auch Janice Stafford machte sich Gedanken über die Explosion in Rom. Sie saß neben Edna und verfolgte die Nachrichten auf CNN. Ein Händler alter christlicher Artefakte und mittelalterlicher Schriftrollen war bei dem Anschlag gestorben. Das konnte kein Zufall sein.

»Wir müssen ihr helfen«, sagte der Teenager.

»Ich wüsste nicht wie.«

»Ich will zu ihr.«

Edna tätschelte ihre Hand. »Ich weiß. Tut mir leid.«

»Sie verstehen das nicht. Ich muss da hin. Sie ist wie eine große Schwester für mich. Sie hat sich um mich gekümmert. Jetzt will ich mich um sie kümmern.«

Die Richterin warf einen Blick auf die Uhr. Sie hatte wenig Erfahrung mit Kindern, besonders nicht mit launischen, jugendlichen Genies, hatte aber bereits gelernt, dass eine Diskussion nichts brachte. »Mister Fuentes wird in einer Stunde hier sein. Warum besprichst du das nicht mit ihm?«

»Na schön. Aber ich gehe auf jeden Fall. Ich muss nur noch überlegen, wie ich das am besten anstelle.«

»Deine Sorge ehrt dich, Janice, aber wie willst du sie überhaupt finden? Denn wenn du recht hast – wenn der Anschlag Bethany galt –, nun, dann bin ich mir sicher, dass sie schon lange verschwunden ist. Nach so einem Ereignis würde sie nicht in Rom bleiben.«

41

Bethany nahm den Zug Richtung Norden in die Lombardei. Eine Nacht voller Zweifel in Mailand gab ihr Gelegenheit, sich über ihre nächsten Schritte klar zu werden. Sie konnte immer noch in eine Botschaft marschieren, sich den Behörden stellen und bald schon wieder auf dem Weg nach Hause sein.

Wo sie das Gefängnis mit weit geöffneter Tür erwarten würde.

Oder sie konnte nach Rom zurückkehren, wo ihr Hotel überwacht wurde, dessen war sie sich ganz sicher. Die arme Felicia bekam jetzt vielleicht eine Menge Ärger, und Bethany hatte deswegen ein wirklich schlechtes Gewissen, aber vielleicht würde die Strafe milder ausfallen, wenn sie zurückkehrte.

Aber egal. Das waren nur Gedankenspielchen. Bethany würde auf keinen Fall umkehren. Jetzt, da sie ihrem Ziel so nah war.

In Mailand fand Bethany eine 24-Stunden-Autovermietung, die dem Anschein nach nur Schrottkisten im Angebot hatte, aber dennoch zu florieren schien. Als sie das Büro betrat, bestätigte sich dieser Eindruck. Das Büro war eine Baracke, doch der Mann hinter dem Schreibtisch trug sehr teure Kleidung. Auf ihre Anliegen reagierte er ohne Zögern. Sie haben Ihre Kreditkarte verloren? Wir akzeptieren Bargeld. Sie haben Ihren Führerschein verlegt? Wir akzeptieren Bargeld. Sie wollen nicht, dass die Vermietung dokumentiert wird? Hatte ich schon erwähnt, dass wir Bargeld akzeptieren?

Die Villa stand an einem grünen Abhang im Örtchen Pescallo am Comer See über der Po-Ebene. Ganze Paraden von Blumenkästen schmückten den Ort. Kleine Boote tanzten an ihren Leinen in ungewöhnlich ordentlichen Reihen auf dem Wasser. Die untergehende Sonne vollführte ihren feurigen Tanz über den plätschernden Wellen. Die Landluft war vom strahlenden Grün des Frühlings erfüllt. Olivenbäume drängten sich in den Hainen, bis auf die von ein paar Kulturbanausen, die sich von der

Menge abgesetzt hatten. Alle Wege schienen zum Wasser zu führen. Jetzt vor der Hochsaison fuhren hier nur alte und einfache Boote. Die Straßen schlängelten sich sanft vom See empor und stiegen dann steil die nebligen Berge hinauf. Häuser bedeckten den Hang mit farbenfrohem Durcheinander.

Die Männer des Dorfs standen in frechen Dreier- und Vierergruppen zusammen, beobachteten erst, wie Bethanys BMW den Berg hinaufgefahren kam, und dann, wie sie aus dem Wagen stieg. Der Anblick einer Ausländerin sorgte für Verblüffung, da sich die Touristen normalerweise an anderen Stellen des Sees drängten. Bethany hielt ihren prüfenden Blicken stand. Seit ihrem letzten Besuch waren viele Jahre vergangen, aber sie erinnerte sich, dass die Männer in der Nebensaison wenig zu tun hatten, außer morgens fischen zu gehen und abends auf die Invasion zu warten, die in den Ferienzeiten regelmäßig über sie hereinbrach. Also versuchte Bethany gar nicht erst, unauffällig zu bleiben. Außerdem war es sinnlos, sich an das Haus heranzuschleichen. Nicht nur wegen der Dorfbewohner oder weil sie kein sonderliches Vertrauen in ihre eigenen Anschleichfähigkeiten hatte. Es gab einen anderen Grund.

Earl Hagopian erwartete sie.

Sie oder irgendjemand anderen.

Obwohl es erst Nachmittag war, brannten im Haus alle Lichter. Ein bulliger Hund begann in dem Moment zu kläffen, in dem die Reifen ihres Mietwagens die Auffahrt berührten. Wie das Tier die Geräusche eines anhaltenden Wagens von dem eines vorbeifahrenden unterscheiden konnte, war eine interessante Frage, aber Bethany war nicht hier, um Rätselraten zu spielen.

Eine alte Frau öffnete die Tür, hustete einen Satz auf Italienisch heraus und wiederholte diesen dann in Lauten, die der englischen Sprache ziemlich nahekamen. Sie trat zur Seite und führte Bethany in die Bibliothek. Das Haus war einmal wunderschön gewesen, aber mittlerweile zeigte sich überall der Verfall. Einzelne Bodenfliesen waren gesprungen. Hellere Flecken an den Wänden ließen ahnen, dass Earl Gemälde verkaufen musste, um über die Runden zu kommen. Kruzifixe waren an Ehrenplätzen aufgehängt, benötigten aber alle eine Politur. Die Wände waren mit einer einst sehr teuren Stofftapete bezogen, die aber durch viele

Wasserschäden aufgeweicht worden war. Selbst die Stützpfeiler schienen in sich zusammenzusacken. Bethany musterte argwöhnisch die Decke und fragte sich, wann sie wohl einstürzen würde. Hoffentlich nicht an diesem Tag. Die alte Frau murmelte etwas, und schließlich wurde Bethany klar, dass sie ihr etwas zu trinken anbot. Sie lehnte dankend ab. Als sie allein war, betrachtete sie die Bücher, die man wahllos in kunstvoll geschnitzte Holzregale gestopft hatte, die unbedingt gereinigt, abgeschmirgelt, poliert oder am besten einfach ersetzt gehörten. Sie erinnerte sich daran, wie Earl immer gesagt hatte, dass das Leben hier drüben viel günstiger sei. Aber man konnte überall günstig leben, wenn man sein Haus dermaßen verfallen ließ.

Sie hätte viel früher an Earl denken sollen, lange bevor Teddy Bratt seinen Namen erwähnte. Damals in New York war er einer der wenigen Freunde gewesen, die Bethany außerhalb der Universität gehabt hatte. Eine Zeit lang waren sie in Kontakt geblieben und schickten sich auch heute noch Weihnachtskarten, doch seit Oxford hatte Bethany ihn nicht mehr getroffen.

Annabelle hatte eine kluge Wahl getroffen.

Bethany wartete. Die Bibliothek machte sie nervös. *Nicht erschrecken*, mahnte sie sich selbst. Noch so ein Rat von Fuentes. *Nicht zusammenzucken, selbst wenn sie plötzlich hinter dir stehen.* Sie machte sich klar, dass Teddy alles über Earl Hagiopan wusste, auch wenn die meisten ihrer Verfolger höchstwahrscheinlich nie etwas von ihm gehört hatten. Er hatte den Mann seinen eigenen Worten nach für Annabelle überprüft. Bethanys beste Freundin hatte sich absichern wollen, bevor sie Earl aufsuchte und ... nun, was auch immer es war, das sie ihm anvertraut hatte.

Um sich von diesen Gedanken abzulenken, inspizierte sie Earls Regale, die sich vor Büchern geradezu bogen. Allein der Aufenthalt in ihrer Nähe war erfrischend. Sie fuhr mit dem Finger die Buchrücken entlang. Ledergebundene Auflagen von Milton, Proust und Goethe. Erstausgaben unbekannter Poeten. Jungfräuliche gebundene Romane in verschiedenen Sprachen, die liebenswürdig knarzten, als Bethany sie aufschlug. Eine mehrbändige Sammlung von Shakespeare-Werken, die wie alte Folianten gestaltet war. Hier und da einige Sachbücher, die alt und ungebraucht aussahen. Die Zusammenstellung wirkte, als habe Earl seinen Innenausstatter beauftragt, Bücher auszusuchen, die ihn gebildet wirken ließen, was er auch war. Allerdings hatte Bethany in all den Jahren, die sie ihn kannte, nie erlebte, dass er ein Buch aus reiner Freude am Lesen in die Hand nahm.

»Hallo Bethany«, sagte Earl.

Bethany erschrak nicht und zuckte auch nicht zusammen, sondern legte einfach nur sorgsam den William Dean Howells ins Regal zurück. Das Buch, das mit Randnotizen in einer Schrift vollgekritzelt war, die Earls Handschrift nicht im Entferntesten ähnelte, schrie geradezu nach Flohmarkt. Dann drehte sie sich langsam um und lächelte.

Earl war etwa fünfundfünfzig Jahre alt, blass und weich, mit welligem Haar wie dunkle Zuckerwatte, einem ängstlich verkniffenen Mund und schwächlichen, wässrigen Augen – obwohl die Augen von jedem, der gerade eine Waffe auf einen richtet, durchdringend wirken sollten.

»Hallo, Earl.« Bethany gab sich große Mühe, weiter zu lächeln. Sie bemühte sich, nicht auf die Waffe zu starren. Dabei ahnte sie, dass seine aktuelle Einschätzung von ihr allein auf den Fernsehnachrichten beruhte. Seine nächsten Worte bestätigten diese Ahnung.

»Bist du gekommen, um mich zu töten?«

»Natürlich nicht.«

»Warum bist du dann hier?«

Bethany achtete darauf, keine plötzlichen Bewegungen zu machen. Sie erinnerte sich daran, wie sie sich kennengelernt hatten. Sie hatten vor neun oder zehn Jahren zusammen ehrenamtlich in einer Suppenküche ausgeholfen, ein paar Blocks vom Bernard Campus entfernt. Zu jener Zeit machte Earl irgendwas Geniales an der Wall Street und zwischen ihnen war eine distanzierte und bedächtige Freundschaft entstanden. Earl hatte ebenfalls die juristische Fakultät besucht und gab liebend gerne Ratschläge. Als ihn Annabelle kennenlernte, äußerte sie die Vermutung, dass er hinter Bethany her war, aber das behauptete Annabelle von jedem Mann, besonders jenen, hinter denen sie selbst her war.

Während Bethanys letztem Jahr am College setzte sich Earl mit seinen Millionen zur Ruhe, zog nach Italien, und Bethany hatte ihm versprechen müssen, ihn während ihres Studiums in Oxford zu besuchen.

Sie versprach es zwar, aber als sie die Einladung in den ersten Semesterferien endlich annahm, war sie darauf bedacht, nicht allein zu reisen. Sie nahm ihre beste Freundin mit.

»Würde es dir etwas ausmachen die Waffe wegzulegen?«, fragte Bethany. Sie wies auf den ausgeschalteten Fernseher. »Ich bin nicht so, wie ich dargestellt werde.«

Er senkte den Lauf nur minimal. »Ich habe dich gefragt, warum du hier bist, Bethany.«

»Weil ich deine Hilfe brauche.«

»Ich werde dich nicht verstecken. Ich werde dich nicht zu einem geheimen Treffpunkt fahren, wo du einen gefälschten Pass ausgehändigt bekommst, oder was immer es ist, dass ihr Leute so treibt.«

»Welche Leute sollen das sein, Earl?«

»Ich weiß auch nicht. Spione. Terroristen. Was auch immer du jetzt bist.«

Auf einmal verstand sie. »Die italienische Polizei hat dir einen Besuch abgestattet, nicht wahr? Und dich über mich ausgefragt?«

»Sowohl *Polizia di Stato* als auch die *Carabinieri* standen am Tag nach deiner Flucht aus den Vereinigten Staaten vor meiner Tür.«

»Was auch immer sie dir erzählt haben, entspricht nicht der Wahrheit.« Sie machte einen kleinen Schritt auf ihn zu. »Ich bitte dich, Earl. Ich bin's. Bethany Barclay. Ich bin kein verrückter Killer. Das weißt du. Ich bin hier, um abzuholen, was Annabelle dir anvertraut hat, was du für sie aufbewahren sollst. Das ist alles.«

Die Waffe zeigte mittlerweile zu Boden. »Ich bin im Ruhestand, Bethany. Das ist der große Vorteil, wenn man an der Wall Street arbeitet. Wenn man eine Verhaftung vermeiden kann, kann man sich früh zur Ruhe setzen. Und das habe ich gemacht. Ich bin im Ruhestand und war bestimmt seit sechs Jahren nicht mehr in Amerika. Wann, bitte schön, hätte ich Annabelle treffen sollen?«

»Vergangenen Dezember.« Sie versuchte es wieder mit einem Lächeln, das er allerdings nicht erwiderte. »Im November hat sie einen Privatdetektiv angeheuert, der alles über dich herausfinden sollte. Im Dezember reiste sie durch ganz Europa, auch nach Italien. Übrigens mit dem Pass ihrer Schwester. Wie auch immer, sie hat dich besucht und dir irgendein

Dokument oder Manuskript oder etwas Ähnliches anvertraut. Und jetzt bin ich da. Du kannst es mir also geben.«

Sein Blick wanderte zu ihrem Rucksack. »Hast du etwas für mich?«

Bethany runzelte die Stirn. »Ich kann nicht glauben, dass du Geld brauchst.«

»Jeder braucht Geld. Aber das meine ich nicht.«

»Ich verstehe nicht.«

»Eine Nachricht. Einen Zettel. Etwas in der Richtung.«

»Du meinst das Foto?«

Seine Stimme war ausdruckslos. »Welches Foto?«

»Ich habe es nicht bei mir, Earl. Ich habe es jemandem geschickt. Zur sicheren Verwahrung.«

Die Waffe richtete sich wieder auf sie. »Wenn das so ist, solltest du besser gehen.«

»Willst du damit sagen, dass ich es nicht bekommen soll?« Sie schalt sich leise für diese hochmütige Annahme. »Ist es für den gedacht, der die andere Hälfte hat?«

»Ich sage nur, dass du jetzt gehen musst.«

Die Tür der Bibliothek flog auf. »Vielleicht auch noch nicht«, sagte Teddy Bratt.

Teddy wirkte kaum abgekämpft. Die verquollenen Augen waren vielleicht etwas wilder, und die Steifheit in seiner linken Seite rührte zweifelsohne von der Kugel her, die ihm Felicia verpasst hatte, aber dennoch schaffte er es, Earl Hagopian in Nullkommanichts zu entwaffnen, dessen Waffe nicht geladen war, wie sich herausstellte. Und er brauchte auch nicht viel länger, um Earl zum Reden zu bringen, sobald er ihn – mit Bethanys erzwungener Unterstützung – erst fest an einen Stuhl gefesselt hatte und ihm seine eigene Waffe ins Genick gedrückt hatte.

Ja, ja, ja, gestand Earl. Es war alles mehr oder weniger so, wie Bethany gesagt hatte. Ja, Annabelle hatte ihm im Dezember einen Besuch abgestattet. Sie war nicht lange geblieben und hatte ihm etwas zur Verwahrung gegeben, bis sie selbst oder jemand anderes mit der anderen

Hälfte des Fotos von der Weltausstellung zu ihm kam. Sie zahlte ihm etwas für seine Mühe, erklärte er und deutete an, dass es sich dabei um eine beachtliche Summe gehandelt hatte. Und dann ...

»Kommen wir zum Punkt«, sagte Teddy, der die Waffe nun auf Earls Knie richtete.

»Ich weiß nicht, was Sie meinen.«

»Was hat sie Ihnen gegeben? Was sollten Sie für Annabelle aufbewahren und wo ist es?«

Earl blickte von Teddy zu Bethany und wieder zurück. Obwohl er starr vor Schreck war, lag auf seinem Gesicht ein verwirrter Ausdruck. »Aber das wissen Sie doch bereits, oder nicht?«

»Natürlich nicht. Sonst würde ich Sie ja nicht fragen.«

»Aber Sie sagten es doch.« Er wies mit dem Kopf in Bethanys Richtung. »Zumindest hat sie es gesagt.«

»Was gesagt?«

Bethany schlug sich eine Hand vor den Mund, unsicher, ob sie laut loslachen oder nach Luft schnappen sollte. »Teddy, alles, was er hat, ist die andere Hälfte des Fotos.«

In dem doppelten Boden der Schublade seines Chippendale-Sekretärs lag ein Umschlag mit der fehlenden Hälfte der Fotografie. Auf Teddys Befehl hin nahm Bethany es heraus, schaute es sich kurz an und reichte es dann an ihn weiter.

»Wer ist das, Earl?« Bratt wedelte mit dem Foto vor den verängstigten Augen herum. »Sagen Sie es mir. Sagen Sie mir ihren Namen.«

»Ich habe keine Ahnung. Ich habe es für Annabelle nur aufgehoben.«

»Warum? Wie lauteten ihre Anweisungen?«

»Es der Person zu geben, die die andere Hälfte besitzt.«

»Ich glaube Ihnen nicht. Das ergibt überhaupt keinen Sinn.«

Bethany saß auf dem Sofa. Teddy hatte ihr befohlen, sich nicht zu bewegen. »Es ergibt sehr wohl einen Sinn«, sagte sie leise.

Der Hüne schnellte zu ihr herum. »Inwiefern?«

»Das Foto ist wertvoll. Diese Frau ist eine wichtige Persönlichkeit.«

»Das Ding ist fünfzig Jahre alt! Wer auch immer sie damals war, am Leben ist sie bestimmt nicht mehr!«

»Sie verstehen es immer noch nicht, Teddy.« Sie saß ganz still. Sie wusste, wozu er fähig war, wenn er sich provoziert fühlte. »Schon in London habe ich versucht, es Ihnen begreiflich zu machen. Wir haben es mit sehr gefährlichen Leuten zu tun. Und für einige von ihnen - nun, sagen wir einfach, dass es für sie bei dieser Suche um nichts anderes ging. Nicht um Adrian Wisdoms Manuskript. Und auch nicht um die Pilatus-Inschrift. Nur um dieses Foto. Nichts anderes.«

Der Blick des Privatschnüfflers wurde starr. Dabei war er nicht auf sie gerichtet. Auch nicht auf Earl. Sondern auf den fünfzig Jahre alten Schnappschuss. »Warum?« Seine Worte waren an die Frau auf dem Foto gerichtet. »Warum ist es so wertvoll?«

»Weil es etwas beweist.«

»Und das wäre?«

»Teddy, hören Sie mir zu.« Sachte, ganz sachte. »Sie können immer noch lebend aus dieser Nummer herauskommen. Legen Sie das Foto hin und gehen Sie. Verschwinden Sie einfach, und erzählen Sie niemandem, dass Sie so viel herausgefunden haben. Wenn Sie das tun - werden diese Leute Sie vielleicht am Leben lassen.«

Er hob die Waffe und richtete sie auf Bethany. Kein Zittern, kein Schwanken. »Und wenn Sie es mir verraten, lasse ich Sie vielleicht am Leben.«

»Teddy ...«

Der erste Schuss zerschmetterte die Fensterscheibe. Noch bevor Teddy sich umdrehen konnte, traf ihn der zweite in die Brust. Der alte Mann, dem Bethany in Oxford und Berlin begegnet war, lehnte auf dem Fensterbrett und verpasste ihm zur Sicherheit noch zwei weitere Kugeln.

Ohne ein Wort zu sagen, kletterte er ins Zimmer, überprüfte Teddys Puls und sammelte dann seine Patronenhülsen ein, die er in seiner Hosentasche verschwinden ließ. Er nahm Teddys Waffe an sich und steckte sie sich in die andere Tasche. Dann hob er das Foto auf, warf einen prüfenden Blick darauf, nickte und steckte es ebenfalls ein.

Bethany war es noch nicht gelungen, sich aus ihrer Schockstarre auf dem Sofa zu befreien. Earl wirkte geradezu komisch, wie er mit weit aufgerissenen Augen verzweifelt versuchte, die Ereignisse der vergangenen Minuten zu verarbeiten.

»Sie sind der Mann, den sie Morgan nennen«, sagte Bethany.

Der Killer gab keine Antwort. Er hatte sich hingekniet und durchsuchte jetzt systematisch die Taschen des verstorbenen Teddy Bratt.

»Was passiert jetzt?«, fragte sie.

»Das ist kompliziert«, sagte er, ohne aufzusehen.

»Das war es, was Sie die ganze Zeit über gewollt haben. Nicht die Pilatus-Inschrift. Die Fotografie. Sie haben mich beschützt, bis ich Sie zu ihr führte.«

Morgan entfernte etwas aus Bratts Brieftasche. Als er sprach, klang seine Stimme ein wenig amüsiert. »Ich entschuldige mich, sollte ich den falschen Eindruck erweckt haben. Aber wir mussten das hier wieder in unseren Gewahrsam bringen.« Er hob den Blick in ihre Richtung. Leichte Fältchen um die Augen verrieten das Alter dieses wachsamen Gesichts. »Ich gehe davon aus, dass die andere Hälfte irgendwo in Sicherheit ist. Wenn die Briten sie Ihnen abgenommen hätten, hätte ich davon erfahren.«

Er erklärte nicht wie. Bethany fragte nicht nach. Sie hatte Findrakes Porträt in Clougham Hall gesehen; mehr musste sie nicht wissen.

»Die andere Hälfte ist in Sicherheit«, sagte sie.

»Sie ist keine Versicherung für Sie, wissen Sie. Ohne diese Hälfte ist sie nutzlos.«

»Das glaube ich Ihnen.«

»Gut.« Er sprang auf. »Dann ist meine Arbeit hier getan.«

»Sie lassen uns gehen?«

»Sie, ja. Ihn, nein.« Ohne sich auch nur richtig umzudrehen, schoss er Earl mit Teddy Bratts Waffe eine Kugel in die Stirn. Bethany schrie auf und schlug die Hände vor den Mund. Der Killer ignorierte sie. Er kniete sich wieder hin und bog Bratts Finger um die Waffe.

»Sie sind wahnsinnig«, keuchte sie.

»Nur vorsichtig.« Jetzt durchsuchte er Earls Schreibtisch, aus dem er eine Handvoll Geldscheine hervorholte. »Sie werden aussagen, dass Teddy Bratt ihn erschossen hat und dann selbst durch das Fenster erschossen wurde. Ein Angreifer, dessen Namen Sie nicht kennen und an dessen Aussehen Sie sich nicht erinnern, kletterte durch das Fenster und nahm beiden Männern ihr Geld ab, wobei er Sie außer Acht ließ. Der Rest der Geschichte hat sich so zugetragen, wie es war.«

»Sie wissen, dass ich jedem erzählen könnte, wie es wirklich war?«

»Das liegt ganz bei Ihnen.«

»Warum lassen Sie mich laufen?«

»Weil Sie mir nicht schaden können. Weder kennen Sie meinen richtigen Namen, noch wo ich zu finden bin. Auch der Frau auf dem Foto können Sie nichts anhaben, auch wenn wir beide wissen, dass Sie ihr Gesicht erkannt haben. Wenn Sie auch nur ein Wort über sie verlieren – Sie sind nur eine verblendete Frau auf der Flucht und werden höchstwahrscheinlich bei Ihrer Festnahme erschossen.« Er war fertig. Er trat ans Fenster. »An Ihrer Stelle würde ich in der Zwischenzeit weiter nach der Pilatus-Inschrift suchen. Das ist die einzige Absicherung, die Ihnen bleibt. Passen Sie nur auf, dass Sie es lebend ans Ziel schaffen.«

»Aber ...«

»Vielleicht sollten Sie zurück nach Rom fliegen. Die reizende Dame vom britischen Geheimdienst hat keinen Fuß vor die Tür ihrer Suite gesetzt. Zweifelsohne hofft sie, dass Sie zur Vernunft kommen und zu ihr zurückkehren. Oh ja, das hätte ich fast vergessen.«

»Ich bin mir ziemlich sicher, dass Sie nicht die Sorte Mann sind, die etwas vergisst.«

Der Killer ignorierte diese Bemerkung. Er hielt einen kleinen Zettel in der Hand. »Mr Hagopian scheint gelogen zu haben. Obwohl eine Waffe auf seinen Kopf gerichtet war, hat er gelogen. Das hier war die ganze Zeit in seinem Schreibtisch. Ich nehme an, dass er es der Person übergeben sollte, die ihm die andere Hälfte des Fotos brachte.«

Er kletterte über das Fensterbrett und ließ sie mit dem so sorgsam aufbewahrten Stück Papier und den beiden toten Männern allein.

42

»Sie sind sich sicher, dass sie in Rom sind?«, fragte Ray Fuentes.

Edna nickte. Sie tranken Kaffee in der Küche. Janice war unten im Keller und spielte auf dem Laptop herum. Das zerschnittene Foto lag zwischen ihnen auf dem Tisch, zusammen mit Bethanys Nachricht.

»Ich bin sicher«, erwiderte sie.

»Sie müssen über wirklich hervorragende Quellen verfügen.«

»Das tue ich.«

»Ich meinte das im Plural. Jemand füttert Sie regelmäßig mit detaillierten Informationen.«

Die Richterin rührte sich noch etwas Zucker in ihren Kaffee. Und wechselte das Thema. »Janice will unbedingt nach Rom.«

»Das halte ich für eine wirklich schlechte Idee.«

»Sie geht davon aus, dass Sie dorthin fliegen werden. Sie will mit Ihnen gehen.«

»Ich bin mir noch nicht sicher, was ich tun werde.« Er schob seine Tasse beiseite. »Meine Bewegungsfreiheit ist momentan ein wenig eingeschränkt. Über so viele Grenzen komme ich nicht so leicht.«

Sie tippt auf das Foto. »Wir sollten darüber reden.«

»Da gibt es nicht viel zu reden. Offensichtlich hat Bethany es Ihnen anvertraut, weil sie es nicht bei sich tragen wollte. Dass sie einen so umständlichen Postweg gewählt hat, legt nahe, dass sie weiß, dass Ihre Postsendungen überwacht werden. Wer auch immer die zweite Hälfte hat, ist ohne Zweifel im Besitz von etwas äußerst Wertvollem.«

»Was da wäre?«

»Ich habe keine Ahnung, Richterin Harrigan. Ich nehme an, dass Bethany es weiß.«

Edna hörte die Entschlossenheit in seiner Stimme. »Sie werden gehen, nicht wahr? Grenzen hin oder her.«

»Ich bin mir noch nicht sicher. Es gibt noch einiges, das ich hier regeln muss.« Er deutete auf die Kellertreppe. »Wenn ich gehe, darf Janice nichts davon wissen. Sie werden sich noch eine Weile länger um sie kümmern müssen.«

»Natürlich.«

»Bleibt immer noch das Problem, wie ich unbemerkt aus dem Land komme.«

»Vielleicht kann ich helfen. Über einen Freund.«

»Sie würden mir helfen?«

Die Richterin zuckte mit den Schultern.

Schließlich lächelte Fuentes. »Sie, Plural?«

Schlussendlich kehrte Bethany nach Rom zurück. Ihr blieb keine andere Wahl. Ein Auto zu mieten, indem sie den Angestellten der Autovermietung mit Bargeld unter der Hand bestach, war eine Sache. Doch ohne Pass eine Reiseroute über das Meer zu planen, etwas ganz anderes.

Und genau das war es, was sie schaffen musste: das Meer zu überqueren.

Genauer gesagt das Ionische Meer.

Sie saß im Zug und versuchte weder an das Blutbad zu denken, das sie hinter sich gelassen hatte, noch an ihre Fingerabdrücke, die in eben diesem zurückblieben. Stattdessen inspizierte sie das Stück Papier, das Morgan ihr überreicht hatte, bevor er verschwunden war.

Nur zwei Buchstaben waren darauf geschrieben:

T H

Sonst nichts.

Zusammen mit dem Zettel, den Paramays Leute in Teddy Bratts Safe gefunden hatten, ergab das nicht *chess*, wie Schach oder *mess*, wie Unordnung, sondern *Thess*.

Zweifelsohne war der Rest des Wortes bei der Explosion in Amendolas Loft zerstört worden, und während Bethany die vielen verschiedenen Endungen erwog, die für dieses Wort möglich waren, bekam sie eine, wenn auch vage Vorstellung davon, mit welchen Problemen sich Menschen konfrontiert sahen, die ihr Leben der Rekonstruktion uralter Dokumente widmeten.

Das bruchstückhafte Wort »Thess« musste reichen.

Vielleicht war Paulus' Brief an die Thessalonicher gemeint. Oder das heutige Thessaloniki. So oder so, bis sie auf Beweise stieß, die etwas anderes andeuteten, würde sie davon ausgehen, dass die Antwort in Griechenland zu finden war.

Und dann war da noch Annabelles geheimnisvolle Botschaft, die sie in die Rinde des Baums in Iffley geritzt hatte. Eine Sieben, gefolgt von dem Buchstaben T.

Sie kritzelte auf ihrem Notizblock herum.

THESS

7T

Zusammengenommen hatten die Schriftzeichen etwas zu bedeuten. Aber ihr gelang es immer noch nicht, das Rätsel zu lösen. Sie wandte sich dem Fenster zu, blickte in die Nacht hinaus und ließ ihre tosenden Ängste von der ebenmäßigen Dunkelheit beschwichtigen, bis sie, endlich, einschlief.

Kurz vor Mittag erreichte sie ihr Ziel. Obwohl sie im Zug eine Kleinigkeit gegessen hatte, war sie ausgehungert. Der Bahnhof *Roma Termini* war so weitläufig und kompliziert wie ein internationaler Flughafen. Sie fand ein Fast-Food-Restaurant, hätte aber später nicht mehr sagen können, was sie aß. Sie schlang das Essen auf dem Weg zum Taxistand hinunter. Soweit sie es sagen konnte, wurde sie nicht verfolgt. Sie wusste nicht, ob Morgan sie von nun an wirklich in Ruhe lassen würde, und ein Teil von ihr hoffte fast, dass dem nicht so war. Er hatte ihr bereits drei Mal das Leben gerettet, nur um das Foto des Schutzherrn sicherzustellen. Bethany ließ das Taxi drei Blocks vor ihrem Hotel auf der Seite der Villa Borghese halten. Sie eilte durch den Park, wobei sie ständig nach Leuten Ausschau hielt, die in dieselbe Richtung unterwegs waren. Sie betrat das Hotel durch den Hintereingang und entschloss sich, lieber die Treppen als den Aufzug zu nehmen.

Die Suite befand sich im zweiten Stock, aber Bethany stieg bis zur dritten Etage hoch. Sie musste vorsichtig sein. Sie war zwei Tage lang weggewesen. Es gab keine Grundlage für die Annahme, dass sich Felicia tatsächlich noch in der Suite aufhielt. Morgans Wort allein reichte nicht aus. Höchstwahrscheinlich war ihre Aufpasserin bereits zurückbeordert worden.

Mittlerweile konnte das Zimmer von einem anderen Gast bewohnt sein. Oder - welch schöner Gedanke! - von Leuten observiert werden, denen sie nicht begegnen wollte. Der italienischen Staatspolizei, der Wildnis oder sonst wem.

Nach einer kurzen Suche stieß sie auf das Zimmermädchen, dem sie erst vor Kurzem ein fürstliches Trinkgeld hatte zukommen lassen, nur für den Fall, dass sie in genau so einer Situation eine Verbündete brauchte.

»Oh, ja«, sagte das Zimmermädchen, als Bethany sie fragte. »Ihre Freundin ist noch da.«

Während sie den Flur hinunterging, fragte sich Bethany, ob das Zimmermädchen wohl bezahlt worden war, das zu sagen. Ob das Zimmermädchen selbst eine Agentin war, die gerade in ihr Funkgerät flüsterte, um die Falle zuschnappen zu lassen. Aber wenn alle Leute auf der ganzen Welt Teil der Verschwörung waren, dann war es keine Verschwörung, und sie war die Verrückte.

Sie entschied, dass sie zu müde war, um sich weiter Sorgen zu machen.

Sie schob ihre Karte in den Türschlitz und das Lämpchen leuchtete grün auf. Sie betrat das Zimmer und blieb wie angewurzelt stehen. Sie träumte. Sie hatte wohl doch den Verstand verloren. Sie befand sich in einer Anstalt und halluzinierte.

Mit einem Burger in der Hand, zusammengerollt auf der Couch vor dem Fernseher, lag Janice Stafford.

Felicia hörte das Kreischen und kam aus dem anderen Zimmer angerannt. Ihre Augen wurden groß. Mittlerweile hielten sich Bethany und Janice fest umschlungen und schienen sich nie wieder loslassen zu wollen.

»Na, das ist ja eine nette Überraschung«, sagte die Aufpasserin, und es klang so, als meinte sie es ehrlich. Sie kam zu ihr und umarmte sie ebenfalls, sehr zu Bethanys Überraschung. »Ich habe mir solche Sorgen um dich gemacht.«

Bethany wischte sich die Augen. »Was machst du hier?«, fragte sie Janice.

Dann wandte sie sich wieder an Felicia: »Was macht sie hier? Was ist hier los?«

»Mr Fuentes hat mich hergebracht«, erklärte Janice.

»Ray Fuentes ist hier?«

»Er ist unterwegs und sucht nach dir.« Felicia lächelte immer noch. »Ich war krank vor Sorge, aber er war noch viel schlimmer.«

Bethany konnte es immer noch kaum fassen. »Aber wie hat er es geschafft, uns zu finden? Dich zu finden?« Jetzt widmete sie sich wieder Janice, ihrer geliebten Wahlschwester: »Geht es dir gut? Haben sie dir wehgetan?«

»Sie haben mir nichts getan. Sie haben Mr Carraway ein paar Kugeln verpasst, aber Mr Fuentes meint, dass er das überstehen wird.«

Für die Details würde später noch Zeit sein. »Und wie seid ihr beide hergekommen?«

»In einem Privatjet. Das war so cool. Das war das erste Mal, dass ich in so einem Ding geflogen bin.«

»Wessen Flugzeug war das? Wer hat es euch zur Verfügung gestellt?«

»Ich weiß es nicht. Das musst du Mr Fuentes fragen.«

Am Abend. Sie saß mit Fuentes auf der Terrasse. Felicia ging mit Janice eine Runde spazieren.

»Unsere Reise war nicht wirklich riskant«, erklärte er, ganz der Profi. »In den Flugdokumenten wurden wir als Besatzungsmitglieder aufgeführt. Normalerweise überprüft die Regierung auf Charterflügen nur die Passagierlisten.«

»Wem gehört das Flugzeug?«

»Einem großen Unternehmen. Ihre Freundin Richterin Harrigan hat es über eine ihrer Bekannten organisiert. Eine US-Senatorin, wie es scheint.« Er hatte sich ein Glas Mineralwasser eingeschenkt, aus dem er immer wieder kleine Schlucke nahm. Sie widerstand dem verrückten Drang seine Hand festzuhalten.

»Richterin Harrigan hat uns auch verraten, wo du zu finden bist. Sie wusste sogar den Namen dieses Hotels, Bethany. Sie wollte uns nicht sagen, woher die Information kam. Offensichtlich ist dir jemand gefolgt, der mit ihr in Kontakt steht, aber sie weigerte sich, näher darauf einzugehen.«

»Es kann doch nicht sein, dass die ganze Welt hinter mir her ist.« Bethany war aus ihren Schuhen geschlüpft und hatte die Füße auf der Chaiselongue untergeschlagen. Sie war schrecklich müde.

»Nun, irgendjemand hat es ihr erzählt. Sie behauptet, die guten Jungs gefragt zu haben, aber um die Wahrheit zu sagen, bin ich nicht mehr überzeugt, dass es bei dieser Geschichte überhaupt gute Jungs gibt.«

»Du bist einer von den Guten«, sagte sie.

»Nicht wirklich. Du kennst mich nicht sonderlich gut, Bethany.«

»Vielleicht können wir ja, wenn das alles vorbei ist ...«

»Ja, das wollte ich auch noch ansprechen.« Abrupt wies er ihren ungeschickten Annäherungsversuch zurück. Einen Moment lang glaubte sie, vor Scham sterben zu müssen. »Erklär mir bitte, warum wir nach Griechenland reisen.«

Sie berichtete ihm von dem Zettel. »Kannst du uns dort hinbringen?«

»Ich denke schon. Weißt du, wohin genau?«

»Nicht wirklich. Aber ich weiß, wo wir ansetzen können.«

»Ich werde einen Tag brauchen, um alles in die Wege zu leiten.« Er zögerte. »Bethany, du weißt, dass Felicia nicht mit uns kommen kann?«

»Was? Warum nicht?«

Sein Tonfall wurde unerwartet harsch. »Sei nicht so naiv. Wohin sie geht, da ist auch der britische Geheimdienst. Wir müssen komplett von der Bildfläche verschwinden, Bethany. Felicia und ich haben das bereits besprochen. Sie versteht das.«

»Tut sie das?«

»Sie ist auf deiner Seite, Bethany. Das hier ist nicht einfach nur ein Auftrag für sie. Anfangs war es das, aber mittlerweile – sie wird uns gehen lassen. Mach dir keine Sorgen.«

Sie lehnte sich zurück und ließ den Kopf in das Kissen fallen. Sie starrte zu den Sternen hoch, weiß und funkelnd in der samtigen Dunkelheit.

»Und Janice?«

»Ich weiß, was du dich fragst. Die Antwort: Sie hat sich geweigert zurückzubleiben. So einfach ist das. Sobald sie herausfand, wo du dich aufhältst, bestand sie darauf, mitzukommen. Sie will dir helfen, Bethany.«

»Sie ist noch ein Kind.«

»Auf eurer Flucht war ihre Hilfe doch von unschätzbarem Wert. Sie hat dir das Leben gerettet.« Er ließ die Zurechtweisung einen Moment lang wirken. »Du hast natürlich recht. Ich hätte sie nicht mitgebracht, wenn sie nicht schon so viel durchgemacht hätte. Du bist ein Halt für dieses Mädchen, Bethany. Halb Mutter, halb Schwester. Sie ist verletzlich. Hätte ich sie zurückgelassen, ich denke, das hätte sie verletzt.«

Bethany hatte die Augen geschlossen. »Du denkst an deine Schwester.«

Sie war sich sicher, dass er nicht antworten würde, und als er sprach, glaubte sie zunächst, er wolle der Frage ausweichen.

»Damals, als wir uns im Village House zum ersten Mal begegneten, sagte ich dir, dass ich eine Ein-Mann-Armee bin. So bin ich, Bethany. Ich bin ein Einzelgänger. Ich verfolge mein Ziel, erfülle meine Mission und das im Alleingang. Ich bin sehr gut darin, alleine zu arbeiten. Nicht jeder besitzt diese besondere Charakterschwäche. Die meisten brauchen andere Menschen. Im Moment braucht Janice deine Nähe. Und um ehrlich zu sein, glaube ich, dass du die ihre brauchst.«

Bethany spürte das vertraute Schamgefühl in sich aufsteigen. Dennoch konnte sie sich ihre letzte Frage nicht verkneifen: »Was ist mit Ray Fuentes? Was braucht er?«

Zu ihrer Überraschung stand er auf. Sehr hastig sogar. Sie schlug die Augen auf. In ihrer Verwirrung erwartete sie fast, dass er einen Schritt auf sie zugehen würde. Aber als sie in sein Gesicht schaute, sah sie nur den gewohnt ungerührt starren Blick. »Ruh dich etwas aus«, sagte er. »Morgen früh bin ich wieder da.«

Gegenüber dem Hotel saß der Kirchenbaumeister in einem Café und nippte an einer sehr schlechten Tasse Cappuccino. Das erinnerte ihn daran, dass dieses traditionelle Getränk aus Österreich und nicht aus Italien stammte. Er beobachtete, wie Raymond Fuentes auf den Bürgersteig hinaustrat, seinen Kragen gegen die kalte Nachtluft hochklappte und in Richtung der öffentlichen Parks ging. Harry wartete noch ein wenig, um sicherzugehen, dass der ehemalige CIA-Mann nicht einfach nur eine Runde drehte und die Umgebung überprüfte. Aber nein. Er kam nicht zurück. Vielleicht verfolgte er heute Abend eine andere Mission. Auf jeden Fall hatte er Bethany der Obhut dieser Frau vom britischen Geheimdienst überlassen.

Endlich konnte er mit ihr sprechen.

Harry legte ein paar Geldscheine auf den Tisch und kam nur mit Mühe auf die Beine. Schon seit Wochen wartete er auf diese Gelegenheit. Trotzdem war es noch nicht zu spät. Er würde sich entschuldigen und, da Janice in Sicherheit war, Bethany dazu überreden, ihre Mission abzubrechen und nach Hause zu gehen. Die Senatorin hatte ihm versichert, dass man Bethany nicht weiter strafrechtlich verfolgen würde. Und die Pilatus-Inschrift würde weiter verschollen bleiben, wo immer sie sich befand.

Beim Verlassen des Cafés konnte Harry nur langsam gehen. Der Schmerz war heftig, aber er begrüßte ihn. Er hatte gesündigt, besonders durch seine Überheblichkeit, und der Dorn in seinem Fleisch war genau das, was er brauchte. Er war zu alt und langsam, um einfach über eine verkehrsreiche römische Straße zu sprinten, also ging er zur Straßenecke und dort war es auch, wo Raymond Fuentes ihn am Arm packte und zu einem Auto zerrte.

»Was tun Sie da?«, keuchte der Baumeister, während er versuchte, sich aus dem eisenharten Griff zu winden. »Lassen Sie mich los.«

»Halten Sie den Mund und hören Sie zu.«

»Die Passanten haben gesehen, wie Sie mich gegen meinen Willen ...«

»Ich sagte, Sie sollen den Mund halten.« Fuentes lenkte mit einer Hand und schaffte es mühelos, seinen Gast mit der anderen im Griff zu halten. Er schüttelte Harry zwar nicht durch, aber die dicken, glatten Muskeln seines Nackens waren eine Warnung, dass er dazu durchaus in der Lage war. »Hören Sie gut zu. Ich wiederhole mich nicht gerne. Sie werden dieses Hotel nicht betreten. Sie werden nicht mit ihr sprechen. Sie nehmen das nächste Flugzeug nach Hause. Ende der Botschaft.«

Harry hatte ein wenig von seiner Autorität wiedergefunden. »Es mag Sie vielleicht überraschen, Mr Fuentes, aber Sie haben keinerlei Befehlsgewalt über mich.«

»Nein, das habe ich nicht. Deshalb appelliere ich an Ihr Gewissen. Sie haben dieser jungen Frau genug eingebrockt. Sie ist mutig, und sie ist zäh, und sie ist klug, aber Sie haben ihr ein Leid nach dem anderen zugefügt, genau wie ihrer Freundin Annabelle vor ihr. Sie und Ihre Freunde vom Garten haben eine Menge Blut an den Händen kleben. Sie haben einiges zu verantworten.« Sein Zorn war nicht gespielt, das konnte Harry sehen. Er fuhr sehr schnell, offensichtlich stellte der vertrackte italienische Verkehr keine Herausforderung für ihn dar. »Und wofür? All diese Heucheleien, diese Intrigen, nur um den Glauben zu schützen? Vor was denn? Vor der Wildnis? Sie können nicht ernsthaft befürchten, dass die gewinnen. Nicht, wenn selbst alle Mächte der Hölle der von Gott erbauten Gemeinde nichts anhaben können.«

Doch der Baumeister war ebenfalls zäh und klug und konnte selbst gut zornig werden. »Schöne Worte für einen Mann, der seinen Lebensunterhalt damit verdient hat, Drohnenanschläge gegen Terrorziele anzuordnen. Wie viele Unschuldige sind bei diesen Angriffen ums Leben gekommen, Mr Fuentes?«

»Wir sitzen hier nicht, um unsere jeweiligen Verdienste zu diskutieren. Wir beide sind gleichermaßen mit Sünde beladen. Ich will lediglich sicherstellen, dass Sie Ihren ursprünglichen Fehler nicht noch verschlimmern.«

»Ich versuche ihr zu helfen! Ich bin ihr durch ganz Europa gefolgt!«

Das Auto flog durch einen Kreisverkehr. »Sie ist auf Ihre Hilfe nicht angewiesen. Offen gesagt, wird die Situation jedes Mal nur schlimmer, wenn Sie sich einmischen.«

»Sie haben keine Ahnung von dem Ausmaß an Verantwortung, das ich ...«

Aber Fuentes wollte nichts hören. »Vor ein paar Stunden habe ich zwei Auftragskiller aufgespürt, die Bethany in ihrem Hotel ermorden sollten. Alles nur wegen der Saat, die Sie und Ihre Leute gesät haben. Ich konnte sie zwar aufhalten. Aber was wäre passiert, wenn ich nicht da gewesen wäre? Das ist das Leben, das Bethany Barclay jetzt führt. Das Leben, das Sie und Ihre Leute ihr aufgehalst haben.«

»Deswegen wollte ich mit ihr reden. Ich will sie überzeugen aufzuhören und in die Vereinigten Staaten zurückzukehren.«

»Wenn Sie ihr helfen wollen, Mr Stean, halten Sie sich einfach von ihr fern. Das gilt für Ihre ganze Gruppe. Senatorin Manning. Selbst Richterin Harrigan. Das war der schlimmste Verrat von allen. Sie haben ihre Mentorin gegen sie gedreht, Sie haben den Tod ihrer besten Freundin zu verantworten und haben beinahe auch Janice Stafford getötet. Halten Sie sich fern. Sie haben kein Recht, Bethany Barclay noch mehr zu quälen, nur um Ihr Gewissen zu erleichtern.«

Das Auto bremste abrupt vor dem Hassler Hotel, in dem Harry wohnte.

»Fliegen Sie nach Hause, Mr Stean. Ich werde es erfahren, wenn Sie es nicht tun.«

Noch einmal kratzte Harry seine Würde zusammen. »Drohen Sie mir etwa, Mr Fuentes?«

Das steinerne Gesicht zeigte keinerlei Regung. »Sie sind ein anständiger Mann, Mr Stean. Sie werden das Richtige tun.«

Der Portier half ihm aus dem Wagen. Der Baumeister schaute den roten Rücklichtern hinterher, die schnell im dichten Straßenverkehr verschwanden. Dann wandte er sich ab, um an der Rezeption die Umbuchung seines Rückflugs zu veranlassen.

Am folgenden Nachmittag verließen Raymond Fuentes und Bethany Barclay Italien auf einer Privatjacht. Innerhalb der Europäischen Union gab es zwar keine Passkontrollen mehr, aber mit dem Zug hätten sie Nichtmitgliedsstaaten durchqueren müssen, oder solche, die noch nicht alle Richtlinien erfüllten. Zwischen Italien und Griechenland gab es auch einen schnellen Fährbetrieb, der allerdings mit Passkontrollen einherging. Wie das Leben so spielte, waren sie beide im Besitz gefälschter

Papiere – dank Fuentes Kontakten –, dennoch hätte eine Überprüfung am Grenzübergang irgendwo innerhalb der ausgedehnten Sicherheitsbürokratie die Alarmglocken schrillen lassen. Auf der Jacht wurden sie wieder einmal als Besatzung geführt, ihre Ausweise wurden nur der Form halber überprüft.

»Allerdings darfst du dafür die Toiletten putzen«, sagte Felicia neckend, als sie sich verabschiedeten.

Sie standen ein paar Straßen vom Kai entfernt. »Wirst du großen Ärger bekommen?«, wollte Bethany wissen.

»Ich hätte sowieso Ärger bekommen.«

»Aber wird das hier es nicht noch schlimmer machen?«

»Wahrscheinlich.«

»Warum hilfst du mir dann?«

»Das besprechen wir ein anderes Mal.«

Die Jacht legte ab. Felicia stand winkend am Pier, wie eine Klassenkameradin, von der man sich nach dem Schulabschluss mit »beste Freunde für immer« verabschiedete, in dem Wissen, dass man sie niemals wiedersehen würde.

Während sie ihr Gepäck in den Mannschaftskojen am Heck des Schiffes verstauten, fragte Bethany Fuentes, ob er sich sicher war, dass sie Felicia vertrauen konnten.

Er antwortete ohne zu zögern. »Nein.«

»Warum tun wir das hier dann überhaupt?«

Die Frage schien ihn zu überraschen. »Ich glaube, die Frage solltest du deinem Spiegel stellen.«

»Was soll das heißen?«

»Janice ist in Sicherheit. Soweit ich informiert bin, ist das FBI bereit, alle Anklagepunkte gegen dich fallen zu lassen. Niemand hat irgendetwas gegen dich in der Hand, Bethany. Es steht dir frei, die Suche nach der Pilatus-Inschrift an den Nagel zu hängen.«

Sie machte den Mund auf. Klappte ihn wieder zu. Setzte erneut an. »Ich kann nicht«, sagte sie. »Wenn auch nur die geringste Möglichkeit besteht, dass es sie tatsächlich gibt – dann muss ich sie einfach mit eigenen Augen sehen.«

»Ich weiß.« Der sanfte Ton in seiner Stimme überraschte sie. »Ich freue mich, dass du es auch weißt.« Gerade als er im Begriff war, die winzige Kabine zu verlassen, drehte er sich noch einmal zu ihr um und zog einen Umschlag aus seiner Jackentasche. »Edna hat mich gebeten, dir das hier zu geben. Nur zur Sicherheit.«

Als er weg war, warf Bethany einen Blick hinein.

Und zog das gezackte Foto heraus, das sie über Umwege an Edna Harrigan geschickt hatte. Simon Findrake, vor fünfzig Jahren auf der Weltausstellung in New York. Sie wusste nicht, was sie noch damit anfangen sollte, jetzt wo sich die andere Hälfte wieder in den Händen der Wildnis befand, steckte es aber dennoch in ihre Hosentasche.

Nur zur Sicherheit.

43

»Es könnte sein, dass wir ein Problem haben«, sagt Kenny.

Die Morgensonne malt kunstvolle Muster auf den Teppich, aber die Augen des Lord Schutzherrn sind auf ihren Toast gerichtet. Ihr Mund verzieht sich zu einer angewiderten Schnute. Seltsamerweise ist das Brot in England entweder vollkommen verbrannt oder weich und matschig. Dafür haben sie ganz wundervolle Marmelade, was den Fehler in ihren Augen ausgleicht.

»Reden Sie nicht um den heißen Brei herum«, fordert sie, während sie ein wenig Pfeffer über ihre ofengebackenen Eier streut. »Kommen Sie einfach ohne Getue zum Punkt.«

Ihr Adjutant muss schwer schlucken. Und gleich noch mal. »Ma'am, Morgan hat uns eine dringende Botschaft gesandt. Das Foto, das er in Italien für uns sichergestellt hat, ist nicht das Original.«

Lillian legt ihre Gabel aus Sterlingsilber ab. Laut. Das Zimmer scheint zu erbeben, bevor es wieder stillsteht. Auf einmal spürt sie ihr Alter. »Nicht das Original«, wiederholt sie und sieht ihr Lebenswerk zu Staub zerfallen, so wie auch sie selbst bald zu Staub zerfallen wird.

»Nein, Ma'am. Morgan zufolge handelt es sich definitiv um eine Fälschung. Allerdings um eine sehr gute. Es sieht nicht so aus, als sei das Bild einfach gescannt worden. Jemand hat sich viel Mühe gegeben, damit es echt aussieht, meint Morgan. Wer auch immer dahintersteckt, er hat das Original abfotografiert und das Negativ auf Papier entwickelt, welches sich wie das von 1960 anfühlt, in Wirklichkeit aber viel jünger ist. Der Fälscher ist sogar so weit gegangen, das Datum am Rand nachzuahmen. Selbst die Kerben stimmen mit den Mustern ...«

Sie schneidet ihm mit einer Handbewegung das Wort ab. »Ich verstehe, mein Junge. Ich verstehe.«

Und das tut sie. Sie ist reingelegt worden. So einfach ist das. Annabelle Seaver ist es noch aus dem Grab gelungen, sie hinters Licht zu führen. Reiner Hochmut, sagt sich Lillian streng. Das Foto ist ihnen viel zu leicht in die Hände gefallen. Warum um alles in der Welt soll Annabelle die Aufnahme auch einem Mann anvertrauen, den sie durch diesen Idioten Teddy Bratt hat auskundschaften lassen? Jeder hätte dieser Spur folgen können. Lillian hätte das erkennen müssen. Für ein Mädchen, das zum Schluss wieder Drogen nahm, ist Annabelle erstaunlich gescheit gewesen. Sie hat die Kopie bei Earl Hagopian deponiert, während sie das Original ... nun, einfach irgendwo anders aufbewahrte.

Das Foto ist immer noch irgendwo verborgen, was bedeutet, dass sich die Aufmerksamkeit des britischen Geheimdienstes noch immer auf Lillian richten könnte.

Sie ist sich sehr wohl bewusst, dass ihre Tarnung einer solchen Überprüfung nicht standhalten würde.

Kenny redet mittlerweile weiter und sie braucht einen Moment, um zu begreifen, was er sagt. »Ma'am, Morgan würde gerne wissen, ob er WACHSAM nach Griechenland folgen soll.«

Der Lord Schutzherr starrt ihren Assistenten an. Bildet sie es sich nur ein, oder klingt der Junge eine Spur weniger ehrfürchtig als gestern noch? Wann hat seine Stimme diesen leicht herablassenden Unterton angenommen?

»Auf gar keinen Fall«, sagt sie. »Er soll nichts unternehmen. Absolut gar nichts. Ist das klar?«

»Ja, Ma'am« – auch wenn sein Tonfall *Nein, Ma'am* sagt.

Lillian verspürt den ungewohnten Drang, sich zu erklären. »Er hat uns enttäuscht, mein lieber Junge. Er hat sich von einer Toten übertölpeln lassen. Wir können ihn nicht gebrauchen.«

Kenny lässt sich das durch den Kopf gehen. Ihr gefällt nicht, dass er auf einmal alles durchdenkt. »Wie lauten Ihre Anweisungen an mich?«

»Ich möchte, dass Sie Stavros anrufen und ihm sagen, dass ich sein Haus für ... ach, sagen wir zwei Wochen brauche. Dann teilen Sie Ms Sunderland mit, dass sie packen soll. Geben Sie meinem Piloten Bescheid. Wir fliegen noch heute. Und Vassily soll uns ein paar seiner Männer schicken. Diesmal werden die Bodyguards nicht ausreichen. Wir brauchen Leute, die etwas gewaltbereiter sind.«

»Wie viele Männer soll ich anfragen?«

»Kenny.«

»Ja, Ma'am?«

»Sie sind doch so schlau. Entscheiden Sie das.«

Der Mann, den sie Paramay nannten, saß in seinem Büro in einer der oberen Etagen des grässlichen, modernen Gebäudes, das den Secret Intelligence Service beherbergte. Das Bauwerk, das an einen Geburtstagskuchen erinnerte, lag auf der Albert Embankment am Vauxhall Cross und wurde von Anwohnern oft auch als »Legoland« bezeichnet. Der Raum bot einen Blick auf die Themse, aber im Moment kehrte er der Aussicht den Rücken. Er saß auf einer Ecke seines Schreibtisches. Seine Arme waren vor der Brust verschränkt und der Ausdruck auf seinem Gesicht war unheilvoll.

»Sie haben Sie zweimal verloren, Agent Latif«, sagte er. »Nicht einmal, sondern gleich zweimal.«

Felicia saß steif auf der anderen Seite des Schreibtisches. »Ja, Sir.«

»Erst lassen Sie sie an den Comer See reisen und jetzt haben Sie zugelassen, dass sie auf einer Jacht davonsegelt.«

»Ja, Sir.«

»Zusammen mit Fuentes und diesem Hacker-Mädchen.«

»Ja, Sir.«

»Und wo diese Jacht hinsegelt, können Sie auch nicht sagen.«

»Nicht mit Sicherheit, Sir.«

»Es hat keinen Sinn, mich anzulügen. Sie wissen, dass wir das Schiff verfolgen können.«

»Ich gehe davon aus, dass das eine Weile dauern würde. Es sei denn, Sie bitten die Amerikaner um Satellitenaufnahmen – eine Anfrage, die Sie schriftlich begründen müssten –, deshalb bleibt Ihnen nur, Leute am Kai herumschnüffeln zu lassen, bis sie herausgefunden haben, welche Jacht es war.«

Paramay nickte. »Ich verstehe. Sie halten sich wohl für sehr schlau, Agent Latif.«

»Das wird mir nachgesagt, Sir.«

»Sie scheinen sich ziemlich sicher zu sein, dass ich Sie nicht aus dem Dienst entlasse oder ins Gefängnis bringe.«

»Nicht für Fehlverhalten bei einer nicht genehmigten Operation. Nein, Sir.«

»Warum haben Sie sich dann überhaupt die Mühe gemacht, einen Bericht einzureichen? Ah.« Auf seinem Gesicht zeichnete sich ein leichtes Lächeln ab. »Sie wollen etwas.«

»Ja, Sir.«

»Ich höre.«

»Sir, Fuentes wird jede Form der Observierung bemerken. Es ist uns also in jedem Fall unmöglich, Bethany weiter unter Beobachtung zu halten. Und es bestand auch nicht die leiseste Chance, dass er mich hätte mitkommen lassen.«

»Fahren Sie fort.«

»Mein Rat wäre, einfach abzuwarten. Früher oder später wird Bethany wieder auftauchen, dann mit der Pilatus-Inschrift im Gepäck. In der Zwischenzeit haben wir ein weitaus größeres Problem hier bei uns zu Hause zu lösen.«

»Sie sprechen von Findrake.«

»Niemand sonst hätte Amendola in die Luft gesprengt, nur um uns von einem Gespräch mit ihm abzuhalten.«

Paramay seufzte. »Ich tue, was ich kann, Agent Latif. Ich habe Leute auf ihn angesetzt, die ihn im Auge behalten. Ich lasse sein Telefon abhören. So ist es sehr viel schwerer für ihn, die Gefallen einzufordern, die ihm bestimmte Leute noch schulden. Er steht mehr oder weniger unter Hausarrest.«

»Abgesehen davon, dass Sie ihn nicht dingfest machen können.«

»Nicht offiziell. Nicht, solange dieses Foto nicht auftaucht.« Er warf ihr einen Blick von der Seite zu. »Ich gehe davon aus, Agent Latif, dass Sie keine Ahnung haben, wo es sich befinden könnte?«

»Nein, Sir. Dem Wenigen nach zu urteilen, das Bethany mir von ihrer Reise an den Comer See berichtet hat, glaube ich jedoch, dass es sich in Morgans Besitz befindet.«

»Was zur Folge hätte, dass Findrake weiter unantastbar bleibt.«

»Sir, mein Rat lautet weiterhin abzuwarten. Könnte sein, dass Ihnen das Bild noch in die Hände fällt.«

»Und haben Sie auch eine Grundlage, auf der diese ... Prognose beruht?«

»Vertrauen, Sir. Reines Vertrauen.«

44

Eine Gruft ließ eine Kirche oder ein Kloster vermuten, von denen es in Thessaloniki Hunderte gab, einige davon über tausend Jahre alt. An ihrem ersten Morgen, während die völlig erschöpfte Janice noch im Schlafzimmer der Hotelsuite schlief, saßen Bethany und Fuentes im Wohnzimmer und arbeiteten einen Plan aus. Sie konnten unmöglich jede einzelne überprüfen. Sie mussten die Anzahl eingrenzen.

Die Manuskriptseiten, die Fabiana Cialdini ihnen anvertraut hatte, lagen vor ihnen auf dem Tisch. Genau wie das Wort THESSA, das Bethany auf einen eigenen Zettel gekritzelt hatte und das 7T, aus dem keiner von ihnen schlau wurde.

»Ich weiß immer noch nicht, was das *wie Tertullian hinabgehen* bedeuten soll«, sagte sie. »Ich habe das ganze Internet danach durchsucht.«

»Vielleicht nimmst du es zu wörtlich. Tertullian soll das Konzept der Heiligen Dreifaltigkeit entwickelt haben. Er war zwar nicht der erste der Kirchenväter, der die Heilige Dreifaltigkeit erwähnt – das wird üblicherweise Theophilus zugeschrieben –, aber Tertullians Ausführungen waren am eindeutigsten.«

Bethany schaute ihn erstaunt an.

»Wir haben seine Werke im Priesterseminar studiert«, erklärte er, und hätte ein Mann wie Fuentes beschämt schauen können, dann jetzt. »Tertullian behauptete auch, dass wir ständig im Krieg mit uns selbst stehen. Bei unserer Erschaffung wird die Saat des Guten in uns gesät. Satan versucht sie zu verschleiern, aber die Taufe schenkt uns Einsicht. Die Schlacht tobt um unsere Fähigkeit zu sehen, was Gott in uns gelegt hat.«

Bethany lächelte ein wenig. »Das ist zwar alles sehr interessant, aber ich verstehe nicht, wie uns das weiterhelfen soll.«

Fuentes fuhr eifrig fort. »Nehmen wir an, dass der Verweis auf das Fallen wörtlich gemeint ist«, sagte er. »Also nicht als ein spiritueller Absturz, sondern als ein physischer. Das legt nahe, dass sich die Gruft an einem erhöhten Ort befindet. In einem Hügel oder einem Berg, so was in der Richtung.«

»Es dürfte sich dabei nicht um ein leichtes Gefälle handeln«, meinte

Bethany. »Sonst wäre der Sturz nicht tödlich. Also muss es eine Klippe sein.«

Sie frühstückten von einem Tablett, das mit Aufschnitt, Brötchen, Joghurt und einem warmen Brei aus Weizenschrot gedeckt war, der sich *Frumenty* nannte.

»Es gibt keine Klippen in Thessaloniki«, sagte Janice, die plötzlich im Türrahmen stand. »Hier gibt es nichts Höheres als vielleicht sechzig Meter.« Sie bemerkte den Ausdruck auf ihren Gesichtern. »Was denn? Ich habe irgendwann mal einen Artikel darüber gelesen.«

Während sich die Frauen umarmten, studierte Fuentes die Karte. »Also müssen die Klippen außerhalb der Stadt liegen.«

»Aber wie weit außerhalb?«, fragte Bethany, die sich zu ihm hinüberbeugte, um besser sehen zu können. »Über wie viele Klöster reden wir denn dann?«

Obwohl sich Janice den Mund mit Gebäck vollgestopft hatte, brachte sie dennoch ein Lachen zustande. »Ihr beiden seid echt süß zusammen.«

Bethany zog sich hastig zurück. »Sehr lustig.«

»Wie auch immer, seht ihr das?« Sie hielt die Manuskriptseiten in der Hand. »Warum habt ihr mir die nicht schon früher gezeigt? Ich hätte euch sagen können, was das zu bedeuten hat.«

Sie zeigte auf die Zeile, in der 7T stand.

»Das haben wir schon überprüft«, erklärte Bethany sanft. »Es gibt kein siebtes Kapitel in den Briefen an die Thessalonicher, also fällt das schon mal weg. Und eine Straße, die so heißt, gibt es auch nicht ...«

»Das liegt daran, dass wir nicht in Thessaloniki sein sollten. Wir müssen in Thessalien suchen.«

»Was?«, entfuhr es Fuentes und Bethany gleichzeitig.

»Ich hab's doch gesagt, ihr zwei passt echt gut zusammen.«

»Komm schon, Janice«, sagte Bethany. »Was ist dieses Thessalien?«

»Na, einer dieser altgriechischen Staaten. Wisst ihr eigentlich *überhaupt irgendwas*?«

»Aber warum glaubst du, dass wir dort suchen müssen?«

»Weil Metéora in Thessalien liegt.« Sie schaute von einem verständnislosen Gesicht zum anderen. »Ach, ich bitte euch, Leute. Metéora? Die sieben Klöster von Metéora? Hallo?«

Fuentes verlor die Geduld. »Na schön, dann gibt es dort eben sieben Klöster. Na und?«

»Und bei diesem 7T steht die Sieben für die sieben Klöster und das T noch einmal für Thessalien.«

»Es gibt wahrscheinlich genügend Orte mit ...«

Bethany legte ihm eine Hand auf den Arm. »Lass sie ausreden. So funktioniert ihr Verstand eben. Sprich weiter, Süße. Wie bist du darauf gekommen?«

»Die Metéora-Klöster sind berühmt. Sie sitzen auf diesen zerklüfteten Felsen. Sie wurden so etwa im zehnten oder elften Jahrhundert erbaut und mit Absicht dort oben errichtet, zum Schutz gegen feindliche Horden. Man muss diese kurvenreichen Treppen hochsteigen, um sie zu erreichen. Die sind endlos und führen bis ganz oben auf die Klippen. Und wie es heißt, reicht ein falscher Schritt, um in den Tod zu stürzen.«

Sie mieteten einen Wagen. Fuentes wollte zuerst alleine fahren, aber das wollte Bethany nicht. Sie verlangte, dass er zurückblieb und auf Janice aufpasste, aber das kam für ihn überhaupt nicht infrage und obendrein bekam Janice einen Tobsuchtsanfall. Also quetschten sie sich zu dritt ins Auto. Die Fahrt sollte zwischen zweieinhalb und drei Stunden dauern. Sie würden viele Serpentinen hochfahren, erklärte ihnen der Concierge, auf denen Unwetter über sie hereinbrechen konnten. Alle drei waren sich aber auch der anderen Gefahr bewusst, wegen der sowohl Fuentes als auch Bethany hatten alleine losziehen wollen: Eine steile, verschlungene Straße war der perfekte Ort für einen Überfall.

Ab und zu dachten sie, dass sie verfolgt wurden, und Fuentes fiel ein Helikopter auf, der ihm sichtbar Unbehagen bereitete, aber niemand griff sie an.

»Wir haben es geschafft«, sagte Bethany, als sie den letzten Pass hinauffuhren. Ihr war gar nicht bewusst gewesen, wie verkrampft ihre Finger die Mittelkonsole umklammert hielten. »Wir sind in Sicherheit.«

»Vielleicht«, meinte Fuentes. Er bemerkte ihr erschrockenes Gesicht. »Wahrscheinlich.«

Vor ihnen erstreckte sich ein düsteres, breites Tal. Der Verkehr wurde ganz plötzlich dichter. Sie schlichen hinter einem alten Dodge-Lieferwagen her. Ein Mann mit Helm schlängelte sich auf einer roten Vespa zwischen den Autos hindurch, beachtete sie aber nicht.

»Wir wurden nicht angegriffen«, gab Bethany zu bedenken.

»Vielleicht warten sie in Metéora auf uns«, piepste Janice von der Rückbank. Sie klang eher aufgeregt als besorgt. »Vielleicht wissen sie, wohin wir wollen.«

»Wir können immer noch umkehren«, meinte Fuentes. »Wir können alle Hinweise, die wir bis jetzt haben, den Behörden übergeben und ihnen die Suche nach der Pilatus-Inschrift überlassen.«

Bethany musste an das Opfer denken, das Annabelle gebracht hatte, und an die Spur von Brotkrumen, die sie ihr gelegt hatte; an all die Leben, die die Suche nach der Pilatus-Inschrift gefordert hatte; und an ihr eigenes, verzweifeltes Verlangen, den Beweis mit eigenen Augen zu *sehen*. »Nein. Wir machen weiter.«

»Janice könnte recht haben.« Er warf einen beunruhigten Blick in den Himmel. »Es ist sehr gut möglich, dass die Wildnis am Ziel auf uns wartet.«

»Wir sind zu weit gegangen. Wenn wir jetzt aufgeben, werden wir immer Angst haben, dass sie uns auflauern.«

Ray nickte. »Na, dann auf nach Metéora.«

Janice rieb sich den Bauch. »Ich hoffe, es gibt da einen McDonald's.«

In Metéora angekommen, stellten sie ihren Wagen auf einem Parkplatz ab und wurden sofort von Straßenhändlern belagert, die ihnen Nippes, Decken, Honig und lauter andere Dinge andrehen wollten, die sie nicht brauchten. Sie suchten sich ein Taxi, das sie zum Fuß der Klippe fuhr, und eine Rikscha, die sie noch ein Stück höher brachte. Die Klöster waren nun gut zu sehen, ein jedes von ihnen auf einer eigenen, unfassbar hohen und schmalen Klippe.

»Wo fangen wir an?«, flüsterte Bethany.

Ihr Fahrer hatte sie gehört. »Darf ich Sie fragen, woran genau Sie interessiert sind, Miss?«, fragte er sie in gut verständlichem Englisch, wenn auch mit starkem Akzent.

»Welches der Klöster ist am wenigsten zugänglich?«, fragte Fuentes.

»Sir, jedes der Klöster von Metéora ist zugänglich, manche von ihnen sind allerdings etwas schwieriger zu erreichen.«

Bethany schaute die Straße entlang. Überall drängten sich Menschenmengen; Touristen in Shorts und ärmellosen Shirts, die sich offensichtlich keine Gedanken darüber machten, dass ihre Kleidung die Mönche brüskieren könnte.

»Es gibt nur sieben Klöster«, sagte Fuentes. »Ich nehme an, dass wir sie uns alle ansehen könnten.« Er klang abwesend. Als Bethany seinem Blick folgte, sah sie einen Helikopter. Und ihr wurde klar, dass er sich wie sie auch fragte, ob es derselbe war.

Janice meldete sich zu Wort: »Gibt es ein Kloster, in das man nur einzeln eintreten kann?«

Der Führer drehte sich verwirrt zu ihr um. »Miss?«

»In das jeweils nur eine Person rein darf?«

»Nein, Miss. Die Mönche sind Touristen gewöhnt.«

Doch Janice gab nicht so schnell auf. »Da! Welches Kloster ist das?«

Alle Augen folgten ihrem ausgestreckten Finger. Auf einer Klippe in einiger Entfernung zu den anderen stand ein weiteres Kloster mit Ziegeldach und Türmchen.

»Miss, das ist das Kloster St. Theodor Tiron. Touristen haben dort keinen Zutritt.«

»Sie sagten doch, alle Klöster seien zugängig«, warf Bethany ein.

»Ja, Miss. Aber Sie fragten mich nur nach den Klöstern von Metéora. St. Theodor gehört nicht wirklich zu ihnen. Die Mönche dort leben sehr zurückgezogen.«

Fuentes schaute durch sein Fernglas. »Und was ist das da?« Wieder schauten alle. Ein unscharfer grauer Fleck bewegte sich von der Plattform eines angrenzenden Hügels zum Berggipfel.

»Sir, das ist die Seilbahn. Die Mönche von St. Theodor halten sich an eine sehr alte Vorschrift. Nur zweimal im Jahr zu den Tagundnachtgleichen im März und September öffnen sie die Klostertore. Zu jeder anderen Zeit muss man die Seilbahn nehmen, wenn man dorthin will.«

»Wie hoch ist die Seilbahn?«, fragte Bethany.

»Miss, das Kloster liegt auf vierhundert Meter. Das sind etwa dreizehnhundert Fuß nach amerikanischem Längenmaß.« Da er ihre Nachfrage als Angst fehlinterpretierte, wählte er seine nächsten Worte mit Bedacht. »Miss, die Seilbahn ist wirklich sehr sicher. Allerdings empfangen die Mönche nicht jederzeit Besucher. Außerdem könnte nur einer von Ihnen in der Seilbahn fahren. Zwei Personen sind nicht zugelassen.«

»Es ist eine Ein-Mann-Seilbahn?«

»Ja, Miss. Nur für eine Person. In früheren Zeiten gab es eine Vorrichtung, die den Mönchen erlaubte, den Boden der Seilbahn während der Fahrt zu öffnen, sodass Feinde auf diesem Weg nicht ins Kloster kamen. Natürlich hat die Regierung solche Vorrichtungen mittlerweile verboten.«

Sed unus homo potest. Aber nur ein Mensch kann es tun.

Et impium judicabit ceciderit. Und die Frevelhaften sollen fallen.

Sie hatten die *Crypta* gefunden.

»Sie sind in Metéora«, sagt Kenny. »Die Sichtung wurde bestätigt.«

Der Lord Schutzherr nickt. Sie und Melody sitzen beim Tee und so ist ihre Antwort auch an Melody gerichtet. »Manchmal muss man seiner Beute einen kleinen Vorsprung lassen, meine Liebe. Natürlich läuft man so Gefahr, dass sie entkommen könnte, aber dafür ist der potenzielle Gewinn beachtlich.«

»Glaubst du, dass die Pilatus-Inschrift dort versteckt ist?«

»Sie scheinen auf jeden Fall davon überzeugt zu sein.«

Sie sitzen auf der Veranda eines eleganten, weiß getünchten Hauses am Stadtrand von Katerini, im Zufluchtsort eines Großindustriellen, das sie sich für diesen Anlass ausgeliehen haben. Hinter der Steinmauer funkelt die Ägäis kristallblau. Der größte Teil des Hauspersonals ist für die Zeit ihres Aufenthalts auf bezahltem Urlaub. Nur zwei Zimmermädchen und der Koch durften bleiben. Lillian Hartshornes Reisegesellschaft besteht aus acht Personen: sie selbst, Melody und Kenny, einem Kommunikationsexperten und vier bewaffneten Wachen.

Nur für den Fall, dass Findrake auf irgendwelche Ideen kommt.

Kenny hat sich zurückgezogen und die zwei Frauen sind wieder allein.

»Warum sitzen wir immer noch hier?«, will Melody wissen.

»Weil wir Tee trinken, meine Liebe.«

»Sollten wir nicht auf dem Weg nach Metéora sein?«

Ein seltenes Lächeln verzerrt die papierartigen Lippen des Lord Schutzherrn. »Unsere Arbeit lässt sich nicht ohne ein gewisses Maß an Geduld tun.«

»Mag sein, aber wenn sie entkommen ...«

»Sie werden nicht entkommen. Das wird Findrake niemals zulassen.«

Melody setzt ihre Tasse abrupt ab. »Er ist dort?«

»Oh nein, meine Liebe, nein. Das bezweifle ich sehr. Die Briten haben ihn praktisch unter Hausarrest gesetzt. Aber Findrake ist gerissen. Er wird sie irgendwie an der Leine halten. Dessen bin ich mir ganz sicher.«

»Aber ...«

»Mach dir keine Gedanken, meine Liebe. Wir werden uns schon bald auf den Weg machen. Aber zuerst wollen wir unseren Tee wie zivilisierte Leute beenden.« Sie reicht ein silbernes Tablett herüber. »Nimm dir noch einen Keks, Liebes. Sie sind zwar von hier, aber dennoch recht schmackhaft.«

Wie sich herausstellte, konnten sie die angrenzende Klippe ein Stück weit hochfahren. Als es nicht mehr weiterging, stiegen sie aus und liefen zu Fuß weiter.

Die Seilbahnstation war ein kleines Steingebäude mit einer schweren, verschlossenen Eisentür. Ein bärtiger Mönch unbestimmten Alters musterte sie durch ein kleines Gitter. Er und der Reiseführer unterhielten sich kurz, allerdings verlief das Gespräch ganz offensichtlich nicht besonders positiv.

»Miss, er sagt, das Kloster empfängt keine Touristen.«

»Bitte sagen Sie ihm, dass wir keine Touristen sind«, sagte Bethany.

»Miss, er sagt, Sie müssen den Weg zum Tor nehmen und dort warten.«

»Aber das Tor wird erst wieder im September geöffnet.«

»Miss, er sagt, sie müssen warten.«

Das Fenster wurde zugeschlagen.

»Lassen Sie mich mit ihm reden«, meinte Fuentes.

»Nein«, rief Bethany.

Er bemerkte ihren Gesichtsausdruck. »Du steigst auf keinen Fall alleine in dieses Ding.«

Sie zog ihn beiseite. »Genau das werde ich aber tun. Nur einer von uns kann dort hinauf und ich weiß genau, wonach ich suche, bis aufs letzte Detail. Du nicht. Außerdem musst du dich um Janice kümmern, sollte irgendetwas schiefgehen. Bring sie sicher hier raus. Zurück in die Vereinigten Staaten.«

»Bethany, bitte. Es ist gefährlich ...«

»Spiel jetzt bloß nicht den Macho. Ich muss gehen. Du weißt, dass ich recht habe.«

Plötzlich stand Janice neben ihnen. Ihre dunklen Augen waren vor Angst weit aufgerissen. Doch ihre Stimme war fest und entschlossen. »Sie hat recht, Mr Fuentes. Sie muss allein gehen.«

Fuentes schüttelte den Kopf. Er wies auf die Tür. »Selbst wenn ich das zulasse, er wird dich nie einlassen.«

»Doch, das wird er.« Sie wandte sich wieder an ihren Reiseführer. »Bitte klopfen Sie noch einmal.«

»Miss, wir sollten gehen.«

»Nein, noch nicht.«

»Es tut mir leid, Miss. Die Mönche werden Sie nicht empfangen.«

»Klopfen Sie noch mal.«

»Miss ...«

»Tun Sie es einfach, bitte.«

Der Reiseführer sah sie an und tat hastig, wie ihm geheißen. Der Mönch öffnete das Sichtgitter und knurrte erbost. Bevor der Reiseführer übersetzen konnte, trat Bethany an die Tür.

Der Mönch starrte sie empört an und war im Begriff, das Gitter wieder zuzuschlagen.

Ziemlich laut sagte sie: *»Sed unus homo potest.«*

Der Mönch flüsterte etwas.

»Miss, er sagt, Sie sollen das noch mal sagen.«

»Sed unus homo potest.«

Der Mönch wandte sich an den Führer, blaffte ein paar kurz angebundene Sätze und schloss das Gitter.

»Miss, er sagt, Sie dürfen hinauf. Allerdings ist es Frauen nicht gestattet, Hosen im Kloster zu tragen. Sie müssen einen langen Rock anziehen.«

»Ich hab leider keinen dabei.«

Doch der Führer war für Sarkasmus unempfänglich. »Miss, wie Sie sehen können, ist die Gondel auf dem Weg nach oben. Der Bruder wird Ihnen passende Kleidung aus dem Kloster holen. Einen langen Rock und ein langärmeliges Oberteil.«

»Wo soll ich mich denn hier bitte umziehen?«

»Miss, Sie ziehen die Sachen einfach über die Kleidung, die Sie bereits tragen.«

Es dauerte über eine Stunde, bis die Gondel zurückkehrte. In dieser Zeit flog der Helikopter zweimal über sie hinweg.

»Ihr solltet nicht auf mich warten«, sagte Bethany. »Ihr könnt nach Anbruch der Dunkelheit nicht mehr auf diesen Straßen unterwegs sein. Wer weiß, was sonst passiert?«

»Ich mache mich schon halb verrückt, weil ich dich alleine da hochlasse, da werde ich mir nicht auch noch den Rest geben, indem ich dich komplett im Stich lasse.«

»Ich mache mir Sorgen um Janice ...«

»Ich auch«, mischte sich Janice ein. »Und Janice bleibt hier.«

Bethany schüttelte den Kopf. »Hier oben gibt es keinen Empfang. Ihr könnt hier noch nicht mal Hilfe rufen.«

Fuentes ließ sich nicht beirren. »Und du kannst uns nicht anrufen, wenn du in Schwierigkeiten steckst. Wir werden auf keinen Fall gehen. Und wenn du nicht in angemessener Zeit wieder da bist, werde ich zu diesem Tor fahren und es mit dem Wagen aufbrechen.«

»Ich auch«, sagte Janice.

Der Mönch öffnete die Tür. Er reichte ihr Rock und Pullover aus schwerer Wolle und schaute teilnahmslos zu, wie sie die Sachen über ihre eigene weite Kleidung anzog, um dann das Ergebnis mit kritischen Augen zu prüfen.

Er nickte.

Bethany wandte sich Fuentes zu. Dieses Mal nahm sie tatsächlich seine Hand.

»Du bist ein guter Mann«, sagte sie. »Kümmere dich um sie.«

»Und du kümmerst dich bitte um dich.«

»Miss, er sagt, wir müssen uns beeilen«, sagte der Führer. »Sonst ändert er noch seine Meinung.«

Sie wollte noch etwas sagen, überlegte es sich dann aber anders und küsste Fuentes auf die Wange. Dann drehte sie sich um und verschwand schnell durch die Tür. Der Mönch zeigte ihr, wie sie in die Gondel einsteigen sollte, und schob den Sicherungsriegel vor.

Er gab ihr außerdem noch ein paar mahnende Worte mit auf den Weg.

Der Führer übersetzte. »Miss, er sagt, Sie sollen auf der Bank sitzen bleiben, da Sie sonst fallen könnten. Er sagt, Sie dürfen keinen der Ordensbrüder ansprechen, es sei denn, Sie werden zuerst angesprochen.«

»Ist das eine spezielle Regel nur für Frauen?«, fragte sie, doch keiner der beiden Männer hörte es, da der Mönch einen Hebel betätigte und sich die Seilbahn schaukelnd in Bewegung setzte, angetrieben von der Schwerkraft.

Während die Gondel nach unten fuhr – um auf halber Strecke durch ein Gegengewicht wieder in die Höhe gezogen zu werden –, widerstand Bethany dem Drang, sich umzudrehen und einen letzten Blick auf Fuentes und Janice zu werfen. Die Gondel schaukelte. Instinktiv stützte sie sich zu beiden Seiten mit den Händen ab, obwohl das sinnlos war. Wenn die Gondel abstürzte, dann stürzte sie ab. Besser dieser Tod als der von Annabelle; oder der von Grant Apple oder Adrian Wisdom oder Elliott St. John oder der irgendeiner der anderen.

Dennoch schaute sie nicht nach unten.

An Ihrer Stelle würde ich in der Zwischenzeit weiter nach der Pilatus-Inschrift suchen. Das ist die einzige Absicherung, die Ihnen bleibt. Passen Sie nur auf, dass Sie es lebend ans Ziel schaffen.

Der Rat eines Auftragsmörders.

Und der Mann, den sie Morgan nannten, hatte recht. Die Inschrift zu finden, war der einzige Weg, mit dem sie sich ihre Sicherheit auch langfristig erkaufen konnte. Und die von Janice.

Jetzt drehte sich Bethany doch noch um. Sie konnte nicht anders. Selbst aus der Entfernung konnte sie erkennen, dass Janice ihren Kopf in Fuentes Schulter vergraben hatte. Er wiederrum hatte einen starken Arm um das Mädchen gelegt, doch seine Augen waren auf die Gondel der Seilbahn gerichtet. Er winkte nicht. Sie winkte nicht zurück.

Die Kabel quietschten und gaben unter der Last der Gondel nach, und die leichteste Brise brachte sie so ins Schaukeln, dass Bethany zu fürchten begann, ein Windstoß könne sie komplett auf den Kopf drehen. Aber selbst während sie sich verzweifelt festklammerte, ließ Bethany die einzigen beiden Freunde, die sie auf dieser Welt hatte, nicht aus den Augen, bis sie von dem blauen Nebel verschluckt wurden.

45

Acht schwindelerregende Minuten später schleifte die Gondel durch die Pforte in das Kloster St. Theodor Tiron, wo sie stotternd zum Stillstand kam. Bethany versuchte die Tür zu öffnen, allerdings ohne Erfolg. Ein Mönch, der einiges jünger wirkte als sie, hantierte an den Riegeln herum und hielt ihr dann die Tür auf. Er trug den *Rasson* und den farbenfrohen *Analavos,* die bei den Mönchen des Großen Schemas üblich waren.*

»Schicken Sie die Gondel nicht zurück«, sagte sie sofort.

Der junge Mönch sah sie entsetzt an, und Bethany wurde bewusst, dass sie schon nach fünf Sekunden gegen die einzige Regel verstoßen hatte, an die sie sich laut dem älteren Mönch am anderen Ende der Strecke hätte halten sollen.

»Die Gondel bleibt, wo sie ist«, erwiderte er unhöflich und mit amerikanischem Akzent. »Sie bleibt hier, bis Sie wieder damit abreisen. Was bald sein wird, wie ich hoffe.« Er bemerkte ihren Gesichtsausdruck. »Ich bin aus Queens.«

Der Raum, in dem sie standen, war klein und wurde größtenteils durch die Maschinerie und die Gegengewichte der Seilbahn eingenommen. Ein schmaler Gang führte zum Kloster selbst und ihr wurde klar, dass der Raum konzipiert worden war, um mögliche Angreifer besser abwehren zu können.

»Was wollen Sie hier?«, fragte der Mönch Bethany.

»Ich würde gerne die Krypta besichtigen«, erklärte sie.

»Wir haben mehrere Krypten. Besuchern ist der Zutritt nicht gestattet.«

»In dieser Krypta wird eine Reliquie aufbewahrt.«

»Wir haben auch mehrere Reliquien.«

---

* Das Große Schema ist die höchste Stufe der drei monastischen Ränge der orthodoxen Kirche. Schemamönche und -nonnen tragen zusätzlich zu ihrer Robe (griechisch: Rasson) einen Schulterumhang (griechisch: Analavos), der auch vorne weit nach unten reicht und reich mit liturgischen Symbolen bestickt ist.

Ihr wurde klar, dass er wartete. Er wartete darauf, dass sie die richtigen Worte sprach, so wie unten an der Seilbahnstation.

Also bot sie ihm den einzigen lateinischen Satz an, den sie kannte: *»Et impium judicabit ceciderit.«*

Der Mönch wich einen Schritt zurück. Seine Kutte streifte auf dem Steinboden. »Und Sie sind nicht gefallen. Was aber nicht beweist, dass Sie tugendhaft sind.« Er schob seine Hände in die Ärmel, sodass es aussah, als bestünden sie aus einem durchgängigen Schlauch. »Wo haben Sie diese Sätze gelesen?«

»In einer Schriftrolle aus dem vierzehnten Jahrhundert.«

»Was wollen Sie in unserer Krypta?«

Ihr Gefühl sagte ihr, dass sie nicht lügen durfte. »Es gibt eine alte Steintafel, hinter der eine Menge Leute her sind. Einige Menschen haben auf der Suche nach ihr sogar ihr Leben verloren. Ein Mann namens Adrian Wisdom behauptet, dass sie hier ist. In einer Ihrer Krypten.«

Der Mönch wirkte amüsiert. »Das war sein echter Name? Wisdom?«

»Ja.« Sie zögerte. »Er ist gestorben. Wahrscheinlich, damit er nicht offenbaren konnte, wo die Tafel versteckt ist.«

»Preisgeben.«

»Wie bitte?«

»Nur Gott kann etwas offenbaren. Menschen können höchstens etwas preisgeben.« Während sie sich diese sprachwissenschaftliche Unterscheidung durch den Kopf gehen ließ, fuhr er fort: »Wenn viele Leute auf der Suche nach ihr sind, dann muss Ihre Tafel sehr wertvoll sein.«

»Soweit ich weiß, ja.«

»Versuchen Sie sie deshalb zu finden? Wegen des Geldes?«

»Nein.«

»Sind Sie Wissenschaftlerin?«

»Nein.«

Ratlosigkeit. »Sind Sie dann vielleicht eine Suchende? Brauchen Sie die Tafel als Bestätigung Ihres Glaubens? Denn wenn Ihr Glaube auf von Menschen geschaffene Beweise angewiesen ist, dann ist Ihr Glaube wahrlich schwach.«

Sein Tonfall war ganz sachlich, aber die Worte trafen sie wie ein Schlag ins Gesicht. »Ich weiß nicht, warum ich immer noch danach suche«, antwortete sie schließlich, überrascht, die Wahrheit ihrer eigenen Worte zu entdecken. »Ich kann nicht sagen, was mich antreibt. Ich weiß einfach, dass ich sie mit eigenen Augen sehen muss.«

»Sonst?«

Bethany schüttelte den Kopf. »Ich weiß es nicht.«

Der junge Mönch schien noch verwirrter als zuvor zu sein. »Warten Sie hier, bitte.«

Er trat in den Durchgang, der von einem schweren Eisentor geschützt wurde, das allerdings aussah, als stünde es schon seit Jahren, wenn nicht Jahrhunderten offen. Dem Fremdenführer zufolge war der Bau des Klosters in der Mitte des dreizehnten Jahrhunderts abgeschlossen worden. Sie fragte sich, wie lange es her sein musste, dass die Mönche sich wirklich um Angriffe von außen hatten Sorgen machen müssen.

Sie warf einen Blick zurück. Die Kabel summten im stürmischen Wind. Die Seilbahnstation war im dichten Nebel verschwunden. Sie hatte keine Ahnung, was aus Fuentes und Janice geworden war, ob sie noch immer darauf warteten, dass sie zurückkehrte, oder bereits mit dem Auto auf dem Weg zum Klostertor waren.

Bethany wurde bewusst, dass sie ihre Reise genauso beendete, wie sie sie vor so langer Zeit in Virginia begonnen hatte: allein.

Der junge Mönch war zurück.

»Bitte geben Sie mir Ihr Handy. Bevor Sie gehen, bekommen Sie es zurück.« Er hatte seine blasse Hand ausgestreckt. Sie reichte ihm ihr Wegwerfhandy. »Folgen Sie mir. Und sprechen Sie keinen der Ordensbrüder an.«

»Das werde ich nicht.«

»Wie heißen Sie?«

Sie setzte zu einer Lüge an, besann sich dann aber eines Besseren. »Barclay. Bethany Barclay.«

»Nun, Bethany Barclay. Willkommen im Kloster St. Theodor Tiron. Ich bin Bruder Gabriel und bereit, Ihnen unsere Krypten zu zeigen. Jedoch haben Sie nur eine Stunde Zeit.«

»Das ist vielleicht nicht genug.«

»Dann wählen Sie Ihre Anliegen mit Bedacht. In einer Stunde beginnt die Abendmesse, bis dahin müssen Sie wieder in der Gondel sitzen.«

Er führte sie durch den Gang in eine große Vorhalle. Durch die hohen Fenster drang Licht herein. Eine breite Treppe führte nach unten. Leuchtstoffröhren leuchteten in zweckmäßigen Messingfassungen, aber nirgends gab es die touristische Ausstattung, mit der einige der anderen Klöster angeblich aufwarten konnten – keine Souvenirläden, keine Postkarten, keine T-Shirts – und die drei oder vier Mönche, die den fliesenverzierten Boden überquerten, strahlten eine ruhige Disziplin aus. Jeder von ihnen schritt zielgerichtet. Sie wussten genau, wo sie hinwollten.

»Warum helfen Sie mir?«, fragte sie irgendwann.

»Wobei helfen?«, antwortete er.

Einen Moment später hatten die beiden die Vorhalle hinter sich gelassen und traten in den Innenhof hinaus. Entlang der Wege des gepflegten Gartens herrschte ein wahrer Aufruhr an Farben. Hinter einer niedrigen Umzäunung waren Dattelpalmen von Wildblumen umringt. »Innerhalb unserer Mauern befinden sich drei Kirchen«, erklärte er. »Eine wird aufgrund der schweren Schäden, die sie im Laufe der Jahrhunderte erlitten hat, nicht mehr genutzt. Eine weitere wird gerade saniert. Es gibt auch eine kleine Kapelle, dort drüben. Und wenn Sie nach links schauen, sehen Sie die Straße, die hinunter zum Haupttor führt. Die Straße ist etwa drei Kilometer lang, und auf halber Strecke liegt unser Bauernhof.«

»Ich nehme an, dass Sie sich hier oben selbst versorgen.«

»Das gebieten unsere Ordensregeln, ja.«

»Ich dachte immer, in der griechisch-orthodoxen Kirche gäbe es keine getrennten Orden.«

»Dennoch führen wir nicht alle den gleichen Lebensstil.« Sie stiegen nun eine schmale Wendeltreppe hinab. »Laut der Überlieferung war St. Theodor Tiron ein Soldat, der im vierten Jahrhundert bei lebendigem Leibe verbrannt wurde, weil er darauf bestand, zu Jesus Christus zu beten, anstatt den heidnischen Göttern zu huldigen. Deswegen führen die Mönche von St. Theodor ein sehr strenges Leben. Wir ziehen Gläubige an, die ein Leben außerhalb des Zeitgeists anstreben.« Die Wände waren mit Fresken verziert, von denen viele Theodor darstellten, einige mit Speer, andere mit dem für die Märtyrer üblichen Kranz auf dem Haupt. »Sie denken wahrscheinlich«, sagte er, als sie die untere Halle erreichten, »dass es nur wenige Ordensbrüder meiner Generation gibt.«

»Könnte man denken«, murmelte sie, aber ihr neckender Unterton schien Gabriel zu entgehen.

»Wir lassen nur sehr wenige Besucher ins Kloster. Manche werden eingelassen, weil wir mit ihnen Geschäfte machen. Manche suchen hier eine Weile Zuflucht von der Welt. Eine Zeit des Gebets und der Meditation. Manche wollen bleiben und wir gestatten es einigen nach gründlicher Prüfung, allerdings muss jeder von ihnen eine Erklärung unterzeichnen, dass er sich während seines Aufenthalts an unsere Regeln hält.«

»Und wenn er seine Meinung ändert?«

»Dann muss er warten, bis sich das Tor öffnet. Auch das ist Teil der schriftlichen Vereinbarung.«

»Ich kann mir nicht vorstellen, dass diese Vereinbarung juristisch haltbar ist«, sprach die Anwältin aus ihr.

Gabriel wollte etwas erwidern, riss aber den Kopf hoch und kniff die Augen zusammen. Eine Sekunde später hörte auch sie das Geräusch, das seine Aufmerksamkeit erregt hatte.

Ein Helikopter.

»Wir sollten uns beeilen«, sagte sie.

Kein Grund zur Sorge, sagte sich Bethany, als sie den unteren Hof überquerten. *Das können Touristen sein oder ein Filmteam. Die Polizei auf Streife. Ein reicher Investor auf dem Weg zu seinem Schloss.* Es gab viele Möglichkeiten neben der wahrscheinlichsten.

Sie standen im Eingang der kleinen Kapelle, in der zwei Mönche beteten.

»Bitte starren Sie sie nicht an«, sagte Gabriel, der sie den Seitengang hinunterführte. In den Nischen standen Heiligenstatuen. Obwohl sie sich bemühte leise zu gehen, klangen ihre Schritte auf den farbenfrohen Bodenfliesen seltsam laut. Sie erreichten ein Eisentor, das Gabriel mit einem Schlüssel aufschloss. Das Metall kreischte, als es über die Fliesen schleifte.

»Die Krypten«, sagte er.

Sie duckten sich unter einen niedrigen Bogen aus Ziegelsteinen. Der Raum dahinter war sehr klein und seltsam still. Nur wenige Meter weiter stand ein weiteres Tor offen. Sie sah eine Treppe, die in die Dunkelheit führte.

»Was jetzt?«, fragte sie, da Gabriel regungslos an Ort und Stelle verharrte. Er hatte den Kopf geneigt und lauschte wieder. Sie konnte nichts hören, aber einem Mönch, der Jahre in diesen stillen Hallen zugebracht hatte, würde jedes ungewohnte Geräusch sofort auffallen. Sie versuchte es erneut: »War Adrian Wisdom bis hierher gekommen?«

»Ich sagte Ihnen bereits, der Name sagt mir nichts.«

»Fragen viele Besucher nach einer Führung in die Krypten?«

»Besucher haben keinen Zutritt zu den Krypten.«

»Was mache ich dann hier?«

Er starrte sie an. Die Intensität seines Blicks war beunruhigend und die Angst, die sie bisher unterdrückt hatte, stieg langsam in ihr hoch. »Haben Sie mich erwartet?« Keine Reaktion. »War Annabelle etwa schon hier? Annabelle Seaver? Oder Grant Apple?«

»Mein Abt hat mich angewiesen, Ihnen behilflich zu sein«, sagte er. »Ich kenne keinen dieser Leute.« Er wischte ihren Einwand mit einer Bewegung seiner Hand weg. »Die Krypten sind sehr alt, Bethany Barclay. Viele Decken sind nicht gut abgestützt. Dort unten ist es gefährlich. Wollen Sie trotzdem hinuntergehen?«

»Ich habe keine andere Wahl.«

Gabriel nickte. »Ich kann Ihnen nicht sagen, ob Sie Ihre Tafel finden werden oder nicht. Die Sammlung wurde nicht sonderlich gut betreut. Es gab eine Zeit vor vielen Hundert Jahren, als die Mönche von St. Theodor viele Hundert Kilometer weit reisten, um Schriftrollen und Steinbilder aus der Zeit Christi zusammenzutragen. In jenen Tagen wurden die Klöster von reichen Gönnern unterstützt. Doch diese Gönner gibt es schon lange nicht mehr, und so ist auch der Eifer der Suche erloschen. Unser Glaube beruht nicht auf verstaubten Reliquien, Bethany Barclay. Und das sollte der Ihre auch nicht.«

»Ich verstehe.«

»Sie tragen viele Lasten mit sich, Bethany Barclay. Lasten im Herzen. Lasten im Glauben. Bitte seien Sie dort unten vorsichtig. Kommen Sie nicht vom Weg ab. Ich hoffe, Sie finden, wonach Sie suchen. Und ich hoffe, dass es Ihnen Frieden bringt.«

»Sie werden mich nicht begleiten?«

»Meine Anweisung lautet ...«

Plötzlich wurde das Dröhnen des Helikopters sehr laut. Er musste direkt über der Kapelle schweben.

»Sie müssen das Kloster räumen«, sagte sie. Noch immer rührte er sich nicht. »Ich glaube nicht, dass die Leute in dem Helikopter Ihnen etwas antun werden, wenn Sie sich Ihnen nicht in die Quere stellen.«

»Dieses Kloster hat sich seit über achthundert Jahren einer Invasion widersetzt.«

»In diesem Fall handelt es sich aber nicht um eine Invasion mit Schwertern und Speeren.«

Er deutete zur Tür am anderen Ende des Raumes. »Sie haben noch fünfundvierzig Minuten. Sie müssen los.«

»Ich glaube ...«

»Fünfundvierzig Minuten. Zur Abendmesse wird das Tor der Kapelle verschlossen. Bis morgen früh wird sie niemand mehr betreten. Nehmen Sie meine Taschenlampe.«

»Ich glaube, Sie sollten schnellstmöglich verschwinden.«

»Wenn Sie zurückkommen, werde ich hier auf Sie warten.«

Irgendwie bezweifelte sie das.

46

Bethany stieg die Treppe hinab. In der Nähe des Eingangs hingen noch Lampen an der Wand, aber sobald die Stufen einen Kreis vollendet hatten, war sie auf die Taschenlampe angewiesen. Ihrer eigenen Einschätzung nach stieg sie zwei Stockwerke hinab, bis sie das Ende erreichte. Sie stand nun in einem aus Ziegelsteinen gemauerten Tunnel mit Steinboden, und während das Licht der Taschenlampe über die Risse und Spalten in den Wänden wanderte, fragte sich der analytische Teil ihres Gehirns, wie viele Tonnen Gestein gerade über ihrem Kopf schwebten.

Sie schauderte, stürzte jedoch voran, während sie die Geräusche ignorierte, die in der Dunkelheit flüsterten. Sie duckte sich unter einem Gewölbebogen hindurch, als das Licht ihrer Taschenlampe auf einen Lichtschalter fiel. Sie legte ihn um und schaltete damit zwei vergitterte Glühbirnen an. Zwei weitere waren durchgebrannt. Sie stand in einer Kapelle, komplett mit Altar, auch wenn ihrer Schätzung nach hier nicht mehr als sechs Betende Platz hatten. Der Raum sah aus, als sei er seit hundert Jahren nicht mehr gereinigt worden. Sie nahm an, dass die Mönche hier Andacht halten konnten, sollten sie jemals gezwungen werden, in den Untergrund zu gehen.

Und sie fragte sich erneut, wer oben in dem Helikopter saß.

Auf der anderen Seite der Kapelle wartete ein weiterer Durchgang. Die Luft war kühler, eine leichte Brise wehte, und als ihre Taschenlampe in die Richtung leuchtete, kam sie zu dem Schluss, dass es hier unten Belüftungsschächte geben musste. Ein dünner Strom grauen Wassers rann am Fuß der Mauer entlang. Irgendwo ächzte und rumpelte es, was sie wieder an das Gewicht zusammengepresster Erde und alten Gesteins über ihrem Kopf erinnerte.

Sie stolperte, fiel aber nicht hin. Drei Stufen weiter und sie stand im nächsten Raum. Die Decke war höher. Der Raum war von den gleichen fremden Geräuschen erfüllt, aber an den Wänden standen flache Steinkisten. Manche waren beschriftet, anscheinend mit Namen und Datumsangaben. Viele von ihnen zeigten Risse, wahrscheinlich eine Folge des sich setzenden Gemäuers, und einige waren im Laufe der Zeit zerbröckelt, sodass sich ihr Inhalt über den ganzen Boden verteilt hatte. Sie brauchte einen Moment, bis ihr klar wurde, dass die Kisten Sarkophage waren, und die Haufen staubigen Schutts die Überreste menschlicher Skelette.

Eine Grabkammer.

Die in den Wänden eingelassenen Grabsteine gaben Auskunft über Namen und Todesdaten, nicht aber Geburtsdaten. Der Raum war sehr lang. Die Datumsangaben stammten alle aus dem achtzehnten Jahrhundert oder später.

Offensichtlich waren hier nicht alle Mönche beigesetzt worden.

Ein weiteres Tor und Bethany stand in einem Beinhaus. Hier gab es keine Grabsteine, nur Reihen von Totenköpfen auf Regalen, die ins Licht der Taschenlampe grinsten.

Bethany taumelte.

Sie hätte Janice und Ray mitnehmen sollen.

Dann korrigierte sie sich. Man hätte ihnen den Zutritt ins Kloster niemals gewährt. Nur einer durfte gehen. Das war sie. Die Mönche hätten eine Gruppe von drei Personen abgewiesen ...

Aus dem Gang hinter ihr drang ein Schleifen an ihr Ohr. Sie wirbelte herum, und die Totenköpfe leuchteten im Licht der Taschenlampe auf.

Stille. Keiner da.

Sie wartete.

Nichts.

Etwas.

Ein Schritt? Der Wind? Sie konnte es nicht sagen. Sie warf einen Blick auf ihre Uhr und stellte entsetzt fest, dass bereits achtzehn Minuten vergangen waren. Ihr blieb weniger als eine halbe Stunde.

Zur Abendmesse wird das Tor der Kapelle verschlossen.

Sie musste sich beeilen.

Ein weiteres Beinhaus. Ein weiterer Gang. Eine weitere Kapelle. Dann endete der Tunnel ganz plötzlich in einem riesigen Raum. Die Decke wurde von bröckelnden Säulen gestützt und für einen schrecklichen

Moment stand sie wieder in der Gruft von St. Edmund und schaute zu, wie Grant Apple starb.

»Reiß dich zusammen«, sagte sie laut. »Du musst dich konzentrieren.«

Vor ihr lagen drei Bogengänge mit jeweils einer Treppe, die weiter nach unten führte. Sie wusste, dass die Zeit nur reichte, um eine davon zu erkunden. Die Stille konnte sie nicht täuschen. Sie war hier unten nicht allein.

Drei Bogengänge, alle mit Symbolen gekennzeichnet, die in den Schlussstein gemeißelt worden waren. Der Gang ganz links war mit drei verschlungenen Bögen oder Halbkreisen markiert worden. Aus einem ihrer Seminare in Oxford erinnerte sie sich, dass dieses Zeichen als »Triqueta« bekannt war und die Heilige Dreifaltigkeit symbolisierte. Am Gang in der Mitte prangte das Wappen St. Theodors, der Speer und der Kranz. Über dem Gang rechts war ein Taufbecken abgebildet.

Du musst im Sinne Tertullians hinabgehen.

Jetzt wünschte sie sich, sie hätte Ray Fuentes heute Morgen eingehender zu Tertullian befragt. Sie versuchte sich an seine Worte zu erinnern. Die Dreifaltigkeit. Theophilus war der erste Kirchenvater, der die Lehre der Heiligen Dreifaltigkeit vertreten hatte. Zugegebenermaßen wurde diese Konzeption auch in den Werken anderer unterstützt, bei Tertullian jedoch am eindeutigsten.

Die Heilige Dreifaltigkeit: der linke Gang.

Wieder hörte sie die Schritte hinter sich und wusste, dass ihr kaum noch Zeit blieb. Ihr Handy war weg. Sie musste sich auf ihr Gedächtnis verlassen. Was hatte Fuentes sonst noch über Tertullian gesagt? Tertullian hatte behauptet, die Saat des Guten würde jeder Seele vom Moment ihrer Erschaffung an innewohnen. Bethany zermarterte sich das Hirn, doch mehr wollte ihr einfach nicht einfallen.

Die Heilige Dreifaltigkeit war der offensichtlichste Hinweis, und das machte sie misstrauisch. Adrian Wisdom hatte Todesängste ausgestanden. Er hatte die Pilatus-Biografie als Tarnung für seine Schatzsuche geschrieben, und die Hinweise, die er hinterlassen hatte, sollten jene in die Irre führen, die ihm auf den Fersen waren.

Sie verwarf die offensichtliche Lösung. Also nicht die Dreifaltigkeit. Was hatte sie sonst noch?

Bethany betrachtete die drei Tunnel in der Gewissheit, dass sie bald eingeholt würde, wenn sie noch weiter trödelte. Sie musste sich für einen Gang entscheiden, und zwar jetzt.

Die Saat des Guten. Die Saat des Guten wird in jede Seele gelegt.

Satan versucht diese Saat zu verschleiern, aber Tertullian zufolge kann sie wieder offengelegt werden durch ...

Durch die Taufe.

Das Abbild des Taufbeckens.

Tunnel Nummer drei.

Sie rannte los.

»Ma'am, der Fremdenführer sagt, dass die Mönche niemals das Tor öffnen würden. Innerhalb der Mauern gibt es ein gepflügtes Feld. Der Pilot meint, wir könnten dort landen.«

»In Ordnung, Kenny.« Während der Helikopter in die Schräglage geht, betrachtet der Lord Schutzherr die zerklüftete Landschaft unter sich. Die Klöster sind braune Flecken auf den Klippen. Sie lehnt sich zu Melody und flüstert ihr laut ins Ohr. »Hast du Angst, meine Liebe?«

»Ja.«

»Für deine Sicherheit ist gesorgt, musst du wissen. Du bleibst draußen. Wir sind diejenigen, die das ganze Risiko auf uns nehmen müssen.«

»Abgesehen davon« – Melody wirft einen Blick in die Runde der angeheuerten Killer –, »dass ich mich um ... um WACHSAM kümmern soll.«

Lillian tätschelt ihr die Hand. »Das ist keine leichte Aufgabe, ich weiß. Aber du wirst überrascht sein, an was man sich alles gewöhnen kann.« Sie lehnt sich Richtung Fenster und blickt auf die schmale Klippe hinunter. »Du fragst dich vielleicht, warum ich nicht einfach Vassilys Leute mit der Sache beauftrage. Oder mich selbst darum kümmere. Oh ja, meine Liebe. Zu meiner Zeit habe ich selbst die ein oder andere Sache erledigt. Indem ich die Angelegenheit dir überlasse, tue ich dir einen Gefallen. Das ist deine Chance, deine Loyalität unter Beweis zu stellen.« Mit einem grimmigen Lächeln auf dem Gesicht dreht sie sich zu ihr um. »Deine einzige Chance.«

Bethany erreichte den Fuß der Treppe. Über ihr ächzte und schwankte der Berg. Sie wusste, dass sie sich das nur einbildete, und dennoch wollte es ihr nicht gelingen, das Bild aus ihrem Kopf zu verdrängen. Die Decke der Höhle hing sehr tief - so tief, dass sie sich fragte, ob die Griechen vor tausendfünfhundert Jahren viel kleiner gewesen waren. Vielleicht war ihnen in ihrer Gottesverehrung ein krummer Rücken durch ständig gebückte Haltung zur Normalität geworden Sie musste seitlich weitergehen, indem sie ihre Füße über den glitschigen Steinboden schob, während das Wasser, das über den grauen Fels lief, im Licht der Taschenlampe schimmerte. Vor ihr lagen nur Dunkelheit und dieselben Geräusche, die sie schon zuvor gehört hatte: das stete Rauschen des Wassers und ganz am Rande ihres Hörfelds das entfernte Rumpeln. Ihr ging durch den Kopf, dass ihr wahrscheinlich nicht einmal genug Zeit bliebe, um zu schreien, wenn das Rumpeln den Einsturz des Tunnels ankündigte.

»Reiß dich zusammen«, ermahnte sie sich laut, und wäre beim Geräusch ihrer eigenen Stimme beinahe zusammengefahren.

Hinter dem dritten Raum, hatte der Mönch gesagt.

Vor dem Torbogen war die Decke etwas höher. In den Schlussstein war eine verwitterte griechische Inschrift eingraviert, deren Bedeutung Bethany allerdings nicht entschlüsseln konnte. Als sie genau hinstarrte, sah sie im Durchgang ein weiteres Eisentor, das wahrscheinlich schon seit Jahrhunderten offen stand. Es war bedeckt mit Schmutz und flechtenartigen Pflanzen.

Die Säulen neben dem Tor hatten schon lange begonnen zu bröckeln. Sie lehnte sich vor. Die Stützen in den anderen Räumen waren schon in einem wirklich schlechten Zustand gewesen, aber diese hier standen kurz davor, einzustürzen. Jemand hatte sie mit Holzbalken verstärkt, aber das Holz fühlte sich ganz weich an, was nur bedeuten konnte, dass es vollkommen durchgefault war. Drei oder vier feste Tritte würden genügen, um die Balken zu zerschmettern und das Dach zum Einsturz zu bringen.

Sie wäre lebendig begraben.

»Vorwärts«, sagte sie sich und trat durch den Bogen.

Der nächste Raum hatte eine ebenso hohe Decke und enthielt ein verwittertes Steinmonument, das wie ein Altar aussah.

Sie musste sich erneut bücken, um den dritten Raum zu betreten, und wieder hörte sie Schritte.

»Ray?«, rief sie leise. »Janice?«

Keine Antwort. Natürlich nicht. Fuentes war ein fähiger Mann, aber das massive Klostertor konnte selbst er nicht einreißen.

Sehr viel wahrscheinlicher schlich hinter ihr jemand, der mit dem Helikopter hergekommen war. Sie stellte sich Heerscharen maskierter Kommandotruppen vor, die sich in den Klosterhof abseilten und das Kloster in ihre Gewalt brachten.

Wieder das Geräusch. Sie knipste die Taschenlampe aus und wartete in der feuchten, tropfenden Dunkelheit. Nichts.

Etwas.

Ein Trappeln. Ein Quietschen. Etwas Weiches, das über ihren Knöchel strich. Sie schaltete die Taschenlampe wieder an und richtete den Lichtstrahl auf den steinernen Fußboden, nur um festzustellen, dass sie inmitten einer Gruppe der größten Ratten stand, die sie je gesehen hatte.

Ihre Selbstbeherrschung hielt. Sie kreischte nicht los. Aber sie machte einen Satz, direkt in den nächsten Raum, und auf einmal gab es keine weiteren Räume. Das war das Ende.

Eine frische Brise drang durch ein dunkles Loch in einer der oberen Ecken. Ein Lüftungsschacht.

Und drei kleine Plattformen wie Altäre. Bethany näherte sich ihnen vorsichtig. Eine davon war leer. Auf der zweiten lag eine Reliquie, die zu Staub zerfallen war. Auf der dritten lag ein großes Steinfragment. Seine Oberfläche war mit Staub bedeckt. Langsam, ganz langsam, in der Hoffnung, keinen Schaden anzurichten, wischte Bethany den Staub mit ihrem Ärmel weg. Ganz oben konnte sie einige Buchstaben ausmachen:

NTIUS PILATUS

RAEFECTUS IDUAE

Im Geiste ergänzte sie die fehlenden Buchstaben: »Pontius Pilatus, Praefectus Iduaea.«

Pontius Pilatus, Präfekt von Judäa.

Und ein paar Zeilen weiter unten, inmitten eines Meeres lateinischer Wörter, die sie beim besten Willen nicht hätte übersetzen können, stach ihr ein Wort ins Auge:

IESUS

Benommen, erleichtert und ungläubig zugleich, glaubte Bethany zu träumen.

Vor ihr lag die Pilatus-Inschrift.

47

Bethany starrte die Tafel an. Die Überreste der Schrift waren durch die Zeit und die Elemente verblasst, sodass nur noch einige schwache Vertiefungen übrig blieben. Doch laut Fabiana Cialdini ließen sich die Buchstaben mit den richtigen Werkzeugen wieder herstellen.

Die Pilatus-Inschrift.

Der zeitgenössische Bericht des Statthalters von Judäa über das Leben und die Lehre Jesu Christi.

Das, wofür Annabelle gestorben war. Genau wie Elliott St. John und Adrian Wisdom und Grant Apple und Teddy Bratt und Earl Hagopian und Guiseppe Amendola und zahlreiche andere. Hier lag sie, auf dem Tisch vor ihr.

Die Mönche hatten ihr ohne großes Zögern Zugang in die Gruft gewährt. Wussten sie nicht, welchen Schatz sie hier verwahrten? War alles so, wie es schien? Oder hatten sie eine Absprache mit Adrian Wisdom getroffen, wie Bethany vermutete? »Ich werde eure Geheimnisse wahren, wenn ihr versprecht, eure Türen demjenigen zu öffnen, der die richtigen Worte sagt« – so etwas in der Art?

Die Pilatus-Inschrift.

Bethany fragte sich, wie viel sie wohl wiegen mochte. Sie bezweifelte, dass sie sie hinaustragen könnte, und wagte nicht, es zu versuchen: Nur ein Ausrutscher und die ganze Steintafel wäre zerstört. Wieder fuhr sie mit den Fingern über die Oberfläche.

»Was erzählst du?«, murmelte sie, sich kaum bewusst, dass sie laut sprach und das auch noch mit einem leblosen Gegenstand. »Was hat Pilatus geschrieben?«

Sie erinnerte sich daran, wie skeptisch Fuentes gewesen war. Der Fachmann, den er in Virginia befragt hatte, hatte bezweifelt, dass Pilatus es zugegeben hätte, wenn Jesus echte Wunder gewirkt hätte.

Falls der Präfekt Jesus also überhaupt erwähnte, dann sicherlich nur um klarzustellen, dass er weder der Sohn Gottes noch der König der Juden gewesen war.

Aber Bethany war sich nicht so sicher. Vielleicht war dies der Grund, warum Professor Wisdom Deuteronomium zitiert hatte: »Was verborgen ist, ist des Herrn, unseres Gottes.«

Niemand konnte wissen, was Pilatus geschrieben hatte und warum. Es war ebenso möglich, dass er seine Fehler eingestand und um Vergebung bat. Das alleine wäre für das Römische Reich Grund genug gewesen, alles in seiner Macht Stehende zu tun, um Belege für Pilatus' Existenz zu vernichten.

Doch das konnte man erst wissen, nachdem die Wissenschaftler die Tafel untersucht hatten.

Ihr blieben weniger als zehn Minuten. Sie musste gehen. Dennoch verharrte sie an Ort und Stelle. Paramay hatte vorausgesagt, dass Konflikte, ja sogar Kriege wegen der Geschichte auf dieser Tafel entbrennen würden. Wenn man den Kleinkrieg zwischen dem Garten und der Wildnis als Anhaltspunkt nahm ...

Schritte im Gang. Diesmal war sie ganz sicher.

Bethany schaute sich hektisch nach Deckung um, aber es gab nichts. Also blieb sie neben der Pilatus-Inschrift stehen und wartete ab. Sie fragte sich, warum sich ihr Verfolger nur so langsam näherte.

Und dann wusste sie es.

Noch bevor die silberhaarige Frau mühsam den Raum betrat, wusste sie, dass sie gleich dem Lord Schutzherrn der Wildnis gegenüberstehen würde.

»Hallo, meine Liebe«, sagte Lillian Hartshorne. »Das hast du wirklich gut gemacht.«

48

Bethany stand regungslos. Lillian stützte sich schwer auf ihrem Gehstock ab. Die Anstrengung des Abstiegs in dieses Labyrinth hatte sie vollkommen erschöpft. Neben ihr stand ein schlanker Mann um die dreißig, der eine kleine Pistole in der Hand hielt, wahrscheinlich eine Walther. Natürlich hätte Lillian ihn auch einfach vorausschicken und oben warten können, aber sie wollte es mit eigenen Augen sehen.

»Das ist sie also«, sagte der Schutzherr. »Die Pilatus-Inschrift.«

»Ich glaube schon.«

Die alte Frau schlurfte auf die Steintafel zu. Bethany trat beiseite. Einen langen Moment starrte Lillian die verblasste Inschrift an, während sich auf ihrem Gesicht abwechselnd Schmerz und Befriedigung abzeichneten.

»Warum hast du die Suche nicht aufgegeben?«, fragte sie, ohne aufzublicken. »Janice war frei. Elliott war nicht mehr da, um dir Millionen zu zahlen. Du musst gewusst haben, dass wir dir folgen würden. Du musst gewusst haben, dass Findrake weiter versuchen würde, dich zu töten.«

»Wo ist Janice jetzt? Wo ist Fuentes?«

Lillian gluckste. »Du weichst meiner Frage aus, meine Liebe. Was wirklich aufschlussreich ist, wie ich hinzufügen möchte. Ich bin sicher, dass es deinen Freunden gut geht. Ich habe sie nicht gesehen. Aber zurück zu dir.« Sie drehte sich um und schaute Bethany in die Augen. »Es ist dein Glaube, der auf dem Prüfstand steht, nicht wahr? Armes Ding. Mit unsichtbaren Beweisen gibst du dich nicht zufrieden, oder? Du musst sehen, um zu glauben.« Die alten blauen Augen erforschten Bethanys Gesicht. »Sag mir, meine Liebe. Jetzt, da du gesehen hast. Hat es deinem Unglauben geholfen?«

Wieder zog Bethany es vor, nicht zu antworten. »Was passiert jetzt?«

»Jetzt? Jetzt gehen wir alle wieder nach oben.«

»Und die Tafel?«

»Ein paar meiner Leute sind auf dem Weg hierher. Sie wissen, wie man die Tafel sicher entfernt.«

»Die Mönche ...«

»Die Mönche haben keine Möglichkeit einzugreifen. Meine Leute kontrollieren alle wichtigen Teile des Klosters. Es gibt hier oben kein Telefon, habe ich mir sagen lassen. Die Mönche können keine Hilfe rufen. Der Rat wird die Tafel in Verwahrung nehmen. Wir werden die Inschrift entziffern und sie dann höchstwahrscheinlich veröffentlichen. Wahrscheinlich im Rahmen einer großen Museumsausstellung. Wir haben genug Akademiker auf unserer Seite, die sich für ihre Echtheit verbürgen werden.«

»Selbst nachdem Sie die Inschrift verfälscht haben?«

Die Augen loderten auf. »Du weißt nichts über die Verantwortung, die auf mir lastet, Liebes. Maße dir nicht an, über mich zu richten.« Sie neigte den Kopf. »Komm, Kenny. Wir sollten gehen.«

»Ma'am, entschuldigen Sie bitte, aber erst muss ich Miss Barclay durchsuchen.«

»Nein, das müssen Sie nicht. Sie ist geschickt im Umgang mit Waffen, aber ich glaube nicht, dass sie im Moment eine bei sich trägt. Außerdem ist sie nicht in der Lage, kaltblütig zu morden. Ist es nicht so, meine Liebe?« Wieder ertönte dieses Glucksen, düster und kalt. »Außerdem bin ich ihre einfältige, alte Tante Lillian, Edna Harrigans beste Freundin. Bethany könnte mir niemals Gewalt antun, nicht wahr, meine Liebe?«

Schweigend liefen sie den Gang entlang, zurück in die Kammer mit dem zerfallenen Monument. Als sie den Raum mit der griechischen Inschrift auf dem Bogen betraten, erhob der Lord Schutzherr schließlich die Stimme.

»Sei unbesorgt, meine Liebe«, sagte der Lord Schutzherr. »Wir werden dir nichts tun. Nicht wahr, Kenny?«

Der Assistent ging neben ihnen her, den Blick starr auf Bethany gerichtet, nur für den Fall, dass sie etwas unternehmen würde. »Nein, Ma'am«, erwiderte er.

»All die Jahre«, sagte Bethany plötzlich. »All die Jahre haben Sie Richterin Harrigan angelogen. Wie konnten Sie nur? Wie können Sie überhaupt noch in den Spiegel sehen?«

»Hören Sie das, Kenny? Selbst jetzt noch gilt ihr erster Gedanke anderen. Ein wirklich beeindruckendes Mädchen.« Dann wandte sie sich an Bethany. »Ich wünschte, wir hätten uns vor diesen unglückseligen Ereignissen besser kennengelernt. Gemeinsam hätten wir Großes leisten können.«

»Sie sind vollkommen verrückt.«

Die Worte waren ihr herausgerutscht. Sie hatte nicht vorgehabt, sie auszusprechen, nicht zuletzt, weil sie Angst vor der Antwort hatte. Doch der Lord Schutzherr nickte nur.

»Ich weiß, dass es dir so erscheint, Liebes. Visionäre werden von ihren Zeitgenossen nie wirklich verstanden. Das Streben nach einer besseren Zukunft bringt einen oft in Konflikt mit dem eigenen Zeitalter.«

Eine bessere Zukunft.

Armes Ding, hatte Lillian gesagt. *Mit unsichtbaren Beweisen gibst du dich nicht zufrieden, oder?*

Sie standen jetzt in dem zweiten Beinhaus, in dem die Säulen von verrotteten Balken gestützt wurden.

»Sie sind nicht irgendeine Aktivistin, die sich dem guten Zweck verschrieben hat«, sagte Bethany. »Sie töten Menschen.«

»Genau wie du, meine Liebe«, sagte sie mit schlichter Selbstgefälligkeit. »Jedes Mal, wenn mit deinen Steuergeldern eine Kugel finanziert wird, die später von einem Polizisten abgefeuert wird, oder eine Rakete, die aus einer Drohne abgeschossen wird – Kenny, halten Sie sie auf!«

Aber Bethany hatte sich bereits gegen Kennys Knie geworfen, auf die sie mit beiden Unterarmen hart einschlug, so wie Vivian es ihr beigebracht hatte. Eigentlich sollte sie sich danach abrollen und auf den Füßen landen, aber das hatte Bethany selbst auf der Matte nie geschafft. Hier im Tunnel schnitt sie sogar noch schlechter ab. Während der Assistent laut aufschreiend zu Boden ging und seine Waffe in hohem Bogen durch den Raum segelte, rollte sie mit dem Kopf nach unten gegen die Wand und endete auf dem Rücken.

Mit den Füßen gegen das Holz.

Lillian erkannte, was sie vorhatte, noch bevor Bethany selbst sich dessen bewusst wurde. »Nein! Nein, das tust du nicht! Das wagst du nicht!«

Doch sie tat es. Kenny kam langsam wieder zu Sinnen. Er drehte sich zu ihr um. Sie trat so fest sie konnte zu. Nicht gegen Kenny. Gegen die verrotteten Balken, die die Säule stützten.

Nichts.

Er griff nach ihr, doch sie schaffte es, ihm auszuweichen und wieder auf die Füße zu kommen. Sie schwang einen schweren Stein und erwischte ihn genau im Gesicht. Sie schlug wieder nach ihm, verpasste ihn jedoch und traf das Holz.

Es zersplitterte.

Die Decke ächzte.

Sie begann die nächste Säule zu bearbeiten.

»Halten Sie sie auf!«, schrie der Lord Schutzherr. »Nein, nein, um mich brauchen Sie sich nicht zu kümmern, halten Sie *sie* auf!«

Einen Moment lang zögerte Kenny, während er seine Optionen abwog – seinen Boss in Sicherheit bringen oder den Einsturz der Kammer verhindern – und dieser Moment war alles, was Bethany brauchte. Sie trat gegen die dritte Säule und stemmte sich dann mit der Schulter dagegen. Sie schob mit aller Kraft. Die Säule zitterte und stürzte ein.

Dann folgte alles andere mit einem Tosen.

49

Bethany verbrachte einige Tage im örtlichen Krankenhaus, konnte sich aber an die ersten zwei nicht erinnern. Am vierten Tag, nach zwei Operationen wegen innerer Blutungen wurde sie nach Athen geflogen. Fuentes und Janice wichen so gut wie nie von ihrer Bettkante. Sie berichteten ihr von den neuesten Entwicklungen. Ein ganzer Flügel des Klosters war eingestürzt. Den Experten zufolge war das Gebäude einfach baufällig gewesen und schlecht gewartet worden. Man hatte nichts machen können. Die Beinhäuser waren zerstört worden und mit ihnen die kostbaren Reliquien, die die Mönche gehütet hatten.

»Alle?«, fragte Bethany.

»Alle«, sagte Fuentes.

Janice drückte ihre Hand.

Lillian Hartshorne hielt sich in ihrem Chalet in Südfrankreich auf. Es gab keine Beweise dafür, dass sie Griechenland in den vergangenen Jahren besucht hatte.

Am Ort des Geschehens fand sich keine Spur von Lillians bewaffneten Killern. Jedoch war unter den fünf Leichen, die man aus dem Schutt zog, auch die einer umstrittenen amerikanischen Talkshowmoderatorin namens Melody Sunderland. Niemand wusste, was sie dort zu suchen gehabt hatte. Niemand wusste, dass sie sich in Griechenland aufgehalten hatte.

Melodys Bücher verkauften sich explosionsartig, als ihr Tod bekannt wurde. Gemäß ihrem Testament würde der Erlös ausgewählten Tierheimen zugutekommen.

Irgendwann traf ein stiller Mann von der amerikanischen Botschaft ein, und die Blicke, die er und Fuentes austauschten, verrieten Bethany seine Funktion.

Sie bat um ein Gespräch unter vier Augen.

»Alle Anklagepunkte gegen Sie wurden fallen gelassen«, erklärte er. »Und es würde mich nicht überraschen, wenn es irgendeine Form der Entschädigung für die schreckliche Tortur geben wird, die Sie durchmachen mussten.«

»Die von wem gezahlt wird?«

»Einer dankbaren Regierung.«

»Dankbar für mein Schweigen?«

»Dankbar für die neuen Ermittlungsansätze, die Sie uns aufgezeigt haben.«

»Und welche wären das?«

»Tut mir leid, Miss Barclay. Ich bin nicht berechtigt, Ihnen das zu sagen.«

Ein paar Stunden später kam Felicia sie besuchen.

»Paramay will ...«

Bethany hob eine Hand. »Lass mich raten. Er will mich ebenfalls entlohnen.«

Es war lustig, wie weit sie die Augenbrauen hochzog. »Was? Oh, nein, nein. Ich soll dir nur ausrichten, dass du deine Sache gut gemacht hast. Er neigt zu Untertreibungen.«

»Ist er sauer? Weil er die Inschrift nicht bekommen hat?«

»Ich glaube, er versteht, warum du so gehandelt hast.«

»Und verstehst du es auch?«

»Ja.«

»Da bin ich mir sicher.« Bethany musterte Felicia neugierig. »War es Fuentes, zu dem du Kontakt hattest?«

»Wie bitte?«

»Jedes Mal, wenn ich dich erwischt habe, wie du irgendwelche SMS geschrieben und immer schnell das Display zurückgesetzt hast, bevor ich etwas sehen konnte. Das war nicht der britische Geheimdienst. Dafür hattest du das verschlüsselte Handy. Du hattest mit jemand anderem Kontakt.« Felicia schwieg. »Wenn es nicht Fuentes war, dann vielleicht jemand von der anderen Seite? Findrake etwa?«

»Nein.«

»Wer dann?«

»Mein Pastor.«

Bethany hatte nicht geglaubt, dass sie noch etwas überraschen konnte. »Du hast mit deinem Pastor getextet? Während der ganzen Zeit in Berlin und Rom?«

»Ja.«

»Warum?«

Sie nannte den Namen des Pastors, ein bekannter amerikanischer, recht konservativer Aktivist. »Ein Freund nahm mich mit in seine Kirche, als er vor ein paar Jahren auf Evangelisationstour war. Ich bin nur mitgegangen, um mich lustig zu machen. Doch es endete damit, dass ich mich bekehrt habe.«

Bethany stutzte. »Du?«

»Ich weiß. Die Letzte, von der man es annehmen würde, nicht wahr? Aber die Wege des Herrn sind unergründlich.«

»Das sind sie wahrhaftig.« Einen schrecklichen Moment lang war sie wieder unten in der Gruft, trat gegen die Stützbalken und ließ die Decke auf sie alle herabstürzen. »Aber einen Moment mal. Dieser Pastor hat dich bekehrt. Na schön. Das erklärt aber nicht, warum du Kontakt zu ihm hattest, während wir in geheimer Mission unterwegs waren.«

Felicia umklammerte ihr Knie mit beiden Händen wie ein Schulmädchen, das etwas vortragen möchte. »Ich arbeite für den britischen Geheimdienst, Bethany. Das weißt du schon. Aber zwei Jahre nach meiner Bekehrung erzählte mir mein Pastor vom Garten. Er sitzt im – ich denke, man könnte es als Vorstand dieser Organisation bezeichnen. Er ist derjenige, der vor einigen Wochen angeschossen wurde. Es geht ihm mittlerweile schon sehr viel besser.« Sie drehte sich um und schaute zum Fenster hinaus. »Er erzählte mir vom Garten«, wiederholte sie an die weißen Türme der Stadt und das blaue Wasser dahinter gewandt. »Er verlangte nicht, dass ich gegen das Interesse meiner Regierung handele. Sollte ich aber die Arbeit beim Geheimdienst einmal satthaben, hätte der Garten große Verwendung für jemanden mit meinen Fähigkeiten.«

»Und das macht dich jetzt zu – was? Einer Agentin des Gartens?«

»Nein. Nichts in der Art. Sie haben mir nur einen Job angeboten. Sie haben mich niemals gebeten, irgendetwas für sie zu tun. Das wäre nicht richtig gewesen.«

»Außer ein Auge auf mich zu haben.«

Felicia lächelt schüchtern. »Der Auftrag kam nicht von ihnen. Wie hätten sie überhaupt wissen sollen, dass ich mit dir zusammen unterwegs war? Nein, Bethany. Darum geht es ja eben: Ich habe mich an sie gewandt.«

»Warum?«

»Sie sollten wissen, dass du in Sicherheit bist. Und ich – na, so wie du immer über Janice geredet hast, wollte ich einfach, dass ihr beide wieder zueinanderfindet. Ich sah keinen anderen Weg, wie sich das bewerkstelligen ließ.«

Bethany legte ihren Kopf wieder auf das Kissen. »Wie viel weiß Paramay davon?

»Er weiß von dem Angebot des Gartens, wenn du das meinst. Könnte ja sein, dass ich es in Anspruch nehmen muss. Er ist wütend, weil ich zugelassen habe, dass du Italien verlässt. Ich bin nicht mehr im Außendienst. Ich arbeite am Schreibtisch. Schon bald werde ich ihm gestehen, dass ich dem Garten verraten habe, wo du zu finden warst. Höchstwahrscheinlich ist er darauf schon alleine gekommen.«

Bethany stützte sich auf einen Ellenbogen auf. »Traust du ihm?«

»Paramay? Aber natürlich.«

»Aber meint er es wirklich ehrlich? Mit seiner Absicht, Findrake aufzuhalten?«

»Lord Findrake hat ihn angeheuert und gefördert. Paramay empfindet dem alten Mann gegenüber große Loyalität. Aber Lord Findrake ist zu weit gegangen. Ich weiß, dass Paramay ihn mittlerweile überwachen lässt, so kann Findrake nur schwerlich irgendwelche Gefälligkeiten einfordern oder seine Killer losschicken. Unglücklicherweise verfügt Paramay nicht über die rechtlichen Mittel, um ihm ein für alle Mal das Handwerk zu legen, was er am liebsten tun würde.«

»Ich muss mir das alles durch den Kopf gehen lassen.« Vollkommen erschöpft lag Bethany wieder auf dem Rücken. Sie schloss die Augen. »Kannst du mir eine sichere Postadresse geben? Irgendwo, wo niemand außer dir einen Brief lesen wird?«

»Natürlich. Aber willst du mir nicht sagen wofür?«

Fuentes' Worte kamen ihr in den Sinn. »Nur für den Fall.«

Es vergingen noch mal anderthalb Wochen, bis sie in die Vereinigten Staaten zurückkehrte. Wendy Eisenman, die Jura-Kommilitonin, die sie in Harrods überrascht hatte, erledigte den notwendigen Papierkram mit dem Justizministerium und den Oberstaatsanwaltschaften von Virginia, Ohio, Illinois, Pennsylvania und all den anderen Staaten, in denen Bethany angeblich irgendwelche Verbrechen begangen hatte. Den Gedanken, in ihr eigenes Haus zurückzukehren, ertrug sie nicht, und für eine Begegnung mit Richterin Harrigan war sie auch nicht bereit. Noch nicht.

Stattdessen fuhr sie nach North Carolina zu ihrer Tante Claudia.

Sie reiste allein. Janice Stafford war mit bangen Erwartungen zu ihrer wohlhabenden Familie in die Vororte von Chicago zurückgekehrt, schrieb aber später, dass alles in Ordnung zu sein schien, zumindest »vorerst«.

Raymond Fuentes verschwand wie schon so oft, versprach aber, sich bald bei ihr zu melden.

Tante Claudia war schlau genug, ihre Nichte größtenteils in Ruhe zu lassen. Ihr Bauernhof war groß, und während Bethany langsam wieder zu Kräften kam, unternahm sie stundenlange Wanderungen. Hin und wieder fielen ihr in der Entfernung ein oder zwei Schatten auf. Fuentes hatte ihr angekündigt, dass das unvermeidbar sei: Die nächsten Wochen, Monate oder Jahre würden die Behörden ein Augen auf sie haben.

»Weil sie noch immer glauben, dass ich eine Terroristin bin?«

»Weil sie sich Sorgen machen, wie viel du weißt.«

»Wie viel ich über was weiß?«

»Kann ich nicht sagen. Und das ist es, was mir Angst macht.«

Carl Carraway kam sie besuchen und sie bedankte sich überschwänglich bei ihm. Anscheinend hatte er seinen Job beim FBI wieder. Seine Anhörung vor dem Untersuchungsausschuss war abgesagt worden, und seine Vorgesetzten verhielten sich, als sei nichts geschehen.

»Sie kehren es unter den Teppich, Bethany. Die Wildnis, den Garten, die ganze Geschichte. Es ist einfach zu groß, um sich damit zu befassen.«

»Oder deren Verbindungen reichen zu weit.«

»Das wäre natürlich auch möglich«, sagte er verdrießlich.

Von Edna Harrigan hörte sie kein Wort.

Ein paar Tage später schaute Harry Stean bei ihr vorbei. Der Kirchenbaumeister sah bedrückt und krank aus. Er bewegte sich langsam und offensichtlich unter großen Schmerzen. Bethany duldete seine Anwesenheit und kämpfte gegen das Mitgefühl an, das in ihr aufstieg. Das war der Mann, der Annabelle in den Tod geschickt und Bethanys eigenen Albtraum in Gang gesetzt hatte.

»Ich bin nicht hier, um Sie um Vergebung zu bitten«, sagte er, als sie auf der Terrasse saßen und den Sonnenuntergang beobachteten. »Ich werde Sie auch nicht um Ihr Verständnis bitten, sondern nur darum, sich eine Sache durch den Kopf gehen zu lassen.«

»Und die wäre?«

»Unser Vorgehen war falsch, ja, aber unser Anliegen gerechtfertigt. Die Wildnis existiert noch immer. Und sie muss von irgendjemandem aufgehalten werden.«

»Soweit ich das beurteilen kann, machen die jetzt aufeinander Jagd.«

»Das wird nicht lange so bleiben. Natürlich wird es eine Umstrukturierung geben. Ich weiß nicht, wie lange Findrake und Hartshorne nebeneinander existieren können. Aber früher oder später wird einer der beiden die Oberhand gewinnen, und dann bricht der Krieg wieder aus. Und täuschen Sie sich nicht, Miss Barclay. Deren Seite ist dabei zu gewinnen.«

Sie rückte an die Stuhlkante. »Warum erzählen Sie mir das alles?«

»In unserem eigenen Rat gibt es eine freie Stelle.«

»Nein. Auf gar keinen Fall.«

»Wir werden bald eine andere ...«

»Ich sagte Nein.«

Er schwitzte stark, während er gegen den Schmerz ankämpfte. »Lassen Sie sich nicht von Ihren persönlichen Gefühlen mir gegenüber leiten. Der Garten kann noch einiges leisten. Mit frischem Blut, einem neuen Anführer ...«

Zitternd vor Wut verwies sie ihn des Grundstücks.

Tante Claudia trat neben sie ans Fenster und schaute ihm hinterher.

»Da geht ein Mann, der eine große Last auf den Schultern trägt«, sagte sie.

Bethany erwiderte nichts.

Zwei Monate verbrachte sie in North Carolina. Janice kam sie besuchen und blieb eine ganze Woche. Fuentes schaute dreimal vorbei, blieb aber nie über Nacht. Gemeinsam unternahmen sie Spaziergänge, vertieften sich in Gespräche oder schwiegen gemeinsam, und Bethany erkannte, dass dies wohl Fuentes' unbeholfene Art war, sie zu umwerben.

»Er scheint ein wenig in dich verliebt zu sein«, meinte Tante Claudia, der wie immer nichts entging.

»Das wird nie passieren«, sagte Bethany.

»Warum nicht, Süße?«

»Wir haben zu viel zusammen durchgemacht.«

»Liebling.« Streng legte ihre Tante ihr eine Hand auf den Arm, doch ihre Augen waren sanft. »Das ist eine viel bessere Grundlage als das Gegenteil.«

Am nächsten Tag lieh sich Bethany den Wagen ihrer Tante aus. Sie fuhr in die Stadt und schickte einen Brief an die Adresse, die Felicia ihr gegeben hatte. Sie verachtete den Garten und wollte niemals wieder etwas mit ihm zu schaffen haben, aber es gab noch andere Wege, das Problem anzugehen.

Zwei Wochen später erhielt sie die Antwort, ebenfalls per Post. Felicias Brief war kurz und auf den Punkt. Bethany las ihn sich zweimal durch, dann ging sie nach unten ins Wohnzimmer, wo Tante Claudia in der Bibel las.

»Es wird Zeit, dass ich gehe.«

Ihre Tante legte ihre Bibel beiseite. »Jetzt schon?«

»Ich bin schon acht Wochen hier.«

»Wohin willst du?«

»Zurück nach Virginia.«

»Zurück in dein altes Haus?«

»Nein. Das verkaufe ich. Aber es gibt jemanden, den ich treffen muss.«

Claudia warf ihrer Nichte erst einen langen Blick zu, dann nahm sie sie lange in die Arme. »Geh mit Gott, mein Liebling.«

Das war eine gute Idee, wenn man dem Teufel einen Besuch abstatten wollte.

50

Sie saßen im Pavillon mitten im Tulpengarten und nippten an ihrem Eistee, während die Augustsonne von oben brannte.

»Es ist wirklich reizend von dir, einer alten Dame einen Besuch abzustatten«, sagte Lillian Hartshorne. Sie saß in einem Rollstuhl. Ihr Unterschenkel steckte in einem Gips. »Du bist ein wirklich liebes Mädchen.«

»Das ist nicht das Wort, das man normalerweise mit mir in Verbindung bringt.«

»Weil die meisten Menschen nur das Unwesentliche sehen.« Sie knabberte an einem Gurkensandwich. »Du hast das von Edna gehört, nehme ich an?«

»Sie ist nach Charlottesville gezogen. Zu ihren Neffen.«

»Diese Jungs haben es nur auf ihr Geld abgesehen. Die werden sie noch ins Grab bringen, du wirst schon sehen.«

»Es sei denn, Sie kommen ihnen zuvor.«

Die Augen des Lord Schutzherrn loderten auf. »Kein Grund, unhöflich zu werden, Liebes. Ich verehre Edna. Und du solltest deine Beziehung zu ihr wieder aufnehmen. Sie vermisst dich schrecklich. Es hat sie geschmerzt, dich auf diese Weise ausnutzen zu müssen. Sie leidet große Qualen, meine Liebe. Sie braucht deine Vergebung.«

»Weiß sie über Sie Bescheid?«

»Ich nehme an, dass der Baumeister mittlerweile alle ins Bild gesetzt hat. Das gleicht das Schlachtfeld ein wenig aus. Einer unserer größten Vorteile in den vergangenen Jahren war unsere Anonymität.« Sie gab dem Butler ein Zeichen und er eilte von seinem Posten vor der Tür herbei. »Charles, dieses Eis ist schon fast weggeschmolzen. Bringen Sie uns Neues.«

»Sofort, Ma'am.«

Als sie wieder alleine waren, fixierte sie Bethany mit ihren klugen Augen. »Versteh mich bitte nicht falsch, mein Kind. Es macht überhaupt keinen Unterschied, ob wir anonym bleiben oder nicht. Dem Garten sind die Hände gebunden. Sie können ja keine Auftragskiller anheuern, um uns in unseren Betten erdrosseln zu lassen.«

»Das entspricht mehr Ihrem Stil.«

»Meine Liebe, wenn du weiter so streitlustig bist, werde ich dich bitten müssen zu gehen. Du hast um dieses Treffen gebeten. Ich nehme an, du willst mich nicht nur beleidigen – Ah, frisches Eis!«

Der Butler tauschte ihre Gläser aus, und ein zweiter Diener servierte ein neues Tablett mit Scones und Törtchen.

»Nun dann, mein Kind. Erzähl mir doch, was dich zu dem großen bösen Lord Schutzherrn führt.«

»Ich wollte mit Ihnen besprechen, was als Nächstes passiert.«

»Darüber würde ich mir nicht den Kopf zerbrechen, Bethany, Liebes.« Lillian legte sich eine dünne Hand auf die Brust. »Ich bewundere dich. Das tue ich wirklich. Wir verfolgen vielleicht nicht dieselben Ziele, aber man kann uns wohl kaum als Gegner bezeichnen.«

»Sie können unmöglich glücklich darüber sein, wie die Sache in Griechenland abgelaufen ist.«

»Das bin ich auch nicht. Natürlich nicht. Ich war fürchterlich wütend. Außerdem habe ich mir sowohl das Wadenbein als auch das Schienbein gebrochen.« Sie klopfte auf ihren Gips. »In meinem Alter heilen Knochen sehr viel langsamer. Wenn überhaupt. Man sagt mir, dass es vielleicht nie passieren wird.« Sie lächelte ein angestrengtes Lächeln. »Aber ich habe nicht vor, dir etwas anzutun, meine Liebe. Dafür gibt es keinen Grund. Du hast deinen Job gemacht. Ich den meinen. In diesem Fall hast du deinen einfach ein bisschen besser gemacht.«

Der Lord Schutzherr nahm sich eine Apfeltarte, beäugte sie kritisch und biss dann gedankenverloren hinein. »So viel Arbeit für die Katz. Die ganze Planung. Das lange Warten. Aber egal, schlussendlich werden wir sie besiegen. Du hast geschafft, dass wir einen anderen Weg wählen müssen. Trotzdem. Wir werden sie kriegen, meine Liebe. Merk dir meine Worte. Was dich betrifft ...«

Bethany versteifte sich.

»Entspann dich, Liebes. Du kannst uns keinen weiteren Schaden zufügen. Egal, was du erzählst, niemand wird dir glauben. Ich bin eine schrullige alte Milliardärin, die jedes Jahr zig Millionen verschenkt. Ich habe Freunde in hohen Positionen, und alle restlichen hohen Posten gehören mir. Aber du, meine Liebe – nun, deine Situation sieht etwas anders aus. Ich bin entzückt, dass man dich von den Terrorismusvorwürfen freigesprochen hat, und wünschte, das wäre schon viel früher passiert. Das FBI kann manchmal so *begriffsstutzig* sein, nicht wahr? Trotzdem, meine Liebe, haben wir noch genug Beweise in der Hand, um dich als Verrückte darzustellen. Und, leider, leider, geben sich die Medien in diesen verkommenen Zeiten schon mit sehr wenigen Beweisen zufrieden. Gibt man ihnen den geringsten Anlass, werden sie dich in der Luft zerreißen. Das solltest du wissen.«

»Das weiß ich.«

»Hervorragend, meine Liebe. Ganz hervorragend. Alles, worum ich dich bitte, ist, dass du dich in Zukunft raushältst. Komm uns nicht in die Quere, und du hast nichts von uns zu befürchten.«

Bethany schob sanft ihren Teller beiseite. »Ich fürchte, damit könnte es ein kleines Problem geben.«

»Ach ja?«

»Da ist immer noch die Sache mit der verschwundenen Hälfte der Fotografie.«

»Von welcher Fotografie sprichst du, Liebes?«

»Von dem Bild, das den britischen Geheimdienst zu Lord Findrakes einzigem amerikanischem Freund führen kann, den sie noch nie überprüft haben. Sie haben niemals gegen Sie ermittelt, weil sie nicht wussten, dass Sie und Findrake einander kannten. Von dieser verschwundenen Hälfte spreche ich.«

Lillian war damit beschäftigt, Marmelade auf ihrem Scone zu verstreichen. »Sie ist nicht verschwunden, meine Liebe. Wie du dich vielleicht erinnerst, hat unser Mann sie in Italien in Hagopians Wohnung sicherstellen können.«

»Das dachte ich auch zuerst. Dann begann ich mich zu wundern. Warum sollte Annabelle die Suche nach dem Foto mit der Suche nach der Pilatus-Inschrift verknüpfen? Sie wusste, dass Ihre Leute keine Ruhe geben würden, bis Ersteres gefunden wäre. Früher oder später würden Sie herausfinden, welche Rolle Earl Hagopian bei dieser ganzen Sache spielte. Annabelle muss das gewusst haben.«

Die alten Augen verengten sich. »Und weiter?«

»Ich glaube, dass gefunden werden sollte, was sich auch immer in

Hagopians Schublade befand. Es war ein Schwindel. Eine Fälschung. Das Original hat sie irgendwo anders untergebracht.«

»Und du weißt, wo es sich befindet? Das Original, meine ich?«

»So ist es.«

Das Tier in Lillian Hartshorne war jetzt sichtbar wach. Ihr Blick wurde hell und scharf und ihre Stimme kalt. »Ist das der Grund, warum du hier bist, Bethany? Hoffst du, dir dein Leben mit deinem Wissen erkaufen zu können? Das deiner Freunde und Verwandten?«

»Mir zu drohen ist sinnlos. Dafür ist es zu spät.«

»Was meinst du damit? Was hast du getan, du dummes, kleines Mädchen?«

»Die fehlende Hälfte hat Großbritannien nie verlassen. Annabelle wollte, dass Sie sinnlos über den ganzen Kontinent stolpern, indem Sie ihrer Spur folgen, während der so verzweifelt gesuchte Beweis die ganze Zeit über in Oxford war.«

Wäre es ihr möglich gewesen, wäre der Lord Schutzherr jetzt aufgesprungen. Das gebrochene Bein verhinderte das jedoch. Dennoch flog eine zarte Hand über den Tisch und krallte sich in Bethanys Pullover fest.

»Sag mir, wo sie ist.«

»Das wäre zwecklos.«

Der Griff wurde noch enger. »Ich kann dich zum Reden bringen, Mädchen, das weißt du.«

»Ich habe es dir bereits gesagt, Lillian. Es ist zu spät.« Sie zu duzen war unhöflich, aber sie nahm an, dass Tante Claudia in diesem Fall Verständnis haben würde. »Annabelle ließ das Bild bei einem Dozenten namens Gehringer. Niemand hätte ihn je verdächtigt. Nicht mal ich habe ihn verdächtigt. Er versuchte es mir zu sagen, als ich ihn besuchte. Immer wieder fragte er mich nach meinem Empfehlungsschreiben oder irgendeinem symbolischen Zeichen für Annabelles Vertrauen – er schien zu glauben, dass ich irgendetwas dabeihaben sollte. Er wartete darauf, dass ich ihm die erste Hälfte des Fotos präsentierte. Daraufhin hätte er mir die Hälfte mit deinem Bild darauf überreicht.«

Lillian war bereits dabei, ihren Summer zu drücken. Ihr Assistent Kenny eilte in Begleitung eines Bodyguards auf den Pavillon zu.

»Es ist zu spät, Lillian. Gehringer hat das Foto nicht mehr. Ich habe meine Hälfte an den britischen Geheimdienst geschickt und ihnen von Gehringer erzählt. Mittlerweile ist auch seine Hälfte in ihrem Besitz. Du bist erledigt.«

»Du dummes, dummes Mädchen. Der britische Geheimdienst *gehört* Simon Findrake.«

Die Worte flogen aus Bethanys Mund, bevor sie sich ihrer bewusst wurde. »Das ist es, was dein Rat nicht versteht. Es gibt Menschen, deren Überzeugungen nicht zum Verkauf stehen. Menschen, die das Richtige tun, einfach weil es richtig ist. Und vielen von ihnen verleiht der Glaube an Gott die Kraft dazu.« Sie war aufgestanden. »Ich habe für den Garten genauso wenig übrig wie du, aber es gibt einen Grund, warum sie deine Seite die Wildnis nennen. Ihre Welt ist voller Technik. Voller Reichtum. Aber ohne Glauben. Keine Seele. In ihrem Innern ist sie hohl. Und aus diesem Grund werdet ihr verlieren.«

Lillians ausgestreckte Hand hielt die Wachen draußen vor der Tür zurück. In ihren Augen flammte der Hass, als sie sprach. »Sei da nur nicht so sicher, kleines Mädchen. Du wärst erstaunt, was alles für den richtigen Preis zu haben ist.«

»Und du würdest staunen, was alles unverkäuflich ist.«

Einen Moment lang war der Zorn verschwunden, und die liebe alte Tante Lillian erschien. »Sieh an, sieh an. Du hast ja inzwischen ganz schön viel Mumm. Wahrscheinlich hast du gelernt zu glauben, ohne zu sehen, was? Am Ende hast du die Pilatus-Inschrift doch nicht gebraucht.« Ihr Blick verfinsterte sich wieder. »Freu dich nur nicht zu früh. Ich verfüge über Möglichkeiten, von denen du nichts ahnst.«

Doch Bethany erkannte Imponiergehabe, wenn es ihr begegnete.

»Ich werde in den Abendnachrichten nach dir Ausschau halten«, sagte sie zuckersüß. »Ach, und das habe ich noch vergessen. Du wirst jeden Augenblick einen Anruf erhalten mit der Information, dass die Kundendatenbanken deines Unternehmens gehackt wurden. Soweit ich weiß, wurden vertrauliche Kundendaten gestohlen. Natürlich kann ich Gruppen, die so etwas machen, nicht unterstützen. Das ist schlecht für die Kunden und noch schrecklicher fürs Geschäft. Oh, und natürlich tödlich für den Wert der Aktien.«

Lillian starrte sie wütend und mit hochrotem Kopf an, doch zum ersten Mal wusste sie nichts zu erwidern.

»Du musst deine Männer nicht bemühen«, sagte Bethany, endlich lächelnd. »Ich finde alleine hinaus.«

Fuentes wartete am Auto.

»Und?«, fragte er, als sie losfuhren.

»Ich bin froh, dass es vorbei ist. Ich glaube, das war das Schwierigste, was ich je tun musste.« Sie warf einen Blick auf ihre Uhr. »Janice' Flugzeug landet in drei Stunden, nicht wahr?«

»In eineinhalb Stunden sind wir am Flughafen.«

»Gut.« Bethany schloss die Augen. »Lillian ist erledigt. Das weiß sie auch. Die Briten werden sie aufspüren und ihr Wissen mit den amerikanischen Behörden teilen – es ist vorbei.«

»Unterschätze sie nicht, Bethany. Lillian Hartshorne ist ein zäher alter Vogel.«

»Ich weiß. Ich weiß. Ich werde besser schlafen, wenn ich in der Zeitung von ihrer Verhaftung lese.«

Sie fuhren eine Weile schweigend, jeder für sich in Gedanken versunken. Dann bogen sie nach Norden in Richtung Autobahn ab.

»Der Anführer des Gartens – Harry Stean – er will, dass ich mich ihnen anschließe. Er wird nicht mehr lange leben.«

»Was wirst du ihm antworten?«

»Ich habe Nein gesagt. Aber in Wahrheit habe ich mich noch nicht entschieden.«

»Nun, während du dir darüber den Kopf zerbrichst, gibt es eine weitere Entscheidung, die wir meiner Meinung nach langsam treffen sollten.«

»Und die wäre?«

Als er nicht antwortete, öffnete Bethany die Augen und sah ihn an. Und sie erkannte, dass sie ihn bis zu diesem Moment noch nie hatte lächeln sehen.

»Ich denke, das weißt du«, sagte er.

Anmerkung des Autors

Zugunsten meiner Geschichte habe ich die örtlichen Gegebenheiten von Oxford und Rom ein wenig verändert. Außerdem gibt es, wie der Leser bestimmt schon vermutet, in Griechenland kein Kloster St. Theodor Tiron, schon gar nicht unter den Klöstern von Metéora. Ein Kloster dieses Namens existiert in Bulgarien, in der Nähe von Prawez, aber dieses diente nicht als Vorlage für die von mir erfundene Abtei. Die Ein-Mann-Seilbahn, die ich in diesem Roman beschreibe, hat nichts mit der gemeinsam, die vom Kloster Agios Stéphanos in Metéora betrieben wird.

S. L. C.

A. L. Shields

Der Garten
Thriller

Gebunden, 14 x 22 cm, 512 S.
Nr. 395.570, ISBN 978-3-7751-5570-0

Als Bethanys beste Freundin überfahren wird, glaubt die junge Anwältin an einen Unfall. Doch dann liegt ein Klient tot in ihrer Küche und nicht nur das FBI jagt sie, sondern auch ein Auftragskiller.

Bethany ist ins Fadenkreuz eines Geheimbundes geraten, dessen Ziel es ist, das Christentum zu vernichten. Und es hängt an ihr, uralte Codes zu entschlüsseln und die Kirche zu retten. Die brillante Thriller-Reihe des NYT-Bestseller-Autors Stephen L. Carter unter dem Pseudonym A.L. Shields.